고전소설의 다시쓰기

– '민족 고전'에서 '고전 콘텐츠'로

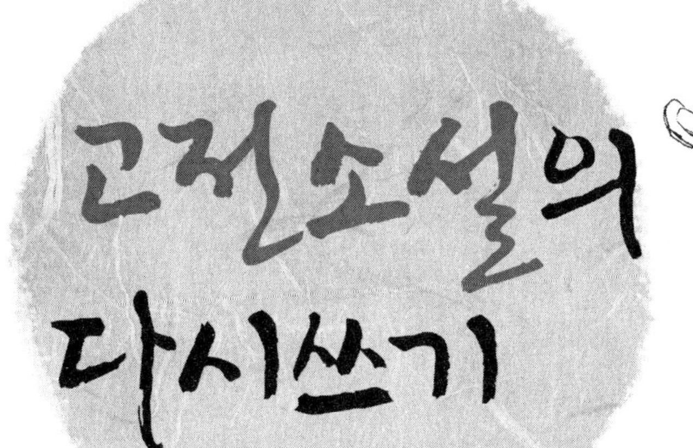

– '민족 고전'에서 '고전 콘텐츠'로

● 권혁래

도서출판 박이정

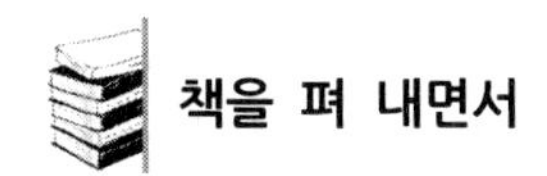

책을 펴 내면서

이 책은 1990년대를 전후하여 활발하게 이뤄진 한국 고전소설의 대중출판물로의 간행 및 유통 상황을 조사하고, 다시쓰기의 내용과 방식을 검토하는 것을 목적으로 한다.

7, 8년 전쯤 일일 것이다. 어느 선생님으로부터 고전문학 연구자로서 '최근에 출간된 대중출판물'을 연구대상으로 한 필자의 연구 주제가 전통적이지 않으며 아카데믹하지 않다는 지적을 받은 적이 있다. 이 지적에 대해 한동안 생각을 많이 하였다. 그뒤 필자가 이 연구 주제를 버리지 않고 현재까지 연구를 진행하여 온 것은 고전의 다시쓰기 및 대중출판물 작업이 '고전의 현재화' 문제와 밀접히 연관되어 있으며, 고전과 독서대중 간의 거리를 좁히는 매우 중요한 매개라고 생각하였기 때문이다. 실제로 이 연구 주제는 21세기 현재 독자 및 출판시장의 실질적 문제, 문화콘텐츠와 연계하여 고전소설의 미학, 다시쓰기, 번역의 문제 등으로 연구를 심화할 수 있다는 점에서 고전소설 연구를 새로운 방향에서 활성화할 수 있다.

주지하다시피 고전소설은 주로 조선조 사회와 인생의 다양한 모습, 가치관 및 생활 정서가 담겨 있는 소중한 문학 유산이다. 고전소설은 전통적으로 학교 교육 및 원전의 독서과정을 통해 그 의미가 설명되고 존재가치가 확인되어 왔다. 고전소설은 본디 원전 그대로 읽거나 원문에 주석을 달아 감상하는 것이 교육 및 독서 효과를 높인다.

하지만 고전소설을 원전 그대로 읽거나 주석본의 형태로 감상할 수 있는 사람은 매우 한정되어 있으며, 그러한 방식은 대중적이지 않다. 그렇기 때문에 원작품을 좀 더 쉽고 정확하게 번역하거나 현대어로 옮기고, 또한 읽고 싶은 마음이 생기도록 여러 가지 방식으로 동기를 부여하는 것이 고전소설의 현재적 독서 및 감상에 실질적으로 기여한다. 이 점이 고전소설을 다시쓰기하고, 대중출판물로 출간하는 작업의 의미다.

20세기 대부분의 시간 동안 이러한 작업은 실로 단순하고 미미하게 진행되었고, 학계에서도 그 의미를 별달리 주목하지 않았다. 그런데 필자가 파악한 바로는 20세기에 고전소설의 다시쓰기 작업이 크게 두 차례에 걸쳐 활성화된 적이 있다. 한 번은 1910~1930년대에 걸쳐 활자본 고전소설이 출간되면서 고전소설의 정전화 과정이 이뤄진 것이고, 다른 한 번은 1990년대 중반 이후로 2010년대 현재까지 어린이책, 청소년 교양물, 일반 도서와 같은 다양한 형태의 교양 도서로 출간되고 있는 것이 그것이다.

고전소설의 대중출판물 작업에서 핵심적 요소는 다시쓰기(rewriting)이다. 다시쓰기란 원작의 내용과 형태를 대체로 그대로 살리면서 맞춤법에 맞고 현대적 문장 표현으로 다듬는 정도의 작업을 말한다. 재화라는 말로, 또는 '번역'의 의미로 쓰기도 한다. 여기에 포함하여 고려할 것이 '고쳐쓰기(adaptation)' 작업이다. 고쳐쓰기란 원작의 내용과 형태를 좀 더 적극적으로 고치는 '개작', 또는 '재창작' 정도의 작업을 말한다. 다시쓰기와 고쳐쓰기는 범주의 차이가 있는 개념이다. 하지만 실제 대중출판물로 만드는 작업에서는 엄밀하게 구별하지 않은 채 사용되기도 하므로, 여기서는 다시쓰기의 범주에 고쳐쓰기의 일부 내용을 포함하여 살피기로 한다.

독자들의 연령대나 지적 수준, 또는 특정한 환경을 고려하여 각각의 독자층의 수요에 맞게 고전소설을 '다시쓰기'하거나 '고쳐쓰기'를 하는 일은 원작 텍스트의 '정보적 가치'나 '상품적 가치'를 살려 현재적으로 소통하는 일에 도움이 된다.

그런데 이런 기대와 달리 그동안 우리 학계나 출판계에서 고전소설을 대중출판물의 형태로 다시쓰기나 고쳐쓰기 하는 일에 대한 이해와 인식 수준은 낮고, 그러한 작업의 경험이나 이론적 토대 또한 상당히 빈약하였다. 또한 그러한 작업을 가볍게 여기는 풍토가 있었기에 고전 원전을 원칙 없이 가공하면서 원전의 본래적 가치를 손상시키는 일도 적지 않았다. 뿐만 아니라 고전의 원칙 없는 가공은 이를 바탕으로 이루어질 수 있는 교양의 획득 및 훌륭한 문화적 파급효과, 그리고 파생 문화상품 개발을 무화(無化)시키는 결과를 가져온다.

문제는 올바른 다시쓰기란 무엇인지, 다시쓰기의 원칙은 어떤 것인지, 다시쓰기 출판물에 대한 비평의 기준이 어떤 것인지 등에 대해서 문학 연구자, 작가, 출판 관계자들 간에 제대로 논의하거나 합의해본 기억이 없다는 사실이다. 이에 대한 본격적 논의가 필요하다고 생각한다.

다행스럽게도 최근 10여 년 전부터 출판계에서는 해당 분야의 전문 연구자의 고증과 식견을 바탕으로 원전의 선본을 조심스럽게 채택하고, 원전의 미학과 글맛을 동시에 살리는 다시쓰기 작업을 해오고 있다. 때로는 전문 작가에게 재해석 내지 고쳐쓰기 작업을 맡기거나 글맛을 살리는 일들을 하게끔 하고 있다. 이제 이를 학문 연구의 영역으로 끌어들여 연구하고, 또 이러한 작업의 비평 작업 및 이론적 토대를 마련하는 일이 시급하다. 이러한 작업을 통하여 고전문학 연구를 '현재적 소통'의 문제로 범위를 넓히고, 고전문학 연구의 유용성을 새롭게 확보해 나갈 수 있으니라 생각한다.

이 책은 내용상, 크게 세 부분으로 구성된다. 2장은 고전소설 다시쓰기의 저본이 된 '한국 고전문학전집'의 간행 양상을 일괄하여 정리하고, 대표적인 9종의 전집을 텍스트로 하여 편찬자의 편찬의식과 장르 구성, 수록 작품의 면모를 분석하였다. 여기서 고전 다시쓰기 작업의 쟁점 중 하나가 '대중성'과 '교양'의 문제라는 점을 알 수 있다.

3장~4장은 1990년대 이후 출간된 고전소설의 다시쓰기 출판물들을 분류하고 전체적인 양상을 파악한 것이다. 3장에서는 다시쓰기 출판물들을 독자층에 따라 초등학생 독자, 중·고등학생 독자, 성인 독자용으로 분류하고, 시대별로, 출판사 별로 조사하고 분석하였다. 4장에서는 현재의 시점에서 고전소설의 독자층 및 수요가 무엇일지, 다시쓰기 글 작가와 그림 작가에 대해서, 주요 작품 목록과 다시쓰기의 방식, 다시쓰기 출판물에 대한 비평 기준을 서술하였다.

5장부터 7장까지는 다시쓰기 출판물에서 대표적으로 〈춘향전〉, 〈구운몽〉, 〈홍길동전〉을 대상으로 원작의 성격과 다시쓰기 출판물의 양상 및 개성을 살피고 분석하였다.

필자가 이 연구 주제에 대해 착안하게 된 것은 한국 고전소설사에 발생하였던 한문소설과 국문소설의 관련성 및 번역본 문제에 주목하게 되면서부터이다. 우리 고전소설사에서는 자국의 소설 작품을 한문과 국문으로 상호 번역 및 개작을 하면서 상하층 간에 문학적 소통이 일어나고, 앞선 세대와 뒷세대 간에 시대의식의 교류가 일어나게 되었다. 필자는 이것이 근대에 와서는 구활자본 소설의 간행으로, 현대에 와서는 고전의 현대어 번역(다시쓰기) 및 개작(고쳐쓰기)의 양상으로 재현된다는 점을 발견하였다. 이 아이디어를 갖고 처음 쓴 글이 「고전동화로 보는 〈춘향전〉-1990년대 이후 출간된 작품을 대상으로-」(2003)이란 논문이었다. 돌이켜 보면, 은사이신 설성경 교수님의 회갑 기념 논문집에 수록할 목적으로 집필한 것이 이 연구의 첫 번째 결과물이 되었다. 그때 초등학생용으로 출판된 〈춘향전〉들을 연구하면 어떨까 하는 생각을 갖게 되었는데, 연구를 하면서도 이게 고전문학 연구자로서 할 만한 일일까 하는 의구심을 저버릴 수 없었던 기억이 난다.

이때까지만 해도 고전소설의 대중출판물로의 다시쓰기 및 고쳐쓰기에 대한 연구는 학문적으로 진지한 연구 대상으로 여겨지지 않았다. 하지만 한때 폄하되었다가 새롭게 주목을 받았던 구활자본 소설의 경우처럼, 이 연구 주제는 분명 고전소설의 현재적 소통과 의미에 관한 중요하고도 실질적인 테마로서 좀 더 진지하게 학문적으로 연구될 필요가 있다는 점을 생각하게 되었다.

이러한 생각을 구체적인 연구 성과로 완성할 수 있었던 것은 '8할'이 한국연구재단 인문저술지원사업의 지원 덕분이다. 이 지원이 없었더라면 나는 이 복잡한 작업에 대한 의무감과 연구 의욕을 지속적으로 유지할 수 없었을 것이다.

2007년부터 3년 간에 걸쳐 연구지원을 받게 되면서 '고전소설의 다시쓰기'라는 큰 테마를 붙들고 늘어지게 되었다. 큰 주제를 잡고 연구를 시작하면, 방향은 대략 잡지만 난점이 되는 것은 덩어리가 너무 커서 어떻게 연구의 실마리를 풀어 갈지 감을 잡기가 힘들다는 점이다. 도서관과 서점에서 자료를 구하면서 알게 된 것은 당시 남아 있는 다시쓰기 출판물 자료는 대부분 1980년대 말 이후 출간되었다는 것이었다. 한편으론 되는 대로 고전소설의 다시쓰기 출판물을 사 모으고, 다른 한편으론 국립중앙도서관과 대학 도서관, 어린이 도서관 등을 다니면서 책을 조사하면서 대략적으로 서지사항을 정리하고 성격을 분석하게 되었다. 막상 조사하고 보니 처음에 내가 예상했던 것들보다 출판물 종류가 많고 양상을 파악하기가 쉽지 않았다.

이 연구를 진행하면서 명지대 김현양 교수님께 얻은 몇몇 조언이 큰 힘이 되었음을 밝힌다. 연구의 초기에 고전의 '정보적 가치' 및 '상품적 가치'라는 개념에 대한 명쾌한 지적과, 고전문학전집의 간행 양상에 대한 조언이 연구의 난관을 넘어서는 데 큰 힘이 되었다.

〈춘향전〉, 〈구운몽〉, 〈홍길동전〉 개별 작품의 원전 및 이본, 인물의 성격과 서사구조 등 원작의 성격에 대한 항목은 설성경, 이윤석 교수님의 강의와 저술에 바탕하여 집필하였다. 선생님들께 배운 고전문학에 대한 이해와 분석 방식은 부족한 제자의 연구에 늘 견고한 바탕이 되었으며, 많은 영감을 준다. 두 분 선생님께 깊은 감사의 말씀을 드립니다.

단행본 원고를 거칠게 집필하면서 개별 논문으로 정리하여 발표한 것이 「고전소설의 다시쓰기 출판물 연구 시론」, 「〈구운몽〉의 현재적 소통과 다시쓰기 출판물」, 「〈홍길동전〉과 다시쓰기 출판물」이다. 그리고 마지막으로 발표한 논문이 「한국고전문학전집의 간행 양상에 대한 비판적 고찰」이다. 마지막 논문은 '고전소설 다시쓰기'의 전(前) 단계라 할 수 있는 연구 대상을 검토한 것인데, 이 책에선 맨 앞에 놓인다. 그간 발표한 논문들은 본 저술의 간략 내용이며, 이 책은 논문보다 확장되고 상세한 내용과 자료들을 담아 서술하였다.

단행본 출간 작업에서 마지막 단계는 사진의 스캔 · 편집 작업이었다. 주로 '글'만 가지고 지면을 채워 왔던 필자로서는 이 책을 쓰면서 '표 만들기' 작업과 '사진 스캔 · 편집' 작업에 도전하게 되었다. 이 일은 생각보다 복잡하고 번거로

웠다. 다양한 대중출판물을 대상으로 한 분석 작업이라 대상 출판물을 일부라도 직접 보여주는 것이 이해에 도움이 되리라 생각하여 가능한 한 많은 자료의 표지와 내용 장을 스캔하여 책에 집어넣으려고 했다. 이 일로 김민영 편집자가 꽤 고심하고 고생하였던 걸로 안다. 고맙고 미안하게 생각한다.

박이정 출판사의 박찬익 사장님과는 이 책으로 두 번째의 인연을 맺는다. 내 생애 처음 낸 책이 2000년에 박이정출판사에서 출간한 『조선후기 역사소설의 성격』인데, 잘 팔리지 않아 늘 죄송하였다. 이번에 12년 만에 두 번째 책의 출판을 허락해주시고 전폭적으로 지원해 주셔서 감사할 뿐이다.

문학 연구는 왜 하는가? 문학 연구가 좋아서 시작했고, 이걸로 인생을 걸 만하다고 생각해서 이십 대 후반에 박사 과정에 진학했다. 세상에 자기가 좋아하는 일을 평생 직업으로 삼는 사람이 가장 행복하다는데, 난 그 중 한 명에 속하지 않나 싶다. 그러기 위해서 20년 간 한결같이 동행해주고 뒷받침하며 수고해준 아내가 고맙다. 김혜순이 없었으면 공부와 글쓰기를 벌써 접었을 것이다. "고맙소."

늘 뒤에서 기도해주시고 걱정해주시는 부모님께 감사드린다. 사랑합니다.

2012년 2월

권혁래

차 례

생산과 수용의 측면에서 본 고전소설의 다시쓰기 출판물 ‖ 113

<춘향전>과 다시쓰기 출판물 ‖ 127

<구운몽>과 다시쓰기 출판물 ‖ 179

제1장

오래된 이야기와 상상력, 고전소설*

동양에서 소설이란 말이 처음 쓰일 때에는 '길거리와 골목에서 하는 이야기(街談巷語)와 길에서 듣고 말해진 것(道聽塗說)', '대수롭지 않거나 자잘한 말(殘叢小語)' 정도의 개념으로 이해되었다. 조선조, 15세기 어느 시점에서 김시습이 『금오신화』를 지은 이래, 사람들의 고소설에 대한 가장 일반적이면서도 본질적인 이해는 '흥미로운 이야기'이자 '위험한 이야기'로 보는 것이었다. 문학을 '재도지기(載道之器)'로 바라보는 목적론(효용론)적 시각이 지배적이던 중세 시기에 문학이 윤리나 역사, 사실 및 교화의 의도를 담은 시문(詩文)이 아닌, 가공이며 허구의 구조물이면서 사람의 정신을 쏙 빼놓을 정도로 재미있는 이야기가 될 수 있다는 인식의 전환은 그 자체로 획기적인 일이었다. 그래서 소설은 위험하고 불량한 문학이기도 하였다. 이러한 점 때문에 조선조 내내 대다수의 사대부들은 소설에 대해 부정적 인식을 갖고 소설 창작 및 독서에 대해 시비를 걸었다. 하지만 그러한 와중에서도 김시습, 허균, 김만중, 박지원 등 당대의 쟁쟁한 문호들이 한문과 국문으로 소설을 창작하였고, 또 허다한 무명의 작가들이 다양한 유형의 소설 창작에 동참하면서 소설사의 지경이 넓어져 왔다.

---

* 이 저서는 2007년 교육인적자원부의 재원으로 한국연구재단의 지원을 받아 수행한 연구임(KRF-2007-812-A00151)

현전하는 고소설은 900여 종이 넘는데, 이 가운데 일부가 '고전소설(classical novel)'로 인식되면서 주요 연구의 대상이 되고, 번역되거나 현대어로 옮겨져 읽히고 있다. 이러한 작품들에는 중세를 규범적으로 인식하던 사대부들과는 좀 다른 시각에서 바라보던 문제적 작가들의 시대인식과 목소리가 담겨 있다. 그리고 이뿐 아니라 의식적이든 무의식적이든 당대의 역사·사회적 상황, 삶의 모습, 역사의식 및 희노애락(喜怒哀樂)의 정서가 소설 한 문장 한 문장에 녹아 들어 있다. 적어도 이 작품들은 조선시대 어느 특정 시기의 문학 소산물이었는데, 이제 멀게는 5백년, 짧게는 1백년 가량의 시대적 거리를 뛰어넘어 현대인들과 만나고 있는 것이다.

고전소설은 오래된 이야기다. 오래된 것이면서도 기억할 만한 이야기라서 고전소설이라고 부른다. 민족공동체의 역사, 구성원들의 구체적인 삶의 모습와 정서가 고전소설만큼 잘 그려져 있는 문학, 또는 기록이 또 있을까? 그래서 기억할 만한 가치가 있다는 것이다. 하지만 이러한 점이 있다고 해서 오늘날 현대인들이 고전소설을 다 흠모할 만하며 필요로 한다고 생각한다면 큰 착각임에 틀림없다. "노래는 부를 때까지 노래가 아니며, 종은 울릴 때까지 종이 아니며, 사랑은 고백할 때까지 사랑이 아니다."라는 허만 슈타인의 시 구절이 있다. 이 시의 표현 방식을 원용한다면, 고전소설은 읽힐 때까지 고전소설이 아니다. "다들 중요하다고들 하지만, 정작 아무도 읽지 않는 책", 어쩌면 이러한 말이 고전소설에 대한 매우 적절한 정의일지도 모른다. 고전소설의 가치를 알고 스스로 찾아서 읽는 사람은 많지 않다. 그러므로 고전소설 연구자는 고전소설의 연구, 번역, 교육 작업과 함께 '독서 대중의 고전 독서와 향수'라는 테마를 결코 간과할 수 있다. 따라서 현재적 시점에서 독서 대중들이 고전소설을 어떠한 계기로 읽고 향수하며, 심미적으로 어떠한 영향을 받는지에 대해 연구자들은 고민하지 않을 수 없다.

〈춘향전〉을 청소년용 책으로 다시 쓴 김선아는 현실에서 고전이 참으로 중요한 의미가 있음에도 불구하고 그것이 잘 읽혀지고 있지 않다면서 그 이유에 대해 다음과 같이 언급하였다.

> 고전 읽기가 즐겁지 않았던 데에는 정신에 앞서 표현의 문제가 크게 작용하였을 것이다. 무엇보다 낯선 고사의 인용과 한문어구의 빈번한 삽입, 익숙하지 않은 문어투와 내용 파악이 어려운 비문 투성이의 긴 문장이 큰 원인이었다. 무엇보다 한글과 영어 시대를 사는 우리 젊은이들에게 우리 고전은 무척 어렵고 낯설고 재미없는 것으로 인식되었다.[2)]

위 저자는 젊은이들에게 고전 읽기가 제대로 이루어지지 않은 이유 중 가장 큰 이유가 표현의 문제라고 하였다. 고전소설의 원 문장 및 표현이 낯설고 고답스러워 이것을 매끄러운 현대어 문장으로 제대로 바꾸지 않는 이상 젊은이들이 즐겨 찾을 리 없음을 지적한 것이다. 어찌 문장뿐이겠는가? 연구자들은 이보다 먼저 현대인들이 재미있게 읽고 정신적 안위를 얻을 만한 작품이 무엇인지 선정하는 일을 고민하지 않을 수 없다. 또 많은 이본 가운데 적절한 텍스트를 찾아내는 작업이 필요할 것이다. 이러한 작업에는 작품의 문학적 정수를 파악하고, 원작의 문학적 향기를 제대로 살려내는 심미안이 빠질 수 없다.

고전소설 독서를 활성화하려면 초등학생, 중고생부터 대학생, 성인독자에 이르기까지 다양한 형태와 성격의 다시쓰기 출판물을 간행하는 작업이 필요하다. 필자는 이러한 의미에서 고전소설의 다시쓰기 작업을 연구 테마로 하였다.

1980년대까지만 해도 한국고전소설 내지 고전문학은 '민족문학'으로서의 정체성을 갖고 있었고, 민족문화의 면에서 절대적 가치, 정신적 가치를 인정받아 왔다. 한국문학사는 한국사 못지 않는 위상을 지녀왔다. 하지만 20세기 말, 21세기가 되면서 양상은 달라졌다. 실용주의와 세계화를 지향하는 시대, 학교 및 특정 영역에서 실질적인 영어 공용화가 실시되고 있는 이 시대에 이제 민족문학으로서의 고전문학 및 문학사는 더 이상 이전과 같은 절대적 가치와 의미를 부여받지 못하고 있다. 대개의 경우 고전소설은 문화산업의 상품으로서, 또는

---

2) 『춘향전』(김선아, 현암사)의 서문 중에서

읽기 · 쓰기 영역에서의 학교 교육, 대학 입시-수능 및 논술고사-와 연관하여 학습 콘텐츠, 부교재로서 효용성이 인식되고 있는 것이 현실이다. 이외에 패러디 소설이나 영화나 게임의 콘텐츠로서 인식, 활용되고 있는 경우도 있다.

필자는 이 책에서 21세기 사회에서 고전소설의 의미에 대해 문제 제기를 한다. 오늘날 한국 고전소설은 어떤 의미가 있는가? 고전소설은 왜 읽어야 하며, 연구의 가치는 무엇인가? 필자는 이에 대해서 문화상품으로서의 고전소설, 학습용 문화콘텐츠로서의 고전소설의 의미를 밝힐 것이다. 이를 위해서 '고전소설의 대중출판물로의 다시쓰기'라는 개념을 주제로 삼아 해방 이후부터 21세기에 이르기까지 각각 고전소설이 대중출판물로 출판되어 온 양상을 고찰하고, 다시쓰기의 의미, 작가와 독자, 문학적 본령의 해석 등의 문제를 논의할 것이다.

대중출판물 간행을 통한 고전소설의 보급 작업에서 핵심은 '다시쓰기' 작업이다. 이른바 '고전소설의 다시쓰기(rewriting) 작업'이란 고전소설 원문을 독서대중들의 연령 및 지적 수준에 따라 쉽게 읽을 수 있도록 문장을 다듬는 작업으로 정의할 수 있다. '고전소설의 다시쓰기 출판물'이란 그러한 다시쓰기 작업을 하여 독서대중들이 손쉽게 읽을 수 있도록 한 대중출판물을 의미한다. 다시쓰기 작업의 범주에는 독자를 고려한 첨가 및 부연(끼워넣고 늘여 쓰기), 생략 · 축소(빼고 줄이기), 단어 및 문장 표현의 치환(바꿔넣기) 등이 있다.[3] 그리고 대중출판물을 간행하는 과정에서 일어나는 해설, 그림 · 사진 · 정보 등의 부가 · 편집 작업도 다시쓰기 출판물 작업의 한 과정으로 보는 것이 좋을 듯하다. 이러한 다시쓰기 및 대중출판물 작업은 오늘날 고전소설의 보급과 현재적 소통에 크게 기여하였다.

그런데 '다시쓰기(rewriting)'의 개념은 필자들에 따라 다른 의미로 쓰이기도 한다. 신선희는 '다시쓰기'의 개념에 대해서 장르 변용과 매체 변환까지 고려하

3) 권혁래, 「고전소설의 현재적 독자와 다시쓰기의 문제」, 『동화와 번역』 9집, 건국대 동화와번역연구소, 2005, 123쪽.

여, '고전의 수용 · 변용 · 재창조'라는 의미로 제시한 바 있다.[4] 이 개념은 '현대적 수용과 변용'이라는 의미이며,[5] 좀 더 엄밀히 말하면, '고전의 개작, 재창작, 패러디'라는 창작의 다양한 방식이 포괄된 개념이다. 이러한 관점은 '다시쓰기'를 "약간의 수정이 가미된 요약이 아니라 '새로운' 표현을 가능케 하는 수단",[6] "문학 텍스트에 대한 비평 활동의 하나"[7]로 본다.

이에 비하여 필자가 사용하는 개념은 대중출판물 간행을 통한 고전소설의 보급 작업에서 이뤄지는 것으로, "원작의 정신, 주제, 플롯, 인물 설정 및 성격 등을 대부분 그대로 따르면서 문장 및 문맥 차원에서 고르고 다듬는다."[8]는 뜻이다. 이런 의미로 '고전의 재창작'이란 용어를 사용한 최진아는, 중국 고전 〈요재지이(聊齋誌異)〉를 어린이용 이야기로 '재창작'하는 작업의 핵심은, 원작의 본질을 손상시키지 않으면서도 현재적 독자의 독서필요에 가장 부합하기 위한 다시쓰기 및 고쳐쓰기임을 말하였다.[9] 전래동화로 개작된 〈춘향전〉을 분석한 김영욱은 '다시쓰기'의 개념에 대하여, "시대에 맞는 해석을 담으면서도 원작의 문학적 품위를 훼손하지 않고 능란하게 다시 쓰는"[10] 과정이라고 하였다. 실제로 고전소설을 대중출판물로 보급 · 간행하는 거의 대다수의 다시쓰기 작가들은, 원작과 일정한 비평적 거리를 두려고 하는 패러디나 재창작 작업과는 달리, 원작의 정보를 해치지 않았다는 믿음을 얻으려고 애쓴다. 필자 또한 이러한 범주에서 '다시쓰기'의 개념을 규정하고 사용한다.

---

4) 신선희, 『우리고전 다시쓰기-고전 서사의 현대적 계승과 장르적 변용』, 삼영사, 2005, 1~430쪽.
5) 신선희, 「〈심청전〉의 현대적 수용과 변용」, 『고소설연구』 9집, 한국고소설학회, 2000, 240쪽.
6) 한인혜, 「쿳시의 〈포〉와 다시쓰기의 문제」, 『현대영미소설』 제13권 1호, 한국현대영미소설학회, 2006, 183쪽.
7) 고영화, 「다시쓰기(rewriting) 활동의 비평적 성격에 대하여-전래동화 다시쓰기를 중심으로」, 『문학교육학』 3집, 한국문학교육학회, 1999, 223쪽.
8) 권혁래, 앞의 논문, 121쪽.
9) 최진아, 「고전의 즐거운 재창작-어린이용 이야기 〈요재지이〉」, 『중국어문학지』 31집, 중국어문학회, 2009, 163쪽.
10) 김영욱, 「전래동화로 다시 쓰인 〈춘향전〉」, 『한국학연구』 20집, 인하대학교 한국학연구소, 2009, 88쪽.

제2장

고전소설 다시쓰기 저본으로서의 한국고전문학전집 간행

1. 머리말

한국고전문학전집은 우리 민족의 고대부터 근대 이전까지의 시기에 형성된 고전적인(classical) 문학 작품을 집성하여 간행한 출판물이다. 1960년대 초에 시작하여 50여 년간 간헐적으로 발간되어 온 20여 종의 한국고전문학전집은 한반도 정착민들의 삶 및 정신적 면모를 보여주고, 한국 고전문학의 상을 일반 독서대중들의 내면에 심어주었다.[1] 이 전집을 통해 우리 민족의 정전(正典), 곧 민족 고전으로서의 가치를 인정받는 뛰어난 작품 및 작가들에 대한 지식이 독서대중들에게 생겨났을 것이다.

하지만 근대 국가의 수립 이래 현실공간에서 한국고전문학은 상당 기간 동안 꽤 위축되었던 듯하다. 지성인이라든지 서민대중들에게 한국고전문학의 존재

---

1) 이보다 앞선 고전문학전집의 선례는 1931년 삼천리사에서 발간된 『근대문학전집』에서 찾을 수 있다. 제목은 '근대문학전집'이지만, 〈열녀춘향〉, 〈명장이순신〉, 〈심청〉, 〈의적홍길동〉, 〈민요및가요〉, 〈俚諺과 재담〉, 〈추풍감별곡〉, 〈장화홍련〉, 〈흥부놀부〉, 〈남이장군〉, 총10권의 고전문학으로 구성되어 있다. '사천년래 문예의 총 결정'이라고 소개된 이 전집은 1930년대 독자들이 가장 선호하는 문학작품을 삼천리사가 대중적으로 기획해낸 것이다.(박숙자, 「1930년대 명작선집 발간과 정전화 양상」, 『새국어교육』 83집, 한국국어교육학회, 2009, 688쪽.)

감은 한국현대문학, 심지어 영미 · 유럽문학에 비하여도 매우 미미하였다.[2] 한국현대문학전집은 이미 조광사(1946), 한성도서(1948)이래, 민중서관(1958), 정음사(1968) 등 최근 문학과지성사(2004), 창비(2005)에 이르기까지 수십여 종이 발간되면서 문학을 중심으로 한 교양주의와 대중지성의 형성에 지대한 영향을 끼치고, 유력한 대중적 문화제도로서 기능해오고 있다.[3] 『세계문학전집』 또한 1959년 정음사와 을유문화사가 선보인 이래로 7 · 80년대에 이르기까지 집집마다 한 질 정도는 갖추고 있을 정도로 인기를 얻고, 위인전 시리즈와 더불어 '교양'의 상징이 되었다.[4]

한국고전문학전집 편집진들은 이러한 한국(현대)문학전집 및 세계문학전집의 성공에 상당한 부담감과 함께, 한편으론 이에 비견되는 한국고전문학의 존재를 알리고 대중들에게 평가받는다는 기대감과 사명감을 가지고 이 전집을 기획 · 출판하였을 것이다. 하지만 한국(현대)문학전집 및 세계문학전집과 비교할 때 한국고전문학전집의 입지 공간은 생각했던 것보다 훨씬 좁았다. 그동안 출판된 전집이 대중적으로 그렇게 널리 알려진 경우도 드물고, 또 이를 통해 출판사들이 큰 수익을 얻었다는 이야기도 들어본 적이 없다. 이는 한국고전문학전집이 대중성을 표방하였으면서도 대중적 성취도는 상대적으로 낮고, 한편으로는 전문연구자를 위한 학술기초자료집의 성격을 띠게 된 것도 한 원인이 될 것이다.

그렇다면 기획 · 편집자들이 한국고전문학전집을 통해 거둔 성과는 무엇일까? 한국고전문학전집은 왜 세계문학전집에 비해 독자들의 반응이 크지 않았을

---

2) 다음은 1970년에 발행된 『한국고전문학대전집』의 서문 중 일부분인데, 이로 인한 고심의 일단을 느낄 수 있다. "흔히 '우리나라에는 고전이 없다'라는 말을 듣게 된다. 물론 우리는 과거에 불행한 역사적 단계를 거쳤기 때문에 고전이 숱하게 일실되어 극히 희소한 것만은 사실이다. 그러나 얼마 남지 않은 고전이지만 우리는 아껴야만 했다. 우리 고전에 대한 자조적인 자세부터 앞세우고 우리에게 아낄 만한 고전이 있다는 사실마저 인정하려 들지 않는 이들이 우리 주위에는 적지 않다."(전규태 편, 〈서문〉, 『한국고전문학대전집』, 세종출판공사, 1970.)

3) 천정환, 「한국문학전집과 정전화: 한국문학전집사(초)」, 『현대소설연구』 37집, 한국현대소설학회, 2008, 86~120쪽.

4) 조재룡, 「번역 정글 잔혹사, 혹은 세계문학전집 번역 유감-1998년 민음사 세계문학전집 이전 편」, 한국번역비평학회, 『세계문학전집 번역의 의의와 전망』-2010년 동계 심포지움 발표자료집, 2010. 12. 18, 87쪽.

까? 이러한 질문에 대해 답을 찾는 방법은 여러 가지가 있겠지만, 필자는 편집자의 간행의도 및 작품 목록 분석을 통해 비판적으로 고찰하고자 한다. 이 장에서는 다음의 세 가지 문제를 논의할 것이다.

첫째, 그동안 출판되었던 한국고전문학전집의 양상을 검토하면서 각 전집에서 취한 기획 · 편집 방향의 성격을 고찰하고자 한다.

둘째, 각각의 한국고전문학전집은 어떠한 작품들로 구성되었는지 분석하면서, 어느 문학전집의 서문에서 언급한 이른바 '명랑하고 건강한' 민족적 전통이 발견되는지, 또 각 전집의 수록 작품들 중에서 근대문학에 유산으로 넘겨줄 만한 민족문학의 본이 발견되는지 고찰할 것이다.

셋째, 새로운 한국고전문학전집 기획의 논점으로 대중성과 교양의 문제에 대해 논의할 것이다.

2. 한국고전문학전집의 간행 양상과 성격

1960~2000년대에 이루어진 고전문학전집의 간행은 고전문학을 국민들에게 널리 보급하여 '민족 고전'으로서의 인식을 높이는 데 일정한 기여를 하였다. 이 기간 동안 출판된 주요 전집 목록은 다음과 같다.

번호	편집자	시리즈 이름	출판사	출판년도	수록 장르	성격
1	이병기, 이희승, 이숭녕, 구자균	한국고전문학대계	민중서관	1961~1976	소설, 시가, 한문학	학술자료집
2	장덕순, 이가원, 김기동, 김용제, 김광주	한국고전문학전집(5권)	희망출판사	1965	소설	일반교양
3	전규태	한국고전문학대전집(7권)	세종출판공사	1970	소설, 시가, 설화	일반교양+학술자료집
4	김기동, 박성의, 양주동, 이가원, 장덕순	한국고전문학전집(8권)	성음사	1970~1972	시가, 소설	2의 증보판

번호	편집자	시리즈 이름	출판사	출판년도	수록 장르	성격
5	전규태	한국고전문학대전집(7권)	서강출판사	1975	소설, 시가, 설화	3의 重版
6	김기동, 박성의, 양주동, 이가원, 장덕순	정선 한국고전문학전집(8권)	세인문화사	1975	시가, 소설	4의 重版
7	전규태	한국고전문학대전집(14권)	서강출판사	1976	소설, 시가, 설화, 한문학	2의 증보판
8	김기동, 박성의, 양주동, 이가원, 장덕순	정선 한국고전문학전집(8권)	양우당	1977	시가, 소설	4의 重版
9	정병욱, 이태극, 이응백, 조두현	정선 한국고전문학전집(12권)	서영출판사	1978	설화, 시가, 소설, 한문학	일반교양+학술자료집
10	장덕순, 이가원, 김기동, 김용제, 김광주	한국고전문학전집(20권)	희망출판사	1978	소설	2의 개정판
11	전규태	한국고전문학대전집(8권)	금강출판사	1979	소설, 시가, 설화	3의 증보판
12	한국고전문학 편집위원회	한국고전문학대계(12권)	일신각	1980	소설	일반교양
13	전규태	한국고전문학전집(13권)	삼양출판사	1981	소설, 시가, 설화	7의 重版
14	전규태	한국고전문학대전집(12권)	수예사	1983	소설, 시가, 설화, 한문학	7의 重版
15	전규태	한국고전문학대전집(14권)	중앙도서	1984	소설, 시가, 설화, 한문학	7의 重版
16	이병기, 이희승, 이숭녕, 구자균	한국고전문학대계	교문사	1984~1997	소설, 시가, 구비문학, 한문학	1의 新訂版
17	김기동, 전규태	한국고전문학100(32권)	서문당	1984	소설	일반교양
18	전규태	필독정선 한국고전문학대계(14권)	명문당	1991	소설, 시가, 설화, 한문학	7의 重版
19	정재호, 소재영, 조동일, 김흥규, 이동환	한국고전문학전집(37권)	고려대학교 민족문화연구원	1993~2006	시가, 소설, 구비문학, 한문학	학술자료집+일반교양
20	편집부	한국고전문학(12권)	명문당	1994	소설	일반교양(12의 重版)
21	전영진	한국고전문학(12권)	홍신문화사	1995	소설, 시가, 수필	일반교양

위 표에서와 같이, 한국고전문학전집은 1961년 민중서관에서 간행된 『한국고전문학대계』를 시작으로, 2000년대까지 21종이 발간되었다.[5] 한국고전문학전

집의 성격에 대해 다음과 같이 질문을 던져본다. 한국고전문학전집은 교양도서인가? 전공학술 기초자료집인가?

처음에 민중서관(1961)에서 전집을 간행할 때 편집자들은 국문학도들을 위한 전공학술 기초자료집임을 표방하였다. 곧이어 간행된 희망출판사(1965)의 전집은 편집자들이 고전문학이 서민대중의 벗임을 자처하며, 한국고전문학전집이 대체로 대중독자들에게 고전문학의 흥미와 고상함을 제공하는 교양도서임을 강조하였다. 그런데 성음사(1970), 서영출판사(1978)의 전집에서는 원문을 싣고 주석을 강화하고, 문학사적인 관심사에서 채택하였을 법한 작품들을 대거 싣게 되면서 학술기초자료집의 성격이 강화되기 시작한다. 고려대 민족문화연구원(1993)의 전집은 처음부터 대중독자와 학술연구자들이 함께 활용할 수 있도록 이중 체제로 편집되었지만, 수록 작품의 비대중성을 놓고 보면 학술기초자료집의 성격이 강하다는 점은 분명해 보인다. 이런 점 때문에 한국고전문학전집은 서민대중들이 친근함을 가지고 읽는 '재미있는 교양도서'와 민족 고전에 특별한 관심이 있는 (엘리트) 독자들이 읽는 '학술기초자료집'의 성격이 동시에 존재하는, 편폭이 넓은 책이 아닌가 한다. 이에 따라 대상 독자층도 불특정 '서민대중'에서 전공 대학생층, 그리고 전문 연구자층에 이르기까지 넓게 존재하지만, 무게 중심은 후자쪽에 있는 것이 아닌가 생각한다.

1960~80년대에는 소수의 대학 교수들이 한국고전문학전집을 기획하고 주도하였다. 1960년대에 국문학도 독자들을 대상으로 한 민중서관의 첫 작업은 이병기 · 이희승 · 이숭녕 · 구자균 교수가 시작하였고, 대중 독자들을 대상으로 한 희망출판사의 첫 작업은 장덕순 · 이가원 · 김기동 교수 및 김용제 · 김광주 작가가 참여하였다. 1970~80년대에는 장덕순 · 이가원 · 김기동, 그리고 전규태 교수

---

5) 위 21종은 성인 독자들을 대상으로 한 간행물이며, 국립중앙도서관, 국회도서관, 서울대 · 연세대 · 고려대 · 숭실대 등의 대학도서관, 교보문고 등에서 조사한 목록이다. 아동 · 청소년들을 대상으로 한 출판물은 조사대상에서 제외하였다. 이외에도 추가될 목록들이 있겠지만, 분석은 위 전집만으로도 충분하다고 생각한다. 문학동네의 『한국고전문학전집』(2010~)은 아직 간행 중이라 분석 대상에서 제외하였다.

가 중심적으로 활동을 하였고, 정병욱 · 박성의 · 양주동 · 이태극 · 이응백 · 조두현 교수 등이 일회적으로 참여하였다. 1990년대 이후에는 정재호 · 소재영 · 조동일 · 김흥규 · 이동환 교수 등이 새롭게 기획을 주도하였다.

초기 기획자들은 국민들이 '민족 고전'을 읽어 교양을 함양할 수 있도록 고전문학 전집을 발간한다고 하였다. 대중들에게 '한국고전문학'이라는 실체가 아직 인식 · 형성되지 않은 초기 상태에서 '정전의 구성 및 보급'이라는 의미로 한국고전문학전집 간행은 설명될 수 있다.

그런데 뒤로 갈수록 이전에 기획 출판에 관여했던 소수의 학자들이 거듭해서 다른 전집을 출간하였고, 또 똑같은 내용의 전집을 출판사를 옮겨 간행하는 '중판'이 많아지는 등 무질서한 출판 문화를 보여주었다. 위 21종의 출판물 중에는 다수의 중판과 증보판이 존재하는데, **이 중에서 독자적 성격이 뚜렷하고, 편집자의 간행의식과 그 구체적 실천양상이 명확한 출판물은 〈1〉(민중), 〈2〉(희망), 〈3〉(세종), 〈4〉(성음사), 〈7〉(서강), 〈9〉(서영), 〈16〉(교문사), 〈17〉(서문당), 〈19〉(민문) 등, 아홉 종 정도**이다. 〈7〉(서강)은 전규태 교수가 편찬한 다수의 전집들 가운데 마지막 증보판이라는 점에서 의미가 있다.

〈2〉 · 〈10〉(희망), 〈12〉(일신각), 〈17〉(서문당), 〈20〉(명문당)의 전집은 고소설 작품만을 수록하였으나, 다른 전집들은 여러 장르의 작품을 함께 수록하였다. 〈4〉(성음), 〈6〉(세인), 〈8〉(양우)은 시가와 소설을, 〈3〉(세종), 〈5〉(서강), 〈11〉(금강), 〈13〉(삼양)은 시가 · 소설 · 설화를 수록하였으며, 〈1〉(민중), 〈7〉(서강), 〈9〉(서영), 〈14〉(수예), 〈15〉(중앙)는 설화 · 시가 · 소설 · 한문학을, 〈16〉(교문), 〈19〉(민문)는 시가, 소설, 구비문학, 한문학까지 가장 폭넓은 장르를 수록하였다.

가장 대중적이며 공통 분모가 된 장르는 소설 문학인데, 그중에서도 가장 많이 수록되었던 작품은 〈구운몽〉, 〈금령전〉, 〈금오신화〉, 〈두껍전〉, 〈박씨전〉, 〈배비장전〉, 〈백학선전〉, 〈변강쇠전〉, 〈사씨남정기〉, 〈숙향전〉, 〈심청전〉, 〈양반전〉, 〈운영전〉, 〈유충렬전〉, 〈임경업전〉, 〈임진록〉, 〈전우치전〉,

〈창선감의록〉, 〈최고운전〉, 〈춘향전〉, 〈토끼전〉, 〈한중록〉, 〈허생전〉, 〈호질〉, 〈홍길동전〉, 〈흥부전〉(가나다 순) 등이다.

3. 고전문학전집의 편찬의식과 구성

그동안 한국고전문학전집은 어떻게 기획 · 출판되어 왔는가? 이 장에서는 앞서 독자적 성격이 명확하다고 판정한 아홉 종의 한국고전문학전집의 양상을 검토하며 이를 고찰하고자 한다. 주로 서문과 편집방향, 작품 구성에 대해서 고찰할 것인데, 서문과 편집방향은 편집자들의 문학관과 간행의도 및 작업의 방향을 보여주며, 수록 작품은 그러한 문학관의 실천 양상이라는 점에서 의미가 있다.

(1) 이병기 · 이희승 · 이숭녕 · 구자균 편, 『한국고전문학대계』(민중서관, 1961; 교문사, 1984)

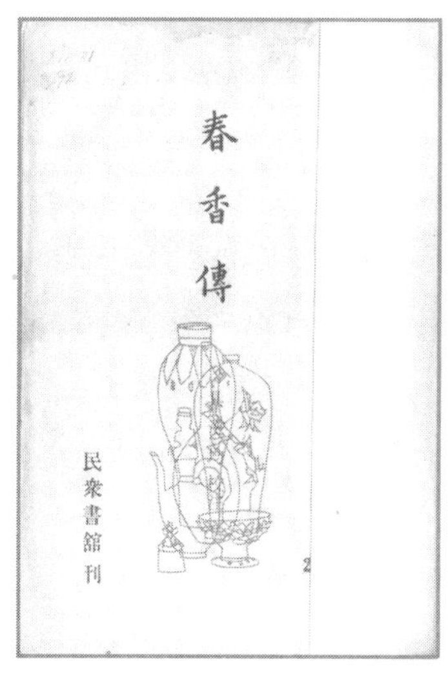

민중서관의 『한국고전문학대계』는 가장 이른 시기에 간행된 고전문학전집이다. 하지만 유감스럽게도 이 전집의 전체 구성은 정확히 파악되지 않는다. 각 도서관들에 소장 중인 자료를 조사한 결과 총 8권의 목록을 확인할 수 있었다.

14권. 김동욱 · 이병기 교주, 『한듕록:閑中漫錄』, 1961.
17권. 이가원 역편, 『이조한문소설선』, 1961.
19권. 차주환 교주, 『시화와 만록』, 1966.
10권. 구자균 교주역, 『춘향전』, 1970.
12권. 강한영 교주, 『(신재효) 판소리사설집』, 1971.
9권. 정병욱 · 이승욱 교주, 『구운몽』, 1972.
7권. 박성의 교주역, 『농가월령가 · 한양가』, 1974.
13권. 김동욱 교주, 『단편소설선』(어우야담, 운영전 등), 1974.

민중서관의 '대계' 작업에는 몇 가지 특징이 있다. 첫째는 가장 먼저 시작되긴 하였으나 처음부터 전체적인 목록을 작성하지 않은, '기획'이 약한 전집이라는 점이다. 위 목록에서 보다시피, 1961년에 처음 출간된 책들의 권 번호가 각각 14, 17번이다. 그리고 1972년과 1974년에 간행된 『구운몽』과 『농가월령가 · 한양가』의 권 번호가 각각 9권, 7번이다. 왜 14권부터 간행되었는지, 또 뒤에 나온 책 번호가 앞선 책보다 왜 빠른지, 1~6 · 8 · 11 · 15~16권 등의 목록은 무엇이며, 전체 몇 권으로 된 것인지 등은 지금으로선 알기 어렵다.

다만 각 권들이 장르적 안배에 의해 치밀하게 기획 · 구성된 것이 아니며, 수록 작품들도 '개별성'이 강한 작품들임을 알 수 있다. 편집자들은 모든 장르와 각 장르를 구성하는 많은 작품들을 망라하지는 않았지만, 개성이 강한 대표적 작품들을 선보임으로써 '민족 고전'의 인상을 분명하게 제시하였다. 소설 장르에서는 〈구운몽〉, 〈춘향전〉, 〈운영전〉, 〈삼설기〉, 〈요로원야화기〉, 〈한중록〉, 〈심청전〉, 〈박타령〉, 〈수궁가〉, 〈적벽가〉, 〈변강쇠전〉과 〈허생〉, 〈호질〉, 〈장생전〉 등 전 및 한문소설 62편을 선보였다. 시가 장르에서는 장편 서사가사인 〈농가월령가〉와 〈한양가〉 등을, 한문학에서는 〈백운소설〉, 〈용재총화〉 등 시화와 만록의 초록(抄錄)을 선보임으로써 그야말로 '소수정예'의 면모를 보여주었다.

둘째, 이 전집의 성격은 '국문학자 및 국문학도들을 위한 전공 필독서이자 길잡이'로서 기획되었다는 점이다. 각 권은 해설 및 해제, 범례, 원문과 현대역, 주석 순으로 구성되어 있는, 충실한 교주본 및 역서이다, 그리고 해당 작품마다 당대 최고의 연구자들이 교주 · 역을 맡음으로써 전집의 권위와 신뢰성을 확보하였다.

민중서관의 고전문학대계 출간 작업은 1970년대 말까지 지속되었으며, 출판사의 사정으로 인하여 1980년대 초 교문사로 인계되었다.[6] 교문사는 1981년 민중서관의 작업을 인수한 후 계속 사업을 진행하여 1984년 『한국고전문학대계』 신정판(新訂版) 10권을 출간하였고, 1997년까지 3권을 더 간행하였다. 목록은 다음과 같다.

1권 『홍길동전 · 임진록 · 신미록 · 박씨부인전 · 임경업전』
2권 『춘향전』
3권 『구운몽』
4권 『어우야담 · 운영전 · 요로원야화 · 삼설기』
5권 『이조한문소설선』
6권 『한중록』
7권 『시화와 만록』
8권 『신재효 판소리사설집』
9권 『농가월령가 · 한양가』
10권 『일동장유가 · 연행가』(이상 1984년 간행)
11권 『정다산시문선』(1991)
12권 『청구야담』 상 · 하권(1996)
13권 『한국가면극선』(1997)

---

6) 그 전에 똑같은 내용으로 보성문화사에서 『한국고전문학전집』이라는 제목으로 전집을 간행하기도 하였으나, 전 권 목록이 확인되지는 않는다. 가령 국립중앙도서관에는 『(신재효)판소리사설전집』(한국고전문학전집 8권, 1978) 한 책이 소장되어 있다.

1권 소설류와 10권 가사류가 민중서관본 『대계』 목록에 추가된 것이고, 11~13권의 한문학, 문헌설화, 가면극이 새롭게 추가된 것이다. 교문사의 『대계』에 와서야 전집은 전체적으로 체계가 잡힌 모습을 보여주는데, 1~6권은 소설류, 7 · 11권은 한문학, 9 · 10권은 시가류, 8 · 12 · 13권은 설화 및 구비문학류이다. 대중들에게 널리 알려진 전집은 아니지만, 적어도 1980년대 말까지 국문학 전공자들에게는 그야말로 가장 권위 있는 정본으로 인식된 전집이 바로 민중서관 및 교문사의 『한국고전문학대계』라는 점을 평가하고 싶다.

(2) 장덕순 · 이가원 · 김기동 외 편,
『한국고전문학전집』(전5권, 희망출판사, 1965)

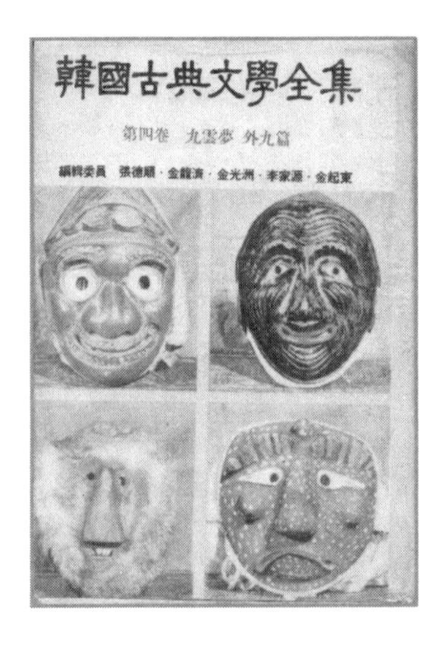

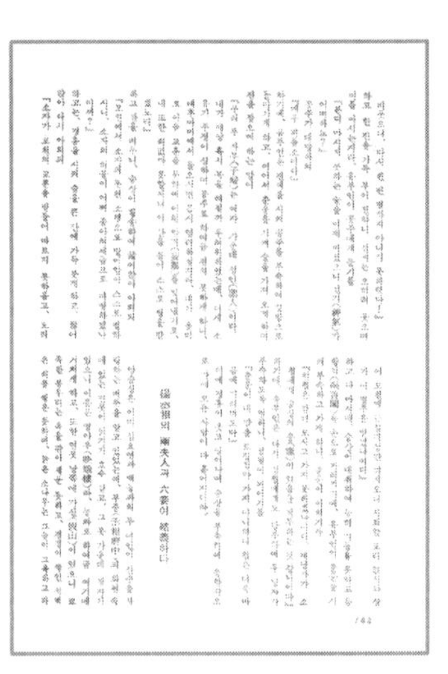

희망출판사는 1965년 『한국고전문학전집』 전5권을 발간하였다. 편집위원으로는 장덕순 · 이가원 · 김기동 교수, 김용제 · 김광주 작가가 참여하였다. 편집자들은 전집의 간행 의미를 고전문학이 서민대중과 호흡을 같이 하는 계기를 만든다는 점에서 찾았다. 해당 부분의 서문을 인용하면 다음과 같다.

고전은 절대로 골동품이 아니다. 고전은 박물관 진열장 위에 비장되어야 할 성질의 것이 아니기 때문이다. 고전은 시대의 흐름 속에 살아가며, 서민대중과 호흡을 같이 하는데 그 의의가 있다. 인류가 문자생활을 영위한 이래로 허다한 문자의 기록이 생성 · 소멸되었고, 혹은 오늘에 이르도록 遺存되어 왔거니와, 그 가운데서도 유독 문학유산처럼 각 시대의 대중들과 더불어 희노애락을 함께 한 기록은 거의 없다. 이것은 문학이 딱딱한 지식이나 까다로운 도덕률을 전파하려 함이 아니라, 인간생활의 정서와 취미를 풍부하게 하며 또 다채롭게, 그리고 아롱지게 하는 진정한 '서민대중의 벗'이기 때문이다. 그러므로 수많은 고전 중에서도 문학적인 소산만은, 그 지닌 바 생명이 장구하며 무궁하다. (밑줄 표시는 인용자 강조)

장덕순, 이가원을 비롯한 편집자들은 고전문학을 인간생활의 정서와 취미를 풍부하게 하며 또 다채롭게, 그리고 아롱지게 하는 진정한 '서민대중의 벗'이라 하였다. 하지만 이어지는 서문에서, 고전문학이 현대의 독서층과 오히려 먼 거리에 있게 된 이유를 고전의 언어가 한문이거나 어려운 고어이기 때문이라고 하였다. 그리고 이런 까닭으로 고전문학이 학문적 연구대상으로서만 대학에서 읽히고, 서민대중들에게는 거의 알려지지 않았음을 말하였다.

고전은 현대의 바탕이요, 그리고 이 현대는 다시 미래를 계시해 주는 것이다. 따라서 고전에 무식할 때 현대는 우매해지고, 따라서 미래를 기대할 수 없다. 고전의 '生命'과 '價値'는 바로 여기에 있다.

고전을 읽자! 우리의 고전소설들은 이조 일대에 걸치는 선조들의 흥분과 정서와 감각이 아롱지게 서려 있는 주옥 같은 작품들이다. 이것들을 읽을 때, 우리는 선인들의 감정세계를 소요하게 되고, 또 그들의 숨결을 가까이 느끼게 된다. 이 얼마나 즐겁고 고상한 시간의 산책이랴!

고전소설은 야담이나 옛날이야기에 그치는 것은 절대 아니다. 이는 문학이기 때문에, 문학이 지니는 香薰과 不滅의 光彩를 간직하고 있다. 따라서 이것이 현대의 맥박 속에 살고 있는 한, 우리는 단명한 유행성 문학사조나 팜프렛 식의 단편적인 문학상식에서 탈출할 수 있을 것이다. 다시 일러 두거니와, '우리는 고전을 읽자! 고전을 읽어야 한다!'(후략)

1964년 12월 하순, 한국고전문학전집 편집위원위원 대표 장덕순
(<古典은 現代에서 살아야 한다> 중에서)[7]

편집자들은 고전을 읽을 때 현대의 바탕을 이룰 수 있고, 또 미래를 기대할 수 있다는 점에서 고전의 생명과 가치를 찾았다. 46년 전에 쓰였지만, 고전에 대한 열정이 뜨겁게 느껴지는 문장이다. 편집자들은 고전문학을 '서민대중의 벗'이라 하면서도 현실에서 그렇게 되지 못한 이유를 고전의 언어가 한문이거나 어려운 고어이기 때문이라고 하였다. 그리하여 현대 독서층과의 거리를 좁히기 위해 고전의 현대역 및 보급 작업을 수행한다고 하였다. 그러면서 일부에서 행해지는 고전소설의 번안, 윤색 작업이 원작을 함부로 해치는 해악을 저질렀음을 비판하고, 또 한편에서 원 모습을 현대에 그대로 보급시킨다는 명분으로 원문 인용에 고어풀이까지 하는 방식은 너무 고답적이라고 비판하였다. 이들은 고전문학에는 문학이 지니는 향훈(香薰)과 불멸의 광채가 있다는 믿음과 확신이 있었다. 이런 까닭에 고전을 읽어야 함을 역설하였다.

편집자들이 제시한 원칙은 세 가지이다. 곧, 첫째, 고전의 원 모습을 그대로 지니면서도 현대인의 독서에 편하도록 문체와 체재를 다듬고, 둘째, 일시에 전체 고전을 조감할 수 있도록 전질의 형식을 갖추고, 셋째, 가급적 많은 독서대중에 파고들기 위하여 염가판으로 책을 출판한다는 것이다.

본문 앞에는 작품 해설란을 두어 작품의 개략적인 소개를 하였고, 본문은 세로쓰기 상하2단으로 하였다. 이 전집에는 전적으로 고소설만을 수록하였다. 구체적으로 한문소설과 판소리류, 군담 영웅소설, 궁중비화와 비극소설, 〈춘향전〉, 〈구운몽〉, 〈홍길동전〉 등 46종의 작품을 수록하였다. 수록 작품의 목록은 다음과 같다.

---

7) 장덕순 · 이가원 외, 『한국고전문학전집』(전5권) 1, 희망출판사, 1965, 5쪽.

1권	금오신화, 양반전, 호질, 허생, 영영전, 금령전, 최고운전, 임경업전, 가루지기타령, 배비장전, 토끼전, 서동지전, 흥부전, 옹고집전, 화사(15종)
2권	임진록, 조웅전, 장국진전, 전우치전, 유충렬전(5종)
3권	인현왕후전, 계축일기, 심청전, 사씨남정기, 장화홍련전, 콩쥐팥쥐, 한중록(7종)
4권	구운몽, 박씨전, 홍길동전, 이춘풍전, 박문수전, 주생전, 두껍전, 장끼전, 창선감의록(9종)
5권	춘향전, 운영전, 옥낭자전, 오유란전, 채봉감별곡, 숙영낭자전, 양산백전, 백학선전, 옥단춘전, 숙향전(10종)

이를 가나다 순으로 정리하면 다음과 같다.

> 계축일기 · 구운몽 · 금방울전 · 금오신화 · 두껍전 · 박문수전 · 박씨전 · 배비장전 · 백학선전 · 변강쇠전 · 사씨남정기 · 서동지전 · 숙영낭자전 · 숙향전 · 심청전 · 양산백전 · 연암소설(호질, 양반전, 허생전) · 영영전 · 오유란전 · 옥낭자전 · 옥단춘전 · 옹고집전 · 운영전 · 유충렬전 · 이춘풍전 · 인현왕후전 · 임경업전 · 임진록 · 장국진전 · 장끼전 · 장화홍련전 · 전우치전 · 조웅전 · 주생전 · 창선감의록 · 채봉감별곡 · 최고운전 · 춘향전 · 콩쥐팥쥐 · 토끼전 · 한중록 · 홍길동전 · 화사 · 흥부전(이상 46종)

본문 앞에는 작품 해설란을 두어 작품의 개략적인 소개를 하였고, 본문은 세로쓰기 2단으로 편집하였는데, 앞서 언급한 원칙대로 고전의 원 모습을 크게 훼손하지 않고서도 단어, 문체나 체재를 다듬어 대중들이 읽기에 편하도록 하였다. 편집위원은 대학교수 3명, 소설가 2명으로 구성되어 있는데, 현직 대학교수들과 전문 작가들이 협력 작업하여 의욕적으로 고전소설의 대중적 보급 작업에 앞장선 초기의 사례라 할 것이다.

그런데 전집에 수록된 46종의 소설은 한문소설과 판소리류, 군담 영웅소설, 궁중비화와 비극소설 등인데, 대체로 통속소설, 혹은 대중소설의 범주를 넘어서지 못하는 작품들이다. 이러한 구성은 서민대중들에게 고소설의 친근함과 대중성을 인식시키는 데는 기여했지만, 고전문학의 다양한 장르와 지성미, 민족문학적 성격을 보여주기에는 한계가 명확한 구성이라 할 수 있다. 이 전집은 1978년 같은 출판사에서 같은 내용을 20권의 책으로 분권하여 재출판하였다.

(3) 전규태 편, 『한국고전문학대전집』 (전7권, 세종출판공사, 1970; 전14권, 서강출판사, 1976)

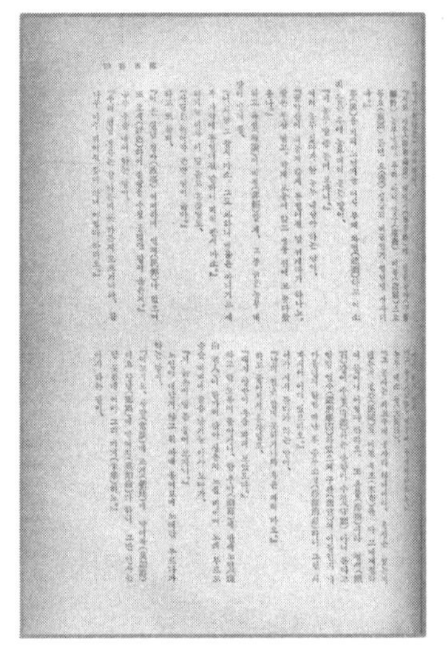

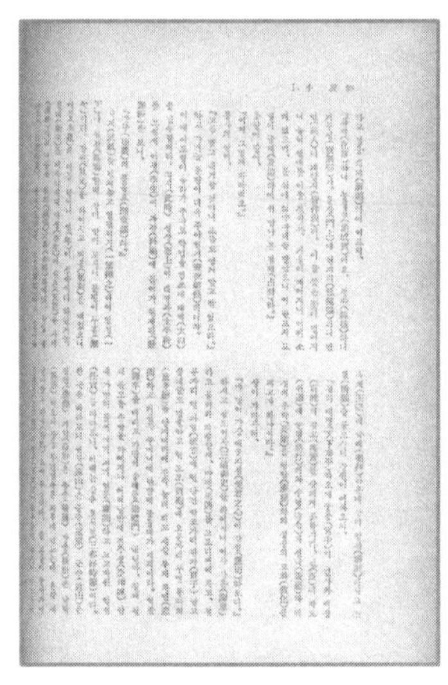

전규태는 1970년 세종출판공사에서 『한국고전문학대전집』 전7권을 편찬, 출간하였다. 김기동, 이가원 등이 함께 해설을 맡았고, 자료의 정리와 편찬 작업은 학생들의 도움에 힘입었음을 서문에서 밝히었다. 이것은 장덕순 등이 편집한 희망출판사의 전집(1965) 이후 5년 만에 출간된 전집인데, 서문에는 편자의 한국고전문학에 대한 애정과 열정이 강하게 드러나 있다. 전규태는 서문에서 고전의 의미와 가치를 다음과 같이 말하였다.

고전이란 그 시대, 그 시대에 창작된 작품 가운데에서도 오랜 세월 동안 사라지지 않고 오늘날까지 고귀한 가치를 지켜나온 글들인 것이다. 말하자면 인류의 태고 이래의 인간 정신의 결정인 것이다. 인간이 인간에의 사랑과 지식욕을 잃지 않는 한 아마도 고전의 생명은 영원하리라고 믿는다. 문학을 감상하여 문학적인 교양을 얻고, 문학의 정신을 올바로 이해하기 위해서는 무엇보다도 먼저 고전을 익힐 필요가 있다. 고전과 자주 접한다는 것은 우리 인생에 있어서 무엇보다도 값진 기쁨의 한 가지일 것이다.

편자는 문학적 교양을 얻기 위하여 고전을 읽을 필요가 있다고 하였다. 하지만 한국에서는 불행한 역사 때문에 서양에 비해 고전이 부재한다고 자조하는 자세가 있다고 하는데, 그것 때문에라도 우리의 고전을 적극적으로 발굴, 소개하는 일이 중요하다고 하였다.

우리들은 한국인이다. 따라서 한국인으로서의 전통, 한국인으로서의 인생관, 한국인으로서의 사고방식을 지니고 있다. 우리들에게 있어서의 혈육의 전통이란 한국 문학의 고전에 따라서 실현된다고 해도 과언이 아닐 것이다. 고전을 찾는 일, 그것은 한낱 복고적 도락이 아니다. 그것은 우리 고유의 생활 철학, 고유의 미를 찾는 작업이다. 스스로의 철학, 스스로의 미를 간직한 겨레, 그것은 가장 강인하고 가장 고결한 민족인 것이다. 우리가 고전문학을 존중하는 것은 단순한 옛문학이라는 이유로서만은 아니다. 그것은 그 이전의 전통을 이어 받아 왔고, 또 오늘의 문학의 전통을 이어준다는 그러한 역사성이 있기 때문이다.

"溫故而知新"이란 말이 있다. 옛것을 익혀서 새 것을 알자는 것이다. 이것이야말로 우리가 고전을 접하는 태도이기도 한 것이다. 고전을 찾는 것은 결코 復古나 회고의 의미로써 찾는 것이 아니다. 오로지 미래를 개척하기 위해서, 그리고 현재를 보다 더 원만히 살아보기 위해서 찾자는 것이다. 오랜 역사를 두고 전승되어 온 우리의 고전은 한낱 과거의 지식이 아니고 항상 새로운 시대의 생명의 원천임을 명심해야겠다.

위와 같이 편자는 고전에 대한 매우 진지한 자세를 보여주고 있는데, 우리 민족이 가장 강인하고 고결한 민족이므로 고전문학을 존중하게 되면 바로 그러한 정신의 전통을 이어받을 수 있다는 것이다. 이러한 이유로 고전은 새로운 시대의 원천이라고 하였다. 정신사적 면에서 다소 수사적으로 고전의 의미를 평가한 것이라 할 수 있다. 편집의 원칙은, 독자의 편의를 위하여 철자법에 있어서는 고대의 시가를 빼놓고는 거의 현대화했으나 가능한 한 원형을 그대로 두었으며, 고전작품으로서의 모습과 어감을 살리기 위하여 고음(古音)을 살리겠다고 하였다.

전규태가 편집한 세종출판공사의 『한국고전문학대전집』은 1~5권에는 총 49종의 고전소설을, 6권과 7권에는 각각 시가집과 설화집을 수록하였다. 시가집에는 향가, 고려가요, 송시(頌詩), 시조, 민요, 가사, 한시를 수록하였는데, 대부분 주석본의 형태와 성격을 지니고 있어 일반 독자들이 읽기엔 어렵게 느껴진다. 설화집에는 신화, 전설, 〈고금소총〉, 국문학사전 등의 내용을 수록하였는데, 비교적 쉬운 편이다. 소설 목록은 다음과 같다.

1권. 소설집	춘향전, 沈淸傳, 홍부전, 裵裨將傳, 雍固執傳, 장끼전, 토끼전, 卞강쇠전, 두껍전, 이춘풍전, 장화홍련전, 콩쥐팥쥐
2권. 소설집	창선감의록, 숙향전, 淑英娘子傳, 玉娘子傳, 玉丹春傳, 周生傳, 梁山伯傳, 白鶴扇傳, 彩鳳感別曲
3권. 소설집	임진록, 朴氏傳, 林慶業傳, 劉忠烈傳, 張國振傳, 조웅전, 洪桂月傳, 裵是愰傳, 洪吉童傳
4권. 소설집	한중록, 癸丑日記, 仁顯王后傳, 구운몽
5권. 소설집	사씨남정기, 金鰲新話, 花史, 英英傳, 鼠大州傳, 雲英傳, 烏有蘭傳, 崔孤雲傳, 燕岩小說(虎叱, 兩班傳, 허생전), 田禹治傳, 金鈴傳, 洛城飛龍, 要路院夜話記

이상의 소설 작품은 판소리계 소설을 비롯하여, 군담·영웅소설, 궁중소설, 한문소설, 애정소설, 풍자소설 등이 고루 포함되어 있는데, 희망출판사본(1965)의 목록을 계승하면서도 새롭게 연구되거나 발굴된 〈낙성비룡〉, 〈배시황전〉,

〈홍계월전〉이 새롭게 추가되고, 활자본 소설인 〈박문수전〉이 제외되었다. 〈춘향전〉은 이본의 다양성을 고려하여 경판본과 완판본, 고본 춘향전을 포함하여, 세 텍스트를 수록한 점이 특이사항이다. 책마다 작품 본문 뒤에는 해설을 자세하게 붙였다. 소설의 문장은 대부분 현대어 철자법으로 고쳤으나, 종결어투에서는 '-하니라.', '-하더라'와 같은 말투를 유지하였다.

전규태는 이 세종출판공사본 『한국고전문학대전집』을 저본으로 하여, 이 전집과 같거나 이를 증보(增補)한 전집을 수차례 출간하였다. 1975년 전규태가 서강출판사에서 간행한 『한국고전문학선집』(전7권)은 세종출판공사 간본(1970)과 똑같은 내용의 중판(重版)이다.

이보다 1년 뒤 1976년 서강출판사에서 간행한 『한국고전문학대전집』은 전14권인데, 세종출판공사본 전집(전7권)의 내용에, 평론 · 수필집, 서간집, 낙선재소설, 한시집, 시조집, 〈연산군일기〉를 추가한 것이다. 각 권 내용을 살펴보면 다음과 같다.

8권. 평론 · 수필집 I	〈파한집〉, 〈보한집〉, 〈백운소설〉 외, 〈의유당전서〉, 〈규중칠우쟁론기〉 등
9권. 평론 · 수필집 II	〈서포만필〉 외, 〈순오지〉, 〈계곡만필〉, 〈역옹패설〉, 〈열하일기〉
10권. 서간집	〈대각국사문집〉, 〈점필재집〉, 〈사육신집〉, 〈퇴계집〉, 〈일재집〉, 〈율곡집〉의 원문과 번역본
11권. 낙선재소설	〈천수석〉, 〈낙천등운〉, 〈태원지〉
12권. 한시집	역대 시인들의 절구와 율시가
13권. 시조집	〈청구영언〉, 〈해동가요〉, 〈가곡원류〉, 〈남훈태평가〉, 〈고금가곡〉
14권.	〈연산군일기〉

이 작업은 전규태가 수행하였던 한국고전문학전집 간행의 결정판이라 할 수 있는데, 장르로 보면 소설을 중심으로 하여, 향가 · 고려가요 · 시조 · 가사 등 다양한 역사적 장르로서의 시가, 설화, 한시 · 평론 · 수필 · 문집 · 서간 등의 한문학 작품들

을 포괄한 것이다.

전규태는 1979년에 금강출판사에서 『한국고전문학대전집』 8권을 간행하였다. 이 전집은 세종출판공사본(1970)에 '시조집'을 추가한 것이다. 또한 삼양출판사에서 간행한 『한국고전문학전집』(1981, 전13권)은 서강출판사본 전집(1976, 전14권)에서 마지막 권 〈연산군일기〉를 생략한 것이다. 1983년 수예사에서 간행한 『한국고전문학대전집』(전12권)은 서강출판사본(1976, 전14권)에서 낙선재소설과 〈연산군일기〉를 생략한 것이다. 중앙도서본 『한국고전문학대전집』(1984, 전14권)은 서강출판사본(1976) 전집과 같은 내용인데, 다만 각 권의 순서가 다소 바뀌었을 뿐이다.

한국고전문학전집 간행사(刊行史)에서 전규태는 이렇듯 중심적 역할을 해왔다. 그는 모두 일곱 차례 한국고전문학전집의 편집·출판 작업을 진행하였는데, 그중에서도 세종출판공사본 『한국고전문학대전집』(1970, 전7권)과 서강출판사본 『한국고전문학대전집』(1976, 전14권)이 대표적 결과물이다.

이러한 작업에는 공과(功過)가 함께 있음을 부정할 수 없다. '공(功)'은 무엇보다 다양한 역사적 장르와 작품을 소개하며 한국고전문학의 포괄적인 정전(正典)을 구성하려는 시도를 하였다는 점에 있을 것이다. 이를 통하여 고전문학의 독서 저변을 꾸준히 넓혀온 점 또한 그의 노력의 한 결과이다.

하지만 한편으로 '과(過)' 또한 분명하게 존재한다. '전집'이란 일종의 '폐쇄적 출판물'로서, 목록 결정에 신중을 기해야 한다. 전집의 목록을 작성하는 일은 작품에 대한 가치 판단을 의미하는 '고도의 비평 행위'이기 때문이다.[8] 이러한 방대한 일을 연구자 홀로 수행하기는 어려울 것이라고 본다. 또 편집자가 수차례 전집을 편찬하면서 어떠한 장르의 문학을 통째로 넣다 뺐다 하며 수시로 목록을 변경한 일은 정전을 구성해가는 한 과정이기도 하겠지만, 편집의 일관성을 잃었다는 비판을 면하기 어렵다. 또한 출판사를 빈번하게 교체하며 유사한

8) 조영일, 「세계문학전집의 구조」, 한국번역비평학회, 『세계문학전집 번역의 의의와 전망』-2010년 동계 심포지움 발표자료집, 71~72쪽.

내용의 출판물을 중쇄 간행한 것은 출판사와 편집자간의 계약관계가 명확하지 못한 것이 가장 큰 원인이었겠지만, 결과적으로 고전문학전집의 권위를 훼손하는 일이 되었다.[9]

(4) 김기동 · 박성의 · 양주동 · 이가원 · 장덕순 편,
『한국고전문학전집』(전8권, 성음사, 1970~72)

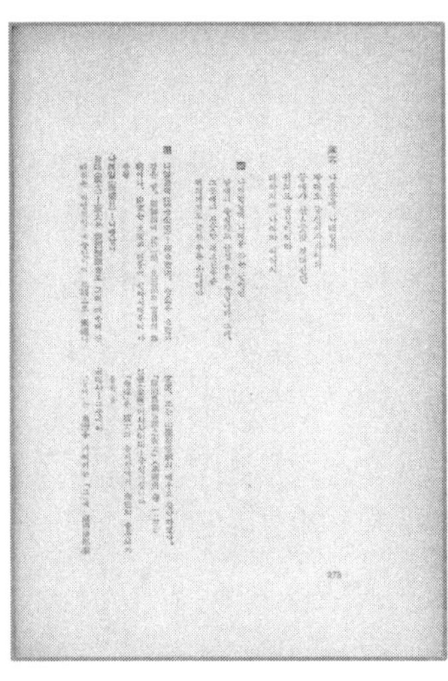

성음사(省音社)에서는 1970~1972년 사이에 『한국고전문학전집』 전8권을 편찬 간행하였다. 편집위원은 김기동, 박성의, 양주동, 이가원, 장덕순 교수이다. 편집위원들은 이 책의 서문에서 고전문학에 대한 사명감과 열정을 한층 더 강하게 표현하였다. 이들은 먼저, 근대문학과의 관련성을 모색하면서 '민족문학으로서의 고전문학'을 강조하였다.

근대문학은 어느 나라에서나 그 나라 문학의 전통과 민주주의라는 두

---

9) 이 점에 대해서는 박이정출판사의 박찬익 사장님으로부터 조언을 얻었음을 밝힌다.

> 가지의 조건 위에서 출발하였다. 이 점을 가지고 우리 신문학을 돌이켜 볼 때 매우 불행하다 하지 않을 수 없겠다. 이웃 일본의 침략으로 민족사회의 주도권을 빼앗겼을 때 이 두 가지 조건이 모두 무너졌던 것이다. 그 대신 개화주의와 순응주의가 문학의 또다른 기조가 되어 버렸다. 〈근대사〉의 비극이 〈문학사〉의 비극으로 재연된 것이다. 너무도 당연한 일이다. 그렇다고 해서 우리 신문학사에는 다른 나라의 경우처럼 지하문학의 전통이 있는 것도 아니다. 일제 기간 동안 망명자에 의해 이루어진, 민족의 정통성 유지에 값할 만한 문학적 현상이 있지 않았다는 말이다. 두 번째의 불행이었다. 해방 후 정치적으로 망명자들의 정통상징은 민족의 정치적 부활을 위해 요긴하고 결정적인 구실을 한 것은 사실이었다. 그러나 문학에 있어서의 병행현상의 부재는 민족문학의 재건에 있어서 끊임없는 혼란의 뿌리가 되었다. 물론 뜻있는 문학자들이 어둠의 때를 침묵으로 지낸 것은 어떤 의미에서 저항의 업적이기는 하지만 이것 또한 개인으로서의 영광일망정 문학적인 실적을 대신할 수는 없다. 씌어지지 않는 '뜻'은 문학사에 아무런 보탬을 주지 못하기 때문이다. 근대문학이 당대의 사회풍속에 대한 살아 있는 증언이라고 하면 우리는 이 세기의 절반에 대하여 공정한 문학적 기록을 가지지 못한 것이 된다. 정치건 학문이건 전통이 있고, 그 전통으로 '보고 움직이기' 마련이다. 문학도 마찬가지다. 한국 신문학의 이와 같은 이그러진 모습은 현대문학의 옳은 발전을 위해서 매우 위험한 요인으로 남아 있는 것이다.

편자들은 한국의 근대문학이 우리 근대사의 왜곡으로 말미암아 정상적으로 형성 · 발전되지 못하였음을 말하며, 고전문학은 바로 현대문학의 비뚤어진 모습을 바로잡는 민족문학의 본이 되기 때문에 소중하다고 인식하였다. 또 고전문학은 민족적 자유 아래에서 만들어졌기 때문에 명랑성이 있으며, 노예의 문학이 아니라고 하였다. 신문학, 근대문학을 민족적 전통이 계승되지 못한 부정적 유산으로 인식하는 편자들은 고전문학 속에서 명랑하고 건강한 민족의 전통을 찾아야 한다고 주장하는 관점이 이채롭다.

마비된 자아의 구조를 다시 찾으려면 고전소설은 다시없는 계시이며 교육자다. 그 속에는 의리 풍토의 인상과 '그 당대의 민주주의'가 살아 있다. 이것을 읽으면 우리가 한국 사람임을 느낄 수 있고 사회다운 사회는 어떤 것이어야 하며 사람다운 사람은 어떤 것이어야 하는지를 알 수 있다. 이와 같은 정신은 신문학의 불행한 출발과 과정이 그려온 궤적을 수정하는데 중요한 구실을 할 수 있음은 물론이다.

편집위원들은 고전소설에는 "의리 풍토의 인상과 당대의 민주주의"가 살아 있는 등 중세의 이상적 사회상이 녹아들어 있다고 보았다. 그런데 "당대의 민주주의가 살아 있다"는 말이 어떤 의미인지, 그리고 고전소설에 그려진 사회와 사람이 왜 가장 이상적인 모델인지 독자들로서는 알 수 없다. 그 이유에 대해 설명하지 않았고, 위의 표현이 논리적이지도 않기 때문이다. 아무튼 이러한 문학을 보급하여 새로운 민족적 전통과 기상을 살려나가는 데 기여할 수 있으리라는 기대감을 나타내었다. 하지만 그동안 고전이 제대로 보급되지 못하여 현대의 거의 모든 세대가 책임있게 짜인 고전의 온전한 모습을 모르고 청소년시대를 보냈고, 지금도 모르고 있음을 지적하였다. 서문의 마지막 부분을 보면 다음과 같다.

말할 것도 없이 그 나라의 문학은 그 나라 국민생활의 거울이다. 국민사의 과거와 현재와 미래가 그 속에 있다. 그것은 마술의 거울이 아니라 우리가 생활한 공동의 기억이다. 이 거울이 버려지거나 녹이 슬면 우리는 자기를 알 수 없게 된다. 때문에 고전은 생애의 이른 시절에 읽는 것이 보다 좋다. 그의 생애에 있어서 끊임없는 거울이 되기 때문이다. 어른이 된 독자도 읽는 것이 좋다. 늦어서라도 빠른 길을 찾는 것이 행복이기 때문이다.

편집위원들은 말한 '거울론'이란, 고전문학은 국민들이 자신을 돌아볼 수 있는 거울이라는 것이다. 이 거울을 보며 국민들이 민족 공동체의 역사와 전통에 녹아들 수 있다고 하였다. 편자들은 또한 국어교육과 현대문학의 교본으로서, 그리고 국민교양의 원전으로서, 고전의 보급 필요성을 강조하였다.

이 전집은 모두 8권인데, 1권은 향가, 고려가요, 2권은 시조, 3권은 가사, 4권은 초기한문소설, 5권은 군담영웅소설, 6권은 궁중비화소설, 7권은 의협전기소설, 8권은 순수애정소설을 수록하였다. 이중 소설집인 4~8권에 수록된 작품 목록은 다음과 같다.

4권. 초기한문소설	금오신화, 양반전, 호질, 허생, 영영전, 금령전, 최고운전, 임경업전, 가루지기 타령, 배비장전, 토끼전, 서동지전, 흥부전, 화사
5권. 군담영웅소설	임진록, 조웅전, 장국진전, 전우치전, 유충렬전
6권. 궁중비화소설	인현왕후전, 계축일기, 심청전, 사씨남정기, 장화홍련전, 콩쥐팥쥐전, 한중록
7권. 의협전기소설	구운몽, 박씨전, 홍길동, 이춘풍전, 박문수전, 주생전, 두껍전, 장끼전, 창선감의록
8권. 순수애정소설	춘향전, 운영전, 옥낭자전, 오유란전, 채봉감별곡, 숙영낭자전, 양산백전, 백학선전, 옥단춘전, 숙향전

모두 45종이다. 발행일자를 보면, 1권부터 6권까지는 모두 1972년 3월 15일인데, 7~8권은 1970년 12월 15일에 발행되었다. 사정을 알 수는 없지만, 뒤의 7, 8권이 먼저 간행되었음을 알 수 있다. 책의 체재를 보면, 앞에 서문이 있고, 각 작품마다 작품 해설이 붙어 있고, 그 뒤에 작품 본문이 수록되었다.

그런데 소설 작품만 놓고 보면 이는 희망출판사본(1965) 목록 46종에서 〈옹고집전〉을 뺀 것과 목록 및 순서가 일치한다. 소설에 한정한다면, 이것 또한 희망출판사본의 중판이다. 여기에 시가 장르가 세 권 분량으로 추가된 것이니, 이 전집은 희망출판사 간(1965) 전집의 증보판인 셈이다.

이러한 작품 구성은 김기동, 이가원, 장덕순 세 사람이 희망출판사본(1965)의 편집위원이었기에 가능한 것이었으며, 여기에 박성의, 양주동 두 사람이 합류하면서 시가 장르를 보강하게 된 것이다. 책의 체재를 보면, 앞에 서문이 있고, 각 작품마다 작품 해설이 붙어 있고, 그 뒤에 작품 본문이 수록되었다.

그런데 이러한 작품들을 수록한다고 해서 고전문학이, 편자들이 서문에서 이야기한 '거울' 역할을 국민 개개인들에게 올바르게 하였을지는 의문이다. 수록 작품들이 대부분 국문 통속소설 및 고전시가 작품들인데, 이 작품들을 읽을 때 국민들에게 어떠한 작품이 어떠한 방식으로 '거울' 역할을 하였을지 알 수 없기 때문이다.

이 전집은 같은 내용으로 세인문화사와 양우당에서 각기 다시 출판되었다. 세인문화사(1975)와 양우당(1977)에서 각기 간행된 『정선 한국고전문학전집』은 위 성음사본(1970)의 중판(重版)이다. 전8권으로 구성된 이 전집은 1970년에 쓰인 서문도 똑 같고, 나머지 책 내용도 똑 같다.

(5) 정병욱·이태극·이응백·조두현 편, 『정선 한국고전문학전집』(전12권, 서영출판사, 1978)

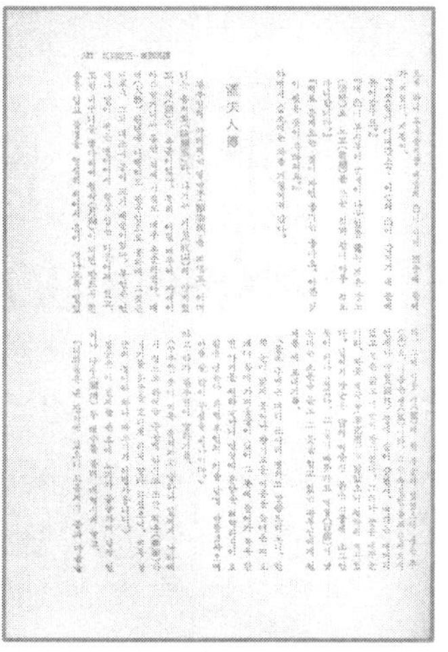

정병욱, 이태극, 이응백, 조두현은 1978년 서영출판사에서 『정선 한국고전문학전집』이라는 제목으로 전12권의 시리즈를 출간하였다. 전집은 1권 설화, 2권 시가, 3권 가사, 4권 시조·한시, 5권 수필·평론(1), 6권 수필·평론(2), 7권

전기 한문소설, 8권 염정소설, 9권 사회소설 · 가정소설, 10권 우화소설 · 괴기소설, 11권 풍자소설 · 이상소설, 12권 군담소설 · 부록 순으로 구성되어 있다. 이 전집은 정병욱, 이태극, 이응백, 조두현 교수가 책임 편집을 맡고, 역주를 이혜성, 조봉제, 임중빈, 최광렬, 최태응, 김정렬, 정을병, 남정현 등이 맡았다. 고전문학 전문 연구자가 아니라, 승려, 시인, 문학평론가, 소설가 등이 역주 작업을 맡았다는 점이 흥미롭다. 이 전집은 민중서관본 이래로 가장 제대로 된 원전 주석서의 성격을 지녔다. 서문의 일부를 인용하면 다음과 같다.

> 수천년간 한 민족이 국가의 체제(體制)를 갖추어 연면(連綿)한 역사와 전통을 계속하여 왔다는 것은 그리 흔한 일이 아니다. 그리고 그 민족이 고유한 문자를 가지고 후세에 길이 전할 문헌을 남겼다는 것은 더욱 흔한 일이 아닐 것이다. 우리 한민족은 5천여 년의 기나긴 역사를 통하여 수많은 외세의 침략을 받아 백척간두의 국난을 겪으면서도 우리의 역사, 한민족 고유의 전통을 맥맥히 이어온 슬기로운 조상이 있었기에 오늘날 빛나는 민족의 문화유산을 이어받은 것이다.
>
> 그러나 해방 이후 물밀 듯이 밀어닥친 외국문물의 범람과 일부 지식인의 몰이해와 역부족으로 우리의 전통문화가 도외시되었으나, 근년 민족중흥(民族中興)을 위한 주체성 확립과 전통 문화의 계발을 위하여 조상의 위대한 정신유산을 발굴, 길이 후세에 전승하는 문제가 시대적인 과업으로 대두되고 있음은 참으로 다행한 일이 아닐 수 없다.
>
> 고전문학이란 실용성을 잃고도 여전히 존재할 만한 값어치가 있고, 시대와 사회는 변하여도 항상 시대를 초월하여 혈연의 외침으로 우리의 공감대를 울려주는 것이라 하겠다. 그러므로 오늘을 사는 우리들은 조상의 얼이 담긴 옛 문헌을 잘 간직하여 먼 후손들에게까지 길이 이어주어야 할 사명감을 가져야 할 것이다.

편집위원들은 수천 년의 역사 속에서 우리 고유의 문자로 이루어진 문화유산의 소중함을 언급하고, 민족중흥을 위한 주체성 확립과 전통 문화의 개발을 위하여 조상의 위대한 정신유산인 고전문학을 발굴하여, 길이 후세에 전하는 것이 중요하다고 하였다. 또한 민족문학으로서의 고전문학의 의미를 규정하고, 정리·보급 작업의 중요성을 강조하였다.

편집원칙으로 내세운 〈범례〉는 다음과 같다.

1. 연대는 연호 또는 왕조연대를 사용하고, 괄호 속에 서기연대를 2分 활자로 표시하였다.
2. 서명, 작품명 등은 한자 그대로 노출시켜 괄호 속에 묶었다.
3. 대화는 " "를 사용하고, 대화 속의 대화와 인용, 강조 등은 ' '를 사용하였다.
4. 본문 속의 한시는 되도록 원문을 싣고, 한자의 이해를 돕고자 음과 토씨, 해설을 덧붙였다.
5. 註는 원주와 역주로 구분하여, 원주는 본문 속에서 괄호로 묶어 설명하였고, 역주는 2페이지 단위로 낱말 및 사건의 옆에 일련번호를 달아 그 설명을 홀수면 하단 좌측에 실었다.
6. 원문은 수록 작품 중에서 중요한 작품만을 골라 본문에 해당하는 원문을 실었다.

편집의 면에서는 주(註)를 원주와 역주로 구분하여 꼼꼼히 작업한 것과, 수록 작품 중에서 〈금오신화〉, 〈최고운전〉, 〈춘향전〉 등 몇몇 작품은 본문에 해당하는 원문을 실은 점이 주목된다.

각권의 구성을 보면, 1권 〈설화〉는 신화, 전설, 민간설화로 구분하여 수록하였다. 출전은 〈삼국유사〉, 〈촌담해이〉, 〈어면순〉, 〈기문〉 등이며, 한글 본문과 주석이 기재되어 있다. 2권은 〈시가〉인데, 고대가요, 향가, 고려가요, 악장을 수록하였고, 3권 〈가사〉는 가사를 승경·기행가사, 은일·자연귀의 가사, 유배가사, 서정가사, 내방가사 등으로 분류하여 88수를 실었다. 4권 시조·한시는 시조 894수, 한시 226수를 수록하였다. 5권 〈수필·평론(1)〉에서는 〈한중록〉, 〈인현왕후전〉, 〈규한록〉, 〈계축일기〉, 〈화성일기〉, 〈의유당일기〉를 수록하고,

〈서포만필〉, 〈용재총화〉, 〈목은집〉, 〈포은집〉을 발췌 수록하였다. 6권 〈수필 · 평론(2)〉에서는 〈순오지〉, 〈파한집〉, 〈보한집〉, 〈역옹패설〉, 〈백운소설〉, 〈어우야담〉을 각각 발췌 수록하였다.

이상 1~6권의 다양한 장르의 작품들은 고전문학전집에는 대부분 처음 실린 작품들이라는 점에서 의미 있다.

소설을 수록한 7권부터 12권까지의 목차를 보면 다음과 같다.

7권. 전기 · 한문소설, 최태응 역주
- 삼국사기 열전/ 의승기, 정시자전, 검승전, 화왕전, 한문소설(허균, 이옥, 박지원 작 등)의 번역본 78편
8권. 염정소설, 정을병 역주
- 춘향전(열녀춘향수절가), 윤지경전, 최척전, 매화전, 숙향전, 운영전, 영영전, 채봉감별곡, 주생전, 백학선전, 양산백전, 원문 · 해설 : 열녀춘향수절가
9권. 사회 · 가정소설, 남두현 역주
- 홍길동전, 사씨남정기, 정을선전, 적성의전, 흥부전, 옥낭자전, 장화홍련전, 심청전, 창선감의록. 원문 · 해설: 홍길동전
10권. 우화 · 괴기소설, 정을병 역주
- 금오신화, 전우치전, 금령전, 토끼전, 두껍전, 쥐전, 까치전, 장끼전, 콩쥐팥쥐전, 화사, 삼설기(9편), 박씨전, 김원전, 최고운전, 원문 · 해설: 최고운전, 금오신화
11권. 풍자 · 이상소설, 남정현 역주
- 구운몽, 변강쇠전, 옹고집전, 이춘풍전, 배비장전, 오유란전, 삼선기, 대관재몽유록, 강도몽유록, 옥루몽
12권. 군담소설, 최태응 역주
- 임진록, 유충렬전, 임장군전

소설은 모두 133편을 실었으니 그동안 출간된 전집 중에서 가장 많은 편수를 보여준 것이다. 7권에는 삼국사기 열전을 제외하고도 가전, 전, 한문소설 등이 78종이 수록되었는데, 고전문학전집에는 대부분 처음 실린 작품들이라 의미 있다.

8~12권에는 소설 55종을 실었는데, 그간에 출간되었던 소설 목록 외에 〈김원

전〉, 〈까치전〉, 〈대관재몽유록〉, 〈매화전〉, 〈삼설기〉, 〈옥루몽〉, 〈윤지경전〉, 〈적성의전〉 등 새롭고 비중 있는 작품들을 수록하였다.

이 전집은 대학의 국문학 전공학도들을 독자로 한 학술기초자료집의 성격을 띠고 있다. 그리고 다양한 장르의 작품을 수록하고 주석 작업을 엄밀하게 한 점 등에서 민족 고전으로서의 위상에 걸맞는 한국고전문학의 내용을 갖추겠다는 의도가 관철된 것으로 보인다.

(6) 김기동 · 전규태 편, 『한국고전문학100』(전32권, 서문당, 1984)

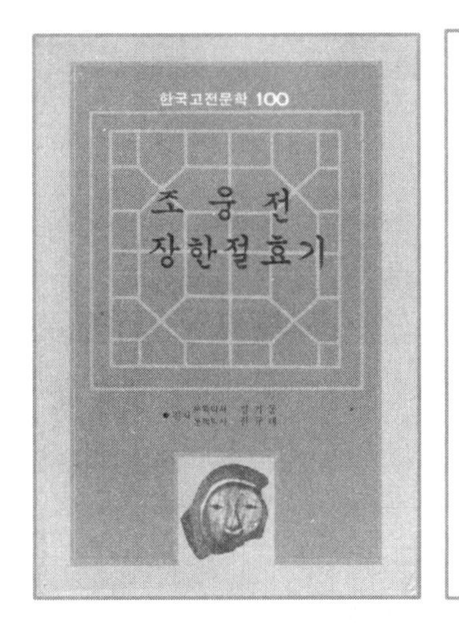

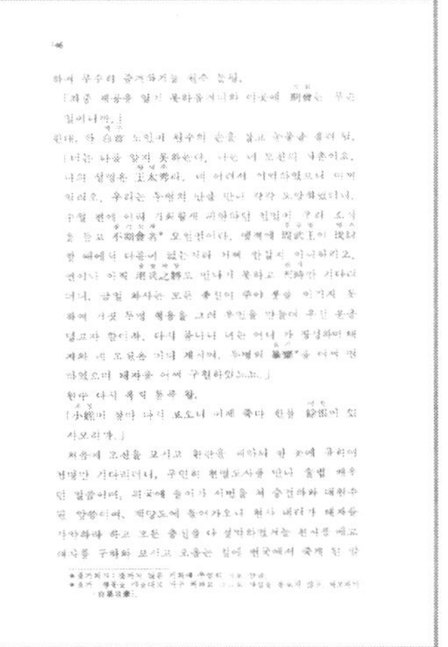

1980년대 들어 새롭게 출간된 전집은 김기동, 전규태가 편집하여 1984년 서문당에서 간행한 '한국고전문학100' 시리즈이다. 시리즈 명은 '고전문학100'이지만, 고전소설만을 수록하였다. 김기동, 전규태 교수가 편자로서 펴낸 이 시리즈는 1차 전32권으로 95종의 다양한 고전소설을 소개하였다. 하지만 2차분부터는 출판되지 않았다. 이 전집은 이전 전집물과는 달리 가로쓰기로 편집되었고, 많은 작품을 한 권에 수록하는 방식을 피하고 1~4종 정도의 비교적 적은 작품을 한 권에 수록함으로써 가독성을 높였다. 그리고 처음으로 성인용 책에 삽화를 넣음으로써 좀 더 대중성을 표방하였다. 이 전집의 출판 이전에도 몇몇 한국고전문학전집 류가 출간되었지만, 이 시리즈가 가장 대중적인 책으로 인정받았으며, 2000년대 전반까지만 해도 서점가에서 유통될 정도로 시장의 지속적인 반응이 있었던 것으로 보인다.

편집자들은 서문에서 우리 고전문학을 현대화하기 위하여, 우선 어려운 고문을 현대 철자법으로 옮겨 독자들이 쉽게 읽도록 하는 것이 그 첫째의 단계라고 하였다. 그리고 작품은 현존하는 모든 고전소설을 현대 철자법으로 개편하겠다는 의지를 밝혔다. 작품을 편집하면서, 표기를 현대 철자법으로 개편하되 원문에 충실하여 학적 가치가 있도록 하였고, 한문소설을 번역하여 수록했으며, 독자의 편의를 위하여 어려운 한자어를 노출시켰을 뿐 아니라 어려운 한자어나, 인명, 지명 등 고사에는 각주를 달았다.[10] 글 위주의 책이지만 간간이 그림을 넣어[11] 문자만이 가득한 책의 지루함을 상쇄하고자 한 점이 이전 전집들과 차별되는 지점이다. 편집자들은 이 전집의 간행 의미 및 목적을, "현대인이 가질 수 없는 우리 선인들의 인생관을 되찾아서 새로운 민족문학의 전통을 수립하는데 이바지"하는 것이라고 하였다.

그런데 이러한 표현에 얼마나 진정이 담겨 있는지는 의심하지 않을 수 없다. 선정한 95종의 소설 작품들은 대체로 통속적인 작품이 많고, 전집의 어느 부분에서도 선인들의 인생관이 무엇이며, 그것이 새로운 민족문학의 전통을 수립하는데 어떻게 기여할 수 있을지 논의의 단초도 만들어 놓지 않았다는 점에서 이러한 문장은 수사적 표현에 가깝다고 생각한다. 수록 작품의 목록은 다음과 같다.

01. 동선기/배시황전/옥소기연
02. 김희경전/전우치전

10) 김기동 전규태 편, 〈책머리에〉, 『동선기 · 배시황전 · 옥소기연』(한국고전문학100, 1권), 서문당, 1984.
11) 보통 한 책당 서너 컷의 수묵화가 들어갔다.

03. 구운몽
04. 장익성전/금강취유기/음양옥지환
05. 이봉빈전/김학공전/이춘풍전/김씨열행록
06. 안락국전/유충렬전/음양삼태성
07. 이화전/권용선전/양주봉전
08. 토끼전/장끼전/김진옥전/홍계월전
09. 남윤전/정비전/남강월전
10. 금향정기/금령전/주생전
11. 양반전/호질/광문전/임호은전
12. 이진사전/변강쇠전/배비장전/오유란전
13. 심청전/옹고집전/옥란빙
14. 보심록/영영전
15. 백학선전/금우태자전/임진록
16. 운영전/청년회심곡/삼선기/옥단춘전
17. 금오신화/이학사전/허생전
18. 쌍선기
19. 이태경전/종옥전/어룡전
20. 서동지전/두껍전/임장군전/채봉감별곡
21. 삼설기/오선기봉/김원전
22. 장국진전/황새결송/숙녀지기
23. 옥소전/까치전/설홍전
24. 쌍미기봉/김효증전/최고운전
25. 월영낭자전/장경전/흥부전
26. 김태자전
27. 사씨남정기/용문전/김인향전
28. 춘향전/월왕전/왕장군전
29. 홍길동전/이해룡전/정진사전/최척전
30. 양산백전/양풍전/반씨전/낙성비룡
31. 조웅전/장한절효기
32. 박씨부인전/옥낭자전/유문성전

그런데 이 전집이 대학생 및 일반인들을 대상으로 한 것이라고는 하였지만, 하지만 수록 작품들의 면면을 보면 과연 일반교양용이라고 할 수 있을지 의심스럽다. 여기에 수록된 작품들은 〈구운몽〉, 〈전우치전〉, 〈양반전〉, 〈금오신화〉, 〈춘향전〉, 〈박씨부인전〉 등 10여 종을 제외한 나머지 작품들은 일반인들에게 대부분 생소한데다, 또 그렇게 민족적 · 전범적이거나 대중적인 작품으로 평가받기 힘들다. 〈권용선전〉, 〈금강취유기〉, 〈금우태자전〉, 〈금향정기〉, 〈김학공전〉, 〈김효증전〉, 〈김희경전〉, 〈반시전〉, 〈보심록〉, 〈설홍전〉, 〈양주봉전〉, 〈왕장군전〉, 〈월왕전〉, 〈음양삼태성〉, 〈이봉빈전〉 등 49개 작품은 오로지 서문당의 목록에서만 발견되는 것이며, 대부분 활자본 소설 목록에서 확인되는 작품들이다.[12] 이러한 작품들이 현대인들에게 얼마나 '고전적'으로 인식되었을지, 또 '민족문학의 전통'을 수립하는 데 얼마나 기여하였을지 긍정적으로 평가하기 어렵다고 생각한다.

(7) 정재호 · 소재영 · 조동일 · 김흥규 · 이동환 외 편, 『한국고전문학전집』(전37권, 고려대학교 민족문화연구원, 1993~2006)

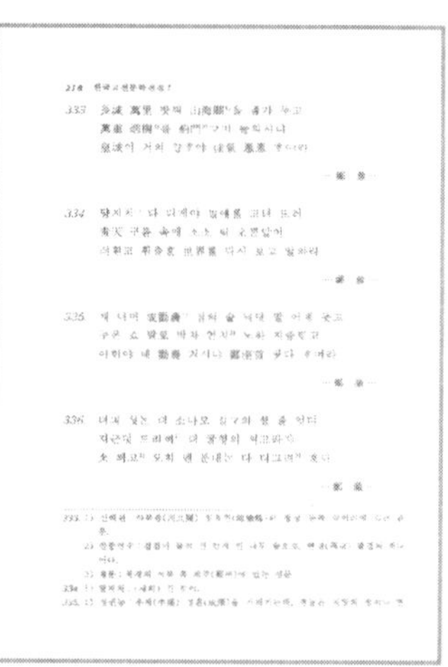

12) 이주영, 「구활자본 고전소설 목록」, 『구활자본 고전소설 연구』, 월인, 1998, 206-234쪽.

1980년대 김기동, 전규태 교수의 작업 이래 한동안 소강 상태를 보이다 1990년대 들어 새롭게 편찬된 전집은 고려대학교 민족문화연구원에서 1993년부터 간행한 『한국고전문학전집』이다. 이 전집의 기획이 새로운 것은 1980년대까지 몇몇 중견학자들이 수십여 종의 작품을 도맡아 해설과 다시쓰기를 해왔다면, 이 전집에 와서 각 작품마다 해당 작품의 전문 연구자들에게 집필을 위탁하여 그들이 일일이 교주 작업 및 다시쓰기 작업을 전담했다는 점이 뚜렷한 진보이다. 전집의 서문에서는 우리가 고전문학에 가져왔던 태도나 그 동안의 미흡한 작업에 대해 반성하고 문제 제기하였다. 또 우리 문화유산의 의미를 설명하고, 잘 활용하고 있는지 되묻고, 반성으로서 문학적인 면에서 외국의 문학 유산에 비해 우리 것을 잘 알지 못하여 열등감을 갖게 되기도 한다고 하였다.

> 우리의 조상은 이 땅에서 오랜 역사 기간에 걸쳐 훌륭한 문화를 이룩하고 많은 문화유산을 물려주었다. 문화유산 가운데는 우리 조상들의 알찬 삶의 다양한 경험들이 축적되어 있다. 그것은 곧 같은 땅이라 하더라도 각기 다른 개성과 자연, 그리고 시대환경에 따라 여러 가지로 삶을 살아본 자취가 그 속에 담겨져 있기 때문이다. 우리는 내 삶을 자연과학의 실험 대상처럼 실험해 보면서 살 수는 없다. 우리에게 주어진 생명의 시간이 단 한 번뿐이기 때문이다. 그러나 인생에 대한 여러 가지 경험이 고전의 갈피갈피에 담겨져 있다. 그것을 살펴보고 우리의 삶을 알차고 보람 있게 설계할 수 있는 것이다. 문화유산 가운데 큰 비중을 차지하는 고전은 그 때문에 소중한 것이고 다시 읽어야 할 보전인 것이다. 그러나 이러한 고전을 알뜰하게 정리하여 오늘을 사는 산 양식으로 잘 활용하고 있다고 우리는 과연 자부할 수 있을까? 아직도 자랑스러운 우리의 고전을 잘 알지 못하여 훌륭한 전통을 지닌 자존심 있는 한국인으로 당당히 살지 못하고, 외국 것이면 우리 것보다 낫다는 열등의식을 가져 스스로를 낮추어 보는 한국인이 없지 아니하다.

이러한 잘못을 바로잡는 방법으로 우리 고전을 바로 알고, 넓고 깊게 읽게 하는 것을 제시하고 있다. 이를 위하여 학문적으로 체계적인 작업을 하여 고전 문학의 진상을 널리 소개하고자 한다는 취지를 말하였다.

> 그러한 잘못을 바로잡는 길은 어디에 있을까? 그것은 우리의 역사를 바로 알고 우리의 고전을 보다 넓고, 깊게 읽어 섭취하게 하는 것뿐이다. 이런 취지에서 우리는 한국고전문학의 진수를 정리하여 그 전집을 간행하기로 하였다. 기왕에 이러한 계획이나 실천이 없었던 것은 아니나, 그 방법이나 실천에 있어 미흡하다 생각하여 우리는 다음과 같은 취지에서 이 사업을 추진하려 한다.

편집 원칙에서는 한국문학의 유산을 전 범위에 걸쳐 포괄하려는 관점과 구체적인 방법을 제시하였는데, 첫째, 우리 고전문학의 세 가지 갈래인 국문문학, 한문문학, 구비문학에 걸쳐 역사적으로 있어 온 모든 갈래들을 모두 수록하고자 하였고, 둘째, 처음으로 원전과 현대역을 동시에 수록하는 방향을 취하였다. 현대역을 통하여는 일반인들도 고전의 감상을 가능하게 하고, 또 정확한 원전을 제시하여 연구자들에게도 인용자료가 될 수 있게 하였다. 이러한 작업을 통하여 학계 안팎으로 한국고전문학의 이해를 드높여 한국인으로서의 자부심을 가지게 하고, 나아가 현대문학 발전에 밑바탕이 되게 한다는 기획 방향을 밝혔다.

이러한 작업의 방향은 고전을 발굴하여, 연구자 및 일반인들에게 신뢰있는 텍스트를 제공하였다는 점에서 의미가 크다. 이 전집은 시가 · 소설 · 구비문학 · 한문학 등 한국 고전문학의 모든 갈래들을 포괄하여 전 100권의 발간을 목표로 하였으나, 현실적인 한계로 인하여 2006년도까지 37권의 책이 발간된 뒤 중단되었다. 그 목록을 보면 다음과 같다.

번호	제목	역주자
1	시조 I	김대행 역주
2	사설시조	김흥규 역주
3	가사 I	최강현 역주
4	임진록	소재영 · 장경남 역주
5	숙향전 · 숙영낭자전 · 옥단춘전	황패강 역주
6	토끼전	인권환 역주
7	화산중봉기 · 민시영전 · 정두경전	이상택 · 이종묵 역주
8	민속극	전경욱 역주
9	해학유서/소호당집/양원유집/명미당집/심재집	차용주 역주
10	원감국사가송 · 근재집 · 익재집 · 급암집	이종찬 역주
11	시조 II	박을수 역주
12	춘향전	설성경 역주
13	심청전	정하영 역주
14	흥부전 · 변강쇠가	김태준 역주
15	명월부인전 · 박씨전 · 임장군전 · 배시황전	김기현 역주
16	금방울전/김원전/남윤전/당태종전/이화전/최랑전	박용식 역주
17	육미당기	장효현 역주
18	일반무가	김헌선 역주
19	목은집	이병혁 역주
20	면앙집/청송집/허응당집/나암잡저/호음잡고	이영무 역주
21	시조 III	진동혁 역주
22	김유신전	김진영 · 안영훈 역주
23	조웅전 · 적성의전	이헌홍 역주
24	유충렬전 · 최고운전	최삼룡 · 이월령 · 이상구 역주
25	홍길동전 · 전우치전 · 서화담전	김일렬 역주
26	천군소설	김광순 역주
27	구운몽	정규복 · 진경환 역주
28	홍재전서 · 영재집 · 금대집 · 정유집	송준호 · 안대회 역주
29	제주도 무가	현용준 · 현승환 역주
30	서사무가 I	서대석 · 박경신 역주

번호	제목	역주자
31	잡가	정재호 · 이창희 역주
32	창선감의록	이래종 역주
33	운곡행록 · 포은집 · 삼봉집	김종진 역주
34	옥봉집 · 고죽집 · 손곡집	안병학 역주
35	적벽가 · 강릉매화타령 · 배비장전 · 무숙이타령 · 옹고집전	김기형 역주
36	삼한습유	조혜란 역주
37	서사무가 II	서대석 · 박경신 역주

지금까지 간행된 책들을 정리하여 보면, 시가, 구비문학, 소설, 문집을 비롯한 한문학 등 이전까지 시도되지 않았던 다양한 장르와 작품들을 간행한 점이 이 시리즈의 가장 큰 특징이자 장점이다. 전체 37권은 소설 19권, 한문학 7권, 시가 6권, 구비문학 5권으로 구성되어 있다. 소설 전19권에는 강릉매화타령, 구운몽, 금방울전, 김원전, 김유신전, 남윤전, 당태종전, 명월부인전, 무숙이타령, 민시영전, 박씨전, 배비장전, 배시황전, 변강쇠가, 삼한습유, 서화담전, 수성지, 숙영낭자전, 숙향전, 심청전, 옥단춘전, 옹고집전, 유충렬전, 육미당기, 이화전, 임장군전, 임진록, 적벽가, 적성의전, 전우치전, 정두경전, 조웅전, 창선감의록, 천군실록, 천군연의, 천군전, 최고운전, 최랑전, 춘향전, 토끼전, 홍길동전, 화산중봉기, 흥부전(이상 43종)이 수록되어 있다.

시가는 총6권으로 시조 I , 시조 II , 시조III, 사설시조, 가사, 잡가로 구성되어 있으며, 구비문학 장르는 민속극, 제주도 무가, 일반무가, 서사무가 I , 서사무가 II , 총5권으로 이전의 어떤 전집보다 비중이 높아졌다.

한문학은 총7권으로, 해학유서 · 소호당집 · 양원유집 · 명미당집 · 심재집, 원감국사가송 · 근재집 · 익재집 · 급암집, 목은집, 면앙집 · 청송집 · 허응당집 · 나암잡저 · 호음잡고, 홍재전서 · 영재집 · 금대집 · 정유집, 운곡행록 · 포은집 · 삼봉집, 손곡집 · 고죽집 · 옥봉집 등으로 구성되어 있다.

1990년대 국문학계의 중견 연구 역량을 모아 발간한 이 전집은 애초의 기획

의도대로 고전문학의 역사적 갈래들을 대부분 포괄하려 하였고, 원전과 현대역을 동시에 수록하여 독자의 폭을 넓히고 신뢰도를 높임으로써 한국고전문학전집의 질적 수준을 한 단계 올리는 역할을 하였다. 다만 도중에 전집 발간이 중단됨으로써 빠진 작품의 꽤 큰 빈 자리가 그대로 남아 있는 문제점이 발생하였다. 당장 출간 예정이었던 사대부가사, 〈한강현전〉·〈사씨남정기〉·〈장화홍련전〉, 〈옥수기〉가 취소된 것도 문학사 구성에 적지 않은 결함을 준다. 이외에도 〈목민심서〉, 〈금오신화〉, 연암 및 이옥 등의 한문소설 등 비중 있는 작품들이 빠져 있는 상태에서 후속 작업에 대한 적지 않은 아쉬움이 남아 있다.

(8) 기타

1994년 명문당에서 출판한 필독 정선『한국고전문학』은 모두 12권으로 〈구운몽〉, 〈춘향전〉, 〈흥부전〉, 〈배비장전〉, 〈홍길동전〉, 〈인현왕후전〉, 〈한중록〉, 〈유충렬전〉, 〈창선감의록〉, 〈임경업전〉, 〈숙영낭자전〉 등 40여 종을 소개하였다. 장덕순 교수가 감수하였다.

한편 허문섭 등은 학문사에서 1994년『한국고전문학전서』시리즈를 간행하였다. 1권 고대설화와 전기, 2권 패설문학선집, 3권은 명인 기행문학선집, 4권은 김시습 작품선집, 5권은 김시습 시선집, 6권은 김만중 작품선집, 7권 정약용 시선집 등이다.

홍신문화사에서는 1995년『한국고전문학선』을 발간하였는데, 12권 모두 전영진이 편찬하였다. 이중에서 총 7권에 〈춘향전〉, 〈금오신화〉, 〈호질〉 등의 연암소설, 〈홍길동전〉, 〈박씨부인전〉, 〈구운몽〉, 〈계축일기〉, 〈인현왕후전〉, 〈심청전〉, 〈한중록〉 등 20종의 작품을 수록하였다. 2002년에는 표지를 재장정하고 편집을 조금 수정하여 새로 출간하였다.

빛샘에서는 1997년『한국대표고전소설』시리즈 전 4권을 출판하였다.

혜원출판사에서는 1997년부터『혜원 월드베스트』시리즈를 출간하기 시작하였는데, 수록 작품에는 동서양의 고전, 한국의 고전소설과 근현대소설까지 두루 포함되어 있다. 1997년 톨스토이의 〈사람은 무엇으로 사는가〉를 시작으로, 2006년 고골리의 〈검찰관〉까지 총 88권이 간행되었다. 이중에 한국의 고전소설은 5권으로, 〈구운몽〉, 〈금오신화〉, 〈사씨남정기〉, 〈인현왕후전〉, 〈춘향전〉, 〈운영전〉, 〈옥단춘전〉, 〈한중록〉 등 총 8종이 수록되었다. 원문의 내용과 표현을 충실하게 살리는 것을 편집 원칙으로 하였고, 한자어, 인명, 지명, 고사성어 등은 각주를 넣어 자세하게 뜻풀이를 하였다. 세계문학전집에 소수이나마 한국의 고전소설이 포함되기 시작했다는 사실은 의미있게 평가할 수 있지 않을까 한다.

4. '대중성'과 '교양'의 문제

1960~90년대에 걸쳐 간행된 고전문학전집의 간행 작업은 고소설을 '민족 고전'의 자리에 올려놓는 한편, 고전문학 작품의 대중화를 가능케 한 토대가 되었다. 각 전집마다 작게는 40여 종, 많게는 90여 종의 작품을 현대어로 옮겨 놓으면서 〈춘향전〉, 〈구운몽〉, 〈홍길동전〉, 〈허생〉·〈호질〉·〈양반전〉, 〈사씨남정기〉 등 대중들에게 호응이 높은 몇십 종 작품들의 목록이 확인되었고, 또한 고전소설의 정전화 작업이 진행되었다. 1990년대 이후 활발하게 이루어진 초등학생 고전 시리즈나, 2000년대 이후의 중·고등학생 고전 시리즈는 바로 이러한 고전문학전집의 간행이라는 토대 위에서 탄생할 수 있었다.[13]

하지만 한국현대문학전집이나 세계문학전집과 비교해볼 때 한국고전문학전집의 위상은 여전히 높지 않다. 한국고전문학전집의 대중성은 그리 높지 않았고, 작품 선정도 독자들의 교양 충동을 만족시키기에는 미흡함이 있었음을 인정

---

13) 권혁래, 「고전소설의 다시쓰기 출판물 연구 시론」, 『고소설연구』 30집, 한국고소설학회, 2010, 12~14쪽.

하지 않을 수 없다. 문학전집 발간 작업의 핵심은 정전의 구성에 있다. 하지만 아직까지 한국고전문학전집의 정전 구성에 대해서는 학계 전체적으로 논의를 모은 적이 별로 없었던 듯하다.

전집이란 '집적 욕망'의 표현이다. 그렇다면 무엇을 모을 것인가? 한국고전문학전집은 주로 고소설 위주로 구성되어 있다. 이것은 현재 서사 위주의 독서가 일반화된 까닭에 대중성을 표방하기 위해 생겨난 일이다. 그런데 새삼스러운 질문을 하나 하지 않을 수 없다. 대부분의 고소설은 고전소설의 호칭을 부여받을 만한 고전성을 인정받고 있는가? 조선후기의 고소설이 대부분 로망(Romance) 또는 대중문학의 성격을 벗어나지 못한 상황에서, 많은 경우 서민문학의 흥취는 보여줄 수 있을지언정 사유의 깊이, 현실 반영의 치열함을 보여주는 작품, 또는 교양의 형성에 도움을 줄 만한 작품은 사실 그리 많지 않다. '교양'이란 단순히 지식 자체가 아니라 '정신의 육성'(cultura animi, 키케로),[14] 또는 사회적 실천으로서의 '정치적 교양'[15]을 의미하는 바, 인생과 역사, 문화, 세계를 이해하는 지성과 감성, 비판적 판단력을 기르는 역할을 한다. 필자는 지금까지와 같은 대중성 위주의 전집 구성으로 한국고전문학전집이 현재의 청소년들에게 얼마만큼 지성과 교양, 판단력을 자극하고 단련시켜 줄 수 있을지 의문을 품고 있다.

이러한 까닭에서라도 지금까지 7~80종, 또는 40여 종이나 되는, 교양적 층위가 일정하지 않은 고소설 작품들 위주로 편중되어 온 사실을 반성하고, '국민교양'[16]의 욕구를 충족시킬 수 있는 새로운 정전 구성의 방법을 모색해야 할 것이다.

---

14) 이광주, 『교양의 탄생』, 한길사, 2009, 12쪽.

15) 카루베는 유럽의 역사 속에서는 내면의 인격 수양에 그치지 않고 사회적 실천을 포함하는 전체로서 인간을 육성하는 것이 '교양'의 본류였다고 하면서 '정치적 교양'을 부각시키고 있다. (苅部 直, 『移りゆく教養』, NTT出版, 2007, 92~93쪽; 서은주, 「1950년대 대학과 교양 독자」, 『현대문학의 연구』 40집, 한국문학연구학회, 2010, 12쪽에서 재인용.)

16) 이민희, 「『한국고전문학전집』의 문학사적 마련」, 『민족문학사연구』 45집, 민족문학사학회, 2011, 380쪽.

그동안 고전문학전집에서 가장 중심이 된 장르는 고소설이었던 만큼 소설 작품을 중심으로 정전의 문제를 고찰해보자. 그동안 출간된 전집에서 수록 작품의 빈도수를 조사하여 보았는데, 결과는 다음과 같다.

연번	간행 횟수	작품	희망 (1965)	세종 (1970)	성음사 (1970)	서영사 (1978)	교문사 (1984)	서문당 (1984)	민문연 (1993)
1	7	구운몽	○	○	○	○	○	○	○
2	7	박씨전	○	○	○	○	○	○	○
3	7	변강쇠전	○	○	○	○	○	○	○
4	7	심청전	○	○	○	○	○	○	○
5	7	임경업전	○	○	○	○	○	○	○
6	7	임진록	○	○	○	○	○	○	○
7	7	춘향전	○	○	○	○	○	○	○
8	7	토끼전	○	○	○	○	○	○	○
9	7	홍길동전	○	○	○	○	○	○	○
10	7	흥부전	○	○	○	○	○	○	○
11	6	금령전	○	○	○	○		○	○
12	6	배비장전	○	○	○	○		○	○
13	6	양반전, 호질, 허생	○	○	○	○	○+7전	○+광문전	
14	6	운영전	○	○	○	○	○	○	
15	6	유충렬전	○	○	○	○		○	○
16	6	전우치전	○	○	○	○		○	○
17	6	최고운전	○	○	○	○		○	○
18	5	금오신화	○	○	○	○		○	
19	5	두껍전	○	○	○	○		○	
20	5	백학선전	○	○	○	○		○	
21	5	사씨남정기	○	○	○	○		○	
22	5	서동지전	○	서대주전	○	쥐전		○	
23	5	숙향전	○	○	○	○			○
24	5	양산백전	○	○	○	○		○	
25	5	영영전	○	○	○	○		○	

연번	간행 횟수	작품	희망 (1965)	세종 (1970)	성음사 (1970)	서영사 (1978)	교문사 (1984)	서문당 (1984)	민문연 (1993)
26	5	오유란전	○	○	○	○		○	
27	5	옥낭자전	○	○	○	○		○	
28	5	옥단춘전	○	○	○			○	○
29	5	옹고집전	○	○		○		○	○
30	5	이춘풍전	○	○	○	○		○	
31	5	장끼전	○	○	○	○		○	
32	5	조웅전	○	○	○			○	○
33	5	주생전	○	○	○	○		○	
34	5	창선감의록	○	○	○	○			○
35	5	채봉감별곡	○	○	○	○		○	
36	5	한중록	○	○	○	○	○		
37	4	계축일기	○	○	○	○			
38	4	숙영낭자전	○	○	○				○
39	4	인현왕후전	○	○	○	○			
40	4	장국진전	○	○	○			○	
41	4	장화홍련전	○	○	○	○			
42	4	콩쥐팥쥐	○	○	○	○			
43	4	화사	○	○	○	○			
44	3	김원전				○		○	○
45	3	배시황전		○				○	○
46	3	삼설기				○	○	○	
47	2	낙성비룡		○				○	
48	2	박문수전	○		○				
49	2	삼선기				○		○	
50	2	요로원야화기		○			○		
51	2	이화전						○	○
52	2	적벽가					○		○
53	2	적성의전				○			○
54	2	최척전				○		○	
55	2	홍계월전		○				○	
56	1	강도몽유록				○			

연번	간행 횟수	작품	희망 (1965)	세종 (1970)	성음사 (1970)	서영사 (1978)	교문사 (1984)	서문당 (1984)	민문연 (1993)
57	1	강릉매화타령							○
58	1	김유신전							○
59	1	까치전				○			
60	1	남윤전							○
61	1	당태종전							○
62	1	대관재몽유록				○			
63	1	매화전				○			
64	1	명월부인전							○
65	1	무숙이타령							
66	1	민시영전							○
67	1	삼한습유							○
68	1	서화담전							○
69	1	수성지							○
70	1	옥루몽				○			
71	1	육미당기							○
72	1	윤지경전				○			
73	1	정두경전							○
74	1	정을선전				○			
75	1	천군실록							○
76	1	천군연의							○
77	1	천군전							○
78	1	최랑전							○
79	1	화산중봉기					17)	18)	○

17) 민중서관 및 교문사의 『이조한문단편소설선』에는 이외에도 허균의 5전, 안용복의 〈여용국전〉, 박지원의 10전, 김려와 이옥의 작품 등 62편의 작품이 수록되어 있다.

18) 서문당 전집의 나머지 49개 작품명은 번다하여 표에 넣지 않고 각주에 기록한다. 권용선전 · 금강취유기 · 금우태자전 · 금향정기 · 김씨열행록 · 김인향전 · 김진옥전 · 김태자전 · 김학공전 · 김효증전 · 김희경전 · 까치전 · 남강월전 · 남윤전 · 동선기 · 반씨전 · 보심록 · 설홍전 · 숙녀지기 · 쌍미기봉 · 쌍선기 · 안락국전 · 양주봉전 · 어룡전 · 오선기봉 · 옥란빙 · 옥소기연 · 옥소전 · 왕장군전 · 용문전 · 유문성전 · 음양삼태성 · 음양옥지환 · 이봉빈전 · 이진사전 · 이태경전 · 이학사전 · 이해룡전 · 임호은전 · 장경전 · 장익성전 · 정비전 · 종옥전 · 청년회심곡 · 황새결송(이상49종)

이상 7회에 걸쳐 출간된 전집에 수록 빈도가 높은 작품일수록 대중들에게 인지도가 높고, 또 국민적 고전, 또는 민족 고전으로서의 기본 자격이 강하다고 할 수 있을 것이다. 일단 5회 이상의 빈도를 기록한 소설 작품을 놓고 논의해보자. 목록은 다음과 같다.

7회	구운몽, 박씨전, 변강쇠전, 심청전, 임경업전, 임진록, 춘향전, 토끼전, 홍길동전, 흥부전(이상 10종)
6~5회	금령전(금방울전), 금오신화, 두껍전, 배비장전, 백학선전, 사씨남정기, 서동지전, 숙향전, 양반전 · 호질 · 허생, 양산백전, 영영전, 오유란전, 옥낭자전, 옥단춘전, 옹고집전, 운영전, 유충렬전, 이춘풍전, 장끼전, 전우치전, 조웅전, 주생전, 창선감의록, 채봉감별곡, 최고운전, 한중록(이상 26종)

위 작품들은 적어도 편집자로 참여한 고전문학 연구자들이 가장 고전적이면서도 대중적인 작품이라고 판단한 것이다. 여기에는 연구자로서의 안목도 작용하였지만, 독자들의 호응도 및 시장성도 고려되었을 것이다.

그러면 위 작품들을 염두에 두며 다시 질문하여 보자. 연구자들이 위 작품들을 한국고전문학(소설) 가운데 가장 고전적이며 대중적인 작품으로 꼽은 이유는 무엇일까? 위 작품들을 '민족 고전'이라 칭할 수 있다면 어떤 점 때문에 그러한가? 이 작품들은 독서대중들에게 고전문학의 인식을 새롭게 하는데 어떠한 기여를 할 수 있는가? 현대 한국인들의 정서, 감성, 지성을 새롭게 하는 데 위 작품들은 어떠한 기여를 할 수 있는가? 위 작품들을 가지고 독서지도를 한다면, 어떠한 것을 논의할 수 있는가? 위 작품들 중에서 불필요하게 여겨지는 작품은 무엇이 있는가? 새로운 고전문학전집을 구상할 때 이외의 작품들 중에서 새롭게 추가되어야 할 작품은 무엇인가?

필자에게는 이에 대해 답변할 수 있는 능력이 부족하다. 다만, 요즘 논의되고 있는 독서치료 · 문학치료적 관점[19]은 하나의 새로운 해결방법을 제시해줄 수

19) 예를 들어, 〈구운몽〉을 텍스트로 하여 우울증과 성찰치료 · 인지치료의 관계를 고찰한 이강옥의 「문학 치료 텍스트로서의 〈구운몽〉의 가치와 가능성-우울증과 관련하여-」(『고소설연구』

있으리라는 기대감을 표해본다. 또한 서문이나 작품 해설란을 통하여 작품의 문학사적 의의, 현재적 의미를 알기 쉽게 기술하는 방안이 필요하다고 생각한다. 별도의 지면을 통해서나, 또는 학계 연구자들과 함께 이러한 문제에 대해 논의를 진행할 수 있기를 바란다.

전집이란 어떤 식이로든 '선집'의 형태를 띨 수밖에 없다. 전집이라고 모든 작품을 다 실을 수 없고, 그것이 미덕이 되는 것도 아니다. 전체를 모을수록 대중과 멀어지는 것이 전집의 생리라는 점을 생각하면, 작품의 선별이 더욱 중요하다. 시조나 가사, 한시의 경우도 수백 편의 작품이 아니라도 좋으니, 좀 더 엄선하여 싣는 것이 효과적일 것이다. 수록 작품은 역사적 존재로서의 '고문학'이 아니라, 현재 대중 독자들의 교양 욕구에 부응할 수 있는 흥미와 성찰, 지식을 함유한 작품들로 한정하는 것이 필요하다. 장르 또한 정선된 고전소설을 중심으로 하되, 여기에 현실세계의 반영, 지식인들의 성찰과 내면세계가 담겨 있으면서도 대중들과 소통할 수 있는 〈열하일기〉나 〈삼국유사〉, 〈목민심서〉, 〈택리지〉 등과 같은 지식인들의 수필 · 인문 저술류들을 적극적으로 발굴할 필요가 있다. 여기에 대해서는 고전문학 연구자들의 치열한 논의와 검증, 합의 과정이 필요할 것이다.

또한 한국고전문학의 독자층 분화에 대해 좀 더 엄밀하게 연구하여 대응할 필요가 있다. 고전문학의 독서시장은 1990년대 이후로 매우 빠르게 변화하고 있다. 90년대 중반 이후 독자적인 아동 고전 독서시장이 생성되고, 이것은 이후로 급속도로 팽창하고 있다. 2000년대 이후로는 논술 및 대학입시와 연관하여 청소년 고전 독서시장이 성장하고 있다. 각 출판사들은 이들 아동층과 청소년층을 직접적인 타깃으로 하여 새로운 출판물들을 기획 · 출판하고 있다. 청소년

24집, 한국고소설학회, 2007, 149~185쪽.) 〈민옹전〉을 텍스트로 하여 우울증과 심리치료의 관계를 고찰한 이민희의 「심리 치료 측면에서 본 〈민옹전〉 소고」(『고전문학연구』 31집, 한국고전문학회, 2007, 429~457쪽)이나, 설화를 통해 문학치료의 가능성을 고찰한 정운채의 「〈바리공주〉의 구조적 특성과 문학치료적 독해」(『겨레어문학』 33집, 겨레어문학회, 2004, 174~200쪽), 이인경의 「〈구복여행〉 설화의 문학치료학적 해석과 교육적 활용」(『고전문학연구』 32집, 한국고전문학회, 2007, 263~306쪽) 등이 있다.

고전문학 시리즈는 2000년대 들어 창비, 현암사, 나라말, 북앤북 등에서 선편을 잡고 새로운 기획·편집 개념으로 고소설을 중심으로 하여 책을 펴내고 있다.[20] 아동 고전문학 시리즈는 1990년대에 시작하여 이후 청솔, 한겨레아이들, 웅진씽크빅, 대교, 두산동아, 생각의 나무 등의 출판사에서 새롭게 기획하여 다양한 출판물을 쏟아내고 있다.[21] 최근에는 초등학교 저학년층을 대상으로 한 고전소설의 그림책 시장을 새롭게 만들고 있는 점을 주목할 필요가 있다. 이처럼 고전문학전집의 독자는 청소년층 밑으로 점점 내려가고 있다. 이 점은 고전문학과 현대문학이 차별되는 지점이다. 한국현대문학, 또는 현대소설이 아동용, 청소년용 등으로 출판된다는 이야기는 특별한 경우를 제외하고는 들어본 적이 없다.

2010년 새롭게 한국고전문학전집 간행을 시작한 문학동네는 한국의 대표적인 고전 작품을 선정하여 대중 독자용 및 전문 연구자용을 별도로 출간하는 방식을 택하였다. 이를 위해 전집의 모든 시리즈를 현대어역과 원본으로 나누어 두 가지 버전으로 출간하기로 하였다. 충실한 원전 주석 작업과 수준 높은 번역·현대어역 작업을 통하여 엘리트 독자와 대중 독자라는 이질적 독자층의 수요를 둘 다 충족시키기 위한 의도가 아닌가 한다. 지금까지 1차 출간된 〈서포만필〉(상권) 〈서포만필〉(하권), 〈한중록〉, 〈원본 한중록〉, 〈숙향전·숙영낭자전〉, 〈원본 숙향전·숙영낭자전〉, 〈홍길동전·전우치전〉, 〈흥보전·흥보가·옹고집전〉, 〈조선후기 성 소화선집〉, 〈창선감의록〉(총 7종 10권)의 목록만 보더라도 조선의 대표적 지식인의 인문저술을 필두로 하여 궁중 산문의 고전, 고전소설, 그리고 조선 후기 패설집에서 선별한 성 소화에 이르기까지 '대중성'과 '교양'의 충동을 의식하여 작품을 구성한 것임을 알 수 있다. 작품 구성의 전모를 제시하지는 않았지만 지금까지와는 구별되는 새로운 작품 구성 및 출판 전략이

20) 현암사의 〈우리가 정말 알아야 할 우리 고전〉 시리즈, 나라말의 〈국어시간에 고전 읽기〉 시리즈, 창비의 〈재미있다 우리고전 시리즈〉 등은 고전소설을 중심으로 하여 청소년 눈높이에 맞춰 간행된 대표적 사례이다.

21) 2000년 이후 간행된 고전문학 시리즈만 보아도 한겨레아이들의 〈한겨레옛이야기〉, 웅진씽크빅의 〈푸른담쟁이 우리문학〉, 두산동아의 〈참좋은 우리고전〉, 생각의 나무의 〈교과서에서 쏙쏙 뽑은 우리고전〉 등 10여 개가 넘는다.

돋보인다고 생각한다.

교양이 아니라 '논술'이 문학전집을 사 읽어야 할 이유가 되었다는 것이나, 교양과 인문학이 쇠퇴하는데 '논술'은 범람한다는 상황이 역설적[22]이라는 지적도 있지만, 그간 한국고전문학이 교양의 시장에서 소외되어 왔다는 현실을 생각할 때 이러한 상황을 고전문학 독서를 활성화하고 대중지성의 형성과정에 영향을 미칠 수 있는 계기로 활용하는 것도 나쁘지 않은 선택이라고 생각한다.

5. 맺음말

이상에서 한국고전문학전집의 간행 양상과 성격, 각 전집의 편찬의식과 구성, 수록 작품의 특색, 교양 충동의 충족 문제에 대해 고찰해보았다. 위에서 논의한 내용을 요약하면 다음과 같다.

첫째, 1961년 민중서관에서 간행된 『한국고전문학대계』를 시작으로, 2000년대까지 발간된 20여 종의 한국고전문학전집은 서민대중들이 친근함을 가지고 읽는 '재미있는 교양도서'와 민족 고전에 특별한 관심이 있는 (엘리트) 독자들이 읽는 '학술기초 자료집'의 성격이 동시에 존재하는 편폭이 넓은 책이다. 이에 따라 대상 독자층도 불특정 '서민대중'에서 전공 대학생층, 그리고 전문 연구자층에 이르기까지 넓게 존재하지만, 무게 중심은 후자쪽에 있는 것이 아닌가 생각한다. 수록 작품은 소설 장르가 중심이 되었고, 시가, 구비문학, 한문학 장르가 부차적이다.

둘째, 9종의 한국고전문학전집을 대상으로, 편찬의식과 구성을 분석해보았는데, 초기(1965)에는 대중적인 소설 작품 위주로 소개함으로써 고전문학의 존재를 서민대중들에게 알리고 친근함을 심어주는 방향에서 기획되었다. 하지만

22) 천정환, 앞의 논문, 120쪽.

성음사본(1970), 서영출판사본(1978) 등으로 갈수록 문학사적인 관심에서 다양한 장르의 작품들을 많이 채택하였고, 원문도 수록하고 주석 작업을 보강하는 등 학술기초 자료집의 성격이 강화되었다. 민족문화연구원본(1993)에서는 원전과 현대역을 동시에 수록하여 서로 다른 독자들의 요구를 수용하고자 하였다. 특이 현상은 같은 내용의 중판(重版) 작업이 빈번하게 일어났다는 점이다. 이러한 현상은 고전문학전집의 출판이하지만 결과적으로 출판 행위의 권위를 지키지 못한 책임은 편찬자 및 출판 관계자들에 있음을 부인하기 어려울 것이다.

셋째, 새로운 한국고전문학전집 전집 발간 및 정전 구성 작업을 위해서 유의할 점에 대해 살펴보았는데, 먼저 현재까지 간행된 작품들이 '민족 고전'으로서 적절한 자격을 갖추었는지 점검할 필요가 있다. 그리고 이후 작업에서 대중들의 교양 충동을 충족시킬 수 있는 새로운 기획 · 선집 작업이 필요하며, 또한 독자층의 분화에 따른 다양한 연령대별 출판물이 필요하다는 점을 제시하였다.

앞으로의 작업에서 장르 구성의 비율 및 구체적 작품 구성에 대해서는 고전문학 연구자들간에 좀 더 긴밀한 협의 과정이 필요하다. 그리고 출간된 전집의 번역 및 다시쓰기 양상에 대한 구체적인 분석, 각 작품의 선본 텍스트에 대해서도 좀 더 꼼꼼한 논의가 필요할 것이다.

제3장

1990년대 이후 고전소설의 다시쓰기 출판물 현황

1. 머리말

'고전소설의 다시쓰기 작업'은 고전소설을 현대역하여 일반 독서대중들이 쉽게 읽을 수 있도록 대중출판물로 간행·보급하는 작업을 의미한다. 이 작업은 해방 이전인 1910~30년대의 시기에 활자본 소설의 간행을 통해 왕성하게 이루어진 적이 있다. 그리고 해방 이후에는 1960~80년대 고전문학전집의 간행 작업, 1990~2010년대의 아동·청소년용 출판물의 간행 작업 등으로 이어지고 있다. 해방 이후의 시기에 이른바 '고전소설의 다시쓰기 출판물 시리즈'[1]는 확인되는 것만 해도 40여 종이 넘는다. 이 출판물들은 학문적 성과라기보다는 대중출판물에 가까운 것인데, 필자는 이제 이러한 작업들을 학문적으로 접근해야 할 필요성을 제기한다. 왜냐하면 이는 첫째, 고전소설의 현재적 독자, 독서 및 유통 과정을 연구할 수 있는 매우 유용하고 실질적인 현상이기 때문이다. 오늘날 고전소설의 다시쓰기 출판물의 본질은 '문화산업의 상품'이라는 데 있다. 이러한 상품을

---

1) 여기서 고전소설의 다시쓰기 출판물은 첫째, 전문 연구자를 위한 번역·주석서가 아닌, 일반 교양독자들을 대상으로 한 대중 출판물, 둘째, 시리즈, 또는 전집으로 간행된 것만을 조사 대상으로 하였다.

제작하기 위해서는 먼저 대학의 전문 연구자를 비롯하여, 초중등 학교 교사, 출판사, 일러스트레이터 등의 관련 직업 종사자들이 종합적인 작업을 해야 한다. 그리고 이 출판물은 대학 입시, 교과서 제작, 학교 교육 등의 과정과도 밀접히 연관되어 있다. 이러한 과정을 연구하면서 고전소설의 의미에 대한 좀더 실질적인 논의가 가능해질 것이다. 둘째, 이 책들 중에는 자료적 가치가 큰 것도 많이 있으나, 그것들에 대한 정리 · 분류 · 분석 작업이 제대로 이루어지지 않고 있기 때문이다. 대학 도서관에서는 대중 출판물인 이러한 책들을 잘 구입하지 않는다. 그리고 어린이도서관이나 시 · 구의 자치 도서관에서는 어린이 독자들을 위해 얼마간의 자료를 구입, 열람 서비스를 제공하더라도 일정한 시간(보통 10여 년이라고 한다)이 지나면 낡은 텍스트는 폐기 처분하고 목록에서도 삭제해버린다고 한다. 그러므로 더 늦기 전에 자료를 수집 분석하는 것이 필요하다.

오늘날 고전소설의 독자는 누구이며, 수요는 무엇인가? 누가 고전소설의 다시쓰기 출판물의 글을 쓰고 책을 만드는가? 어떤 작품들이 주로 출판되었으며, 인기가 있는가? 필자는 이런 질문들에 대해서 해방 이후 출간된 고전소설의 다시쓰기 출판물을 조사 · 분석하여 답할 것이다. 특히 작가(편집자)의 의도 및 편집 원칙 등이 자세히 밝혀진 서문 내용을 인용 분석하고, 작가(편집자)[2], 수록 작품, 다시쓰기의 양상 등을 분석할 것이다.

2. 고전소설의 다시쓰기 출판 현황

필자가 파악한 결과로는 고전소설의 다시쓰기 출판물 간행은 1965년 희망출판사의 『한국고전문학전집』에서부터 시작되며, 본격적으로 나오기 시작한 것

2) 아래 각 출판사 별로 작품의 목록을 소개하면서 작가의 이름을 파악하여 기술하였다. 작가는 글 작가와 그림 작가 순으로 기술하였는데, 정보가 모두 파악되지 않은 경우엔 공란으로 남겨 두었고, 한 작가의 이름만 써 있는 것은 글 작가의 이름을 기술한 것이다.

은 1990년대 이후이다. 그리고 대학 도서관에는 주로 성인 독자들을 대상으로 한 〈한국고전문학전집〉류만 소장되어 있기 때문에 1990년대 중반 이전의 아동, 청소년용 출판물에 대해서는 솔직히 잘 알 수 없다. 필자가 조사한 시리즈는 40여 종이다.[3] 목록을 제시하면 다음과 같다.

번호	시리즈 이름	출판사	출판년도	고전소설 책수	독자층
1	소년소녀세계명작 시리즈 200	계림출판공사	1989	3권	아동
2	소년소녀고전문학	대일출판사	1990	3권	아동
3	만화로 보는 우리고전	능인	1992-1994	수십여 종	아동
4	새롭게 읽는 좋은 우리고전 시리즈 20선	청솔	1994	15권 20종	아동
5	우리나라 고전 시리즈 30권(뒤에 금잔디에서 '고전문학 시리즈'로 재발행함)	가정교육사	1994	30권	아동
6	책동네 고전동화 모음	책동네	1996	6권 12종	아동
7	은하수문고 명작 · 고전(100권)	계림문고	1994	12권 14종	아동
8	(수학능력 향상을 위한 필독서) 우리 고전문학(20권)	지경사	1996	14권 17종	아동
9	교양고전(전 28권)	대일출판사	1996	4권 9종	아동
10	초등권장 우리 고전 시리즈	예림당	1999~	10권 12종	아동
11	만화고전	지경사	1999	10여 종	아동
12	소설만화 한국고전 시리즈(15권)	문공사	2000 (개정판)	15권 17종	아동
13	웃음보따리 만화우리고전	지경사	2000	10여 종	아동
14	사르비아 총서(600여 권)	범우사	2000	7권	일반교양
15	우리가 정말 알아야 할 우리 고전 시리즈	현암사	2000~	18권	청소년
16	국어시간에 고전 읽기 시리즈	나라말	2002~	18권	청소년
17	우리고전 다시읽기 시리즈 전 50권	신원	2002~2005	32권	대학생/일반교양

3) 위 목록은 2010년 상반기까지 교보문고, 영풍문고의 매장 및 온라인 서점, 국립중앙도서관, 대학 도서관들 등을 조사한 결과이다. 실제로는 이보다 훨씬 많을 것으로 예상한다.

번호	시리즈 이름	출판사	출판년도	고전소설 책수	독자층
18	세계문학전집(236권)	민음사	2003~	4권	일반교양
19	베스트셀러 고전문학선 10권	소담출판사	2003~2004	6권 11종	대학생/일반교양
20	재미있다 우리고전 시리즈 20권	창비	2003~2008	20권	청소년
21	이야기 고전(수학 능력 향상을 위한 필독서) 시리즈(30권)	지경사	2003~2006	20권 28종	아동
22	책세상문고 -세계문학(41권)	책세상	2003~2005	3권	일반교양
23	한겨레 옛이야기 시리즈 (전 30편)	한겨레아이들	2004~2007	고전소설 12권	아동
24	하서명작선(100권)	하서	2004	6권 십여종	아동
25	푸른담쟁이 우리문학(40권)	웅진씽크빅	2005	20권 21편	아동
26	찾아 읽는 우리 옛이야기 시리즈	대교출판	2005~2008	10권	아동
27	우리가 읽어야 할 고전 시리즈 20권	푸른생각	2005~2008	10권 16종	대학생/일반교양
28	꼭 제대로 읽어야 할 우리고전	종문화사	2005	3권+3	청소년
29	초등학생이 꼭 읽어야 할 논술대비 한국고전문학 대표작(논술 한국고전 특선집) (20권)	홍진미디어	2005	15권	아동
30	중학생이 되기 전에 꼭 읽어야 할 우리고전 시리즈	영림카디널	2006~2010	24권	아동
31	샘깊은 우리고전(12권)	알마	2006~2010	5권	아동
32	참좋은 우리고전 시리즈: 초등논술필독서/고전	두산동아	2006	35권	아동
33	논술세대를 위한 우리고전문학 강의 시리즈 20권	계림	2007	18권	아동
34	천년의 우리소설	돌베개	2007~2010	6권 45종	대학생/일반교양
35	나의 고전책꽂이	깊은책속옹달샘	2007~8	3권	아동
36	교과서에서 쏙쏙 뽑은 우리고전	생각의 나무	2008	20권	아동
37	국어과 선생님이 뽑은 한국고전 읽기 시리즈	북앤북	2008	6권	청소년
38	우리 겨레 좋은 고전	꿈소담이	2008~9	14권	아동
39	지만지 고전선집(625권)	지만지 출판사	2008~	10여 종	성인층
40	한국고전문학전집(1차분 10권)	문학동네	2010~	5권 8종	성인층

3. 2000년대 이전의 출판물

1번부터 13번까지 2000년도 이전까지의 출판물은 대개 초등학교 어린이들을 대상으로 재미있는 아동물로 기획 · 제작하여 소개하는 방식이다. 1990년대 이후, 서울 지역 대학의 고전문학 전공 교수들이 중심이 되어 고전문학전집을 간행하는 한편에서는, 아동문학가들이 중심이 되어 어린이들을 대상으로 한 고전소설의 상업적 출판물들을 발간하였다. 주요 출판사로는 청솔, 계림, 대일출판사, 능인, 책동네, 예림당, 가정교육사, 지경사 등이다.

(1) 초등학생들을 대상으로 한 출판물의 간행

1) 계림출판공사, 〈소년소녀세계명작〉, 1989.

계림출판공사에서는 1989년 〈소년소녀세계명작〉 200권을 간행하는데, 그중에 한국고전소설은 97권 춘향전(이석인), 98권 흥부전(조대현), 159권 허생전(김영일 지음) 3권이 포함되어 있었다.

2) 대일출판사, 〈소년소녀고전문학〉 시리즈, 1990.

1990년에 대일출판사에서는 〈소년소녀고전문학〉 시리즈를 간행하였는데, 이중에서 88권 춘향전 · 심청전, 89권 박씨전 · 허생전, 90권 홍길동전을 간행한 것이 확인된다.

3) 가정교육사, 〈우리나라 고전〉 시리즈, 1994.

1994년에는 가정교육사에서 〈우리나라 고전〉 시리즈 30권을 간행하였다. 그 목록은 다음과 같다.

1. 춘향전
2. 사씨남정기
3. 숙영낭자전/심청전
4. 홍길동전/두꺼비전
5. 장화홍련전/토끼전
6. 어사 박문수/임경업전
7. 임진록
8. 박씨전/흥부전
9. 신유복전/조웅전
10. 전우치전
11. 운영전
12. 허생전/옹고집전
13. 유충렬전
14. 창선감의록
15. 채봉감별곡/옥단춘
16. 한중록
17. 구운몽
18. 인현왕후전
19. 봉이 김선달
20. 금방울전
21. 금오신화/호질
22. 방랑시인 김삿갓
23. 양산백전
24. 배비장전
25. 숙향전/서동지전
26. 의적 일지매
27. 임꺽정
28. 장국진전
29. 이춘풍전
30. 오성과 한음

목록에는 〈춘향전〉, 〈사씨남정기〉, 〈홍길동전〉 등 대표적인 고전소설이 포함되어 있는데, 이중에서 〈어사 박문수〉, 〈방랑시인 김삿갓〉, 〈의적 일지매〉, 〈임꺽정〉, 〈오성과 한음〉 등은 고전소설 목록에 없는 작품들이라는 점에서 작품 선정 기준의 엄밀함에 의문이 든다. 이 시리즈는 아동문학가들이 주로 집필을 담당하였는데, 원전에 대한 고증, 현대역 및 다시쓰기에 대한 원칙 등이 현저하게 부족해 보인다. 특히 어려운 내용을 쉽게 고치면서 원문을 자의적으로 축약 · 생략하거나, 새로운 표현 및 내용을 첨가 · 부연하는 일들이 일정한 원칙 없이 행해졌다.

도서출판 금잔디는 뒤에 가정교육사를 인수하여 2000~2002년 사이에 위 시리즈를 '고전문학' 시리즈로 재발간하였다. 하지만 2000년대 중후반에 들어 유사한 책들이 새롭게 기획되어 출판되면서 경쟁력을 잃게 되자 이 시리즈를 절판하였다.

4) 청솔, 〈새롭게 읽는 좋은 우리고전〉 시리즈, 1994(2000년 재판).

초등학생들을 대상으로 한 다시쓰기 출판물에서 가장 주목되는 시리즈는 청솔에서 1994년도에 간행한 〈새롭게 읽는 좋은 우리고전〉 시리즈일 것이다. 이 시리즈는 전20권으로, 아동문학가 및 교사들이 중심이 된 초록글연구회에서

글을 쓰고, 전문 일러스트레이터들이 그림을 맡았다. 2000년대 이후에는 고향란, 고영숙, 고정아, 이이정, 하상만 등과 같은 작가들이 합류하였다. 1994년에 간행하여 꾸준히 발행되어 2000년에 재판을 찍었고, 2003~2007년에는 표지 장정을 새롭게 하여 재간행할 만큼 오랜 시간 영향력을 미치고 있다. 청솔은 학문적 엄밀성을 추구하지는 않았지만, 과감한 그림과 간략한 글을 특징으로 하여 어린이책으로서의 개성을 드러내었다.

이 시리즈의 특징은 원문을 그대로 옮기지 않고, 초등학교 저학년들도 무리없이 읽을 수 있도록 전체적으로 생략·축약 방식을 사용했다는 점이다. 하지만 그림에도 불구하고, 원작을 잘 살렸다고 평가할 수 있다. 그리고 1990년대에 출간된 작품으로 그때까지의 책들보다 화려하고 짜임새 있는 그림 구성이 주목된다. 송진희, 황문희, 신영은, 김태환, 조성덕 등의 화가가 그러한 역할을 맡았다. 이러한 점들이 2011년도까지 17년 넘게 경쟁력을 유지할 수 있었던 이유라고 생각한다.

수록 작품의 목록은 다음과 같다.

1. 장화홍련전·흥부전(초록글연구회 글/송진희 그림)[4)]
2. 허생전·양반전(초록글연구회 글/황문희 그림)
3. 심청전·춘향전(초록글연구회 글/신영은 그림)
4. 사씨남정기(초록글연구회 글/박향미 그림)
5. 박씨전·인현왕후전(초록글연구회 글/강효숙 그림)
6. 토끼전·두껍전(초록글연구회 글/송진희 그림)
7. 목민심서(초록글연구회 글/이희탁 그림)
8. 홍길동전(초록글연구회 글/윤정주 그림)
9. 삼국유사(초록글연구회 글/김태환 그림)
10. 구운몽(고향란 글/김담 그림)
11. 삼국사기(고정아 글/김태환 그림)

4) 작가의 이름은 글 작가와 그림 작가 순으로 기술하였다. 이하의 병렬된 이름은 모두 그러하다. 정보가 모두 파악되지 않은 경우엔 글 작가의 이름만을 기술하였다.

12. 구운몽(고영숙 글/김담 그림)
13. 금오신화(고영숙 글/정병식 그림)
14. 운영전(고향란 글/조성덕 그림
15. 숙향전(신해옥 글/조성덕 그림)
16. 전우치전 · 장끼전(이이정 글/경혜원 그림)
17. 한중록(류혜경 글/오지은 그림)
18. 난중일기(하상만 글/이문영 그림)
19. 임경업전(하상만 글/유승옥 그림)
20. 금방울전(이이정 글/최문희 그림)

이상과 같이 시리즈에는 〈삼국유사〉, 〈삼국사기〉, 〈목민심서〉, 〈난중일기〉, 〈열하일기〉와 같은 비소설 작품이 5권 있고, 그 외에 〈흥부전〉, 〈허생전 · 양반전〉, 〈심청전〉, 〈춘향전〉, 〈사씨남정기〉, 〈박씨전〉, 〈두껍전〉, 〈토끼전〉, 〈홍길동전〉 등과 같은 대표적인 고전소설 작품이 수록되어 있다.

5) 책동네, 〈책동네 고전동화 모음〉 시리즈, 1996.

1996년 책동네에서는 〈책동네 고전동화 모음〉이라는 6권 12종의 아동 시리즈를 발간하였는데, 작품은 1권 〈심청전 금방울전〉, 2권 〈옹고집전 장화홍련전〉, 3권 〈홍길동전 토끼전〉, 4권 〈두꺼비전 박씨부인전〉, 5권 〈임경업전 춘향전〉, 6권 〈허생전 구운몽〉이다. 이때 작가(옮긴이)들은 이효성, 조장희, 박경용, 윤사섭 등인데, 특히 이효성이라는 이름은 그 이후에도 지속적으로 등장하는 주요 작가임을 기억할 필요가 있다.

6) 대일출판사, 〈교양고전〉 시리즈, 1996.

대일출판사에서는 1996년 〈교양고전〉 시리즈를 출간하였는데, 28권까지 확인하였다. 〈난중일기〉, 〈세계전래동화〉, 〈한국전래동화〉, 〈어린이 논어〉, 〈삼국사기〉, 〈삼국유사〉 등을 출간하였고, 그 중에 고전소설은 〈홍길동〉, 〈임꺽정〉, 〈봉이 김선달〉, 〈장화홍련전〉, 〈사씨남정기〉, 〈박씨전 허생전〉, 〈춘향전〉, 〈심청전〉 등이 있다.

7) 만화고전 시리즈

한편 만화, 또는 소설과 만화와 혼합된 형태의 출판물도 발견된다. 능인에서 1992~1994년까지 간행한 〈만화로 보는 우리 고전〉은 수십 종의 고전을 만화로 발간하였고, 지경사에서 1999년 〈만화고전〉 시리즈, 2000년 〈웃음보따리 만화 우리고전〉 시리즈를 간행하면서 〈춘향전〉, 〈이춘풍전〉, 〈심청전〉, 〈양반전〉, 〈호질〉, 〈구운몽〉, 〈옹고집전〉 등을 코믹하게 재해석하였다.

8) 예림당, 〈초등권장 우리 고전〉 시리즈, 1999.

예림당에서는 1999년 〈초등권장 우리 고전〉 시리즈 10권을 간행하였는데, 주옥 같은 우리 고전을 문장의 멋과 해학을 살려 누구나 부담없이 읽을 수 있도록 하기 위해 시리즈를 간행한다고 하였다. 초등학교 저학년생들이 읽을 수 있도록 편집하고 글을 쉽게 풀어쓰고, 해학적인 그림을 더했다. 이광웅, 오세발, 정영애 등의 아동문학가들이 다시쓰기를, 김용철, 이현미, 황성혜 등이 그림을 담당하였다.

출간목록은 〈옹고집전〉, 〈효녀심청〉, 〈흥부전〉, 〈콩쥐팥쥐〉, 〈별주부전〉, 〈구운몽〉, 〈사씨남정기〉, 〈허생전〉, 〈박씨전 · 양반전〉, 〈장끼전 · 두껍전〉 등 12종이다. 이 시리즈는 2000년도 초까지 계속 발행되었고, 2006년에는 편집을 다시하여 2판을 발행하였다.

1990년대에는 이외에도 문공사, 계림문고, 지구마을, 꿈동산 등 적지 않은 출판사에서 고전문학, 또는 고전소설의 다시쓰기 출판물을 간행하였으나, 2000년대 와서는 대부분 서점에서 사라진 지 오래이고, 도서관에서도 찾아보기 힘들다. 이상의 작업들은 고전소설을 초등학교 아동들에게 흥미 있는 읽을거리로 인식시키고 보급하는 긍정적 역할을 하였다. 하지만 아동문학가들이 중심이 된 다시쓰기 작가들은 원작에 대한 깊이 있는 해석이 부족하거나, 원작을 자의적으로 변개하는 등의 문제점을 드러내었다.

4. 2000년대 이후의 출판물

2000년대 들어서는 새로운 스타일의 고전소설의 다시쓰기 시리즈가 출간되기 시작하는데, 그 중에서 빅4는 현암사, 창비, 나라말, 한겨레아이들 등이다. 2000년대 초반의 시기에 이 네 출판사의 작업을 주목할 필요가 있는 것은 첫째 기획의 새로움으로, 각 출판사의 편집·기획부는 해당 시리즈의 성격을 분명히 하여 기획하고 내용을 편집하였다. 둘째, 원고 집필 시, 원작에 대한 조사 및 다시쓰기의 원칙을 강화하였고, 셋째, 이전 시기와 비교하여 그림(일러스트) 비중을 확연히 강화하였다. 이러한 점에서 네 출판사의 결과물은 공통점이 있다.

한편 독자층을 기준으로 다시쓰기 출판물의 작업의 방향을 구분해 보면, 크게 세 가지의 경향이 발견된다. 첫 번째로는 초등학교 고학년부터 중·고등학생까지를 커버하려는 청소년용 독서물의 출판 작업으로, 이는 2000년대 들어 새롭게 나타난 경향이다. 현암사(2000~), 나라말(2002~), 창비(2003~2008), 종문화사(2005), 북앤북(2008) 등의 출판물이 그러하다.

두 번째로, 초등학생들을 주 독자층으로 한 것으로, 이는 2000년 이후 다시쓰기 출판물의 대세를 차지한다. 한겨레아이들(2004~2007)의 출판물이 그러하고, 이외에도 지경사(2003~2008), 하서(2004), 대교출판(2005~2008), 영림카디널(2006~2010), 알마(2006~2010), 두산동아(2006), 홍진미디어(2006~2008), 계림(2007), 생각의 나무(2008), 꿈소담이(2008~2009) 등이 그러하다.

세 번째로는 대학생 및 일반인들을 대상으로 한 다시쓰기 독서물이다. 소담출판사의 〈베스트셀러 고전문학선〉(2003~2004), 신원(2002~2005), 민음사(2003~), 책세상(2003~2005), 푸른생각(2005~2008), 돌베개(2007~) 등의 시리즈가 있다.

(1) 중·고등학생을 대상으로 한 출판물의 간행

1) 현암사, 〈우리가 정말 알아야 할 우리 고전〉 시리즈, 2000~

중·고등학생용 출판물 작업의 대표적인 것으로는 현암사, 나라말, 창비 등의 것이 있는데, 그중의 시작은 현암사의 몫이었다. 현암사는 2000년부터 〈우리가 정말 알아야 할 우리 고전〉 시리즈를 25권 간행하였는데, 이 중에 고전소설은 총 18권에 걸쳐 수록되어 있다. 현암사 시리즈는 김영, 고운기, 김성재, 김현양, 정환국, 조현설 교수가 기획을 맡아 방향을 세우고 작품 및 집필진을 선정하였다. 기획위원들은 2000년대 이전까지 고전소설의 대중출판물이 원전에 대한 고찰 없이 마구잡이로 출판된 것을 반성하고, 원전을 최대한 살리면서 가독성을 높이는 데 주안점을 두었다. 현암사 시리즈는 초등 고학년에서 중학생까지를 독자층으로 한다고 하였지만, 가독성 면에서 실질적으로는 중·고등학생 층이 주 독자층으로 보인다. 현암사는 이전과는 달리 좀 더 분명하고 새로운 기획 원칙을 내세웠으며, 대체로 그러한 원칙을 지켰다.

먼저 작품 선정에서 한글, 한문 작품을 가리지 않고, 초중고 교과서에 수록된 작품을 우선하되 새롭게 발굴한 것이고, 지금의 학생들에게 의미 있고 재미있는 작품을 포함시키고자 하였다. 둘째, 작품의 전공 학자들을 다시쓰기 작가로 참여시키면서 텍스트 선정과 내용 고증을 엄정하게 하려고 하였다. 셋째, 원전의 내용과 언어 감각을 훼손하지 않는 바탕에서 글맛을 살리기 위한 윤문 작업을 충실하게 하였다. 마지막으로 시각 효과를 높이기 위해 순수 화가를 영입하여 이전과는 색다른 그림을 구성하였다는 점도 달라진 점이다. 출간 목록은 다음과 같다.

1. 구운몽(김선아 글/김광배 그림)
2. 춘향전(김선아/현태준)
3. 심청전(김성재/김성민)
4. 홍길동전(김성재/김광배)
5. 호질 외(조면희/이영원)
6. 남염부주지 외(조면희/이성박)
7. 숙향전(최기숙/이광택)
8. 심생전 운영전(이대형/이정인)
9. 사씨남정기(송성욱/김광배)
10. 조웅전(김현양/김광배)
11. 흥부전(김성재/이광택)
12. 최척전 김영철전(권혁래/장선환)
13. 박씨전(장경남/이영경)
14. 유충렬전(김현양/장선환)
15. 장화홍련전(조현설/손지훈)
16. 창선감의록(최기숙/손지훈)
17. 기재기이(이대형/한유민)
18. 홍계월전(유광수/홍선주)
19. 주생전/영영전(이대형/이경하)

〈구운몽〉, 〈춘향전〉, 〈심청전〉, 〈홍길동전〉, 〈호질 외 연암소설〉, 〈남염부주지 외 금오신화〉, 〈숙향전〉, 〈심생전 · 운영전〉, 〈사씨남정기〉, 〈조웅전〉, 〈흥부전〉, 〈최척전 · 김영철전〉, 〈박씨전〉, 〈유충렬전〉, 〈장화홍련전〉, 〈창선감의록〉, 〈홍계월전〉 등 한국의 대표적인 고전소설들을 빠짐없이 실었다. 여기에 〈심생전〉, 〈김영철전〉, 〈홍계월전〉 등은 기존의 목록에 새롭게 추가된 작품이라 할 수 있다. 이 시리즈에는 소설 이외에도 〈삼국유사〉, 〈삼국사기 열전〉, 〈열하일기〉, 〈한국의 우언〉, 〈가려 뽑은 고대시가〉 등 신화와 구비전승, 산문, 시가의 작품을 다시쓰기 한 15권의 책이 부가되어 있다.

2) 나라말, 〈국어시간에 고전 읽기〉 시리즈, 2002~

나라말에서는 2002년 〈국어시간에 고전 읽기〉 시리즈를 출판하기 시작하여 현재까지 〈운영전〉, 〈춘향전〉, 〈홍길동전〉 등 18종의 소설을 출판하였다. 출간 목록은 다음과 같다.

1. 운영전(조현설/김은정)
2. 춘향전(조현설/이지은)
3. 홍길동전(류수열/이승민)
4. 박씨전(장재화/김형연)
5. 채봉감별곡(권순긍/김은정)
6. 심청전(정출헌/김은미)
7. 최척전(황혜진/박명숙)
8. 토끼전(장재화/이지은)

9. 금오신화(최성수/한수임)
10. 흥부전(신동흔/이철민)
11. 박지원한문소설(김수업/최선경)
12. 배비장전(권순긍/이철민)
13. 구운몽(이상일/정은희)
14. 유충렬전(조하연/김형연)
15. 윤지경전(김풍기/김종민)
16. 임진록(장경남/한동훈)
17. 사씨남정기(김현양/배현주)
18. 금방울전(서명희/이수진)

이 시리즈는 전국국어교사모임이 기획을 담당하였고, 글쓰기 작가로는 조현설, 류수열, 장재회, 권순긍, 정출헌, 황혜진 교수 등 3-40대의 젊은 연구자 및 중·고등학교 교사가 참여하였다. 조현설의 〈운영전〉을 첫권으로 한 시리즈는 〈춘향전〉, 〈홍길동전〉, 〈박씨전〉 등을 각각 22쇄, 13쇄, 16쇄, 14쇄나 찍을 정도로 많이 팔렸다. 고전소설의 대중출판물이 이처럼 단기간에 폭발적으로 판매된 것은 창비의 시리즈와 함께 유사 이래 처음이 아닐까 한다. 나라말본의 인기 비결은 당시 독서·논술 시장의 확대와 연관이 클 것으로 생각되나, 좀 더 주목해서 분석해볼 필요가 있다. 작품 선정에서는 특별한 점을 찾기 어려우나, 시리즈 첫권에 〈운영전〉을 놓은 것이 특이하다. 이 작품은 꽤 큰 성공을 거두었고, 이 작품으로 나라말은 인지도를 단번에 높일 수 있었다.

나라말의 시리즈는 일선 중·고등학교 교사들과 학생들을 주 독자층으로 설정한 듯하다. 나라말 시리즈의 저자는 주로 전문 연구자 및 현직 중고교 교사들이다. 따라서 전문성 및 학교 현장의 요구를 잘 살려 글을 쓰고 편집한 것이 강점이 되었으리라 생각된다. 한편 이 시리즈는 고전 원작을 잘 살리면서도 학습적 요소를 가미하여 정보란, 해석, 질문란이 강화된, 참고서 성격이 강하다고도 할 수 있다. 이러한 점이 일선 학교 현장에서 교사와 학생들에게 호응을 얻은 것으로 생각한다.

3) 창비, 〈재미있다 우리고전 시리즈〉, 2003~2008.

도서출판 창비는 2000년에 기획을 시작하여 2003년에 〈재미있다 우리고전〉 시리즈 첫 세 권을 출판하였다. 창비는 현암사나 나라말과는 달리, 전문 작가들을 섭외하였다. 원작을 현대어로 잘 옮기는 일에 주력하여 전문 작가들에게 그 일을 맡겼고, 청소년 독자들이 고전을 문학 텍스트로서 재미있게 읽는 것을 목적으로 하였다. 고전 원작을 어린이에 맞게 재해석하는 작업은 전문 작가들의 몫이었다. 글쓰기 작가로는 이혜숙, 장철문, 정종목, 김종광, 김별아, 고운기, 박철, 이명랑, 정지아, 하성란, 김지우 등의 중견 시인, 소설가 등이 참여하였다. 2000년대 이전까지는 고전을 현대적 어법에 맞게 고치는 정도이거나, 아니면 완전 축약해서 쉽게 고치는 것이 관행이었다. 그러던 것을 현직 작가들이 원작에 대한 자료 조사를 강화하여 고전 원작을 살리면서도 초등학생들이 재미있게 읽을 수 있도록 문장을 재창조하였다. 글 내용과 다시쓰기의 방향은 아동문학 작가들의 결과물과도 차이가 있다. 처음 출판된 1~3권은 10만 부 이상씩 팔리기도 하였고, 적게 나간 책들도 2~3만 부씩의 판매고를 기록하였다. 이 역시 이전에는 찾아볼 수 없었던 놀랄 만한 판매부수라 아니할 수 없다.

〈재미있다 우리고전〉 시리즈의 목록은 다음과 같다.

1. 토끼전(이혜숙/김성민)
2. 심청전(장철문/윤정주)
3. 홍길동전(정종목/이광익)
4. 박씨부인전(김종광/홍선주)
5. 장화홍련전(김별아/권문희)
6. 북경거지(고운기/한상언)
7. 도깨비 손님(이혜숙/정경심)
8. 옹고집전(박철/조혜란)
9. 흥보전(정종목/김호민)
10. 양반전 외(장철문/이현미)
11. 조웅전(이명랑/이강)
12. 춘향전(정지아/정성화)
13. 전우치전(김남일/윤보원)
14. 금방울전(김지우/이종미)
15. 최고운전(장철문/오승민)
16. 사씨남정기(하성란/이수진)
17. 계축일기(이혜숙/한유민)
18. 박문수전(정종목/이철민)
19. 임진록(김종광/장선환)
20. 최척전(장철문/김종민)

위와 같이 목록에는 대부분 대중적 인지도가 높은 작품들이 수록되어 있는데, 대표적인 고전 목록 가운데 〈금오신화〉와 〈구운몽〉을 과감하게 누락시킨 점이 특징적이다. 아동 독자들에게 대중성이 없다고 판단한 까닭으로 보인다. 이와 대조적으로 시리즈의 첫 1~3권을 가장 대중적이며 흥미성이 높은 작품(〈토끼전〉, 〈심청전〉, 〈홍길동전〉)으로 선정한 것도 인상적이다. 한편으로 〈북경거지〉, 〈도깨비 손님〉과 같은 작품은 새로운 선정의 경우이며, 〈계축일기〉, 〈박문수전〉 같은 경우에는 좀 구태의연한 작품 선정이 아닌가 한다.

4) 종문화사, 〈꼭 제대로 읽어야 할 우리고전〉 시리즈, 2005.

한편 종문화사에서 2005년 간행한 〈꼭 제대로 읽어야 할 우리고전〉 시리즈는 전6권으로 1. 심청전(최운식) 2. 흥부전(김창진), 3. 홍길동전(김기창)이 간행되었고, 4. 춘향전(배원룡), 5. 전우치전(변우복), 6. 구운몽(이복규)은 아직 간행되지 않았다. 청소년층을 대상으로 한 것인데, 윤색과 각색을 하지 않고 원전의 맛을 그대로 살려서 쉽게 풀어쓰는 것을 기획의도로 내세웠다. 최운식, 김기창, 김창진 등의 중견 학자들이 다시쓰기를 맡았으며, 본문 뒤에 미주(尾註)와 작품 해설을 첨부하였다. 전체적으로 그림이나 기획, 편집의 비중이 다른 2000년대의 출판물들에 비해 떨어지는 편이다.

5) 북앤북, 〈국어과 선생님이 뽑은 한국고전 읽기〉 시리즈, 2008.

2008년도엔 북앤북에서 〈국어과 선생님이 뽑은 한국고전 읽기 시리즈〉 6권을 간행하였다. 수록 작품은, 〈구운몽〉, 〈운영전〉, 〈춘향전〉, 〈홍길동전〉, 〈금오신화〉, 〈호질 · 양반전 · 허생전〉 등이다. 국어교사들이 중심이 되어 기획한 책이라고 하였는데, 기획자나 다시쓰기 작가 등에 대한 정보가 거의 나타나 있지 않다. 비슷한 기획의도를 갖고 나라말에서 출판한 것(2002)들과 어떠한 차별성이 있는지, 그리고 질적으로 괜찮은지 찬찬히 검증할 필요가 있다. 원작의 본문을 쉽게 풀어쓰고 고사성어 등의 한문을 노출하였으며, 책의 첫머리에 작품의 '미리보기', '핵심보기' 이외에는 일체의 학습란, 정보란이 없는 것 등이 특징이다.

이상 2000년대의 중 · 고등학생들을 대상으로 한 출판물은 그 이전에 간행된 고전문학전집보다 편집이 시각적으로 화려하고 고급스러워졌고, 초등학생 출판물보다 원전에 충실하고 정보 · 학습적 요소가 강화된 대중출판물의 양상을 보여주었다는 점에서 의의가 있다.

(2) 초등학생을 대상으로 한 출판물의 간행

2000년대 이후 초등학생들을 대상으로 한 아동용 다시쓰기 출판물에서 가장 대표적인 것으로는 한겨레아이들, 두산동아, 생각의 나무 등의 것이 있다.

1) 한겨레아이들, 〈한겨레옛이야기〉 시리즈, 2004~2007.

한겨레옛이야기 시리즈는 전 30편으로 한겨레아이들에서 2004~2007년도에 출판하였다. 전체가 신화, 인물설화, 전설, 민담, 고전소설 편으로 구성되어 있는데, 이중에 고전소설 편은 전 10권이다. 수록 작품의 목록은 다음과 같다.

1. 허생전(장주식/조혜란)
2. 춘향전(신동흔/노을진)
3. 이생규장전(백승남/한성옥)
4. 전우치전(송재찬/신혜원)
5. 금방울전(임정자/양상용)
6. 장화홍련전(김회경/김윤주)
7. 심청전(김예선/정승희)
8. 토끼전(장주식/김용철)
9. 한중록(임정진/권문희)
10. 구운몽(신동흔/김종민)

위 책들은 초등학교 3~4학년 학생들을 주 독자층으로 설정하고, 글의 내용을 줄이고 난이도를 쉽게 하는 한편, 과감하게 그림의 비중을 높였다. 소설을 구연하듯 문체를 대부분 구어체로 옮긴 점이 특징이다. 본문을 풀어쓴 뒤에는 간략한 작품 해설을 첨부하였다. 글 작가로는 신동흔, 장주식, 백승남, 송재찬, 임정자, 김예선 등 대부분 동화작가, 아동문학가들이 참여하였다.

2) 지경사, 〈수학 능력 향상을 위한 필독서 이야기 고전〉 시리즈, 2003~2007.

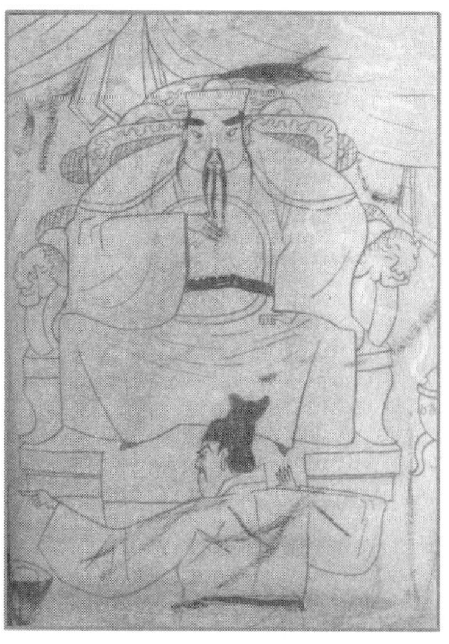

지경사는 2003~2007년에 〈수학 능력 향상을 위한 필독서 이야기 고전〉 시리즈 전30권을 간행하였다. 초등학생들이 읽을 수 있도록 내용을 쉽게 풀어내었고, 예쁜 삽화를 넣었다. 작품 목록은 다음과 같다.

1. 삼국유사
2. 난중일기
3. 백범일지
4. 홍길동
5. 구운몽
6. 한중록
7. 임꺽정
8. 사씨남정기
9. 봉이 김선달
10. 금오신화
11. 어사 박문수
12. 명심보감

13. 목민심서
14. 토끼전
15. 한국전래동화
16. 심청전 흥부전
17. 장화홍련전 콩쥐팥쥐전
18. 허생전
19. 양반전, 호질
20. 인현왕후전, 옹고집전
21. 춘향전
22. 삼국사기
23. 해동명장전
24. 해동명신전
25. 금방울전
26. 임경업전
27. 열하일기
28 전우치전/운영전
29. 박씨부인전/계축일기
30. 두껍전/장끼전/까치전

이 중에서 고전소설은 25종 안팎인데, 〈홍길동전〉, 〈구운몽〉, 〈춘향전〉, 〈금오신화〉, 〈토끼전〉, 〈심청전〉, 〈흥부전〉, 〈장화홍련전〉, 〈콩쥐팥쥐전〉, 〈허생전〉 등 어린이들에게 그리 어렵지 않은 흥미성 높은 작품 위주로 작품을 선정하였다. 하지만 〈어사 박문수〉, 〈임꺽정〉, 〈봉이 김선달〉과 같이 고전성을 담보할 수 없는 작품들이 여전히 포함되어 있는 등 작품 선정에서 시대에 뒤처진 인상을 준다, 1990년대의 출판물을 재간행한 것으로 보인다.

작가로는 김진섭, 송재찬, 이규희, 이준연 등 중견 아동문학가들이 참여하였다. 대부분 원작의 내용을 길게 풀어쓰며 윤색하는 방식으로 다시쓰기를 하여 원작보다 글의 양이 많아졌다. 책은 대부분 본문과 작품 해설란으로 구성되어 있는데, 예를 들어 〈임경업전〉의 경우에는 본문 뒤에 "고전으로 배우는 똑똑한 논술-내용 바로알기, 생각 키우기, 작품 해설란"을 두어 객관식 문제, 논술 문제 등을 자세하게 수록하기도 하였다.

3) 웅진씽크빅, 〈푸른담쟁이 우리문학〉 시리즈, 2005.

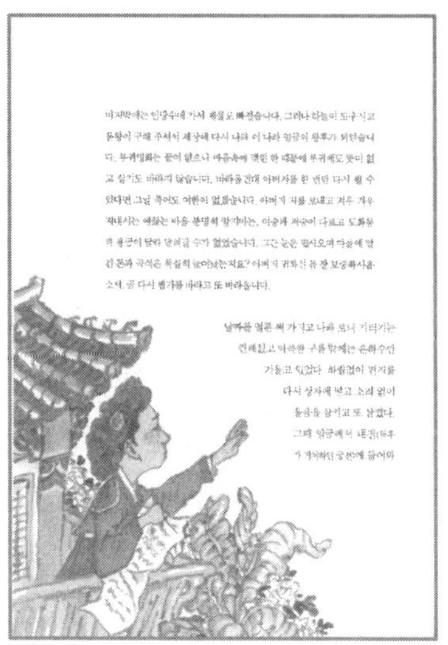

웅진씽크빅 출판사에서 간행한 〈푸른담쟁이 우리문학〉 시리즈는 모두 40권인데, 이중에 고전소설은 모두 20권이다. 작가로는 장철문, 이명랑, 조현설, 이강엽, 안도현, 나희덕, 김용택, 정지아, 방현섭 등 연구자, 시인, 소설가 등이 고루 참여하였다. 수록 작품의 목록은 다음과 같다.

1. 토끼전(장철문/한병호)
2. 흥부전(이명랑/김용철)
3. 심청전(조현설/노을진)
4. 춘향전(장철문/이영경)
5. 서대주전 · 장끼전(김용택/윤정주)
6. 옹고집전(이강엽/오승민)
7. 금방울전(이혜숙/최민오)
8. 최치원전(안도현/이광익)
9. 전우치전(정해왕/이상권)
10. 홍계월전(정찬/한태희)
11. 박씨전(정지아/권문희)
12. 홍길동전(방현석/김세현)
13. 유충렬전(조성기/김호민)
14. 장화홍련전(전성태/윤정주)
15. 운영전(정지아/이현미)
16. 숙향전(이혜경/김진영)
17. 사씨남정기(윤영수/홍선주)
18. 구운몽(이강엽/유승배)
19. 금오신화(나희덕/양상용)
20. 박지원 단편(박수밀/고광삼)

위와 같이 〈토끼전〉, 〈흥부전〉, 〈심청전〉, 〈춘향전〉, 〈최치원전〉, 〈구운몽〉, 〈금오신화〉 등 한국의 대표적인 소설들을 선집하였다. 위 목록들은 학계 연구자들에 대한 설문 조사를 비롯하여 시장 조사 등 비교적 엄밀하고 객관적인 조사 방법을 통하여 작성된 것들이다. 책수는 20권이나 작품은 박지원 단편을 포함하면 이십 수 종을 넘는다. 그 뒤로도 고전시가, 야담, 고전산문, 삼국사기, 삼국유사 등 한국의 대표적인 고전 작품들을 수록하였다.

이 시리즈는 온라인, 오프라인서점에서는 전혀 유통되지 않고 오로지 '방문판매'라는 방식으로만 유통되고 있어 독자와의 만남에는 한계가 있다. 이 시리즈의 특징은 한자와 주석란을 전혀 사용하지 않으면서 원작에 충실하면서도 쉽게 풀어썼다는 점이다. 각 작품마다 선본(善本)을 애써 찾아 텍스트로 삼았고, 문장은 세련되고 고급스러운 감각으로 쓰였다. 설명이 필요한 낱말은 괄호 안에 간단한 풀이를 덧붙였다. 분량이나 줄거리 면에서도 원작의 형태를 유지하였고, 과도한 축약은 하지 않았다. 본문 뒤에 '즐거운 작품 읽기'란을 두어 작가 소개, 문학 갈래, 작품의 주제와 배경 등 작품의 이해와 관련한 다양한 형식의 도움말을 제공하였다.

4) 대교출판사, 〈찾아 읽는 우리 옛이야기〉 시리즈, 2005~2008.

대교출판사에서는 2005~2008년에 〈찾아 읽는 우리 옛이야기〉 시리즈 10권을 출판하였다. 출판목록은 다음과 같다.

1. 박씨전(손연자)
2. 바리공주(최창숙)
3. 운영전(박윤규)
4. 금오신화(박상재/정성환)
5. 춘향전(김은숙/김윤명)
6. 양반전(고정욱/한재홍)
7. 구운몽(김만중/윤종태)
8. 홍길동전(강민경/이용규)
9. 장화홍련전
10. 흥부전(손연자/백금림)

전10권의 시리즈는 구비설화 바리공주를 제외하고는, 모두 한국의 대표적인 고전소설로 채워졌다. 초등학생을 대상으로 한 이 시리즈는 손연자, 최창숙, 박윤규, 박상재, 고정욱, 김은숙 등 이 분야의 경력 있는 아동문학가들이 다시쓰기를 맡았다. 원작의 내용을 살리면서도 문장 표현의 구체적인 부분들을 다듬고 부연하여 마치 한편의 동화나 현대 소설과 같은 느낌을 주었다. 바로 이 점이 이 시리즈의 특징인데, 아무리 생각해도 원작의 여백과 문장의 느낌을 삭제한 것을 칭찬하기는 힘들지 않을까 생각한다, 책의 맨 앞에 작가가 작품을 소개하는 글을 제외하고는 일체의 학습적 요소, 정보란이 없어 책의 기획의도가 고전작품을 학습용이 아닌, 순수한 감상을 주 목적으로 하였음을 나타내었다.

5) 홍진미디어, 〈초등학생이 꼭 읽어야 할 논술 대비 한국고전문학대표작(논술 한국고전 특선집)〉, 2005.

홍진미디어는 〈초등학생이 꼭 읽어야 할 논술 대비 한국고전문학대표작(논술 한국고전 특선집)〉 20권을 2005년도에 출판하였다. 수록 작품의 폭이 넓어서 〈삼국유사〉, 〈삼국사기〉, 〈고려사〉, 〈열하일기〉 등을 시리즈 앞부분에 배치하였고, 이어 〈사씨남정기〉, 〈숙향전〉, 〈운영전〉, 〈숙영낭자전〉, 〈유충렬전〉, 〈박씨전〉, 〈어사 박문수〉, 〈오성과 한음〉, 〈구운몽〉, 〈한중록〉, 〈계축일기〉, 〈콩쥐팥쥐〉, 〈장화홍련전〉, 〈심청전〉, 〈금방울전〉, 〈춘향전〉 등 모두 16종을 수록하였다.

6) 두산동아, 〈참좋은 우리고전 시리즈: 초등 논술필독서/고전〉, 2006.

두산동아에서는 2006년 〈참좋은 우리고전 시리즈: 초등 논술필독서/고전〉 35권을 간행하였다. 정우봉, 조현설, 김기형, 조문현이 기획을 맡았고, 대학의 전문 연구자들이 중심이 되어 집필을 맡았다. 기획의 핵심 개념은 "전공자가 쉽게 풀어 쓴, 논술 대비 필독 교양서"로서 초등학생들을 주독자층으로 잡았다. 해당 작품의 선정 기준으로, "교과서에 수록된 모든 우리 고전, 대학에서 추천하는 반드시 읽어야 할 우리 고전, 수능에 빈번하게 등장, 교과 과정에서 중요시되고 있는 우리 고전, 교육청 추천 도서 목록에 있는 우리 고전" 등을 들었다.

수록 작품의 목록은 다음과 같다.

1. 홍길동전(강상순/박철민)
2. 흥부전(정출헌/김성민)
3. 봉산탈춤(김지일/이은천)
4. 토끼전(김지은/박연우)

5. 춘향전(조문현/박지혜)
6. 옹고집전(이정원/이수진)
7. 심청전(이상희/박지영)
8. 두꺼비전(신혜은/조예정)
9. 장화홍련전(이지하/이현아)
10. 운영전(윤의섭/홍선주)
11. 삼국유사(신동흔/유준재)
12. 삼국사기(조현설/원현진)
13. 박씨전(조혜란/민은정)
14. 양반전 외(정우봉/김경희)
15. 구운몽(이강옥/정기호)
16. 금오신화(정환국/류성민)
17. 임경업전(홍원기/김민철)
18. 청구야담(김준형/이기환)
19. 적벽가(김기형/홍상미)
20. 최척전(서화숙/양수홍)
21. 난중일기(김현숙/김민철)
22. 콩쥐팥쥐전(윤의섭/정윤정)
23. 한중록(정우봉/이은천)
24. 임진록(장경남/홍남)
25. 숙향전(이상구/정은화)
26. 사씨남정기(진경환/정기호)
27. 전우치전
28. 배비장전(김기형/이수진)
29. 유충렬전(강상순/김윤정)
30. 서동지전
31. 최고운전
32. 적성의전
33. 홍계월전
34. 금방울전
35. 채봉감별곡

서문에서는 우리 고전에 조상들의 번뜩이는 지혜와 웃음, 깊은 생각과 눈물겨운 삶이 담겨 있다며, 우리 옛이야기들을 솜씨 있게 다듬어 새롭게 재해석할 필요가 있다고 하였다.

비소설 작품으로 〈봉산탈춤〉, 〈삼국유사〉, 〈삼국사기〉, 〈난중일기〉, 〈청구야담〉, 〈적벽가〉 등을 실었고, 나머지 30여 작품은 〈홍길동전〉, 〈토끼전〉, 〈흥부전〉 등 대표적인 고전소설들로 채웠다. 초등학생들이 읽을 수 있는 쉬운 문장으로 본문을 썼으며, 각주나 한문을 거의 쓰지 않은 것이 특징이다. 본문 앞에는 작가의 말을 넣었고, 마지막에는 '고전 속의 또 다른 고전', '대비하여 읽기', '교과서 연계하여 읽기' 항목을 넣어 비슷한 주제나 소재를 다루고 있는 다른 작품을 비교해서 논하고 작품을 제시하는 방식을 취한 것이 편집 상의 특징이다. 글쓰기 작가로는 강상순, 정출헌, 신동흔, 조현설, 조혜란, 이양옥,

정환국, 김기형 등 전문 연구자들이 대부분이며, 아동문학가, 시인 등도 일부 참여하였다.

7) 알마, 〈샘깊은 오늘고전〉 시리즈, 2006~2010.

알마에서 2006~2010년에 간행한 〈샘깊은 오늘고전〉 시리즈는 12권으로 구성된 고전문학전집으로, 이규보의 서사시, 정약용, 김려 서사시를 비롯하여 〈표해록〉, 〈병자록〉 등의 실기문학, 그리고 〈허생·광문자전〉, 〈최척전〉, 〈금오신화〉 등 6~7종의 고전소설을 수록하였다. 원작을 다듬어 초등학생 독자들이 쉽고 재미있게 읽을 수 있도록 문장을 적지 않게 다듬어 옮겼다. 수록 작품은 다음과 같다.

1. 주몽의 나라(이규보 원작 서사시, 조호상/조혜란)
2. 일곱 가지 밤(이옥 단편 모음, 서정오/이부록)
3. 스물일곱 송이 붉은 연꽃(허난설헌 시 선집, 이경혜/윤석남 윤기언)
4. 허생·거지 광문이(박지원 단편 모음)
5. 양반전·범이 꾸짖다·요술 구경(박지원 단편 모음, 박상률/김태헌)
6. 최척(조위한 소설, 김소연)
7. 북정록(유타루)
8. 부처님과 내기 한 선비, 금오신화(김이은)
9. 홍경래(김기택)
10. 표해록(방현희)
11. 정약용 김려 서사시(김이은 지음)
12. 남한산성의 눈물(나만갑의 병자록, 유타루/양대원)

8) 영림카디널, 〈중학생이 되기 전에 꼭 읽어야 할 우리 고전〉 시리즈, 2006~2010.

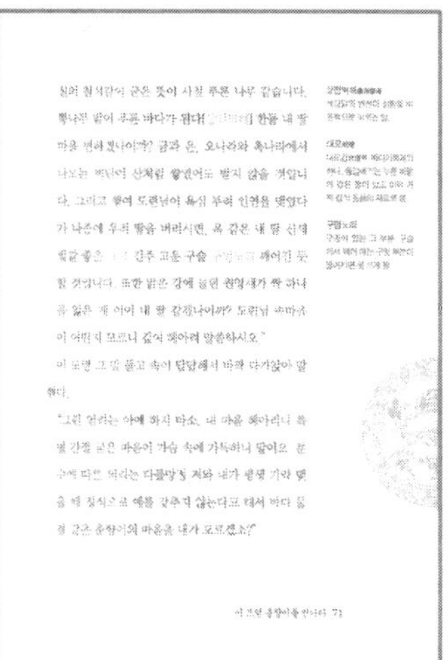

영림카디널에서는 2006~2010년 〈중학생이 되기 전에 꼭 읽어야 할 우리 고전〉 시리즈를 출간하였다. 이 시리즈는 아동문학 작가들이 아동, 청소년들의 교양 고전을 24권으로 선집한 것인데, 고전 원전의 뜻과 깊이, 느낌을 잘 살리면서도 즐겁고 쉽게 읽을 수 있도록 다시쓰기를 하는 것이 기획의 핵심 컨셉이다. 아동문학가 김원석, 고정욱, 이동렬, 이지현, 김은숙, 박민호 등이 다시쓰기를 담당하였으며, 그림은 없다.

소설로서는 〈전우치전〉(김원석), 〈홍길동전〉(고정욱), 〈박문수전〉(이동렬), 〈운영전〉(이지현), 〈조웅전〉(김은숙), 〈유충렬전〉(김원석), 〈춘향전〉(고정욱), 〈옹고집전〉(이영호), 〈금오신화〉(고정욱), 〈박씨전〉(박민호), 〈임경업전〉(고정욱) 등 13종을 수록하였고, 그 외 비소설 작품으로 〈삼국유사〉, 〈정약용의 편지〉 등을 수록하였다. 초등학생들이 고전을 재미있는 문학작품으로 감상하도록 하는 데 중점을 두었으며, 별도의 학습란, 정보란은 두지 않았다. 다만 본문의 이해를 돕기 위해 원작의 고유명사나 한자어는 본문 옆에 주석을 두어 뜻을 풀이하였다.

9) 계림, 〈논술세대를 위한 우리고전문학 강의〉 시리즈, 2007.

한편 도서출판 계림에서는 2007년 〈논술세대를 위한 우리고전문학 강의〉 시리즈라는 제목으로 전20권의 책을 출판하였다. 책 서문에는 이 시리즈의 의미를 다음과 같이 설명하였다.

> 독서를 하는 데 있어 특히 고전을 읽으라고 권장하는 이유는 무엇일까요? 고전 속에는 인생과 사회와 세계에 대한 근본 논제들이 들어있기 때문입니다. 새로운 세계를 창조하고 개척한 사람들은 대부분 이 고전 속에 들어있는 근본 논제들과 씨름하면서 자신의 능력을 길렀습니다. 고전을 제대로 읽고 그 속에서 중요한 논제들을 이끌어 내어 조리 있게 풀어낼 수 있다면, 비판적이고 창의적인 사고력을 충분히 갖추었다고 할 수 있습니다.[5)]

---

5) 한국고전문학교육학회, 〈우리 고전에 말을 걸다〉, 이상일, 『토끼전』, 계림, 2007.

이 시리즈에는 한국고전문학교육학회가 참여하였는데, 기획과 집필 등에서 일정한 역할을 한 것으로 보인다. 위 글도 한국고전문학교육학회에서 쓴 서문의 일부인데, 우리 고전의 읽기를 통해 청소년들이 창의력과 비판력을 기르는 것을 목적으로 하였음을 알 수 있다. 우리 고전의 의미를 추상적인 민족정신의 이해에 두지 않고 창의적 사고력의 향상에 둔다는 사고는 이전에 없던 것이다. 이 점에서 분명한 새로움이 있다.

본문에서는 고전 원작의 내용을 살리면서 가능한 대로 문장표현을 평이하고 쉽게 하여 초등학생 독자들이 무리 없이 읽을 수 있게 하였다. 그리고 본문에는 각주나 한문 노출을 일체 하지 않았다. 한 가지 특징은 학습적 요소를 강화한 점인데, 작품에 대한 이해를 돕기 위해 '논술세대를 위한 우리고전문학 강의'를 책마다 3~4회씩 곁들였다. 그리고 책 뒤에는 꽤 상세하게 준비한 논술 문제들을 첨부하였다. 수록 작품의 목록은 다음과 같다.

1. 금오신화(이상일/최양숙)
2. 박씨부인전(주재우/김은정)
3. 흥부전(이영호/한상언)
4. 콩쥐팥쥐전(황혜진/조가연)
5. 박지원 단편집(이영호/김정한)
6. 숙향전(서유경)
7. 장화홍련전(황혜진/김은미)
8. 운영전(배수찬/경혜원)
9. 심청전(서유경/이지은)
10. 홍길동전(주재우/이형진)
11. 토끼전(배수찬/정성화)
12. 최고운전(김효정)
13. 숙영낭자전 영영전(이영호/최정인)
14. 임진록(서보영/이강)
15. 조웅전

16. 바리데기 당금애기(김효정/이인숙)
17. 춘향전(황혜진/김혜리)
18. 사씨남정기(주재우/이지은)
19. 구운몽(주재우/박철민)
20. 우리 나라의 신화(이상일/이형진)

위 목록에서 보듯 한국의 대표적인 18권의 고전소설과 두 권의 설화자료를 수록하였다. 글 작가는 대부분 서울대 국어교육학과 출신의 대학원생, 소장 연구자들이다.

10) 생각의 나무, 〈교과서에서 쏙쏙 뽑은 우리고전〉 시리즈, 2008~.

생각의 나무에서는 2008~2009년 사이에 〈교과서에서 쏙쏙 뽑은 우리고전〉 20권을 간행하였다. 이 시리즈는 한국고전번역원에서 제공한 원전을 현직 소설가, 시인, 아동문학가들이 참여하여 다시쓰기를 하였다. 원전의 내용과 표현을 살리면서도 초등학생들이 쉽게 읽을 수 있도록 문장을 다듬은 것이 특징이다.

작품 선정에서는 초중고 교과서에 수록된 고전 작품을 총망라하고, 최근 10년간 수능시험에 출제된 고전소설 리스트를 모두 포함하여 목록을 작성하였다고 했다. 거기에 〈삼국유사〉, 〈삼국사기〉, 〈고려사〉, 〈조선왕조실록〉 등의 역사서를 간략히 하여 수록하였다. 목록은 다음과 같다.

1. 금오신화(한교원/김연희)
2. 연암집(권정현/이윤정)
3. 서동지전(이민희/최정원)
4. 숙영낭자전(신승철/강현정)
5. 홍길동전(박민호/정승환)
6. 춘향전(김나정/조성덕)
7. 사씨남정기(이륜/가아민)
8. 심청전(은미희/김지영)
9. 흥부전(양태석/정승환)
10. 미수기언(김호경/김지연)
11. 검녀 이야기(조혜란/최희옥)
12. 전우치전(박민호/주진희)
13. 임경업전(한교원/백철)
14. 김평장 행군기(김호경/김지연)
15. 구운몽(박지웅/최정원)
16. 운영전(한교원/경혜원)
17. 장끼전(양태석/김미현)
18. 유충렬전(태기수/유영주)
19. 숙향전(권정현/임미란)
20. 창선감의록(권정현/김마늘)

고전소설에서는 〈금오신화〉, 〈서동지전〉, 〈연암소설〉, 〈홍길동전〉 등 대표적인 작품들을 17종 수록하였다. 한편 이 시리즈는 학습 효과를 높이기 위해 '원전에 대해 종알종알', '작품에 대해 미주알고주알', '생각거리', '이야기 뒤집어 읽기', '이야기 속 고사성어' 등 다양한 학습란을 만들어 놓았다는 점도 특징이다.

11) 꿈소담이, 〈우리겨레 좋은 고전 시리즈〉, 2008~.

꿈소담이에서는 2008년에 초등학생용으로 〈우리겨레 좋은 고전 시리즈〉를 출판하였다. 30권 발간을 목표로 한다고 했으나, 2010년 4월 현재 15권 〈임진록〉까지 발간되었다. 초등학생들을 주 독자층으로 설정하여 원작을 쉽게 풀어쓰는 것에 주력하였다. 책머리에는 작가의 의도가 쓰여 있고, 본문 뒤에는 작품해설이 실려 있어 고전에 대한 추가 정보를 제시하였다. 수록 작품의 목록은 다음과 같다.

1. 홍길동전 계축일기(이효성/계창훈)
2. 봉이 김선달(강용숙/계창훈)
3. 인현왕후전(조임생/민경미)
4. 배비장전(이창수/김승연)
5. 박씨전 · 장화홍련전(이효성/백정원)
6. 구운몽(신옥철/서동)
7. 열하일기(이효성/김승연)
8. 전우치전(김영자/계창훈)
9. 조웅전(이상현/이남구)
10. 금방울전(이효성/서동)
11. 임경업전(김영자/이남구)
12. 사씨남정기(송종호/강현정)
13. 허생전(이상현/김승연)
14. 호질 · 양반 · 광문자 · 최척(조임생/민경미)
15. 임진록(이효성/이남구)

위 목록을 보면, 〈봉이 김선달〉, 〈인현왕후전〉, 〈금방울전〉 등을 비롯해 1990년대의 목록 관행을 벗어나지 못했다. 작가는 주로 아동문학가들이 담당하였는데, 그중에는 1980~90년대에 활약하였던 이효성, 조임생, 계창훈 등의 이름이 발견된다. 1990년대에 출간된 작품을 재간행한 것이 아닐까 하는 의심이 든다. 결정적으로 문제가 되는 것은 원작을 쉽게 풀어쓴다고 했지만, 원작의 미학을 제대로 해석하지 못하거나 중요한 내용을 임의로 삭제하거나 변개한 부분이 있다는 점이다. 예컨대, 6권의 〈구운몽〉은 작가의 해석이나 성진의 입몽(入夢) 과정과 각몽(覺夢) 이후의 부분이 너무나 무성의하게 처리되어 있어 원작의 본 모습을 해쳐버렸다.

이처럼 2000년대 이후에 초등학생을 대상으로 한 고전소설의 다시쓰기 출판물은 어느 연령대 책보다 활발하게 간행되었다. 하지만 출판물 간에도 기획의 방향이나 질적인 면에서는 적지 않은 차이를 보였다. 중·고등학생 독자나 성인 독자를 대상으로 한 다시쓰기 출판물들은 원작에 가깝게 하는 것을 최우선하여 문장 표현을 다듬는 선에서 다시쓰기 작업을 시도하였다. 이에 비해서, 초등학생을 대상으로 한 책들은 아동들의 눈높이에 맞춘다는 컨셉 아래 원작의 내용을 대폭 생략하기도 하고, 원작에서 소략했던 특정 내용을 부연하고, 새롭게 사건을 만들어 첨가하기도 하면서 적지않은 변이를 보여주었다. 이러한 변이를 어떻게 평가해야 할지는 좀 더 숙고해야 할 것 같다.

(3) 성인 독자를 대상으로 한 출판물의 간행

다음으로 대학생, 일반인 등 성인 독자들을 대상으로 한 다시쓰기 출판물을 알아보자.

1) 신원, 〈우리고전 다시읽기〉 시리즈, 2002~2005.

2000년대 들어 일반인들에게 고전소설을 폭넓게 보급하는 데 기여한 시리즈는 신원의 〈우리고전 다시읽기〉 시리즈이다. 신원은 2002~2005년 사이에 〈우리고전 다시읽기〉 시리즈 50권을 출판하였는데, 여기에는 고전소설을 비롯하여 설화, 일기, 문집, 전 등 다양한 산문집이 포함되어 있다. 이중에서 고전소설은 32권이다. 그런데 전50권의 옮긴이가 모두 구인환 교수라고 되어 있는데, 실질적으로는 편집부가 다시쓰기를 담당한 것으로 보인다. 2000년대 들어 다시쓰기 시리즈의 작가 선정은 한 작품마다 전공자를 내세워 작품의 다시쓰기 및 해설, 편집의 엄밀함과 전문성을 높이는 방향으로 나아갔는데, 신원의 이러한 저자 설정 방식은 시대의 추세를 역행하는 것이다. 수록 작품의 목록은 다음과 같다.

1. 한중록	3. 창선감의록	5. 사씨남정기
2. 춘향전	4. 삼국유사	6. 계축일기

7. 심청전/흥부전
8. 구운몽
9. 인현왕후전
10. 홍길동전
11. 금오신화
12. 목은집/포은집
13. 삼설기/화사
14. 전우치전
15. 토끼전
16. 장화홍련전
17. 숙향전
18. 윤지경전
19. 배비장전
20. 옹고집전
21. 운영전
22. 순오지
23. 파한집
24. 보한집
25. 옥루몽
26. 허생전
27. 삼국사기
28. 최생원전
29. 국순전 외
30. 채봉감별곡
31. 역옹패설
32. 촌담해이
33. 몽유록
34. 유충렬전
35. 임진록
36. 조웅전
37. 임경업전
38. 난중일기
39. 홍계월전
40. 진이전
41. 안동랑전
42. 조침문
43. 옥단춘전
44. 낙성비룡
45. 다산 산문선
46. 내훈
47. 김씨열행록
48. 명심보감
49. 서유견문
50. 금우태자전

목록을 보면 1970년대 이래 꼽혀왔던 고전문학전집의 대표적인 소설들과 문집, 일기, 전, 산문집, 〈삼국유사〉까지 다양한 장르의 작품들이 모두 망라되어 있다. 이 점이 이 시리즈의 공이자 한계이다. 도대체 무슨 기준으로 위 작품들을 한 데 묶었는지 알 수 없다. 〈명심보감〉과 같은 아동들의 인격 수양을 위한 한문교양서, 1880년대의 미국 견문을 기록한 유길준의 〈서유견문〉 같은 작품이 어떠한 기준으로 한데 선집된 것일까? 소설만 보아도 〈금우태자전〉, 〈최생원전〉 등은 어떠한 대표성을 띠는지, 또한 이 작품들의 내용이 엄밀한지는 누가 보증할 수 있을지 알 수 없다. 그림은 일체 없이 글로만 지면이 채워져 있고, 일반인 및 대학생들을 독자층으로 설정한 책이다.

2) 책세상, 〈책세상문고 세계문학〉 시리즈, 2003~2009.

책세상에서는 〈책세상문고 세계문학〉 시리즈를 2003년 이래 2009년까지 41권을 출간하였다. 이 중에서 고전소설은 세 권인데, 〈구운몽〉(설성경, 2003), 〈홍길동전〉(허경진, 2003), 〈춘향전〉(설성경, 2005)이 출판되었다. 〈홍길동전〉과 〈구운몽〉은 일반적으로 알려진 텍스트가 아니라 새로운 이본을 찾아 저본으로 삼은 것이 특징이다.

3) 민음사, 〈세계문학전집〉, 2003~.

돌아오는 길에 이생은 흰 종이 한 폭에 시 세 수를 써서 기와 조각에 매달아 담장 안으로 던졌다.

무산 열두 봉우리에 안개가 첩첩 싸였는데
반쯤 드러난 뾰족 봉우리 울긋불긋하구나.
양왕(襄王)의 외로운 꿈이 번뇌스러워
기꺼이 구름 되고 비 되어 양대(陽臺)로 내려오려나.[1]

사마상여가 탁문군을 꾀어내려 할 때[2]
마음속에 품은 정은 이미 흠뻑 깊었도다.
울긋불긋 담장 머리 농염한 복사꽃과 오얏 꽃은
바람 따라 어느 곳에 어지러이 지려나.

좋은 인연인가 나쁜 인연인가.
부질없는 이내 시름 하루가 일 년 같아라.
스물여덟 자 시로 중매가 이뤄졌으니
남교에서 어느 날 신선을 만나려나.[3]

최 씨는 시녀 향아에게 가서 그 던진 것을 살펴보라고 시켰다. 시녀가 주워 온 것을 보니 바로 이생의 시였다. 최 씨는 시

1) 초(楚)나라 양왕이 고당에서 놀다가 잠이 들었는데 한 여인이 나타나 사랑을 나누고는 떠나면서 자신은 무산 남쪽 언덕에 사는데 아침이면 구름이 되고 저녁이면 비가 되어 양대에 내릴 것이라고 했다는 이야기가 있다.
2) 전한(前漢)의 문인 사마상여가 젊었을 때 촉(蜀)에 갔다가 우연히 탁왕손의 딸인 과부 탁문군을 거문고 연주로 꾀어내어 부부가 되었다.

이생이 담 너머를 엿보다 37

민음사는 2003년 이래 세계문학전집을 236권을 출판하였는데, 그중 한국 고전소설은 네 권이 포함되어 있다. 〈구운몽〉(송성욱, 2003), 〈춘향전〉(송성욱 · 백범영, 2004), 〈홍길동전〉(김탁환 · 백범영, 2009), 〈금오신화〉(이지하, 2009)가 그것이다. 책들은 각각 현대역과 고어, 영인본, 작품해설 등으로 구성되어 있다. 작품 수는 적지만 한국의 가장 대표적인 고전소설을 수록한 것인데, 성인 독자들이 가장 많이 찾는 책으로 알려져 있다.

4) 소담출판사, 〈베스트셀러고전문학선〉, 2003~2004.

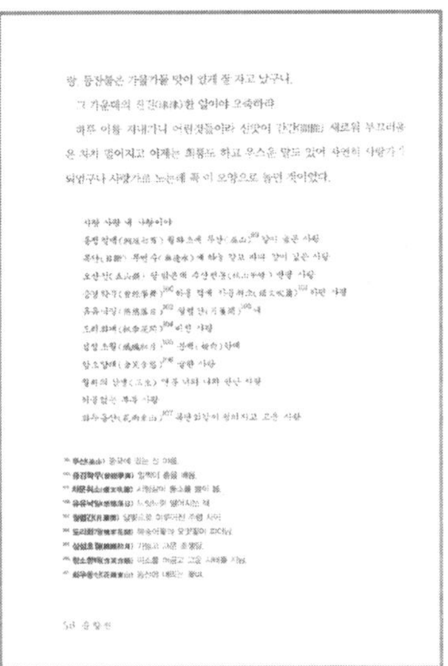

소담출판사에서는 2003년부터 2004년까지 〈베스트셀러고전문학선〉 10권을 간행하였는데, 설중환 교수가 편집위원을 맡았다. 비소설문학으로 삼국유사, 열하일기, 난중일기 등이 있고, 소설문학으로는 〈금오신화〉, 〈사씨남정기〉, 〈홍길동전〉, 〈조웅전〉, 〈흥부전〉, 〈배비장전〉, 〈춘향전〉, 〈심청전〉, 〈옥단춘전〉, 〈구운몽〉, 〈한중록〉 등 6권 11종이 수록되어 있다. 원작의 내용과 표현을 거의 그대로 살려 쓰되, 쉽게 읽을 수 있도록 평이하게 문장을 고쳤다. 그리고 인명, 지명, 고사성어 등은 각주를 달아 자세히 뜻풀이를 하였다. 설중환 교수가 쓴 서문의 내용을 일부 옮겨보면 다음과 같다.

> 고전문학은 우리들을 새로운 출발점으로 안내할 것이다! 고전문학은 오염되지 않는 지혜의 보고로 항상 우리 곁에 남아 있기 때문이다. 현대인들은 다시 고전으로 되돌아가야 한다. 그 속에서 우리는 우리의 본래 모습을 되찾을 수 있을 것이다.(중략) 모든 사람들이 고전문학작품을 통해서

한국인의 정체성을 되찾고, 참 한국인으로 살아갈 수 있다면 그보다 반가운 일은 없을 것이다.('책을 펴내며' 중에서)[6)]

위 서문에서 느낄 수 있는 것은 편집자의 고전에 대한 확신감이다. 편집자는 고전이 "오염되지 않은 지혜의 보고"이며 고전을 통해 현대인들이 한국인의 정체성을 되찾을 수 있을 것이라며, 고전문학에 매우 큰 정신적 가치를 부여하고 있다. 다소 수사적인 언사가 없진 않겠으나, 1960~1970년대에 대학에서 공부한 연구자 세대가 갖고 있는 민족문학에 대한 확신을 표현한 것이 아닐까 한다.

5) 돌베개, 〈천년의 우리소설〉 시리즈, 2007~.

돌베개는 2007년도부터 〈천년의 우리소설〉 시리즈 여섯 권을 출판하였는데, 역자는 박희병, 정길수 교수이다. 이 시리즈는 조선조의 중단편 한문소설 중에서 선집한 42종을 번역한 것인데, 초역된 작품도 있고, 그동안 잘 알려지지 않은 작품들을 소개한 점이 특징이다.

1권에서는 '사랑의 죽음'이라는 제목으로 〈심생전〉, 〈운영전〉, 〈위경천전〉, 〈옥소선〉을, 2권에서는 '낯선 세계로의 여행'라는 제목으로 〈최고운전〉, 〈전우치전〉, 〈장도령〉, 〈남궁선생전〉, 〈부목한전〉, 〈안상서전〉, 〈설생전〉, 〈왕수재〉를, 3권에서는 '전란의 소용돌이 속에서'라는 제목으로 〈최척전〉, 〈김영철전〉, 〈강로전〉, 〈정생기우기〉를 번역하여 출판하였다. 2010년에는 세 권을 추가로 출간하였다. 4권은 기인과 협객을 주인공으로 한 〈각저소년전〉, 〈검승전〉 등을, 5권에서는 〈이홍전〉, 〈호질〉 등 세태소설을, 6권에서는 〈안생전〉, 〈이생규장전〉 등 15~16세기의 한문애정소설 등을 번역하였다. 이 시리즈는 한문소설의 번역과 번역본의 다시쓰기가 혼재되어 있다. 〈강로전〉은 이 시리즈에서 처음으로 번역 · 소개되었다. 잘 알려지지 않았지만 문제적 작품을 많이 소개하였다.

---

6) 『춘향전 외』(베스트셀러고전문학선8), 소담출판사, 2004, 5쪽.

6) 푸른생각, 〈우리가 읽어야 할 고전 시리즈〉, 2005~2008.

푸른생각에서는 〈우리가 읽어야 할 고전 시리즈〉를 2005~2008년에 간행하였다. 모두 18권인데, 그중에 9권은 현대소설이고, 10권에는 15종의 고전소설을 수록하였다.

1. 금오신화(송경란 옮김)	2. 구운몽(송경란)
3. 춘향전(송경란)	6. 홍길동전/박씨전
7. 장끼전 · 토끼전 · 옹고집전(편집부)	8. 심천전 · 장화홍련전
9. 임진록(구인환)	10. 사씨남정기/콩쥐팥쥐
13. 유충렬전(편집부)	18. 운영전, 전우치전

(시리즈의 4~5, 11~17권은 현대소설)

현대소설과 고전소설을 아울러서 고전 시리즈를 간행한 것은 매우 드문 일이라 생각한다. 한 가지, 이 시리즈의 옮긴이는 대부분 편집부이거나 송경란이다. 이들의 고전문학에 대한 이해도 및 문학적 역량이 어떠한지에 대해서 파악할 필요가 있다고 생각한다.

7) 하서출판사, 〈하서 명작선〉, 2004~2009.

하서출판사의 〈하서 명작선〉은 이명구, 김연호, 성현경 등의 대학 중견 교수들이 2004~2009년에 작업한 책이다. 전체 100권 중에 고전소설은 6권에 10여 종이 수록되어 있으며, 6권 모두 2009년도에 출간되었다. 목록은 다음과 같다.

41. 홍길동전 흥부전 유충렬전 외(이명구 옮김)
42. 금오신화 양반전 허생전 외(김연호 옮김)
45. 춘향전 심청전(이명구 지음)

46. 구운몽(성현경 옮김)
47. 사씨남정기(설성경 옮김)
100. 운영전 장화홍련전 외

이상 대학생 및 일반인들을 대상으로 한 고전문학 시리즈는 전문 연구자가 중심이 되어 번역 및 다시쓰기를 한 것이다. 가장 고전적인 작품으로 꼽히는 것은 〈춘향전〉, 〈구운몽〉, 〈홍길동전〉, 〈금오신화〉 등이었다. 청소년층을 대상으로 한 학습서 성격이 강한 출판물, 아동들을 대상으로 한 흥미로운 이야깃거리로서의 출판물이 쏟아져 나오는 상황에서, 대학생 · 성인 독자들을 대상으로 한 교양독서물로서의 고전소설 시리즈가 꾸준하게 출판되는 것은 의미 있는 현상이라 할 수 있다.

제4장

생산과 수용의 측면에서 본 고전소설의 다시쓰기 출판물

1. 고전소설의 독자층과 수요

조선시대에 소설은 성인 대중 독자들을 위한 거의 유일한 오락 독서물이었다. 20세기가 되면서 조선시대의 소설은 구소설로 인식되었으나, 여전히 적지 않은 성인 독자층이 찾는 오락 독서물로 1930년대까지 독서시장에서 활발하게 유통되고 있었다. 1930년대 이후가 되면 독서시장에서 구소설은 근·현대소설에 거의 확실하게 밀리게 되었다. 하지만 그러는 중에도 구소설 독자들이 존재하여 60년대까지는 필사본과 딱지본(활자본)의 형태로 독서 시장에서 유통되고 있었다.

1960~90년대에는 고전문학전집이 꾸준히 간행되었다. 이 시기는 민족 이념을 강조하던 시기였고, 고전소설 및 고전문학은 '민족 고전'의 성격을 띠고 활발하게 간행되었다, 이때의 독자들은 대중 독자, 성인 독자들이었다.

1990년대 이후 독서시장에서 고전소설의 비중은 매우 미미하다. 그리고 성인 독자들이 읽는 경우는 거의 없다. 이제 고전소설은 청소년 독자들을 확고한 독자층으로 하는 책이 되었다. 그렇다고 청소년들이 좋아하고 재미있게 읽는 대중소설, 교양소설이 되었다는 것은 아니다. 단지 보조학습 교재로서 읽히게 되었을 뿐이다.

오늘날 고전소설은 주로 초등학생과 중·고등학생을 대상으로 하여 수능과 논술대비용으로 읽히고 있다. 90년대까지 '민족 고전'으로 인식되었던 고전소설이 학습용 '고전 콘텐츠'로 변모한 시대, 이것이 21세기의 오늘날에 고전소설이 처한 상황이다. 20세기 초 이전에는 주로 성인 독자들이 읽던 고소설을 이제는 12~16세 안팎의 초등학생 및 중학생들이 학습용으로 가장 많이 읽는다는 사실은 매우 아이러니하다. 하지만 이러한 현실을 인정하고 초등학생, 중고생, 이른바 아동·청소년들이 제대로 고전소설을 감상하고 창의성을 계발할 수 있도록 작품 선정, 정전의 선별, 텍스트의 다시쓰기 및 학습지도 방향을 제시하는 것이 필요하다고 생각한다.

또한 대학생층을 새로운 독자층으로 끌어들이는 것도 매우 중요한 일이다. 대학생들의 감성과 지성을 자극하고 연마할 수 있는 교양도서로서, 또 멀티미디어 환경 하에서 문학·문화예술 창작에 영감을 불어넣는 콘텐츠로서 한국고전소설을 읽고, 활용할 수 있도록 대학에서 전공 및 교양 강좌를 개발하여 지도하는 일이 필요하다고 생각한다.

2. 글 작가와 그림 작가

고전소설을 현대 독자들에게 맞게 다시쓰기하는 사람은 어떤 사람들인가? 편의상 이들을 작가라고 지칭하고 논의를 하기로 한다. 다시쓰기 출판물의 작가는 누구인가? 앞서 보았지만, 80년대까지만 해도 다시쓰기 작가는 주로 대학의 국문과 현직 교수들이 겸직하는 경향을 보였다. 그리고 90년대 아동들을 대상으로 하는 출판물에는 이효성 등의 아동문학가들이 담당하였다. 2000년대에 오면, 3~40대의 젊은 연구자들과 시인·소설가 그룹, 그리고 아동문학가, 이러한 세 그룹이 정립하며 각각의 기획 의도에 따라 작가로 참여하고 있다.

젊은 국문학 연구자 그룹과 시인·소설가 그룹, 아동문학가 그룹은 고전소설의 다시쓰기 작가로서 어떠한 성향 차이를 보이는가? 각각의 강점과 한계는 어떠한가? 이를 출판 결과물을 대상으로 좀 더 세심하게 검토할 필요가 있다.

한편 2000년대를 전후한 시기로 다시쓰기 출판물에서 좀 더 명확한 변화를 보이는 것이 그림, 곧 일러스트이다. 2000년 이전의 출판물에서는 일러스트가 대부분 그야말로 조잡한 삽화 수준으로 유아적, 만화적, 단선적이다. 하지만 2000년 이후의 출판물은 대학에서 한국화, 또는 서양화를 전공으로 한 화가들이 그림 작가로 참여하면서 그림의 성격, 질적 수준이 확연히 변화된다. 화려하고 개성 있는 그림들이 페이지 전면을 차지하면서 일부 아동, 청소년 책들은 그림책 버금가는 정도로 그림의 비중이 커지기도 한다. 그림 작가는 글 작가가 서술한 고전의 인상을 최초 독자의 입장에서 그림으로 '장면화'하는 역할을 하고 있다. 그림은 글의 보조적인 역할을 주로 해 왔지만, 점점 그림의 비중이 커지고 과감해지면서 그림의 역할이 작품의 감상에 중요한 영향을 미치고 있다. 하지만 아직까지 일러스트레이터, 또는 그림 작가에 대해서는 체계적으로 조사, 연구된 바가 없다. 그들의 그림이 어떻게 이루어지며, 그림 작가들의 유파가 어떠한지, 그림이 책의 감상에 어떤 영향을 미치는지, 그리고 시대에 따라 어떠한 변화를 겪어 왔는지도 앞으로 연구가 필요할 것이다.

3. 주요 작품 목록

그동안 다시쓰기 된 주요 작품의 목록을 16개 출판사에서 간행된 시리즈를 대상으로 분석해보면 다음과 같다.

번호	작품명	출판사(16)																빈도수
		창비	현암	나라말	두산	북앤북	한겨레	생각의	영림카	계림	예림당	꿈소담이	청솔	대교	민음사	책세상	신원	
1	춘향전	○	○	○	○	○	○	○	○	○			○	○	○	○	○	14
2	홍길동전	○	○	○	○	○		○	○	○		○	○	○	○	○	○	14
3	구운몽		○	○	○	○	○	○		○	○	○	○	○	○	○	○	14
4	양반전/호질/허생	○	○	○	○	○	○	○		○	○	○	○	○			○	13
5	금오신화		○	○	○	○	○	○	○	○			○	○	○		○	12
6	흥부전	○	○	○	○			○		○	○	○	○	○			○	11
7	사씨남정기	○	○	○	○			○	○	○	○	○	○				○	11
8	박씨전	○	○	○	○		○		○	○	○	○	○	○				11
9	심청전	○	○	○	○		○	○		○	○		○				○	10
10	운영전		○	○	○	○		○	○	○			○	○			○	10
11	장화홍련전	○	○		○		○			○		○	○	○			○	9
12	전우치전	○			○		○	○	○			○	○				○	8
13	토끼전	○		○	○		○			○	○		○				○	8
14	숙향전		○		○		○	○		○			○				○	7
15	유충렬전		○	○	○			○	○								○	6
16	임진록	○		○	○					○		○					○	6
17	임경업전				○			○				○	○				○	5
18	조웅전	○	○						○			○					○	5
19	금방울전	○			○		○					○	○					5
20	옹고집전	○			○				○		○						○	5
21	최척전	○	○	○	○													4
22	콩쥐팥쥐전				○				○	○	○							4
23	배비장전			○	○							○					○	4
24	한중록				○		○						○				○	4
25	최고운전	○			○					○								3
26	창선감의록		○					○									○	3
27	채봉감별곡			○	○												○	3
28	인현왕후전											○	○				○	3
29	두꺼비전				○						○	○						3
30	장끼전							○			○		○					3
31	계축일기	○										○					○	3
32	박문수전	○							○									2

번호	작품명	출판사(16)																빈도수
		창비	현암	나라말	두산	북앤북	한겨레	생각의	영림카	계림	예림당	꿈소담이	청솔	대교	민음사	책세상	신원	
33	윤지경전			○													○	2
34	홍계월전				○												○	2
35	숙영낭자전							○		○								2
36	서동지전				○			○										2
37	심생전		○															1
38	김영철전		○															1
39	적성의전				○													1
40	검녀이야기							○										1
41	봉이 김선달											○						1
42	김평장행군기							○										1
43	도깨비 손님	○																1
44	북경거지	○																1
45	삼설기																○	1
46	화사																○	1
47	옥루몽																○	1
48	최생원전																○	1
49	국순전 외																○	1
50	진이전																○	1
51	옥단춘전																○	1
52	낙성비룡																○	1
53	김씨열행록																○	1
54	금우태자전																○	1
		창비	현암	나라	두산	북앤	한겨	생각	영림	계림	예림	꿈소	청솔	대교	민음	책세	신원	
		20	18	17	28	6	12	19	12	16	11	16	20	9	4	3	36	

가장 많이 출판된 작품 상위 10종은, 〈춘향전〉, 〈홍길동전〉, 〈구운몽〉, 〈허생전〉 등의 연암소설, 〈금오신화〉, 〈흥부전〉, 〈사씨남정기〉, 〈박씨전〉, 〈심청전〉, 〈운영전〉이다. 〈춘향전〉을 비롯한 〈흥부전〉, 〈심청전〉 등의 판소리계 소설이 단연 인기가 있다는 점이 증명된다. 또 허균, 김만중, 박지원, 김시습 등 지식인 작가의 작품들 또한 수준과 명성을 유지하고 있음을 알 수 있다.

다음으로 위 54종의 작품을 유형 분류해 보자.[1)]

전기소설	금오신화, 운영전, 최척전, 삼설기, 최고운전, 금우태자전 (6)
의인소설	화사, 서동지전, 두껍전, 국순전 (4)
이상소설	구운몽, 옥루몽, 홍길동전, 전우치전 (4)
군담소설	임진록, 임경업전, 박씨전, 유충렬전, 조웅전, 홍계월전, 금방울전, 낙성비룡(8)
염정소설	숙영낭자전, 숙향전, 옥단춘전, 채봉감별곡, 윤지경전 (5)
풍자소설	연암소설, 심생(이옥) (2)
가정소설	사씨남정기, 창선감의록, 장화홍련전, 콩쥐팥쥐전 (4)
윤리소설	적성의전, 김씨열행록 (2)
판소리계 소설	춘향전, 흥부전, 심청전, 토끼전, 배비장전, 옹고집전, 장끼전 (7)
전계 소설	김영철전, 인현왕후전 (2)
*미분류	한중록, 계축일기, 박문수전, 검녀 이야기, 봉이 김선달, 김평장 행군기, 도깨비 손님, 북경거지, 최생원전, 진이전 (10)

이상의 유형 분류를 통해서 위 작품들에는 고전소설의 중요한 유형이 거의 다 포함되어 있음을 알 수 있다. 특히 판소리계 소설, 군담소설, 이상소설, 전기소설 등 고전소설사에서 중요한 비중을 차지하는 유형 및 작품들이 대부분 다 포함되어 있다.

이상의 유형 분류는 위 작품들이 작품의 문학사적 비중이나 작품적 가치를 적절하게 지니고 있음을 보여준다. 이를 통해 작품 선정이 단순 흥미가 아닌, 학계의 연구 성과나 문학사적 비중을 반영하여 선별 기준을 작성하였을 것이라는 추측을 하게 된다.

그런데 이보다 선행하며, 또 명확한 작품 선별 기준이 있다면, 그것은 교과서 수록 및 대입 수능문제 출제라는 기준이다. 현행 교육과정에 입각해 제작된

1) 이 유형 분류는 김광순 교수의 유형론에 의거하여 분류하였다.(김광순, 「유형론」, 한국고소설연구회 편, 『한국고소설론』, 아세아문화사, 1991, 270-309쪽)

국어 및 문학 교과서에 수록된 작품들은 고전소설의 다시쓰기 출판물 목록에 거의 다 포함되어 있다. 그리고 이 작품들은 수능 모의고사나 본 시험문제에 자주 출제되는 것이기도 하다. 〈최척전〉과 〈심생전〉 등 몇몇 작품들은 교과서에는 수록되어 있지 않지만, 수능 문제에 출제됨으로써 출판사 출판 목록에 오를 수 있었다.

결국 1960~90년대까지 '민족 고전'으로 인식되던 고전소설은 21세기 이후의 시점에서는 '고전 콘텐츠'라는 개념으로 인식되고 있다. 특히 고전소설의 다시쓰기 출판물은 철저하게 중·고등 학교 교육 및 수능 출제에 의해 좌우되고 있음을 확인할 수 있었다. 이것은 양면적인 측면이 있다. 첫째, 출판 독서 시장에서 고전소설 텍스트 발간은 철저하게 학교 교육 및 대입 수능에 의해 좌우된다는 점, 둘째, 그럼에도 불구하고 역설적으로 이것이 전 국민을 대상으로 고전소설 독서 및 교육을 활성화할 수 있는 적극적인 기회라는 점이다. 이것은 1960~70년대 고전문학의 불모지 같은 토대에서 고전문학전집을 간행하던 교수들이 그토록 원하던, 청소년들이 어린 시절에 고전을 접할 수 있는[2] 훌륭한 토대가 실현된 것이기 때문이다. 단편소설이 아닌 대부분의 중편 이상의 작품들은 교과서에는 작품의 일부만이 수록되어 있다. 따라서 고전소설의 올바른 독서 및 이해를 위해서는 작품 전문의 완독과 효율적인 독서 이해 수업이 필요하다. 그리고 고전소설의 다시쓰기 출판물들은 학교 교육 및 대입 입시 준비, 그리고 고전소설의 충분한 독서 및 이해를 위해서 매우 긴요한 존재라는 점을 알 수 있다. 이러한 출판물이 청소년들의 바람직한 '국민교양' 형성에 한 몫 할 수 있다면 바람직할 것이다.

---

2) "말할 것도 없이 그 나라의 문학은 그 나라 국민생활의 거울이다. 국민사의 과거와 현재와 미래가 그 속에 있다. 그것은 마술의 거울이 아니라 우리가 생활한 공동의 기억이다. 이 거울이 버려지거나 녹이 슬면 우리는 자기를 알 수 없게 된다. 때문에 고전은 생애의 이른 시절에 읽는 것이 보다 좋다. 그의 생애에 있어서 끊임없는 거울이 되기 때문이다. 어른이 된 독자도 읽는 것이 좋다. 늦어서라도 빠른 길을 찾는 것이 행복이기 때문이다."(김기동·박성의 외 편, 〈서문〉, 『한국고전문학전집』, 성음사, 1970)

4. 다시쓰기의 방식 - 원작(text)은 정보인가, 상품인가?

(1) 원본과 이본, 그리고 텍스트 선정의 문제

고전소설의 다시쓰기는 대상 작품을 고른 뒤, 그 작품의 선본(善本)인 텍스트 및 교주본을 잘 찾아내고 선택하는 일에서부터 시작된다고 해도 과언이 아니다. 우리 고소설에는 유달리 이본이 많다. 그런데 대부분의 작품은 원본을 알 수 있는 경우가 드물거니와, 각각의 이본들은 대개 나름대로의 의미를 지니는 경우가 많다. 비록 한 작자에 의해 창작된 문학 작품이더라도-물론 처음부터 작자를 알기 힘든 경우도 많이 있지만, 그것이 전승과정에서 여러 개작자들에 의해 여러 차례 변형된 형태로 독자들에게 받아들여졌다면, 이 변형된 형태의 것 역시 하나의 새로운 의미를 지니게 되기 때문이다. 예컨대 우리에게 잘 알려져 있는 〈춘향전〉은 120여 종,[3] 〈임진록〉은 70여 종의 개성 있는 이본이 있으며,[4] 〈토끼전〉, 〈심청전〉, 〈흥부전〉 등도 각기 수십여 종의 이본이 전하고 있으며, 각 이본들은 변이도 심하고 새로운 의미 및 주제를 나타내는 경우가 많다.

문제는 원작을 현대어로 옮기는 이들이 작품마다 어떠한 이본(텍스트)이 있으며, 어떠한 교주본이 있는지 파악하기가 쉽지 않다는 점이다. 이러한 일은 고전문학 연구자들이 감당해야 할 몫이다. 고전문학 연구자들은 고전이 현재적으로 읽혀질 수 있도록 작품들마다 좋은 이본들을 가려내고 그 텍스트에 대한 번역 및 교주, 소개 작업을 해야 한다. 물론 이러한 일은 지금까지 꾸준히 진행되어 온 일이지만, 적어도 90년대 중반까지는 매일같이 새로운 작품이 쏟아져 나오는 문학시장에서 고전의 번역과 출판은 너무 한가한 문제의식 아래 느슨한 방식으로 진행되어 왔다는 점을 부인하기 어렵다. 21세기의 고전문학 연구는 새삼스러운 말일지 모르겠지만, 생동하는 문학시장에서 고전문학 작품이 좀 더 많이, 새롭게 읽히고 문화콘텐츠의 저본으로 활용될 수 있도록 초점을 맞추

---

3) 설성경, 『춘향예술사자료총서』1, 국학자료원, 1998.
4) 임철호, 『임진록 이본 연구』1, 전주대 출판부, 1996.

는 목적의식이 필요한 게 아닌가 한다.

그러므로 고전소설을 다시쓰기 작업할 때, 글 쓰는 이는 어떤 작품의 어떤 텍스트를 쓰는가 하는 문제를 좀 더 신중하고 엄밀하게 고려해야 할 것이다. 〈춘향전〉의 경우도, 경판이나 완판인지, 또 경판 몇 장본이며, 완판 몇 장본인지, 또는 세책본이나 구활자본인지 따져보고, 그 텍스트 이름을 들어 작품을 소개해야 할 것이다.

(2) 연령대별 다시쓰기와 고쳐쓰기

그렇다면 왜 연령대별 다시쓰기가 필요할까? 이는 고전의 독서 및 이해의 효율성을 높이기 위해서이다. 지금까지의 고전소설 번역 및 출판 작업은 대부분의 경우, 불특정 다수를 대상으로 놓고 번역 및 출판을 하여 왔다. 하지만 고전소설의 독서대상을 좀더 세분화하여 그들에 맞게 번역이나 문장 표현, 편집을 해야 할 필요가 있다. 앞서 이야기하였듯이 대학생과 중고생들이 주된 독서층이라면 각기 이들의 지적 수준과 정서에 맞는 단어 · 문장표현 · 분량으로 다시쓰기 및 편집을 할 필요가 있고, 또한 초등학교 고학년이나 성인 독자층을 대상으로 한다면 또한 당연히 이들에 맞는 문장표현이나 출판 작업이 필요하지 않겠는가.

다시쓰기란 원작을 재화(再話)한다는 말과 같은 의미이다. 이는 원작의 정신, 주제, 플롯, 인물 설정 및 성격 등을 대부분 그대로 따르면서 문장 및 문맥 차원에서 고르고 다듬는다는 뜻이다. 이것은 원작과 일정한 비평적 거리를 두려고 하는 패러디나, 단순히 원작의 양을 빼고 늘이는 편집 작업과는 다르다. 오히려 원작을 잘 전달하기 위해 문장을 다소간 다듬고 고르는 일은 하지만 원작의 정보를 하나도 해치지 않았다는 믿음을 얻으려고 애쓴다.

원작을 존중한다는 점에서, 다시쓰기는 보는 사람에 따라서 그 효과 및 결과에 대한 반응은 달라질 수 있다. 다시쓰기는 결과적으로 '새로운 이본을 낳는 것'을 의미하기 때문이다. 하지만 이 점은 분명한 평가를 요할 것이다. 원작(text)은 정보인가, 상품인가?

원작이 정보라면 정보는 손상되거나 변질되지 않은 원 상태가 중요하다. 또한 그 정보는 그 자체로 가치 있으며 또한 유용성을 갖고 있어야 한다. 정보 자체를 중시하는 시각에서 치명적인 것은 그 정보가 시대에 뒤떨어지거나 불필요한 것으로 인식될 때에는 아무도 찾지 않는 결과가 생긴다는 것이다. 상품이라면 그것은 많이 읽히고 잘 팔리는 것이 중요할 것이다. 이를 위해서는 좀 더 홍보와 교육이 필요하겠고, 또 잘 읽히도록 정보를 가공하는 것도 중요하게 여겨질 것이다. 특정 연령대 및 수요층을 겨냥한 연령대별 다시쓰기가 기본이 될 것이다.

당연한 말일 수 있겠지만, 고전소설은 정보이자 상품이어야 한다는 것이 필자의 생각이다. 적어도 1990년대 중반까지 대부분의 고전 독서물은 일차 정보의 형태(대학교재, 영인본, 연구자용 주석서)이거나 조악한 상품(중고생 부교재용 전집, 불특정 다수를 겨냥한 교양서적류)의 형태로 시장에 제공되는 경우가 많았다. 고전소설이 유용한 정보라면, 이 정보를 널리 알리고 유용하게 활용해야 하지 않겠는가. 그런데 여기서 당장 부닥치는 문제는 이 정보의 가치와 유용성을 누가 알며, 어떻게 판단할 수 있겠는가 하는 것이다. 이것은 일차적으로 연구자의 몫임에 분명하다. 연구자는 고전소설 작품에 대해 깊이 있는 이해를 갖고 대해야 하며, 또한 이것을 시장에 내놓을 때는 예상 독자의 성향과 수요를 냉정하게 파악한 위에서 적합한 작품 및 텍스트를 선정해야 한다.

또한 '가공'의 정도가 어느 수준인가 하는 것도 논란이 될 것이다. 이는 다시쓰기를 할 때 당장 현실적으로 부닥치는 문제이다. 원작을 좀 더 적극적으로 가공하는 고쳐쓰기의 형태도 고려의 대상이 된다.

대부분의 고소설에서는 이본의 파생 과정에서 다양한 다시쓰기의 방식이 나타나는데, 이것은 오늘날의 다시쓰기 출판물에도 매우 유사한 양상으로 나타나므로 참고할 점들이 있을 것이다. 이 가운데 주요한 방식을 언급하면 다음과 같다.[5)]

1) 생략 및 축소(빼고 줄이기)

이는 '빼고 줄이기'라고 표현해도 무방하다. 원작 또는 선행본의 서술이 너무 장황하거나 이해하기 어려운 내용이 길게 늘어질 때 이야기의 정보를 분명하게 전달하기 위해서 문장, 인물관계, 자세한 상황 설명 등을 단순 명료하게 서술하는 것이다.

2) 첨가 및 부연(끼워넣고 늘이기)

이는 '끼워넣고 늘이기'라고 해도 무방하다. 원작의 문장서술이 너무 소략하거나 구성 및 인물 관계가 단순한 듯하여 이를 좀더 풍부하게 하기 위하여 원작에 없던 것을 새롭게 만들어 끼워넣는 것을 말한다. 상황 및 심리의 개연성을 확보하기 위하여 인물간의 대화를 삽입한다든가 부연설명을 끼워넣는 것도 이에 해당한다.

3) 치환(바꿔넣기)

이는 원작에 있는 내용(정보)를 새로운 내용으로 바꿔넣는 일이다. 꼭 비평적 거리를 확보하려는 의도는 아니지만, 문맥이나 개연성을 위하여 또는 개작자의 취향 때문에 원작의 요소를 빼고 새로운 요소를 넣어 갈아끼우는 작업이라고 할 수 있다. 하지만 이러한 방식은 원작의 정보를 심각하게 훼손할 수도 있다는 점에서 조심스럽고 신중할 수밖에 없다.

4) 단어 및 문장 고르기

먼저 어휘의 수준 문제를 고려해야 한다. 가급적 해당 연령층에 맞는 어휘를

---

5) 이에 대해서는 다음의 논문에서 대략적인 양상에 대해 살펴보았다.(권혁래, 「조선후기 한문소설의 국역 및 개작 양상에 대한 연구」, 『고전문학연구』 20집, 한국고전문학회, 2001.)

골라 사용해야 하며, 고유명사나 꼭 필요한 경우에 한하여 사전이나 주석이 필요한 어휘를 사용해야 할 것이다. 한 페이지에 모르는 말이나 주석이 달린 단어가 십여 개 이상 들어가면 아이들은 읽지 않으려 할 것이다.

문장도 마찬가지로 긴 것은 짧게 나누고, 일반적으로는 일상적인 문장으로 바꿔쓰는 방식이 필요하다. 고전의 옛 모습을 살리는 것도 중요하지만, 그것을 살리느라 초등학생들이 읽을 수 없는 글을 만드는 것은 가장 피해야 할 첫 번째 일이다. 하지만 난이도를 쉽게 하는 것과 고전의 글맛을 살리는 것은 별개의 문제일 수 있음을 이해할 수 있으면 좋겠다.

(3) 다시쓰기의 효과 및 결과에 대한 반응

원작을 존중한다는 점에서, '다시쓰기'는 보는 사람에 따라서 그 효과 및 결과에 대한 반응은 달라질 수 있다. 다시쓰기는 결과적으로 '새로운 이본을 낳는 것'을 의미하기 때문이다.

고전소설을 번역하거나 현대어로 옮기는 이는 그 과정에서 필연적으로 원작을 최소한의 수준에서 다듬는 다시쓰기와 좀 더 과감하게 가공하는 고쳐쓰기의 사이에서 고민할 수밖에 없을 것이다. 대상으로 하는 독서층에 가장 적합한 단어, 문장표현, 비유, 분량, 전달방식이 무엇인지 선택해야 하기 때문이다.

(4) 다시쓰기 출판물의 구체적 평가 기준

다시쓰기 출판물을 평가하는 구체적 기준은 원작의 핵심적 사항을 어떻게 재현, 또는 해석하면서 다시쓰기 출판물의 개성을 살리는가의 문제일 것이다. 이에 필자는 다음과 같은 일곱 가지의 구체적 기준을 제시한다.

첫째, 인물 성격의 문제이다. 다시쓰기를 하면서 원작의 주요 인물의 성격을 잘 살렸는가의 여부를 평가해야 할 것이다.

둘째, 서사의 변형 여부이다. 다시쓰기를 하면서 원작 서사의 중요 화소들을 잘 살렸는지, 또는 핵심 화소를 생략·축소하거나 불필요한 이야기를 첨가·부연하지 않았는가를 평가해야 할 것이다.

셋째, 주제 구현의 충실함에 관한 것이다. 다시쓰기를 하면서 원작에서 구현하였던 주제적 의미를 잘못 이해하거나 해석하지는 않았는지를 평가해야 할 것이다.

넷째, 작품의 미학적 성격을 제대로 이해하였는가의 문제이다. 다시쓰기를 하면서 원작이 지니고 있던 낭만성, 애정의 진정성, 해학, 풍자, 역사의식, 비극성 등 작품 고유의 미학을 놓치지 않고 제대로 옮겼는가의 문제를 평가해야 할 것이다.

다섯째, 문장 표현의 개성을 살렸는가의 문제이다. 원작의 표현에 한자성어, 전거(典據), 비유, 열거, 속담, 민요, 한시, 노래, 리듬 등 작품 특유의 개성 있는 표현 방식, 문장 표현이 있다면 이것을 잘 살렸는지, 혹은 어떠한 방식으로 변형하였는지의 문제를 평가해야 할 것이다.

여섯째, 다시쓰기 출판물의 편집 상 특징이 무엇인가 하는 문제이다. 다시쓰기 출판물에 새롭게 나타나는 편집의 원칙, 편집의 특징 및 개성이 어떠한지를 평가해야 할 것이다.

일곱째, 다시쓰기 출판물에서 그림의 성격 및 비중의 문제이다. 오늘날 출판되는 다시쓰기 책들은 대부분 글 못지않게 그림의 비중이 매우 높은 편인데, 그림의 성격은 어떠한지, 또 글과 그림이 잘 조화되었는지를 평가해야 할 것이다.

고전소설의 다양한 다시쓰기 출판물을 제대로 비평하기 위해서는 이러한 일곱 가지 사항이 각 책에서 어떻게 실현되었는지를 분석·검토하는 것이 필요하다. 앞의 다섯 가지는 원작의 요소를 다시쓰기 출판물이 어떻게 해석하고 표현하였는가의 문제이고, 뒤의 두 가지는 다시쓰기 출판물로서의 성격 및 특징을 파악하기 위한 것이다.

제5장

<춘향전>과 다시쓰기 출판물

우리 문학에서 〈춘향전〉만큼 널리 사랑받고 그 고전적 가치를 인정받아 온 작품도 드물 것이다. 신분의 제약을 뛰어넘어 애틋한 사랑을 성취하는 춘향 이야기는 각 시대마다 사람마다 중층의 의미망을 이루며 민족의 고전으로 전승되어 왔다. 춘향 이야기는 만화(晩華) 유진한(1711~1791)이 1745년 한시 〈춘향가〉를 남긴 이래 19세기 말까지 판소리, 고소설, 잡가 등으로 전승되었다. 고소설 이본만 해도 100여 종이 넘는다. 20세기에 들어와서도 다카하시 도루(高橋亨)의 〈춘향전〉(『朝鮮物語集』 소재, 1910), 이해조의 〈옥중화〉(1912)를 비롯하여 고소설 이본 형성은 계속되었고, 또한 신소설, 창극, 마당극, 연극, 영화, 오페라, 현대소설, 현대시, 애니메이션 등 다양한 양식으로 만들어져 유통되어 왔다. 그만큼 〈춘향전〉은 양식 확장의 잠재력이 강한 작품이다. 다양한 양식으로 옷을 갈아입으며 생명력을 키워온 〈춘향전〉은 1980년대 들어 아동 독서물로 개작 편집되어 출판되기에 이른다. 그리고 2000년도 이후에는 청소년 독서물로도 출판되었다.

우리가 아는 고전 〈춘향전〉은 분명 성인물이며, 고소설이다. 그런데 이 작품이 어떻게 10세~13세의 초등학생들, 또는 중·고등학생들도 무리없이 쉽게 읽을 수 있는 책으로 전환될 수 있다는 것인가?

이 장에서는 먼저 고전 〈춘향전〉에 대해 조사 검토할 것이다. 원작에 대해 기본적인 이해가 필요하기 때문이다. 두 번째로 아동용, 청소년용, 대학생·성인용 〈춘향전〉 출판물의 개성과 다시쓰기의 양상 등을 분석할 것이다.

1. 원작의 성격

판소리계 소설인 〈춘향전〉은 오랜 세월을 거쳐 여러 사람들의 참여로 형성되었기 때문에 텍스트가 한 가지로 정해진 것이 아니다. 텍스트의 종류도 100여 종이 넘고, 각 이본들의 성격도 차이가 큰 편이다. 따라서 〈춘향전〉 전체에 대한 이해도 필요하고, 각각의 이본들을 개별적으로 이해하는 시각도 필요하다.

(1) 〈춘향전〉의 이본과 계통

1754년(영조30)에 만화 유진한이 판소리 사설을 한시로 번역한 〈춘향가〉가 문헌에 나타나는 최초의 자료이다. 현재까지 한문본, 국문필사본, 국문목판본(경판, 완판), 세책본, 국문 활자본뿐만 아니라, 현대시, 창극, 희곡, 판소리 사설에 이르기까지 100여 종이 넘는 이본이 보고되어 있다. 이들 이본은 크게 네 가지로 계통을 나눌 수 있다.

첫째, 한문본 계통으로 〈춘향가〉(유진한, 1745), 〈춘향신설〉(1804), 〈광한루기〉(수산, 1874), 〈광한루악부〉(윤달선, 1852), 〈한문연본 춘향전〉(여규형, 1915) 등이 있다.[1] 작품의 형성과정 및 성격상 국문본 계통과는 별도로 파악할 필요가 있다.

둘째, 남원고사 계통[2]으로, 이 계통은 1830년 경에 나타난 것으로 추정된다.

---

1) 류준경, 「한문본 〈춘향전〉의 작품 세계와 문학사적 위상」, 서울대 박사학위논문, 2003.
2) 〈춘향전〉을 본격적으로 분류 작업은 한 이는 설성경인데, 그는 〈춘향전〉의 계통을 남원고사계,

이 계통은 판소리 사설이 지닌 구성 원리를 유지하면서 본격적 소설화가 이루어진 작품군이다. 이 계통의 작가군은 고급 문예인 한문학과 대중 문예인 국문문학, 구비문학에 폭넓은 지식을 갖춘 인물로 추정된다. 여기 속하는 초기 국문 필사본은 일본의 동양문고본 〈남원고사〉, 이재수본 〈춘향전〉 등이 있다. 이들의 축약본으로 추정되는 경판 35장본, 30장본, 23장본, 17장본, 16장본, 안성판 20장본 〈춘향전〉 등은 목판으로 인쇄된 것들이다. 또 20세기에 와서는 최남선의 〈고본 춘향전〉(1913), 신명균의 〈춘향전〉(1936) 등이 있다. 이들 중에 경판 춘향전은 19세기 서울 · 경기 지역의 독자들에게 대량 보급되었다는 점에서 주목받고 있다. 경판 춘향전에서 가장 긴 내용을 지니며 가장 초기의 판으로 판단되는 35장본이 경판의 대표적 이본이다. 이는 남원고사계의 초기본을 바탕으로 이를 축약한 이본이다. 한편 이에 대항해서 새로운 변화와 유행을 적극적으로 반영한 이본이 경판 30장본이다. 35장본과 30장본은 경쟁 관계에 있다가 30장본의 압도적인 승리로 귀착되었다.[3] 17장, 16장본은 이를 바짝 압축시킨 텍스트이다.

셋째, 별춘향전 계통이다. 이 계통은 판소리 사설의 성격을 강하게 지니고 있는 계통으로, 1840년경에 형성된 것으로 추정된다. 이 계통은 전라도를 비롯한 지방 독자를 중심으로 보급된 친(親)판소리적 춘향전이란 특징을 가지고 있다. 20세기 이전의 필사본은 절대 다수가 이 계통에 속한다. 대표적 이본으로는 이고본 춘향전, 김동욱본 춘향전 2종, 김동욱본 별춘향전, 신학균본 별춘향전, 김동욱본 열녀춘향수절가, 국립도서관본 열녀춘향수절가를 비롯한 필사본과 완판 29장본 별춘향전, 완판 33장본 열녀춘향수절가, 완판 84장본 열녀춘향수절가가 있다.

완판 26장본과 29장본은 '별춘향전'으로, 33장본과 84장본은 '열녀춘향수절가'로 지칭되기도 한다. 84장본은 상 · 하로 나뉜 것으로, 분량이 다른 완판 춘향전

별춘향계, 옥중화계로 분류하였다. 아래 둘째부터 넷째 계통까지의 내용은 이에 바탕하여 서술하였다.(설성경, 『춘향전의 형성과 계통』, 정음사, 1986, 64~143쪽; 설성경, 「춘향전 주제 이해의 방법」, 『고소설의 구조와 의미』, 새문사, 1986, 264~266쪽.)

3) 전상욱, 「방각본 춘향전의 성립과 변모에 대한 연구」, 연세대 박사학위논문, 2006, 75~76쪽.

에 비해서도 2~3배 가까이 많다.

완판본은 확장의 원리를 보여준다. 84장본은 33장본의 내용을 토대로 춘향의 출생 · 성장 부분이 새롭게 생성 부가되어 있다. 그 결과 춘향은 성참판의 서녀로 계층적인 상승을 획득했고, 월매는 월매대로 춘향을 통한 자신의 꿈을 실현하려 한다. 이러한 확장이 보여주는 질적인 변화는 84장본이 목판본 〈춘향전〉의 최대 · 최고의 작품으로 정착되는 결정적 요인이 되었다. 특히 84장본은 유명 광대들의 판소리 사설을 효과적으로 수용하여 근대판 춘향전의 모습을 효과적으로 드러내고 있다. 풍부한 삽입가요는 84장본의 큰 특징이다.

넷째, 〈옥중화〉 계통으로, 이 계통은 개화기의 활자본으로서 1910년대 이후에 나타난 작품들인데 완판 84장본을 극복하면서 나타난 최후의 계통본이 되어 서울의 독자를 중심으로 전국으로 보급되었다. 명창 박기홍의 창본을 바탕으로 이해조가 개작한 〈옥중화〉(1912) 이래, 〈선한문춘향전〉(1913), 〈증상연예옥중가인〉 · 〈연정옥중화〉(1914), 〈특별무쌍춘향전〉(1915), 〈언문춘향전〉(1917), 〈만고열녀옥중화〉 · 〈만고열녀춘향전〉 · 〈절대가인 성춘향전〉(1925) 등의 작품이 출판되었다.

이해조의 〈옥중화〉의 서두는 "절대가인 삼겨날 제 강산정기 타서 난다. 전라산하 약하계에 서시가 종출하고 군산만학 부형문에 왕소군이 성장하고 쌍각산이 수려하여 녹주가 생겼으며… 호남좌도 남원부는 동으로 지리산 서으로 적성강 산수정신 어리어서 춘향이가 생겨 있다. 춘향모 퇴기로서 삼십이 넘은 후에 춘향을 처음 밸 제 꿈 가운데 어떤 선녀 이화 도화 두 가지를 양손에 갈라 쥐고…"[4]로 시작한다.

이 〈옥중화〉 계열의 내용상 특징은 결미에서 월매의 청으로 암행어사가 변부사를 용서하는 점이다. 주로 이 점 때문에 〈옥중화〉 계열에 주제의식이 약화되었다는 비판을 듣는다.

이렇듯 〈춘향전〉에는 다양한 이본이 있는데, 그중에서 특별히 주목받고 연구

---

4) 이해조, 『옥중화』, 보급서관, 1912, 1쪽.('ㆍ'는 필자가 한글 맞춤법에 맞춰 고쳐 표기하였음)

자에게나 독서대중들에게 널리 알려진 이본은 완판 84장본이다. 완판 84장본의 제목은 〈열녀춘향수절가〉로 당대 독자들의 폭 넓은 인기를 끌었으며, 일찍이 1939년 조윤제가 교주본을 발행하면서(학예사, 박문서관) 학계나 출판계에서 분석 자료로 널리 활용되었다.[5] 이 자료는 19세기 말, 20세기 초에 간행되었으며, 완판계의 전통을 계승하되 여러 선행 이본, 예컨대 완판 33장본, 신재효본 남창 춘향가 등의 내용을 수용하고 개작자의 창의까지 곁들여 하나의 혼합본이 되었다. 말하자면 완판계 이본의 특징을 최종적으로 집대성한 이본이다. 그 결과 완판 84장본은 분량이 아주 많은 혼합본적 성격을 지니고 있으며, 풍부하고 다채로운 내용에 유려한 율문체와 화려한 수사를 갖추고 있다. 이런 점은 이 텍스트가 대중적 인기를 확보하는 데 매우 큰 구실을 했을 것이다.

하지만 부분의 확대표현으로 해서 부분 상호 간에 모순이 생기면서 소설로서의 구성이 긴밀하지 못한 점은 단점으로 지적된다. 완판 84장본은 많은 삽입가요, 부연된 묘사, 나열의 수사방식 등이 아동용 독서물을 만드는 데에는 거추장스러울 수 있다는 점도 눈여겨볼 부분이다.

(2) 〈춘향전〉의 서사 구조와 애정의 성격

〈춘향전〉은 애정의 성취가 중심이 된 소설로, '만남', '사랑', '이별', '기다림과 재회'로 이뤄진다. 이 작품은 춘향이 기생의 딸이면서 기생이길 거부하고 한 사람에 대한 순정을 지키고자 했으나 그것이 허용되지 않아 갈등이 극대화되었다. 또한 이몽룡의 면도 주목해야 할 것이다. 이도령은 원래 춘향이 기생이라는 말을 듣고 희롱삼아 접근했으며, 춘향과 이별하기 직전까지도 그런 태도를 근본적으로 청산하지는 않았다. 이도령을 처음 만난 이후에 이루어진 춘향의 모든 행위는 근본적인 의미에서 이도령을 완전한 자기 편으로 만들기 위한 길고도

5) 이에 대해서는 이윤석의 「문학연구자들의 〈춘향전〉 간행-1950년대까지」(『열상고전연구』 30집, 열상고전연구회, 2009)의 152~156쪽을 참조할 것.

험난한 과정이었다. 변학도는 물론 시종 적대적인 인물로 기능하였다.

따라서 춘향전의 갈등은 신분이 기생이되 기생 구실을 거부하는 춘향과, 춘향에게 기생 구실을 강요하는 신분제 사회의 갈등이라 할 수 있으며, 그 중심을 이루고 있는 것이 춘향과 이도령, 춘향과 변학도의 갈등이다.

춘향과 이도령의 갈등은 두 사람이 처음 만났을 때부터 발생하였다. 이 갈등은 광한루에서 기생이니 오라고 하는 이도령과 기생 노릇을 하기 싫으니 못 가겠다고 하는 춘향 사이에 일어났다. 이에 이도령은 "내가 너를 기생으로 앎이 아니라 들으니 네가 글을 잘 한다기로 청하노라."며 양보하고, 춘향이 거기 응함으로써 갈등은 완화된다. 그날 밤 춘향은 어머니와 더불어 이도령으로부터 평생 버리지 않겠다는 약속을 받아 내고서야 애정 관계를 맺었다. 하지만 이는 잠정적인 것으로, 이도령의 약속도 사실은 이성에 대한 욕정을 억누르지 못한 다급함에서 나온 임시조처일 뿐이다. 두 사람의 갈등은 결국 애정의 진실성을 확보해야 해결될 수 있는 것이었다. 그 과정은 긴 시간을 필요로 하였다. 춘향으로선 이별의 아픔을 맛보고, 또 변학도로부터 고난을 받았다. 이도령도 서울로 올라가서 춘향을 다시 만나고 구할 수 있는 현실적인 방책을 찾기까지 인내해야 했다. 결국 기다림과 인내 속에서 두 사람은 서로를 신뢰하며 인격적인 사랑을 이룬다.

춘향과 변학도와의 갈등은 변학도가 춘향을 기생으로 보고 수청을 강요하여 발생하였다. 그러자 춘향은 이미 이루어진 이도령과의 관계를 내세워 정절이라는 명분으로 항거한다. 변학도는 춘향의 뜻을 꺾지 못할 바에야 죽이기로 작정했으나, 춘향은 정절론을 내세워 죽음을 불사하고 나선다. 이와 더불어 변학도의 백성들에 대한 탐학이 심해지자 백성들은 춘향 편에서 서서 변학도를 미워한다. 이 갈등은 이몽룡이 어사로 내려와 변사또를 징치하고서야 해결될 수 있었다.

춘향과 이도령의 사랑은 처음엔 관능적이고 쾌락적인 것에서 점차 정신적이고 헌신적인 사랑으로 승화되어 갔다. 이도령이 떠나간 뒤 춘향이 할 수 있는 것은 수동적인 의미의 '기다림'이었다. 그 기다림은 고통과 인내를 요구하는 것이었다. 고통과 인내를 수반한 기다림 속에서 춘향의 사랑은 사회적, 현실적인 것이 되어간다.

이도령의 사랑은 처음엔 육적이고 유희적인 것이었다. 서울로 올라가면서 눈물을 흘리며 후일을 기약하는 이도령의 모습은 유약하여서 춘향과의 사실 후일은 기약하기가 힘든 것이었다. 그런데 서울로 올라간 이도령은 이제까지와는 달리 열심히 공부해서 과거에 급제했고, 중앙정부의 대리인이 되어 바로 춘향을 찾아왔다. 이전과는 달라진, 진지한 모습이다. 하지만 아직까지도 이도령의 감정은 진실성이 충분히 검증되지 않은 상태이다. 이도령은 구원자이자 사랑의 또다른 한 편이었다. 남원에서 자신을 향한 춘향의 순정을 보고 감동한 이어사, 그리고 어사출도 이후에 한번 더 춘향을 시험하면서 이어사는 춘향의 진실한 마음에 감동받고 그녀를 구출하여 사랑을 완성한다. 이 사랑 이야기를 초등학생들도 이해할 수 있게끔 다시쓰기 작업을 할 수 있을지가 관건이다.

(3) 인물의 성격

춘향은 현실적이고 개성적인 성격이 주목된다. 〈남원고사〉 계열에서 춘향이 기생 출신이라면, 〈열녀춘향수절가〉에서 춘향은 성 참판과 퇴기 월매 간에서 태어난 서녀 출신이다. 그녀는 양가집 규수에 어울리는 교육을 받고 성장한다. 그렇기 때문에 이몽룡을 광한루에서 처음 만날 때부터 기녀의 분위기는 전혀 느낄 수 없으며, 온전히 자신의 자유로운 의사에 의해 이몽룡의 구애를 받아들인다. 하지만 그렇다고 유교적인 현숙함만을 보여주는 것이 아니고, 오히려 인간적인 욕정과 약점을 보여주는 인물이다. 그녀는 형식, 체면, 도덕 같은 것에 구애받지 않는 발랄하고 적극적이고 또한 음란하기까지 한 성격을 지니고 있는가 하면, 품위와 교양을 중시하고 자기희생을 감내하는 온유하고 신중하고 헌신적인 성격을 지니고 있다.

이몽룡은 양반이면서도 도덕군자이기만 한 관념적인 인물이 아니라 성격과 행동의 폭이 넓고 변화도 뚜렷한 현실적 인물이다. 연애하던 시기의 이도령은 매우 철부지이고 바람둥이 기질을 보여준다. 그는 광한루에서 춘향을 처음 만난 이후로 춘향에 푹 빠졌고, 춘향 집에 찾아가서는 춘향 모녀 앞에서 백년가약을 맺어버렸으며, 잠자리에서는 춘향과 사랑놀이를 한다면서 별의별 음란한 언동을 다한다. 이와 같이 탈규범적이고 비속한 행위는 열여섯이라는 나이와 어울리면서 인물에 현실감과 생동감을 부여한다. 이별 시에는 징징 우는 모습도 보이고 그러면서도 춘향에게 꼭 내려와서 데려가겠다는 말로 위로한다.

그러나 이별 후 한양으로 올라간 뒤에는 착실히 과거 준비를 하여 사랑의 약속을 지키는 의리를 보여준다. 거지로 변장하여 처가에서 밥 얻어먹고 춘향을 면회하는 일련의 행위를 보면 참을성도 있고 여유도 있다. 전반부의 바람기 많던 풍류남아 이도령이 후반부에 와서는 의젓한 장부형의 남자, 구원자의 모습으로 변모한 것이다.

변학도는 호색한이고 백성들을 수탈하는 탐관오리이다. 부임하자마자 기생 점고부터 하는 호색한이며, 춘향에 대한 집념이 대단해서 춘향을 강제로 잡아오게 해 수청을 강요한다. 호장이 춘향은 기생도 아닐뿐더러 이도령과 기약을 맺은 관계라 하였지만, 곤장을 치기까지 갖은 학대를 하며 수청을 강요하며, 끝내는 죽이려고도 하였다. 한편 수령으로서 백성들을 수탈하는 탐관오리여서 백성들로부터 많은 원망을 받는다.

춘향의 모친 월매와 이도령의 하인 방자는 보조적 인물로 〈춘향전〉의 재미를 끌어내는 중요한 인물이다. 방자는 이도령과 춘향의 처음 만남에서부터 그날 밤에 이도령을 안내하여 춘향의 집에 가기까지의 부분에서 실질적인 주역을 맡는다. 그 부분에서 방자는 이도령을 놀리고 어르기도 하는 현실적이고 해학적인 인물이다. 월매 또한 현실적인 입장에서 이도령을 상대하며 해학적인 면을 보여준다. 이들은 이도령과 춘향이의 성격 및 사랑을 실현하는 데 기여하며 작품에 생동감을 준다.

(4) 〈춘향전〉의 미학 및 표현

판소리계 소설인 〈춘향전〉에는 서사 진행과 상관없이 재미있고 신나는 웃음거리를 제공하는 골계적 이야기, 말놀이, 재담들이 많이 있다. 결연 과정, 이도령 책 읽는 대목, 첫날밤 사랑놀이, 이별장면, 기생 점고, 투옥 사건, 어사 출도 준비 과정, 어사 출도 사건 등에는 각각 수많은 골계담이 자리잡고 있다. 예컨대 "이도령 책읽는 대목"에서 천자문, 대학, 주역, 맹자를 읽으면서 '춘향'을 부르는 이야기가 그렇고, "첫날밤 사랑놀이" 부분에서는 특히 골계의 정도가 심해지고, 특히 성에 결부된 골계가 짙게 나타나 관능적이고 외설적인 성향을 드러낸다. 성희 묘사, 사랑가 놀이에서는 육담을 이용한 골계가 지속된다. 이 사건에서는 이미 난숙해진 사랑을 육담으로 골계화해 놓았다.

한편 문체와 수사 면에서, 〈춘향전〉은 판소리 사설의 영향이 있어 화려한 수사로 이루어진 율문체로서의 특징을 보여준다. 예컨대, "숙종대왕 즉위 초에 성덕이 넓으시사 성자성손은 계계승승하사 금고옥족은 요순시절이요 의관문물은 우탕의 버금이라. 좌우보필은 주석지신이요 용양호위는 간성지장이라."(완판84장본 1장)와 같이, 〈춘향전〉의 문장은 4자 4음보 형식이 일정하게 유지된다. 또한 전아한 문어체와 비속한 구어체가 반복 교체된다.

또한 판소리계 소설의 특징으로, 〈춘향전〉에는 백발가, 십장가를 비롯하여, 이도령 복색 사설, 한시, 승지 사설, 춘향복색 사설, 미인 사설, 천자뒤풀이, 춘향집 사설, 방세간 사설, 사벽도 사설, 음식사설, 권주가, 사랑가, 파자노래, 음양수 원앙 사설, 화접 사설, 모란화 사설, 정자 노래, 궁자 노래, 금옥사설, 옥 사설, 해당화 사설, 대모산호 사설, 반달 사설, 강릉백청 사설, 승자 노래, 자탄가, 이별가, 절자 노래, 기생점고, 자탄가, 십장가, 장탄가, 점복사, 노정기, 어사치레 사설, 농부가, 백발가 등 50여 개가 넘는 사설, 치레, 삽입가요가 존재한다.

〈열녀춘향수절가〉에는 있을 수 있는 모든 수사법이 다 동원되었다 싶을 정도로 수사가 다채롭다. 먼저 주목되는 것은 나열법이다. 판소리 사설은 원래 부분의 확대표현을 두드러진 특징으로 하는데, 나열법은 그러한 표현의 한 방법이다. 이도령은 남원 경치를 물은 것인데, 방자는 서울, 평양 등 전국의 명승지를 다 돌아 장황하게 나열하고서는 남원 광한루 경치를 읊는다. 이는 파노라마적인 나열을 통해 청중의 흥미를 모으려는 의도에서 나온 수사이다.

이도령이 가연을 맺고자 춘향의 집에 갔을 때 온갖 세간, 술안주, 병풍, 기화요초 등을 나열하는 것도 대단하다. 이는 춘향의 집이 얼마나 아름다운지를 말하기 위해 온갖 좋은 것들은 다 갖다 붙인 것 같은 느낌을 받는다. 귀를 즐겁게, 느낌을 확 띄우기 위해 사실성 같은 것은 아예 희생시킨 듯하다. 이외에, 의태어, 의성어들도 많고, 생략법도 과감하게 활용되었다.

2. 다시쓰기 출판물의 개성

다시쓰기 작품들이 원전으로 한 텍스트는 대개 완판 84장본 〈열녀춘향수절가〉이다. 이렇듯 원전 텍스트로 완판 84장본 〈열녀춘향수절가〉가 절대적인 비중으로 선택된 이유는 이 작품이 국정 고등학교 교과서에 소개된 유일한 판본이고, 학계에서 가장 많이 연구되고 일반인들에게도 널리 소개되고 출판되었다는 점이 일차적인 이유일 것이다.

하지만 그 내용 면에서도 〈열녀춘향수절가〉는 가장 풍부한 판소리 사설을 간직하고 있고, 또 춘향에 대한 서술이 강화되어 있다는 점에서 나름대로 작품 내적인 선택의 이유를 갖고 있다. 완판 84장본을 원작으로 하여 개작한 다시쓰기 출판물의 경우, 원작과 같이 춘향의 태몽과 전생 신분을 밝히는 자세한 서술과 성 참판이라는 지체 높은 춘향 아버지를 등장시키고, 춘향의 신분상 사실상 양반으로까지 승격시키는 양상을 보여준다. 그리고 춘향은 어린 시절, 양친을 모두 모시고 유복한 생활을 하며 공부를 하며 성장한 것으로 나타난다. 춘향의 이러한 성격은 변부사의 수청 강요에 일편단심 '열(烈)'을 주장할 수 있는 합리적

근거가 된다. 이러한 점들이 고귀한 사랑을 형상화하는 데 적합하지 않았을까 판단된다.

한편 각 작품들은 원 텍스트의 내용에 바탕하면서도 엮은이의 의도에 따라 조금씩 변이를 보이며 개성을 드러낸다.

〈춘향전〉의 다시쓰기 출판물을 평가하는 기준은 다음과 같은 점들이다.

첫째, 인물의 성격 문제이다. 원작에서 형상화된 이몽룡, 춘향, 변 부사 등의 주인공, 월매, 방자, 향단, 낭청 등 보조적 인물의 성격을 어떻게 해석하고 드러내었는지를 평가해야 할 것이다.

둘째, 서사의 변형 여부이다. 원작의 핵심 화소인 만남, 첫날밤, 이별, 시련, 암행어사 출두 및 재회 등의 주요 사건이 제대로 표현되었는가를 평가해야 할 것이다.

셋째, 주제 구현의 충실성 문제이다. 원작에서 그려진 진정한 사랑 및 신분 상승의 욕구 등의 의미가 다시쓰기를 하면서 어떻게 해석, 실현되었는가를 평가해야 할 것이다.

넷째, 작품의 미학적 성격을 살리는 문제이다. 〈춘향전〉은 판소리계 소설 특유의 해학 및 풍자적 성격이 매우 강한데, 다시쓰기를 하면서 이를 어떻게 살렸는지를 평가해야 할 것이다. 다시쓰기 출판물들이 원작에 표현된 해학과 골계를 어떻게 살리느냐가 관건이다.

다섯째, 문장 표현의 개성의 구현 여부이다. 〈춘향전〉 원작은 치레 사설과 한시 · 민요 · 가사 등의 삽입 가요가 매우 많은 편이며, 문체에서 창과 아니리가 교차하거나 4음보의 리듬이 일정하게 지켜지는데, 문제는 아동용, 청소년용 독서물에서 이러한 다양한 수사, 문체, 표현, 골계담을 어떻게 재현할 것인가 하는 것이다. 이러한 문장 표현이 다시쓰기 출판물에서는 어떻게 표현되었는지를 분석해야 할 것이다.

여섯째, 다시쓰기 책에서 나타나는 편집 상의 특징 및 개성, 편집의 원칙은 어떠한가의 문제이다.

일곱째, 다시쓰기 출판물에서 그림의 문제이다. 그림의 성격 및 비중이 어떠한지, 또 이야기와 그림이 잘 조화되었는가를 평가해야 할 것이다.

텍스트는 아동용(청솔, 계림문고, 꿈동산, 대교출판, 지구마을, 한겨레아이들, 두산동아, 생각의 나무 등), 청소년용(현암사, 나라말, 창비 등), 일반인용(민음사, 책세상 등) 출판물들 중에서 대표적인 책들이다.

(1) 중 · 고등학교 학생을 대상으로 한 출판물

중 · 고등학교 학생을 대상으로 다시쓰기를 한 사례는 현암사(김선아), 신원문화사(성낙수 외), 신원(구인환), 나라말(조현설) 등에서 출간한 책에서 찾아볼 수 있다. 이 중에서 현암사본과 나라말본의 경우를 살펴보자.

1) 김선아, 〈춘향전〉(현암사, 2000)

이 책은 김선아가 글을 쓰고, 현태준이 그림을 그렸다. 그림을 포함하여 본문

121쪽 분량이며, 2000년도 현암사에서 출판되었다. 이 책의 주독자는 중·고등 학생층인데, 김선아는 다시쓰기의 대원칙으로서 '원작은 훼손하지 말아야, 하지만 문장은 다듬어야' 한다는 기준을 제시하였다.

이것은 작품은 작가가 창작한 원작 그 자체로 읽히고 평가되어야 하는 점을 존중하지만, 그러나 그러한 원칙을 위하여 문장이 어려워 고전 작품 자체가 잊혀지거나 도서관 깊숙이 사장되어서는 안 된다는 이유 때문이다. 그래서 김선아는 '원작에 대한 반역'이라고까지 이야기하는 '손질'을 감행할 수밖에 없다고 하였다.

그리고 다시쓰거의 원칙과 기준으로 다음과 같은 세 가지를 들었다.

첫째, 한문으로 된 문장은 우리말글로 풀어쓰고, 고사는 해설을 삽입하여 주석이 없이도 누구나 쉽게 읽을 수 있도록 한다. 비문이나 번역투의 매끄럽지 못한 문장은 우리말 맞춤법에 맞추어 고쳐 써서 읽기 편하게 가다듬는다.[6]

둘째, 판본에서 생긴 오류를 수정하였음은 물론이고, 어려운 한자말이나 고사성어는 쉬운 우리말로 바꾸거나 풀어 써서 이해를 돕는다. 또 이미 생명력을 잃어 의미전달이 곤란한 아름다운 우리말은 현대 용어로 바꿔쓰고 괄호 안에 넣어 보존한다.

셋째, 원칙적으로 원문에 충실하면서 원문의 의미와 의도는 물론이고 원문이 지닌 문장의 리듬감까지 살리고자 한다.[7]

김선아가 텍스트로 삼은 원작은 완판 84장본 〈열녀춘향수절가〉이다. 이 텍스트는 풍부한 가요가 삽입되었고, 그로 인해 서사구조와 서정성이 조화를 이뤘다는 점이 특징이자 장점으로 보았기 때문이라고 하였다.

김선아가 제시한 다시쓰기의 원칙 및 기준은 고전을 정보로 파악하는 시각에서 나온 것이다. 〈춘향전〉이라는 정보가 유용한 것이라는 확신 아래 그것을 살리기 위해서 문장 표현을 현대어로 가다듬는다고 했다. 하지만 김선아가 제시

---

6) 김선아, 앞의 책, 6쪽.
7) 위의 책, 11~12쪽.

한 원칙 및 기준, 실제 손질한 정도는 대체로 단어 및 문장 표현을 다듬는 정도여서 '원작에 대한 반역'의 수준에까지는 이르지 않은 것으로 보인다.

김선아의 〈춘향전〉은 중학생 이상을 독서대상으로 한 것인데, 2000년에 출간되어 2009년 현재 10쇄까지 출판되었다. 중 · 고등학생을 대상으로 하는 학습 교양 도서시장에서 정보의 고급성과 상품적 가치를 어느 정도 확보했음을 보여주는 판매부수라고 할 수 있다.

2) 조현설, 〈춘향전〉(나라말, 2002)

위 책은 전국국어교사모임에서 기획한 '국어시간에 고전읽기' 시리즈의 한 책이며, 조현설이 글을 쓰고, 이지은이 그림을 그렸다. 그림을 포함하여 본문 190쪽 분량으로, 2002년 나라말에서 출간되었다. 서문에서 원전의 맛을 그대로 살리면서도 중학생들이라도 쉽게 읽을 수 있도록 우리 고전을 풀이한 청소년 번역본이 필요하다면서, 〈춘향전〉을 다시쓰기할 필요성을 제기하였다. 중 · 고등학생들에게 고전을 온전하게 읽고 음미할 수 있도록 원전의 정보를 잘 소개하면서도 재미있게 읽을 수 있도록 여러 장치를 한 것이 눈에 띈다.

작품의 이해를 돕기 위하여 본문과 본문 사이에 적지 않은 분량의 사진, 백과사전식 해설, 그림, 용어 해설 등을 끼워 넣었고, 삽화도 넉넉하게 넣어 그림책의 성격을 보여주려고 하였다. 이도령의 춘향의 광한루 만남 장면에서는 '옷? 골라 입는 재미가 있다!-조선시대의 복식'[8]이란 제목으로 두 페이지에 걸쳐 남녀의 복장과 패물에 관한 그림과 사진, 해설을 첨부하였다.

또 이도령과 춘향의 사랑 장면에서는 '신윤복의 그림으로 본 조선시대의 사랑'[9]이란 제목으로 남녀의 사랑에 관한 신윤복의 그림 석 점을 싣고 그림에 담긴 사랑과 풍습을 소개하였다.

분명한 기획 의도, 원작의 맛을 살리면서도 비교적 과감히 문장 표현을 간략히 한 다시쓰기, 다양한 형식의 보조 정보의 제시 방식을 통하여 일차 정보를 정확히 전달하면서도 상품성을 높인 가공의 형태를 보여준 예라고 할 수 있다.

3) 정지아, 〈춘향전〉(창비, 2005)

8) 조현설, 『춘향전』, 나라말, 2002, 34~35쪽.
9) 조현설, 위의 책, 90~91쪽.

이 책은 소설가 정지아가 글을 쓰고 정성화가 그림을 그렸다. 그림을 포함하여 본문 분량은 125쪽이며, 작품 해설까지 포함하면 136쪽이다. 2005년 간행되어 2008년에 6쇄가 출판되었다. 중·고등학교 학생을 대상으로 한 출판물이라고 했지만, 기획자들도 독자층으로 어린이와 청소년을 같이 놓을 정도로 중간적인 특성을 지닌 책이다. 글의 분량이 많고, 빽빽하고 작은 글자 크기로 보아서는 중·고등학생들이 아니면 못 견딜 정도인데, 정성화가 그린 그림은 유아적이다. 춘향과 이도령의 캐릭터가 초등학생의 얼굴을 하고 있어 글의 내용과 그림의 분위기가 부조화스러운 느낌이다.

이 책은 기획자와 글 작가가 긴밀히 협업하여 글을 쓴 것으로 보인다. 기획자 김이구, 장철문은 〈춘향전〉 원전 및 연구 논저를 상세히 조사하여 완판 84장본 〈열녀춘향수절가〉를 저본으로 제시하였다. 이에 그치지 않고 다른 텍스트들도 조사하여 작가에게 제공한 듯 보인다. 소설가인 정지아는 제공받은 완판 84장본 〈열녀춘향수절가〉를 저본으로 하여 원작의 내용과 문체를 가급적 충실히 살리려고 하였다. 하지만 이 책은 교합본으로서의 성격이 더 강하다. 작품의 합리적인 해석을 위해서 수청을 거부한 춘향이 매를 맞고 나올 때에는 남원 과부들이 몰려들어 춘향이를 감싸는 대목이 있는 이해조의 〈옥중화〉(1912)를 끌어다 쓰기도 했고, 또다른 부분에서는 경판 30장본과 고대본을 참조하여 쓰기도 하였다.

소설가인 정지아는 원작에 담긴 당시 민중의식을 드러내려고 애썼고, 또 노래와 해학적인 말놀이가 있는 부분도 원작의 느낌을 최대한 살리려 하였다. "원전의 뜻과 느낌을 최대한 되살려 어린이와 청소년이 부담없이 읽고 폭넓게 공감할 수 있도록" 한 기획자의 의도를 충실히 살린 이 책은 글의 분량이 매우 길면서, 원작의 내용과 느낌을 최대한 나타내었다. 이도령, 춘향, 방자, 향단이 등 인물의 성격도 잘 살리었고 문장도 깔끔하여, 독자들이 처음에 분량의 문제를 넘어서면 의외로 원작을 잘 느낄 수 있는 좋은 다시쓰기 책이라고 보인다. 책의 뒤에는 작품 해설이 상세하여 〈춘향전〉의 형성과정과 이본들을 소개하고, 작품의 주제에 대해서도 깊이 있는 해석을 하였다. 원작에 충실하면서도 글을 쉽게 재밌게 풀어써서 대중성과 교양을 같이 추구한 책으로 추천할 만하다.

(2) 초등학교 학생을 대상으로 한 출판물

초등학교 학생들을 대상으로 한 다시쓰기(고쳐쓰기)의 경우는 청솔(초록글연구회), 한겨레아이들(신동흔), 지경사(이슬기), 가정교육사(임구순), 꿈동산(김영춘) 등 10여 곳의 출판사에서 출간한 책에서 찾아볼 수 있다. 특징적인 것은 1990년대 중반에 초등학교 학생들을 독자로 한 출판물들이 한꺼번에 출판되기 시작했다는 점이다. 이러한 책들은 대체로 동화책 같은 느낌을 주는 글이 많은데, 글과 만화가 함께 섞인 책도 있었다. 2000년대에 오면 중·고등학생용 독서물의 비중이 커진다.

1) 초록글연구회, 〈춘향전〉(청솔, 1994)

청솔의 책은 초록글연구회에서 엮고, 신영은이 그림을 그렸다. 1994년에 발행, 2000년도에 재판을 찍어 2005년도에 7쇄까지 발행되었다. 본문은 그림 포함 95쪽 분량이다. 완판 84장본의 내용을 바탕으로 하였으나, 묘사와 치레 등을 간략히 하고 내용을 줄거리 중심으로 요약하고 가다듬었다. 또한 편집, 칼라풀한 지면 구성, 파스텔 톤의 삽화가 돋보인다. 작품은 "춘향이의 탄생"을 시작으로 총 11장으로 구성되어 있다. 작품 맨뒤에서 엮은이는 〈춘향전〉의 가장 주된 내용이 "신분을 뛰어넘는 남녀간의 애틋한 사랑"이라고 하고, 평민들의 친근한 생활, 꿈과 소망이 가득 담겨 있어 많은 사람들에게 사랑받고 있다고 하였다. 비교적 짧은 분량에 애틋한 사랑 이야기를 잘 살리고 초등학생에 맞는 그림을 적절하게 그려넣어 어린이책으로서의 시각성과 호흡을 잘 살린 책이라고 평가할 수 있다.[10] 하지만 원작을 줄거리 중심으로 요약하고 간략한 문장 위주로

10) 권혁래, 「고전동화로 보는 〈춘향전〉-1990년대 이후 출간된 작품을 대상으로」, 『동화와 번역』 6집, 건국대 동화와 번역 연구소, 2003, 35-36쪽.

옮기면서 원문에서 우러나오는 해학의 정서, 시적 표현미와 판소리 문학의 리듬감 등이 대부분 소거(消去)되었다는 점은 이 책의 약점으로 지적된다.

2) 김영춘, 〈춘향전〉(꿈동산, 1994)

꿈동산에서 펴낸 〈춘향전〉은 김영춘이 글을 쓰고 계창훈이 그림을 그렸다. 본문은 180쪽 분량이다. 완판 84장본을 원작으로 하였는데, 인명이나 지명, 용어 및 풍속 등에 대해 해설이 자주 나타나고 길어진 점이 특징이다.

사랑 장면을 길게 서사화하면서 마치 이도령과 춘향을 부부처럼 묘사하고, 또 날마다 찾아오는 이도령에게 과거 공부를 부탁하는 춘향이나, 이제 한 아내를 거느린 지아비가 되었으니 좀 더 책임있게 처신해야 한다는 생각 때문에 한동안 춘향집 출입을 자제하고 공부에 전념하는 이몽룡의 모습이 이색적이다. 이 부분은 원작과 또 다른 출판사의 작품들과 가장 분명하게 대비되는 점이다. 그외에도 황릉묘 꿈, 이도령이 한양에 올라가서 학업하는 과정, 농부가 등이 소상하게 서술되어 있다. 한편 흑백 수채화의 그림은 지금의 관점에서 보면 조악(粗惡)하다는 인상을 준다.

3) 이석인, 〈춘향전〉(계림문고, 1994)

이 책은 이석인이 글을 쓰고 박홍이 그림을 그렸다. 1994년에 초판을 찍고 1996년 중쇄 발행하였으며, 본문은 187쪽 분량이다. 완판 84장본을 원작으로 하였다. 대체로 다른 출판사의 작품들과 유사한 스토리를 보여주지만, 백년가약을 맺은 후 사랑 장면에 대한 서술이 아예 없이 곧바로 이별을 맞는 것으로 이어진다. 원작의 첫날 밤 사랑놀이 장면이 육감적으로 묘사되었다고 해서 해당 부분을 완전히 삭제해 버리는 것은 무신경한 발상이 아닌가 한다. 그리고 딸과의 백년가약을 부탁하는 이도령에게 "너무 감격스러워 몸둘 바를 모르겠습니다." 하며 감지덕지하여 눈물까지 흘리는 월매의 모습은 월매의 성격을 또 잘못 해석한 경우이며, 또 자칫 춘향의 이도령에 대한 마음이 신분상승 욕구에 맞춰져 순수하지 못한 것으로 이해될 만한 여지가 있는 부분이다.

4) 김학선, 〈춘향전〉(대교출판, 1994)

이 책은 김학선이 글을 짓고, 김경식이 만화를 그렸다. 1994년 초판을 찍고 1997년에 5쇄를 발행할 만큼 꾸준하게 팔린 책이다. 본문 191쪽 분량. 서문에서 저자는 〈춘향전〉이 가장 한국적인 소설이고 이야기가 잘 짜여 있어서 아주 재미있게 읽을 수 있는 작품임을 강조하며, 이 책을 통해 우리 조상들의 지혜롭고 아름다운 사랑을 느껴보라고 하였다.

이 책의 특징적인 점은 글과 만화가 상보적으로 줄거리를 이어간다는 점이다. 특이한 구성방식으로 고전동화와 만화의 혼합 양식이라 할 수 있다. 작품의 서두가 이도령의 광한루 놀이로부터 시작하며, 초반을 제외하고는 대부분 완판 84장본 〈열녀춘향수절가〉의 내용을 따라 진행된다. 지금은 이러한 형태의 출판물을 찾아보기 힘들다.

5) 이종억, 〈춘향전〉(지구마을, 1994)

이 책은 이종억이 글을 짓고, 이행남이 그림을 그렸다. 〈양반전〉과 합권되어 있는데, 본문은 177쪽 분량이다. 2000년에는 출판사를 옮겨 문공사에서 개정판을 내었다. 문공사본이 개정판이라고 하였지만, 실은 지구마을본의 중판이다. 책의 내용은 처음부터 끝까지 똑같고 다만 표지 상단 좌측에 "소설만화, 한국고전"라고 써있던 부제가 "한국고전, 초등학교 고학년을 위한 필독서"로 바뀌었다.

이도령의 광한루 나들이가 맨처음에 시작되고, 이도령이 방자를 시켜 춘향이를 부르러 보내자 춘향이 이도령에게 "안수해 봉수화 해수혈(雁隨海 蝶隨花 蟹隨穴)"라는 한시구를 전하여 집으로 찾아오라는 암시를 보내는 부분은 다른 간본들에서는 찾아볼 수 없는 개성적인 점이다. 대교출판에서 펴낸 〈춘향전〉과 마찬가지로 글과 만화가 상보적으로 줄거리를 이어가고 있는 혼합 양식의 작품인데, 같은 내용의 것은 아니다.

6) 이슬기, 〈춘향전〉(지경사, 1996)

이 책은 이슬기가 글을 짓고, 박소영이 그림을 그렸다. 1996년에 출판하여 2000년에 재판을 간행하였다. 본문은 206쪽 분량이다. 작품 서두가 춘향의 출생이나 태몽에 대한 서술이 없이, 이도령의 글공부와 광한루 나들이로 대한 서술로 시작된다는 점이 특징적이다. 그리고 이도령과 춘향의 사랑 장면이나 황릉묘 꿈 장면 등이 길게 서술되어 있고, 남원 농민들의 농부가를 상세하게 소개하는 등 고전의 원 내용과 표현을 가급적 살리려고 하였다. 글자가 빽빽하고 작품의 분량도 적지 않은데, 삽화에 그려진 인물은 모두 10세 안팎의 어린이들이라는 점이 묘한 대비를 이룬다.

한편 다른 작품들이 대부분 완판 84장본을 원작으로 한 것과 달리, 지경사의 〈춘향전〉은 유일하게 완판 33장본 〈열녀춘향수절가〉를 원작으로 하여 개작 편집하였다.

7) 이효성, 〈춘향전〉(책동네, 1996)

이 책은 이효성이 글을 짓고 김윤식이 그림을 그렸다. 본문 53쪽 분량으로 〈임경업전〉과 합본되어 있다. 장르를 "고전동화"라고 하였다. 엮은이 이효성은 서문에서, "어린이 여러분은 이 고전동화에서 조선시대의 나쁜 사회를 알고,

여기에 굴하지 않는 춘향의 곧은 마음과 이 도령의 정의로움을 배우기 바랍니다."라고 하였다.

작품의 서두가 이도령의 광한루 나들이로 시작하며, "이도령의 나들이-광한루와 오작교-초롱에 불 밝혀라-백년가약과 이별-나타난 변사또-암행어사 출두"로 목차가 이어진다. 수채화로 그린 듯한 그림이 구식 스타일이다.

8) 권오석, 〈춘향전〉(대일출판사, 1999)

이 책은 권오석이 글을 짓고 이범기가 그림을 그렸다. 본문은 164쪽 분량이다. 월매와 성참판의 기자치성(祈子致誠)과 태몽, 춘향의 출생으로 시작하여 사랑 장면, 십장가, 황릉묘 꿈, 마지막에 춘향이 정렬부인이 되기까지 원작의 내용과 표현을 대부분 살리려고 하였다. 완판 84장본 〈열녀춘향수절가〉를 원작으로 하였다. 어른스런 말투의 문장에 인물의 성격과 대화 내용도 어른스러우며, 삽화 또한 이몽룡과 춘향이 장부와 요조숙녀로 그려져 있다는 점이 특징이다.

9) 임구순, 〈춘향전〉(가정교육사, 2000)

이 책은 임구순이 글을 엮고, 이행남이 삽화를 그렸다. 2000년도에 발행하였다. 총 214쪽의 작품 분량이다. 월매가 기자치성(祈子致誠)하여 춘향을 얻는 것으로 시작하여 춘향이 정렬부인이 되기까지의 과정을 총 19장으로 엮었다. 이도령의 광한루 나들이 장면, 춘향의 그네 뛰는 장면, 이도령과 춘향이 이별하는 부분, 변학도의 기생점고, 암행어사 출도 장면 등이 한껏 부연 묘사되었고, 이도령의 책읽는 장면이나 춘향과의 사랑 장면은 아주 간략히 서술되었다.[11] 원작 완판 84장본 〈열녀춘향수절가〉의 내용, 해학과 흥한(興恨)의 정서를 최대한 살리면서 다소 작품의 양이 늘어났으나, 어린이들이 이해하기 어려운 거추장스런 표현이나 말투는 삭제하거나 쉬운 현대어로 옮겼다. 삽화가 총 93컷에 이른다.

그런데 원문의 예스럽고 난해한 문구를 쉽게 풀어쓴다고 하면서, 자의적으로 풀어쓴 문장이나 중언부언한 표현들이 적지 않다. 또한 그 표현들이 초등학

11) "이윽고 이도령과 춘향이는 서로 마주 앉게 되었다. 이날따라 춘향이의 얼굴이 더욱 아름답게 보였다. 꿈과 같은 날들이 지나자 춘향과 이도령은 잠시도 떨어지길 싫어했다. 이도령은 춘향의 집에서 살다시피 했다."(가정교육사, 86쪽.)

생들에게 얼마나 흥취를 일으킬 수 있을지는 솔직히 의문이다. 원작의 성격이나 현대어로 옮기는 문제를 심각하게 고민하지 않은 결과가 아닐까 생각한다.

10) 신동흔, 〈춘향전〉(한겨레아이들, 2004)

신동흔의 〈춘향전〉은 초등학교 학생을 대상으로 다시쓰기한 작품이다. 신동흔이 글을 썼고, 노을진이 그림을 그렸다. 2004년 한겨레아이들에서 한겨레 옛이야기 시리즈 22권으로 출판되었다. 본문은 100쪽 분량이며, "견우는 여기 있는데 직녀는 어디 있나 / 사랑 사랑 내 사랑이야 / 갈까 보다 갈까 보다 임 따라서 갈까 보다" 등 총 7장으로 구성되어 있다. 경판 17장본을 저본으로 하였지만, 표현은 완전히 새롭게 하였다. 할아버지가 손주에게 이야기를 들려주는 듯한 말투를 도입했고, 원문의 한자성어나 예스런 문장표현은 모두 현대 구어체로 풀어 썼다.

> 지금으로부터 백 년, 이백 년 하고도 또 백여 년 전, 조선 열아홉째 숙종대왕 시절의 일이야. 서울 삼청동에 살던 이씨 양반 하나가 임금님 명을 받고 전라도

> 남원 고을 사또로 내려갔어. 내려간 지 몇 달이 안 됐는데 백성들의 칭송이 자자해. 어진 사또가 왔다고 말이야. 사또한테는 아버지를 따라 서울에서 내려온 아들이 있었어. 그 이름이 몽룡이야. 용꿈을 꾸고 낳았다고 꿈 몽(夢)자 용 룡(龍)자를 써서 이름을 지었어. 나이가 열여섯인데 그런 인물이 없어. 천하 미남 두목지의 풍채에 이태백의 글솜씨와 왕희지의 필체를 함께 갖추었으니 말 다했지.[12]

"내려갔어. -자자해, 왔다고 말이야, - 말 다했지"와 같이 옆에 있는 아이에게 들려주는 듯한 현장성이 있는 것이 이 본의 특징이다. 원문의 내용 및 정보를 살리면서도, 단어나 문장표현 등은 철저하게 초등학생의 눈높이에 맞추려고 한 점이 특징이고 이 본의 장점이다.

11) 장철문, 〈춘향전〉(웅진씽크빅, 2005)

이 책은 시인 장철문이 글을 쓰고, 이영경이 그림을 그렸다. 웅진씽크빅의 '푸른담쟁이 우리문학' 시리즈 4권으로 기획된 작품으로, 본문 분량은 123쪽이며

---

12) 신동흔 『춘향전』, 한겨레아이들, 2004, 8-9쪽.

뒤에 붙은 작품 해설까지 포함하면 131쪽이다. 이 책은 방문판매용 전집으로 제작·판매된 것이라 일반 서점이나 도서관에서는 볼 수 없고, 국립중앙도서관에는 소장되어 있다. 장철문은 본문을 "광한루 오작교 / 백년가약 / 이별이야 이별이야 / 신임 변 사또 / 옥중의 꽃 / 사랑이야 사랑이야" 6장으로 재구성하였다. 초등학교 학생을 대상으로 한 책이라고 하였지만 빽빽하고 작은 글씨와 원전을 내용을 충실히 살린 내용으로 보건대, 창비본과 마찬가지로 초등학교 고학년생과 중·고등학생층을 함께 독자층으로 상정한 책으로 보인다.

이 책은 "이 책은 원전을 충실히 살렸으나, 어린 독자들이 읽기에 적절하지 않은 내용이나 일부 논리에 맞지 않는 부분은 생략하거나 고쳐 썼습니다", "이 책에 나오는 인명이나 지명, 관직명은 되도록 원전을 따랐습니다."와 같은 '일러두기' 내용처럼, 원작의 문장과 표현을 중시하여 가급적 살리려 한 것이 가장 큰 특징으로 보인다. 가령, 첫부분에서 이도령을 소개하는 부분을 보면,

> 사또 자제 이 도령은 나이는 이팔(二八, 열여섯 살)이요, 풍채는 두목지(풍채가 아주 좋았다는 중국 당나라의 시인) 같았다. 도량은 바다 같고 지혜는 활달하고 문장은 이백(중국 당나라의 뛰어난 시인)을 따르고, 필법은 왕희지(중국 진나라의 이름난 서예가)에 버금갔다. (12쪽)

와 같이 "이팔", "두목지, 이백, 왕희지"와 같은 원작의 표현을 살려 주인공의 성격을 묘사하였고, 주석이 필요한 부분은 본문 중에 괄호를 열고 간략히 설명하였다. 이외에 각종 노래, 한시도 가급적 원작에 가깝게 소개하여 원작의 흥취를 나타내려 하였다. 노랑·빨강·파랑 등의 원색을 사용한 이영경의 파스텔 톤 그림은 그리 세련되거나 인상적이지는 않지만, 어린이 독자들의 눈높이에 맞춰 이야기의 한 장면을 소박하게 담아내었다.

(3) 대학생 및 일반인들을 대상으로 한 출판물

1) 송성욱, 『춘향전』(민음사, 2004)

민음사에서 출간된 『춘향전』은 송성욱이 옮겨 썼고 백범영이 그림을 그렸다. 2004년도에 민음사에서 간행한 세계문학전집 100권째의 출판물이라는 점 때문에 당시 언론에서 화제가 된 적이 있다. 2011년 현재 23쇄가 발행되었다. 완판 84장본과 경판 30장본을 대본으로 현대어로 옮겼고, 부록으로 완판 84장본의 영인본을 실었다.

송성욱이 현대어로 옮길 때 고려한 점은 다음과 같다.

> 1) 어떤 경우에는 문장의 맛을 살리기 위해 다소 주석이 많아지더라도 원전의 어휘를 그대로 따랐다.
> 2) 순 우리말이라고 해도 현대의 어휘로 바꿀 수 있는 것은 바꾸었다.
> 3) 현재에도 쓰는 전라도 사투리의 경우, 의성어와 의태어 등은 되도록 그대로 두었다
> 4) 한자어를 옮길 때, 원래 어휘의 의미를 되도록 바꾸지 않도록 하고

전체 문장의 호흡을 중시하여 옮겼다.

5) 지명이나 관직명에 대해서는 구체적인 주석을 넣지 않았다.

6) 노래의 성격이 짙은 대사이거나 원래 노래가 삽입되어 있는 곳은 행을 바꾸어 처리하였다.[13]

이 책을 대학생들을 염두에 둔 다시쓰기 책이라고 한 이유는, 앞서 소개한 책들과는 뚜렷이 대비되는 특징이 있기 때문이다. 이 책은 〈춘향전〉에 많은 이본이 있음을 전제로 한 다음, 두 개의 판본을 대본으로 하여 두 가지 비진의 〈춘향전〉을 소개하였고, 또 뒤에는 완판 84장본의 영인 텍스트를 첨부하였다. 다른 책에 비하여 정형화된 주석이 많은 것도 중·고등학생을 대상으로 한 책들에서 가독성을 높이려는 의도로 주석을 최소화한 것과는 좀 거리가 있다. 원작을 좀 더 정확하고 객관적으로, 하지만 너무 딱딱하지는 않은 형태의 고전 교양물의 성격을 지향하였다는 점을 알 수 있다.

2) 설성경, 『춘향전』(책세상, 2005)

13) 송성욱, 『춘향전』, 민음사, 2004, 7쪽.

이 책은 일본의 동양문고(東洋文庫)에 소장 중인 필사본 〈춘향전〉을 저본으로 삼고 별춘향전계 텍스트를 참조하여 설성경이 재구성하고 현대어로 옮긴 것이다. 특이한 것은 이 책에서 〈춘향전〉의 원 저자를 임진왜란의 의병장 산서(山西) 조경남(趙慶男: 1570~1641)이라 규명한 점이다. 설성경은 조경남이 암행어사가 되어 남원으로 찾아온 그의 제자 성이성을 모델로 쓴 것이 〈원춘향전〉이며, 이것이 오랜 시간 동안 변주되어 오늘에 전하고 있다고 하였다.

동양문고본 춘향전은 앞선 방각본과는 달리, 세책 계열로서 경판본 계열의 모본이 된 작품이다. 이 텍스트는 8만 5천여 자 분량의 장편이고, 1900년대 서울 지방 기방에서 불렸던 시조, 가사, 잡가 등의 노래가 많이 들어 있다. 그만큼 흥겨운 정서가 깔려 있고, 인물의 성격이나 대사가 발랄하고 풍부한 점이 장점이다. 설성경은 미주(尾註)를 260개나 달 만큼 원전의 전거와 표현을 살리는 데 충실하였으나, 문장은 매우 평이한 현대어로 옮겼다. 본문 뒤에는 원작자 조경남과의 가상 인터뷰란을 설정하여 저작 의도를 밝혔다.

(4) 서사단락별로 본 다시쓰기의 양상

〈춘향전〉의 다시쓰기 출판물들은 서사단락 면에서는 대체로 원작과 유사한 양상을 보인다. 하지만 이중에서 초등학생을 대상으로 한 출판물들은 변이양상이 심한 편이라 각 출판물의 변이를 살펴보고자 한다.

1) 작품의 서두

작품의 서두는 퇴기 월매가 기자치성(祈子致誠)하여 태몽을 꾼 뒤 춘향을 낳아 키우는 것으로 시작되는 경우와 곧바로 이도령의 광한루 나들이로 시작되는 경우, 두 가지로 나타난다. 대부분의 작품이 전자의 경우로 시작하는데, 구체적인 묘사와 서술은 각기 다르지만 모든 작품이 춘향을 다 “하늘에서 내려온 선녀"로 묘사한다는 점에서는 일치한다. 그리고 성참판의 딸로 어려서 유복하고 정상적인 생활을 하며 학문과 여공(女工)을 익혔음을 강조한다.

이에 비해 완판 33장본을 모본으로 한 지경사의 〈춘향전〉은 이어사 중심의 일대기를 서술하는 계열로, 작품의 서두도 남성 주인공인 이도령 중심으로 작품을 서술한다. 하지만 원작과는 달리 뒤에서 춘향의 부친이 성 참판이었음을 밝힌다. 또한 대교출판본과 지구마을본도 뒷부분의 내용은 완판 84장본을 바탕으로 한 것이지만, 서두 부분만큼은 이도령의 글공부와 광한루 나들이로 시작한다는 점이 특징이다.

2) 이도령과 춘향의 첫만남

이도령과 춘향이 처음 만나게 되는 장면은 세 가지로 나타난다. 첫번째 광한루에서 춘향이 이도령의 요청을 못이기는 척하고 방자를 따라와 만나는 경우(지경사), 방자의 전언(傳言)을 무시하고 집으로 갔다가 다시 어미의 허락을 받고 광한루에 나와 이도령을 만나는 경우(대부분), 광한루에서 직접 만나지 않고 집으로 찾아오라는 암시를 주어 춘향 집에서 만나는 경우(지구마을), 세 가지로 나타난다. 완판 84장본의 내용과 같은 두 번째 경우가 가장 많다.

3) 이도령과 춘향의 사랑놀음

이도령과 춘향이 백년가약을 맺고 사랑을 나누는 장면은 각 텍스트마다 가장 변이가 크게 나타난다. 사랑놀음에 대해 원작의 내용을 살려 길고 구체적으로 묘사하는 경우, 아주 간략히 서술하는 경우, 새로운 창작의 양상인 제 3의 경우로 나눠 살펴볼 수 있다. 이 부분은 작품의 내용을 인용하여 대비하여 보고자 한다.

〈1〉 원작(완판84장본의 경우)

춘향의 섬섬옥수를 받으듯이 바지 속옷 벗길 적에 무한히 힐난된다. 이리 굼실 저리 굼실 동해 청룡이 굽이를 치는 듯, "아이고 놓아요, 좀 놓아요." "에라 안될 말이로다." 힐난중 옷끈 발가락에 딱 걸고서 끼어안고 진드시 누르며 기지개 쓰니 발길 아래 떨어진다. 옷이 활짝 벗겨지니 형산의 백옥덩이 이 위에 비할소냐. 옷이 활짝 벗겨지니 도령님 거동을 보려 하고 슬그미 놓으면서, "아차차, 손 빠졌다." 춘향이가 침금 속으로 달려든다. 도령님 왈칵 좇아 드러누워 저고리를 벗겨내어 도령님 옷과 모두 한데다 둘둘 뭉쳐 한편 구석에 던져두고 둘이 안고 누웠으니 그대로 잘 리가 있나. 골즙 낼 때 삼승 이불 춤을 추고 샛별 요강은 장단을 맞추어 청그렁 쟁쟁, 문고리는 달랑달랑 등잔불은 가물가물 맛이 있게 잘 자고 났구나. 그 가운데 진진한 일이야 오죽하랴. 하루이틀 지나가니 어린 것들이라 신맛이 간간 새로워 부끄럼은 차차 멀어지고, 그제는 기롱도 하고 우스운 말도 있어 자연 사랑가가 되었구나. 사랑으로 똑 이 모양으로 놀던 것이었다.

사랑사랑 내 사랑이야, 동절칠백 월하초에 무산같이 높은 사랑, 목단 무변수...

(이 뒤로 이도령과 춘향의 사랑놀이, 사랑가 등이 연속되어 있다.)

〈2〉 길고 구체적으로 묘사한 경우

① 이도령은 살며시 춘향이에게 다가갔다. 그리고는 가야금을 타는 춘향이의 손을 덥석 잡았다. "소녀도 아니 오시는 줄 알고 목이 늘어나도록 기다렸습니다." "그러기에 우리는 천생연분이라고 하지 않았느냐? 내가 자라던 한양에는 정말로 많은 사람들이 있었고, 내로라 하는 아가씨들도 많았건만 너처럼 이렇게 고운 여인은 처음 본다." "소녀도 도련님처럼 멋있고 잘생긴 분은 처음이옵니다." 둘이는 마주 보면서 씽긋 웃었다. 밤은 점점 깊어갔지만 둘은 시간 가는 줄 몰랐다. "춘향아, 지금부터 사랑노래를 불러 보자꾸나. 내가 먼저 부를 터이니 너는 나를 따라 불러야 한다." "그러지요, 서방님." "만약에 못 따라 부르거나 틀리는 사람은 벌로 업어 주기다." "호호호…. 그것 참 재미있네요. 그렇지만 도련님은 힘이 좋아 저를 업으신다 해도 소녀가 도련님을 어떻게 업사옵니까?" "그러니까 틀리지 않으면 되지. 자 나 먼저 한다. 사랑, 사랑, 내 사랑이야, 어화둥둥 내 사랑이야, 하늘같이

높은 사랑, 바다보다도 깊은 사랑." "시냇가 수양버들같이 축 처지고 늘어진 사랑"(중략)"호호호호…. 도련님, 제가 도련님 사랑만 있으면 그만이지 더 이상 뭐가 갖고 싶겠습니까?" 노랫소리와 웃음소리는 밤이 깊어가는 줄 몰랐다.

(지경사, 38~40쪽)

② 이제는 이도령과 춘향이만이 남게 되었습니다. 밤은 깊을 대로 깊었는지 사방은 고요하기 짝이 없었습니다. 가끔 밤새 우는 소리만이 간간이 들여올 뿐이었습니다. 이도령과 춘향이는 둘이 한 방에서 하루 이틀을 지내니 처음에는 그토록 수줍어하던 춘향이도 차차 부끄러움이 없어지고 이제는 서로 웃고 곧잘 말을 주고받기도 하였습니다. 이도령은 가끔 사랑가를 불러가면서 무던히도 춘향이를 사랑스럽게 생각하고 또 그렇게 대해 주었습니다. 사랑가는, "여봐라 춘향아, 저리 가거라, 가는 태도 보자. 이만큼 오너라 오는 태도를 보자. 방긋 웃고 아장아장 걸어라, 걷는 태도 보자(중략)" 라는 노래에서부터 시작하여 끝이 없이 이어졌습니다. (중략) 온갖 사랑가를 다 지어 부르면서 놀 때 두 사람의 사랑은 갈수록 무르익어 가고, 깨가 쏟아질 듯한 재미를 더해가 가히 세월 가는 줄을 모르는 것 같이 보였습니다.

(대일출판사, 78~82쪽)

③ 춘향이가 비단 이불을 내려 까는 동안, 몽룡은 겉옷을 벗어 병풍에 걸쳐놓으며 말했다. "그런데 춘향아." "예?" 몽룡은 그냥 잠자리에 들기가 아쉬웠던지 춘향이를 부르더니, 춘향이의 손을 잡아끌어 거문고 위에 놓았다. "네가 거문고 타는 것을 보고 싶다. 한 곡조 타 봐라." 춘향이는 깃털 같은 손으로 여섯 줄을 고르더니, 나직한 노랫소리에 맞춰 거문고를 타기 시작하였다. 초승달도 이미 져 버린 한밤중에 거문고 소리만이 은은하게 흐르고 있었다.

춘향이와 깊은 인연을 맺게 된 뒤로, 몽룡은 아예 사랑병에 푹 빠지고 말았다. 글공부는 고사하고 만사가 다 시큰둥하여 잠시도 자리에 앉아 있지 못하였다. 머릿속에 생각나는 것은 춘향이뿐이요, 눈에 보이는 것은 춘향이 얼굴뿐이었다. 새벽에 눈뜨면서부터 마루로 뜰로 마당으로 들락날락 왔다갔다 하면서 하루 종일 밤이 되기만을 기다렸다. 어서어서 밤이 되어야만 춘향이를 만날 수 있고, 춘향이를 만나야만 사랑놀이에 시간 가는 줄 모르기 때문이었다.

(지구마을/문공사, 54~56쪽)

④ 춘향 어미 몇 잔을 먹은 뒤에 상 물려 낸다. 대문, 중문 다 닫아걸고 향단이에게 이부자리 보게 하여 원앙금침 굽이굽이 펼쳐 깔고,

"도련님 평안히 쉬옵소서. 향단아 나오너라. 나하고 함께 자자." 둘이 다 건너간다.

춘향과 이 도령이 마주 앉았으니 그 아니 좋으랴. 다음 날 향단이가 해가 중천에 떠오르는 것을 보고 문 앞에 와서 일부러 '크음! 헴!' 헛기침할 때까지 일어나지 않는 것이었다.

이렇게 하루 이틀 지나가니, 두 사람이 나날이 새로워 부끄러워하는 마음은 차차 멀어지고, 서로 하하 호호 장난도 하고 우스운 말도 하며 사랑으로 노는데 꼭 이렇게 노는 것이었다. "사랑 사랑 내 사랑이야… (웅진씽크빅, 41쪽)

⑤ 보름달 둥실 떠올라 꽃향기 진동하는 세상을 두루 비추고, 달빛 그윽이 머금은 숲에서는 앵무새 꾀꼬리 다정하게 지저귀며 춘향과 이 도령의 결혼을 축하하는 듯하였다. 밤도 깊고 봄도 깊고, 춘향과 이 도령의 사랑도 깊어가는 봄밤이었다.

날만 새면 이 도령은 춘향의 집을 찾았다. 부끄러워 얼굴만 붉히던 춘향도 시간이 흐르자 살풋살풋 웃음을 보이고, 말문도 제법 트였다. 며칠 지나지 않아 두 사람은 잠시도 떨어질 수 없는 사이가 되었다. 오월 단오 지나서 하루가 다르게 볕이 뜨거워지고, 초록이 나날이 짙어가듯 두 사람의 사랑도 나날이 무르익었다. 두 사람의 노는 모양이 어찌나 정답던지 보는 사람의 얼굴에도 절로 웃음이 번질 지경이었다. 어느 날 벙글벙글 미소를 머금은 채 춘향을 바라보던 이 도령이 솟구치는 사랑을 참지 못해 노래를 불렀는데, 이것을 '사랑가'라 하였다. "사랑 사랑 내 사랑이야… (창비, 35~37쪽)

원작은 두 사람의 옷 벗기는 장면, 신방의 분위기, 성행위 장면, 각종 사랑놀이, 노래 등을 자세하고 흥겹게 묘사하였다. 지경사본, 대일본, 지구마을본 모두 원작의 이러한 분위기를 포착하여 수위를 낮추어 첫날밤 사랑놀이 장면을 묘사하였다. ①지경사본과 ②대일출판사본은 사랑가 등의 노랫말을 서술하며 춘향과 이도령의 구체적인 사랑놀이를 묘사하는 데 많은 지면을 사용하였다. 이에 비해 ③지구마을/문공사본은 수많은 노랫말을 삭제하고 사랑의 장면을 은은한

거문고 타는 장면으로 대체하였다. 그리고 그 뒤로 춘향 생각에 어쩔 줄 몰라하는 이도령의 모습을 묘사하였다. ④웅진씽크빅본은 첫날밤 동침 장면을 "춘향과 이 도령이 마주 앉았으니 그 아니 좋으랴. 다음 날 향단이가 해가 중천에 떠오르는 것을 보고 문 앞에 와서 일부러 '크음!흠!' 헛기침할 때까지 일어나지 않는 것이었다."와 같이 운치있게 표현한 후, 원작에서처럼 길게 사랑가, 말놀이, 사랑놀음 등을 이어 서술하였다.

⑤창비본에서 작가 정지아는 첫날밤 동침 장면을 보름달, 앵무새 등을 동원하여 봄밤의 분위기만을 서정적으로 묘사한 것으로 대체하였다. 그리고 이어지는 장면에서 매일같이 이 도령이 춘향집을 찾으면서 그야말로 '연애'를 시작하고 점차 뜨거워지는 모습으로 묘사하였다. 그 뒤로 원작에서처럼 길게 사랑가, 말놀이, 사랑놀음 등을 원작에 가깝게 서술하였다. 작가 정지아는 다른 책들에 비해서 사랑 대목의 비중을 상대적으로 키웠다. 대체로 다섯 개 본 다 개성있게 첫날밤 장면을 묘사한 것으로 평가할 수 있다.

〈3〉 간략화한 경우

> ① 그리고 간단한 혼례식을 올린 후, 춘향이는 머리를 올리고 비녀를 꽂았다.
> (대교출판, 78쪽)

> ② 이윽고 이도령과 춘향이는 서로 마주 앉게 되었다. 이날 따라 춘향이의 얼굴이 더욱 아름답게 보였다. 꿈과 같은 날들이 지나자 춘향과 이도령은 잠시도 떨어지길 싫어했다. 이도령은 춘향이 집에서 살다시피 했다. (가정교육사, 86쪽)

①대교출판사본에서는 혼례식 이후에 모든 사랑 장면을 삭제하였다. 그리고 바로 이별 장면이 이어진다. ②가정교육사본에서는 다만 "꿈과 같은 날들이 지나자"라는 서술로 사랑 장면을 대치하였고, 그 뒤로 이별 장면이 이어진다. 이외에도 계림문고본 역시 백년가약을 맺는 장면까지만 있고, 사랑을 나누는 부분은 아예 생략하였다. 그런데 이처럼 만남 장면 뒤에 이어지는 사랑 장면에서 두

사람이 연애하고 사랑하는 모습을 아예 생략하고 곧바로 이별 장면으로 넘어가는 방식의 서술은 서사의 '단절'을 느낄 만큼 어색하고 허전하다는 점에서 '무성의한' 다시쓰기의 방식이라고 평가할 수 있다. 이래서야 독자들에게 이도령과 춘향의 사랑이 얼마나 애뜻하고 뜨거웠는지를 전달할 수 있을까 반문해 볼 필요가 있다.

〈4〉 제3의 경우

① 밤이 점차 깊어만 갔습니다. 이제 방안에는 춘향이와 도련님만이 남게 되었습니다. 갑자기 둘만 남게 되자, 사방이 더욱 고요해졌습니다. 창문을 통해 들어오는 달빛 아래 비치는 두 사람은 얼마나 잘 어울리는 한 쌍인지요. 이제 춘향이 옆에는 도련님이 있고, 도련님 옆에는 춘향이가 있었습니다. 둘은 너무나 좋고 행복하였습니다. 도련님은 춘향이 손을 잡으며, "내 너를 죽을 때까지 변치 않고 사랑하리." 하고 다짐했습니다. "살아 있는 동안 이렇게 사로 가까이 있어 행복하고 우리 죽을 때도 한날 한시에 나란히 누워 죽을 수만 있다면 얼마나 좋을까?" 말없이 앉아 있던 춘향이도 도련님을 바라보는 눈길에 깊고 깊은 사랑의 말들을 담았습니다. 창밖을 내다보니 어느덧 달님은 휘영청 밝게 떠올랐습니다.

(꿈동산, 56쪽)

꿈동산본은 혼례 이후에 춘향과 이도령의 사랑을 연애소설의 한 장면처럼 구체적으로 묘사한 것이 특징이다. 이 인용문 뒤로도 10여 쪽이 넘게 춘향과 이도령의 깊어가는 사랑을 구체적으로 묘사하였다. 이 뒤로 이어지는 내용에는 밤이면 밤마다 찾아가는 이도령의 모습, 그리고 깊어가는 사랑을 묘사한다. 그러면서도 긴 앞날을 내다보고 지아비의 과거 공부를 부탁하여 글 공부에 몰두하는 이도령의 모습을 볼 수 있다.

② 춘향의 집에 다녀온 도련님은 그날 이후부터 정좌하고 공부에 뜻을 두어 힘을 쏟았습니다. 여자의 치마폭에만 빠져서 자기가 해야 할 일도 제쳐두고 또 앞으로 나가야 할 장부의 길이나 목표도 잊고 산다면 졸장부나 다름없기 때문입니

다. 도련님은 그와 같은 생각을 하며, 한낱 아녀자로서 사랑만 받고자 하는데 그치지 않고 남편의 나아갈 길을 걱정해주는 춘향이의 여군자다운 성품에 다시 한 번 가슴이 찡해오는 것을 느꼈습니다. (꿈동산, 65쪽)

이 부분은 마치 부부생활을 하는 신혼부부, 그렇지만 단순히 사랑 놀음에만 빠지지 않고 앞날을 준비하며 책임감을 느끼는 지아비와 지어미의 모습을 연상시킨다. 춘향과 이도령의 사랑을 오늘날 10대의 감성으로 새롭게 이해하고 표현한 경우라 할 수 있다.

4) 춘향의 옥중고난

춘향의 고난은 변학도 부임 이후 수청 강요로부터 시작된다. 이를 거부하는 춘향은 곤장을 맞고 옥에 갇히게 된다.

변학도의 기생점고 장면 및 변학도로부터 춘향이 수청을 강요 받는 부분은 모든 본에서 비슷한 양상과 분량으로 부연되어 있다. 하지만 곤장을 맞을 때 부르는 십장가(十杖歌), 꿈에서 황릉묘를 다녀오는 장면은 지경사, 대일출판사, 꿈동산 본에서만 나타난다. 그외의 작품들에서는 간략히 서술되며, 거울 깨지는 꿈과 해몽 장면은 비슷한 양상으로 나타난다.

〈1〉 원작

① 스물다섯 딱 부치니, 이십오현 탄야월에 불승청원 저 기러기 너 가는 데 어디메냐. 가는 길에 한양성 찾아들어 삼청동 우리 임께 내 말 부디 전해다고. 내의 형상 자세 보고 부디부디 잊지 마라.

이몽룡이 한양으로 떠난 뒤 춘향은 신임사또의 수청 요청을 거절한 죄로 곤장을 맞게 되는데, 그때 부른 노래가 그 유명한 십장가이다. 제목은 십장가이지만, 본문에서는 스물다섯 대 매질을 하는데, 매질의 숫자에 맞춰 춘향은 노래를 부른다. 이 장면에서 변학도의 모진 매질에 항거하여 춘향은 피를 토하듯 노래하며 자신의 매운 정절을 보여준다.

〈2〉 어린이책

② 매질은 계속되었습니다. 춘향이가 아픔을 참기 위해 하늘을 쳐다보자 때마침 기러기 한 마리가 하늘을 날고 있었습니다. "하늘 나는 저 기러기 너 가는 데 어디메냐. 가는 길에 한양성 찾아가 삼청동 우리 님께 내 말 부디 전해다오. 나의 모습을 자세히 보고 부디부디 잊지 마라." (청솔, 136~137쪽)

③ 스 물다섯 번째 곤장이 떨어졌다. 이제는 매질하는 사람도 지친 것 같다. 그리고 춘향의 몸에서 피가 흘러 나왔다. (가정교육사, 143쪽)

④ 스물다섯 줄 거문고를 달밤에 켜노라. 저기 가는 저 기러기 깊은 원한을 못 이겨 날아왔구나. 너 가는 데 어드메냐? 가는 길에 서울 삼청동 우리 낭군님께 찾아가서 내 말 부디 전해다오. 내 몰골을 자세히 보고 부디부디 잊지 말고 전하여라. (웅진씽크빅, 78쪽)

청솔본은 간략함을 특징으로 하는 어린이책임에도 불구하고 원작의 시를 살려 서정적 분위기를 부각시켰다. 다만 앞의 한문표현인 "이십오현 탄야월에 불승청원"의 부분은 삭제하였다. 가정교육본은 시의 내용은 모두 삭제하였고, 매질하는 현장을 감성적으로 묘사하는 것으로 대신하였다. 이에 비해 웅진씽크빅본은 현대어의 자연스러운 감성적 표현을 살려 외로움과 한스러움의 정서를 한껏 풀어내었다.

〈3〉 청소년책(교양서적 포함)

④ 이십오 현 거문고를 달밤에 타니, 맑은 원망 이기지 못하여 날아왔도다.[14]

---

14) 전기(錢起)의 시 귀안시(歸雁詩)의 한 구절.

저기 가는 저 기러기 너 가는 데 어디메냐. 가는 길에 한양성 찾아들어 삼청동 우리 님께 부디 내 말 전해다오. 나의 형상 자세히 보고 부디부디 잊지 마라.

(현암사, 94쪽)

⑤ 이십오현 거문고를 달밤에 타니 원망을 이기지 못하고 날아왔구나. 저 기러기야 너 가는 곳 어디메냐? 가는 길에 한양성 찾아 들러 삼청동 우리 임께 내 말 부디 전해 다오. 나의 형상 자세히 보고 부디 부디 잊지 말아라.

(나라말, 138쪽)

⑥ 이십오현탄야월(二十五絃彈夜月)[15]에 원한 못 이기는 저 기러기 너 가는 데 어드메냐. 가는 길에 한양성 찾아들어 삼청동 우리 님께 내 말 부디 전해 다오. 나의 형상 자세히 보고 부디부디 잊지마라 (민음사, 122쪽)

세 본 모두 원작의 시를 살려 쓰고자 했는데, 대체로 양상은 비슷하다. 다만 "이십오현 탄야월"의 내용을 어떻게 풀어쓰는가 하는 문제가 보인다. 현암사본은 우리 말로 시의 내용을 번역하고 각주를 달아 전거를 밝혀 주었고, 나라말본은 좀 더 현대어로 자연스럽게 감성적으로 표현하였다. 민음사본은 원시의 음을 그대로 옮긴 뒤 주석에서 시의 뜻을 풀어주었다. 창비본은 이 대목을 생략하면서 십장가 부분을 다소 간략히 처리하였다.

5) 어사출두 및 결말 부분

이도령은 한양으로 올라간 뒤 과거시험에서 장원급제하고 암행어사를 제수받고 남원으로 내려와 변부사의 생일잔치 때 어사출두하여 변부사를 징치하고 춘향과 상봉한다. 이러한 맥락은 대부분 일치하지만, 그 과정에서 화소가 부분적으로 출입(出入)이 있다.

꿈동산 본은 유일하게 이도령이 장원급제하기까지 춘향과의 만남을 위해 굳

---

15) 25현의 거문고를 달밤에 연주한다는 뜻.

게 마음먹고 학업에 정진하는 모습을 소상히 서술하였으며, 남원으로 내려오면서 이어사가 민심을 파악하는 과정에서 농부들의 "농부가"가 자세하게 소개되는 경우(지경사, 꿈동산)도 있었으나, 사설이 너무 장황한 까닭에 생략한 경우가 대부분이었다.

결말 부분에서도 다소 차이가 있는데, 대부분 완판 84장본과 같이 임금이 춘향을 정렬부인에 봉하고 3남 2녀를 낳아 출세하는 것으로 서술하였으나(지경사, 대일출판사, 꿈동산, 계림문고, 청솔, 가정교육사), 대교출판과 지구마을본은 춘향과 해후하거나 춘향 가족이 서울로 떠나는 것으로 끝맺어졌다.

(5) 문장 표현의 대비

어린이와 청소년을 대상으로 출간된 〈춘향전〉 작품들을 보면 거의 대부분이 완판 84장본 〈열녀춘향수절가〉를 원전으로 쓰고 있는 점을 발견할 수 있다. 그리고 소수의 경우 완판 33장본, 경판 30장본과 17장본을 저본으로 쓴 책이 있었다.

각 작품들은 원 텍스트의 내용에 바탕하면서도 엮은이의 의도에 따라 조금씩 변이를 보이며 개성을 드러낸다. 아래에서는 원작으로는 현대어로 옮긴 완판 84장본을, 어린이책으로서는 청솔본과 가정교육사본, 청소년책으로서는 현암사본과 나라말본을, 대학생 및 일반인을 대상으로 한 교양서적으로서는 민음사본을 들어 각각의 본문을 대비하면서 실제로 다시쓰기의 양상이 어떠한지를 분석하고자 한다. 편의상 민음사본은 청소년책과 같은 항목에서 논하였다.

1) 맨 처음 부분

〈1〉 원작

① 숙종대왕 즉위 초에 성덕이 넓으시사 성자성손은 계계승승하사 금고옥적은

요순시절이요 의관문물은 우탕의 버금이라. 좌우보필은 주석지신이요 용양호위는 간성지장이라. 조정에 흐르는 덕화 향곡에 펴졌으니 사해 굳은 기운이 원근에 어려 있다. 충신은 만조하고 효자열녀 가가재라. 미재미재라, 우순풍조하니 함포고복 백성들은 처처에 격양가라. (완판 84장본 <열녀춘향수절가>)

〈춘향전〉의 서두 장면이다. 월매가 춘향을 낳기 전에 시대적 배경을 서정적으로 제시한 장면인데, 한자성어가 많아 국문으로만 써 놓으면 그 의미가 제대로 전달이 안 되기 쉽다.

오늘날 고전소설의 원작을 인용할 때 옛표기를 그대로 드러낼 필요는 없다. 최소한 현대 맞춤법에 맞게 표기 및 문장을 고치는 것은 원작의 정보를 해친다고 보지 않아도 좋다. 사실 여기 제시한 원작의 표현은 국한문 혼용체라고 해도 좋다. 한자가 밖으로 나와 있지 않아서이지 이 문장표현은 한자어를 중심으로 하고 고유어는 대부분 제한적으로 쓰이고 있다. 여기 쓰인 한자성어를 그대로 쓰면 지금의 아이들 및 청소년들이 제대로 이해할 이는 거의 없을 것이다. 그러므로 고소설을 오늘의 책으로 만들 때 첫 번째 고려해야 할 일이 잘 안 쓰는 한자성어와 예스런 문장표현을 어떻게 처리할까 하는 문제일 것이다.

〈2〉 어린이책

② 조선시대 19대 왕인 숙종이 즉위한 지 얼마 되지 않은 때였습니다. 세상은 평화롭고 해마다 풍년이 들었으므로 사람들은 걱정 근심이 없었고 태평한 세상을 즐거워하는 백성들의 노랫소리가 집집마다 끊이지 않았지요. (청솔, 86쪽)

③ 숙종 대왕이 즉위한 뒤부터 온 누리는 평화로 가득 차 있었다. 임금님은 덕망이 높으셨고 후손들은 날로 번성하여 뻗어 나갔다. 태평스러움을 알리는 북소리와 피리 소리들은 옛날 요순 시절 못지않게 흥겹게 울려 퍼졌으며 옛날 역대 임금 중 어느 임금 때보다도 나라가 평안했다. 임금님을 받드는 신하들도 모두가 튼튼한 기둥이나 주춧돌같이 믿음직스러웠고, 나라를 지키는 군인들도 용감하기만 했다. 조정에서의 넘쳐 흐르는 덕망은 온 산골짜기와 동네까지 힘찬 활기로 번져

갔다. 충성된 신하들은 조정 안에 가득 차 있었고 집집마다 효자와 열녀가 나오니 이 얼마나 아름다운 일인가! 그리고 하늘도 이 나라를 도와 주심인지 비도 제때에 알맞게 내렸고, 모든 것이 풍족하여 백성들은 무엇 하나도 부족한 게 없었다.

(가정교육사, 8쪽)

어린이책에서 먼저 보이는 것은 분량 및 표현의 문제이다. 분량을 일반 어린이책 정도의 분량으로 맞추는 것이 문제인데, 보통은 긴 것을 줄이는 방식이 나타난다. 두 번째는 표현을 쉽게 하는 것이다. 어떤 것이 쉬운 표현이냐 하는 문제를 판단해야 할 것이다.

청솔의 것은 가장 간략하고 쉬운 문장이다. 분량 상으로는 짧고 간략하게, 그리고 난이도의 면에서는 가장 일상적이고 쉬운 표현으로 옮겨 놓았다.

가정교육사본의 경우는 분량에 크게 개의치 않는 태도를 볼 수 있다. 오히려 부분에 따라서는 더 늘려쓴 부분도 있다. 초점을 쉽게 풀어쓰는 쪽에 맞추었다. 그런데 원작의 난해한 표현을 일대일로 풀어쓴 것 같지도 않다. 바꿔쓴 문장에 작가의 자의성이 상당히 들어가 있는데, 원작의 정보를 중시한 것도 아니고 개작본 작가의 문학적 개성을 드러낸 것도 아니다. 오히려 난삽하게 느껴질 정도로 중복된 표현이 많아서 흠으로 지적된다.

〈3〉 청소년책(교양서적 포함)

④ 조선 제19대 임금 숙종대왕 즉위 초의 일이라. 임금의 크신 덕이 넓고도 넓으시어, 뛰어난 자손이 대대로 뒤를 이으니 태평스럽기는 요순 임금 시절이요, 풍속 제도는 우탕 임금 시대라. 기둥 같고 초석같은 중요한 신하들은 가까이서 임금을 보필하고 방패 같고 성 같은 믿음직한 장수들은 용호(龍虎)같이 임금을 호위한다. 조정에 흐르는 덕행과 가르침은 시골 구석구석까지 널리 퍼져서 온 천하의 안정된 기운이 먼 곳까지 어리었다. 조정에는 충신이 가득하고, 집집마다에는 효자 열녀이니 아름답고 아름답도다. 비바람이 순조로워 배부른 백성은 부른 배를 툭툭 치며 곳곳에서 격양가[16]를 부른다. (현암사, 15쪽)

⑤ 때는 숙종대왕 시절이다. 숙종왕은 옛날 요순 임금에 버금가는 덕을 갖추고 있었다. 왕의 덕이 높으니 신하들 또한 왕을 본받아 정치를 잘 했다. 정치가 잘 이뤄지니 충신은 조정에 가득 차고 효자열녀는 온 나라에 넘쳤다. 비바람도 때에 따라 순조로우니 백성들은 잘 먹어 배를 두드리고, 태평한 세월을 노래하는 농부들의 격양가는 들마다 고을마다 울리지 않는 곳이 없었다. (나라말, 18쪽)

⑥ 숙종대왕 즉위 초에 성덕이 넓으시어 대대로 어진 자손이 끊이지 않고 계승하시니 아름다운 노래 소리와 풍요로운 삶이 비할 데가 없도다. 든든한 충신이 좌우에서 보필하고 용맹한 장수가 용과 호랑이가 에워싸듯 지키는구나. 조정에 흐르는 덕화(德化)가 시골까지 퍼졌으니 굳센 기운이 온 세상 곳곳에 어려 있다. 조정에는 충신이 가득하고 집집마다 효자열녀로다. 아름답고도 아름답다. 비바람이 순조로우니 배부른 백성들은 곳곳에서 태평 시절을 노래하는구나.

(민음사, 9쪽)

세 본이 모두 주석을 최소화하면서 본문을 쉽게 풀어낸 점이 공통적이다. 현암사와 민음사본이 원작의 내용을 가능한 한 다 담아 표현하려 한 반면, 나라말본은 원작의 문장에서 수사적 표현을 과감히 삭제하고 원 관념을 주로 전하려 한 점에서 대비된다. 또한 현암사와 나라말본은 "격양가(擊壤歌)"에 주석을 달아 설명하였지만, 민음사본은 그 단어를 쓰지 않고 "태평시절을 노래하는" 표현으로 대체한 것이 눈에 띤다.

청소년책의 내용은 대체로 원작의 내용을 존중하며 살린다. 다만 문장 표현 차원에서 달라지는 것으로 보인다. 이쯤 되면 옮긴이의 문장 취향 및 개성을 판단할 문제라고 본다. 또는 옮긴 문장의 우열은 논할 수 있을 것이다.

---

16) 격양가(擊壤歌) : 중국 요임금 시대에 태평을 노래한 농부가. '해가 뜨면 일하고, 해가 지면 쉬며, 우물 파서 물 마시고 밭 갈아서 먹으니 왕의 힘이 나에게 무슨 상관이라오' 하였다.

2) 월매의 기자치성 대목

〈1〉 원작

① 상봉에 단을 무어 제물을 진설하고 단하에 복지하여 천신만고 빌었더니 산신님의 덕이신지 이때는 오월오일 갑자라. 한 꿈을 얻으니 서기반공하고 오채영롱하더니 일위선녀 청학을 타고 오는데 머리에 화관이요 몸에는 채의로다. 월패 소리 쟁쟁하고 손에는 계화 일지를 들고 당에 오르며 거수장읍하고 공순히 여쭈오되, 낙포의 딸일러니… (완판 84장본)

월매가 성 참판과 결혼한 뒤 자녀를 얻기 위해 산을 찾아다니며 기도한 것과 태몽 꾼 것을 서술한 대목인데, 원작에서는 역시 한자성어 및 단어, 한문식 문투가 많이 나타난다. 밑줄 친 "서기반공, 계화일지, 거수장읍" 등은 "瑞氣半空, 桂花 一支, 擧手長揖"과 같이 한자표기나 주석이 없으면 이해하기 힘든 단어들이다.

〈2〉 어린이책

② 월매는 그날부터 깨끗이 목욕한 후 전국 방방곡곡의 유명한 절을 찾아가 정성껏 불공을 드렸습니다. 그러자 부처님의 은덕 때문인지, 월매의 노력에 하늘도 감동했는지 그달부터 태기가 있었습니다. (청솔, 88쪽)

③ 월매는 곧 봉우리 꼭대기에 제단을 쌓았다. 그리고 가져온 제물들을 차려 놓았다 그리고 제단 밑에서 두 손을 모아 쥐고 엎드려 정성껏 빌었다. "제발 부탁드립니다. 아들이든 딸이든 가리지 않겠사오니 제게 자식 하나만 점지해 주십시오. 그러시면 그 은혜는 죽을 때까지 잊지 않겠습니다." 월매의 정성은 날이 갈수록 더해갔다. 그러자 산신님의 덕인지 어느 날 이상한 꿈을 꾸게 되었다. 때는 오월오일 자시였다. 꿈 속에서 이상스런 기운이 서리더니 다섯 가지 빛깔이 영롱하게 비치었다. 그리고는 한 선녀가 푸른 학을 타고 내려오는 것이었다. 머리에는 꽃으로 된 관을 썼고 몸에는 고운 옷을 걸치고 있었다. 음악 소리가 은은하게 들여오는

가운데 그 선녀는 계수나무 한 가지를 들고 땅에 내려와 손을 들어 공손히 절을 하는 것이었다. "저는 본래 낙포의 딸이었는데…" (가정교육사, 13~15쪽)

원작은 묘사를 할 때 예스런 한자성어를 많이 사용하였다. 그런데 이러한 표현을 그대로 옮기는 것은 쉽지 않을뿐더러 어린이 독자들은 이해할 수 없을 것이다. 어떠한 방식으로 다시쓰기를 할 것인가? 한자성어 옆에 괄호를 하고 한문을 넣어주거나 이를 풀어쓰는 방식도 있을 것이다. 하지만 그렇게 되면 너무 장황하고 설명조가 되어 재미가 없다.

청솔본은 월매의 의도와 행위에 대해 간략하게 서술하였다. 가정교육사본은 자세한 것 같은데, 설명과 묘사가 많아졌고, 원작에 없던 월매의 발언이 불필요하게 들어가 있다.

〈3〉 청소년책(교양서적 포함)

④ 제일 높은 봉우리에 제단 쌓아 제물을 벌여놓고, 단 아래 엎드려 자식 낳기를 천신만고로 빌고 빈다. 산신님의 덕인지 오월오일 갑자일에 월매는 한 꿈을 얻는다. 상서로운 기운이 공에 서리고 오색빛이 한데 섞여 영롱한 가운데, 온갖 보석으로 꾸며진 관을 쓰고 울긋불긋 화려한 옷을 입은 한 선녀는 계수나무 꽃가지 하나 손에 들고 마루에 올라서서 두 손 마주 잡고 길게 허리 굽혀 공손히 여쭙는다. "저는 낙포[17]의 딸이옵는데…. (현암사, 16쪽)

⑤ 부부는 제단에 제물을 올리고 엎드려 정성껏 빌고 빌었다. 그날은 바로 오월 오일이었는데 밤에 월매는 꿈을 꾸었다. 상서로운 기운이 하늘에 가득하고 오색이 영롱한 가운데 한 선녀가 푸른 학을 타고 오는데, 머리에는 화관을 쓰고 몸에는 채색 옷을 둘렀다. 패물 소리 쟁쟁한 가운데 손에는 계수나무 가지를 들고 날아와 월매 앞에 공손히 여쭈었다. "저는 낙포의 딸인데…." (나라말, 20쪽)

17) 낙포(洛浦) : 낙수(洛水)라고도 하며 중국 하남성에 있음. 낙포의 딸은 낙수에 익사하여 수신(水神)이 된 복희씨의 딸 복비(宓妃)

⑥ 꼭대기에 제단을 만들어 제물을 차려놓고 단 아래 엎드려 천신만고 빌었더니 산신님의 덕이신지. 이때는 오월 오일 갑자시[18]라. 한 꿈을 꾸니 상서로운 기운이 공중에 서려 오색 빛이 영롱하더니 한 선녀가 청학을 타고 오는데 머리에 꽃 관을 쓰고 몸에는 색동옷을 입었다. 장신구 소리 쟁쟁하고 손에는 계화 한 가지를 들고 당에 오르며 손을 들어 인사하고 공순히 여짜오되, 저는 낙포(洛浦)의 딸이었는데…. (민음사, 11쪽)

원작의 '상봉'이라는 표현이 각각 '제일 높은 봉우리'(현암사), 없음(나라말), '꼭대기'(민음사)으로 옮겨졌다. 낙포 선녀의 옷차림을 묘사하는데, 세 본 다 원작의 문장을 대체로 충실히 옮겼지만, 나라말본은 아무래도 내용을 간략하게 전하는 것에 치중한 반면, 현암사와 민음사본은 내용뿐 아니라 리듬감까지 살리려 한 것이 특징이다.

3) 춘향의 출생

〈1〉 원작

① 이름은 춘향이라 부르면서 장중보옥같이 길러내니 효행이 무쌍이요, 인자함이 기린이라. 칠팔세 되매 서책에 착미하여 예모정절을 일삼으니 효행을 일읍이 칭송 아니할 이 없더라 (완판 84장본)

'장중보옥(掌中寶玉)'이란 손바닥에 쥔 보물이며 아주 귀하다는 뜻이다. '기린'은 우리가 아는 동물이 아니라, 성인이 이 세상에 나면 나타난다고 하는 상상 속의 동물이며, 아주 걸출한 인물을 비유하여 쓰는 말이다. '착미(着味)'란 취미를 붙인다는 말이다. 이러한 비유와 단어를 잘 풀이하는 것이 필요할 것이다.

---

18) 자시는 23시에서 01까지인데 갑자시라 함은 0시에서 01까지를 가리킨다.

〈2〉 어린이책

② 월매는 딸의 이름을 춘향이라고 짓고 정성을 다해 길렀습니다. 춘향이 역시 효성이 지극하고 예절발랐고 여덟 살이 되면서부터는 책 읽기에 마음을 붙여 곧잘 시도 지었습니다. (청솔, 88~89쪽)

③ 부부는 아기의 이름을 춘향이라고 짓고 어떤 진귀한 보물보다도 소중하게 고이고이 길렀다. 춘향이는 날이 갈수록 어여쁘고 건강하게 자랐다. 어려서부터 총명하여 하나를 가르치면 열을 알아 주위 사람들을 놀라게 하였고, 마음 씀씀이가 비단결 같아 뭇 사람들의 사랑을 독차지하였다. (가정교육사, 19쪽)

가정교육사본은 원작의 문장을 풀어쓰고 첨가하면서 많이 고쳐썼으나, 춘향의 효성, 인자함, 총명함, 예절과 같은 덕목 중에서 총명과 인자함만을 살렸을 뿐이어서 원작의 맛과 정보를 제대로 전하지 못하고 있다. 청솔본은 원작의 표현을 간략히 가다듬는 것을 요체로 하였는데, 춘향의 덕목 중에서 효성, 예절, 총명함을 살렸다. 두 본 모두 원작의 정보를 자의적으로 취사선택 하였음을 알 수 있다.

〈3〉 청소년책(교양서적 포함)

④ 춘향이라 이름짓고 손 안에 든 보석같이 길러내니 효행이 뛰어나고 기린같이 어질다. 일고여덟 살이 되자 책에 재미 붙여 부덕과 정절에 힘써 읍내에서 그 효행을 칭찬하지 않는 이가 없다. (현암사, 17쪽)

⑤ 춘향(春香)이라 이름을 짓고 손바닥 안의 보석처럼 길렀는데, 자라면서 효행은 비길 데가 없었고 인자하기는 기린과 같았다. 칠팔 세가 되니 책읽기를 즐겨하고 예의가 반듯해 칭찬하지 않는 이웃이 없을 정도였다. (나라말, 20-21쪽)

⑥ 이름을 춘향이라 부르면서 손에 든 보석같이 길러 내니 효행은 비할 곳이 없고 인자함은 기린처럼 빼어나구나. 칠팔 세 되자 서책(書册)에 맛을 붙여 예의,

정절을 일삼으니 칭송하지 않는 사람이 없더라. (민음사, 13쪽)

세 본 다 원작의 내용을 비슷한 양상으로 풀었는데, 춘향의 덕목 네가지를 다 살리면서도 문장 표현에서 미세한 차이를 보인다. 그런데 한 가지 아쉬운 점은 '기린'이라는 비유를 제대로 살렸는가 하는 점이다. 사실 '기린같이 어질다'는 표현은 현재에는 죽은 표현이다. '기린'이 무엇을 비유하는지 보조관념이 분명하게 떠오르지 않는 시대이기 때문이다. 그런데 세 본 다 기린의 말의 뜻을 밝혀주지 않았다. 각주를 달아 의미를 밝혀주던지, 또는 본문 중에 다른 표현으로 대체하는 것도 필요할 것으로 보인다.

4) 춘향 그네 뛰는 모습에 반하는 이도령

〈1〉 원작

① 저 건너 화류중에 오락가락 희뜩희뜩 얼른얼른 하는 게 무엇인지 자세히 보아라. 통인이 살펴보고 여짜오되, 다른 무엇이 아니오라 이골 기생 딸 춘향이란 계집아이로소이다. 도령님이 엉겁결에 하는 말이, 장히 좋다. 훌륭하다. (완판 84장본)

이 부분은 광한루에 놀러 나간 이도령이 문득 그네를 뛰고 있는 처자를 보고 방자에게 물어 춘향의 정체를 확인하는 부분이다. "희뜩희뜩, 얼른얼른" 등과 같은 구어체와 음악성이 돋보이는 문장이다.

〈2〉 어린이책

② "저 건너 나무 사이로 오락가락 어른거리는 게 무엇이냐?" 방자가 자세히 살펴보더니 이렇게 말하였습니다. "아, 네. 이 마을 기생이던 월매의 딸 춘향 아씨입니다." "오호 무척이나 아름답구나." (청솔, 95쪽)

③ "저기 저것이 무엇이냐?" "무엇 말씀입니까?" "저 건너편 버드나무 사이를 보아라. 거기서 뭔가가 오락가락하는 것이 있지 않느냐? 희뜩희뜩 어른거리고 있는 것이 무언지 자세히 좀 보아라." 방자의 눈길이 이도령이 가리키는 곳으로 갔다. "그것은 다름이 아니오라 사람입니다. 더구나 여자구이고요." 하고 방자가 대답했다. "여자라니, 어떤 여자란 말이냐?" "이 고을 기생이었던 월매라는 여자의 딸이옵니다." "기생의 딸이라고? 이름은 뭐라 하느냐?", "성춘향이라고 합니다." 그러자 이도령은 엉겁결에 말했다. "춘향이라구, 참으로 고운 낭자로구나. 이름처럼 아름다운 걸." (가정교육사, 40~41쪽)

"장히 좋다, 훌륭하다"는 이도령의 말은 기생의 딸이라는 얘기를 듣고 수작을 하기에 쉽고 잘 되었다는 의미이다. 여기서 대부분의 옮기는 이들이 오독(誤讀)을 하여, 이것을 춘향의 외모의 아름다움에 감탄한 것이라고 하였다. 저 멀리서 그네 뛰는 처자의 모습이 어찌 분명하고 자세하게 보이겠는가? 가정교육사본에서는 춘향의 정체확인 대목을 길게 부연하였는데, 완판 33장본에 있는 문장을 따온 것이다.

〈3〉 청소년책(교양서적 포함)

④ "저 건너 꽃과 버들 가운데에 오락가락 히뜩히뜩 얼른얼른 하는 게 무엇이지 자세히 보아라." 방자놈 살펴보고 여쭙기를, "과연 분명 모르나이다." 이도령 하는 말이, "금이냐? 옥이냐?"방자 여쭙기를, "이곳은 금이 나는 여수 아니거늘 금이 어찌 나온다 하며, 옥이 나는 곤강이 아니거늘 어찌 옥이 있으리까?" "그러할진대 신선이냐, 귀신이냐?" "영주, 봉래 아니거늘 신선 오기 만무하고, 하늘 맑고 비 내리지 않으니 귀신 있기 괴이하오이다" "내 말이 그렇다면 정녕 무엇이냐?" 방자가 다시 여쭙기를, "다른 무엇 아니오라 이 골 기생 월매의 딸 춘향이란 계집아이로소이다." 이도령 엉겁결에 하는 말이, "썩 좋다. 훌륭하다." (현암사, 25쪽)

⑤ "얘야, 저 건너편 버들가지 사이로 오락가락 희뜩희뜩 어른거리는 것이 무엇이냐? 자세히 보고 오너라." 통인이 살펴보고 돌아와 말하기를, "다른 무엇이 아니

라 이 고을 기생 월매의 딸 춘향이란 계집입니다." 이도령 엉겁결에 "거 좋다, 훌륭하다." 자기도 모르게 이런 말이 입에서 새 나갔다. (나라말, 37쪽)

⑥ "저 건너 화류(花柳) 중에 오락가락 희뜩희뜩 어른어른 하는 게 무엇인지 자세히 보아라." 통인이 살펴보고 여쭈오되, "다른 무엇이 아니오라 이 고을 기생 월매 딸 춘향이란 계집아이로소이다." 도련님이 엉겹결에 하는 말이, "아주 좋다, 훌륭하다." (민음사, 26쪽)

위 세 본은 "장히 좋다, 훌륭하다"는 표현을 원작 그대로 표현하여 최소한 오독(誤讀)의 결과를 보이지 않았다. 현암사본은 완판 33장본의 대목을 따와 첨가하였다. 33장본에서 해당 부분의 말놀이 대목을 흥미롭게 보아 치환한 것이라 할 수 있다.

이상 어린이책으로 청솔과 가정교육사의 책을, 청소년책 및 교양서적으로는 현암사와 나라말, 민음사의 책을 대상으로, 현대적으로 다시쓰기한 〈춘향전〉의 몇몇 문장을 대비하여 보았다. 원작의 맛을 살리면서도 매끄러운 현대 문장으로 옮긴다는 것은 의도는 좋지만 실제로는 매우 어려운 일이라고들 한다. 비평가들이나 다시 쓰기 작가들은 그동안 진행된 다시쓰기의 실제 작업 결과를 놓고 세심하게 분석하여 장단점을 평가하고, 좀더 바람직하고 완성도 높은 다시쓰기의 방식을 고심하는 작업이 필요할 것이다.

3. 미학적 원천으로서의 〈춘향전〉

초등학교 교과서에 실린 〈심청전〉, 〈흥부전〉, 〈토끼전〉 등 고전소설들은 대부분 환타지적인 성격이 강하다. 이에 비해 〈춘향전〉은 구체적이고 높은 사회적 성격을 띠고 있으면서도 믿음과 인내로 고난을 견디어 아름다운 사랑을 성취한다는 낭만적인 내용을 아우르고 있다. 이 점은 초등학교 아동 및 중·고등 학생들에게 고전소설의 새로운 독서체험 및 교육적 효과를 줄 수 있을 것이다. 또한 〈춘향전〉은 다양한 노래와 시, 속담 및 언어유희를 통하여 해학과 풍자의 미학을 구현하고 있다. 이 점에서도 〈춘향전〉은 독특한 개성을 보여준다.

그리고 다시쓰기의 원천으로서 〈춘향전〉의 많은 이본 가운데, 완판 84장본 외에도 〈남원고사〉 및 세책본 계열의 작품들, 이해조의 〈옥중화〉 등을 주목할 만하다. 〈남원고사〉 및 세책열 계열의 작품들은 기생으로서의 정체성을 지닌 춘향의 모습을 그리고, 한시, 잡가, 민요, 판소리, 시조, 가곡 등의 시가를 가장 풍부하게 보여주며, 기방(妓房)을 중심으로 한 19세기 중후반의 서민들의 현실 세태를 잘 반영하여 〈열녀춘향수절가〉와는 또다른 발랄함과 유흥적 분위기를 보여준다는 점에서 특징이 있다. 1912년 출판된 이해조의 〈옥중화〉는 완판 84장본을 긍정적으로 계승하여 20세기의 근대적 텍스트로 만들었다는 점, 춘향의 출생이 앞부분에 있고 춘향이 이도령의 부름에 좇아오지 않고 집으로 찾아오도록 암시를 주는 점 등의 구성, 삽입가요 및 부연된 묘사가 적다는 점에서 개성과 장점이 있다.

〈춘향전〉 다시쓰기 출판물들은 각 작품마다 공히 신분의 차이를 뛰어넘는 고귀한 사랑을 형상화하는 데 서술의 기본적인 방향이 맞춰져 있다. 여기에 부수적으로 변학도의 탐학과 폭력성, 이에 맞서는 춘향의 인내와 정절, 구원자로서의 이도령의 영웅성 등이 나타난다. 얼마나 구체적이고 사실적으로 묘사하였는지의 여부에 따라 사회적 성격과 현실성, 해학성이 드러난다.

고귀한 사랑의 성취를 형상화함에도 성애적 사랑의 묘사에서 대별되는 차이가 있었다. 간단한 혼례식을 치른 뒤 바로 이별로 이어지는 작품이 있는가 하면, 사랑가와 사랑놀음 등이 구체적으로 묘사, 서술되는 작품도 있었다. 이 부분은 〈춘향전〉의 다시쓰기에서 가장 미묘한 부분이 아닌가 한다.

일반적으로 초등학교 어린이들이 독서물을 통해 얻게 되는 익숙한 사랑 이야기 구조는 남녀 주인공들이 온갖 어려운 과정을 이겨내고 낭만적이고 정신적인 사랑을 이루기까지의 과정이다. 그 이후의 과정은 사실상 어린 독자들의 인식과 상상력 밖에 거하는 문제이다. 따라서 뜨거운 성애(性愛)를 나누며 사랑을 심화시켜나가는 〈춘향전〉의 전반부를 어린이 독자들에게 원작 그대로 노출시키기에는 곤란한 점이 있다. 그렇다고 일부 아동용 다시쓰기 출판물과 같이 사랑의 과정을 모두 생략해버리고, 백년가약을 맺자마자 이별로 이어지도록 구성한 방식은 너무 단절적이며 서사 전개상 무리가 따른다. 이 부분은 적절하게 윤색을 하되, 〈춘향전〉의 성격상 나름대로 사랑의 현실성을 보여주는 과정도 필요하지 않을까 생각한다. 물론 청소년용 독서물이나 일반인 독자를 대상으로 한 책에서는 가능한 대로 원작 그대로 장면을 옮기고 표현을 전달하는 것이 원작 〈춘향전〉을 제대로 감상할 수 있는 방법이 될 것이다.

한편 이러한 춘향과 이도령의 사랑에 초점을 맞춘 주제적 의미와 다른 축으로 방자와 월매의 민중적 성격, 남원 민중들의 생동하는 민중성과 해학, 풍자, 흥한의 정서가 작품마다 큰 차이를 보인다.

사랑의 성취에만 초점을 맞춰 서사전개를 급박히 하는 경우에는 이야기가 명료하게 전달되지만 판소리계 문학으로서의 해학과 풍자, 민중적 정서가 제대로 전달되지 못하는 단점이 있다. 한편 원작의 해학과 풍자, 민중적 정서를 살리려고 각종 고사와 이도령의 책읽는 대목, 사랑가, 농부가 등을 부연할 경우 이야기가 길게 늘어지면서 어린이들이 소화하기 힘든 경우가 발생한다. 이 부분이 〈춘향전〉을 아동 및 청소년 독자를 대상으로 한 다시쓰기에서 가장 난제로 떠오르며, 이를 잘 해결하는 능력이 다시쓰기 작가에게 필요한 것으로 보인다.

제6장

<구운몽>과 다시쓰기 출판물

〈구운몽〉은 서포(西浦) 김만중(金萬重:1637~1692)이 지은 작품으로, 〈춘향전〉과 함께 한국의 대표적인 고전소설로 꼽히는 작품이다. 이재(李縡)는『삼관기(三官記)』에서 "효성이 지극했던 김만중이 모친을 위로하기 위하여 〈구운몽〉을 지었다"고 밝혔다. 『서포연보(西浦年譜)』에 의하면, 김만중은 선천 유배 시절, 곧 1687년(숙종 13) 9월부터 이듬해 11월 사이에 〈구운몽〉을 지었음을 알 수 있다. 이 작품은 한문본과 한글본이 모두 전하며, 필사본, 목판본, 구활자본 등으로 간행되었다. 이중에서 가장 오래되었으며 선본인 텍스트는 한글 필사본인 서울대 규장각 소장본(4권4책)과 한문 필사본인 노존본(老尊本)이다. 하지만 이 텍스트들도 김만중의 원작은 아니기에, 유명 작가의 작품일지라도 창작 당시의 원 모습은 정확히 알 수 없다. 따라서 애초에 서포가 한문으로 창작하였는지, 한글로 창작하였는지도 단정하기 어렵다. 이에 대해서는 연구자에 따라 한문 원작설, 국문 원작설, 한문·국문 이원 표기설이 제기된 바 있다.

〈구운몽〉의 주석본이나 현대어 번역본은 이가원 교주본(덕기출판사, 1955), 박성의 주해본(정음사, 1959), 이가원 교주본(연세대출판부, 1970), 정병욱·이승욱 교주본(민중서관, 1972), 전규태 역본(서문당, 1975), 김병국 교주본(시인사, 1984), 정규복·진경환 역주본(고려대 민족문화연구소, 1996) 등 적지 않게 간행되었다. 또한 1922년에 영국인 게일(J.S.Gale)의 영역본 〈The Cloud Dream of the Nine〉이 간행되었고, 일역본(日譯本)도 두 종이나 발간될 만큼, 해외에도 일찍부터 알려졌다.

〈구운몽〉은 〈춘향전〉과 달리 지식인 작가가 쓴 작품으로, 작가의 생애와 정치적 견해, 유불선 사상이 창작에 구체적으로 영향을 미쳤다. 〈구운몽〉은 '인생의 가치와 깨달음'이라는 주제를 형상화한 작품답게, 관념적이며 비역사적인 성격을 띠고 있다. 이 점에서 〈구운몽〉은 결코 쉽게 독서할 수 있는 책은 아니다. 하지만 서포의 장편소설 특유의 사상과 폭과 깊이, 사건과 인물의 디테일이 확보되어 있으며, 주인공의 자아 균열상에 대해 독자들이 자기 동일화 체험을 할 수 있다는 점은 청소년 독자들이 〈구운몽〉 독서를 통하여 지성을 쌓고 흥미를 느낄 수 있는 장점이 될 것이다. 가령 독자들은 〈구운몽〉을 읽고, 성진이 취한 삶의 방향, 육관대사가 제자를 가르치는 방식, 양소유와 여덟 여인들의 성격과 애정, 여덟 여인들이 취한 삶의 방향 등에 대해서 비판적으로 사고하고 상상력을 펼칠 수 있을 것이다. 문제는 다시쓰기 출판물에서 원작의 깊이와 디테일한 애정 실현의 양상을 어떻게 재현할까가 관건이 될 것이다.

1. 원작의 성격

(1) 〈구운몽〉의 서사 구조의 특징

〈구운몽〉은 꿈의 형식을 매개로 두 세계가 결합되어 있다. 곧 불도에 정진하는 성진의 현실 세계담과 양소유의 애정담이 중심이 된 꿈속 여행담이 환몽구조로 결합되어 있다는 점이 〈구운몽〉 작품세계의 특징이다. 이때 성진의 세계는 현실 공간이며, 양소유의 세계는 꿈속 세계인데, 두 세계는 묘한 성격의 대비를 이룬다. 서술 분량에서는 90%가 넘는 부분이 양소유의 세계가 압도적인 비중을 차지하는데, 질적으로는 성진의 세계가 우위를 이룬다. 성진은 불제자로서 선불(仙佛)의 세계에서 깨달음을 추구하다가 잠시 부귀공명의 유교적 가치를 추구하다가 꿈의 형식을 통하여 양소유의 세계로 전락한다. 성진의 세계에서 양소유의 세계로 들어가는 과정, 양소유의 세계를 벗어나 다시 성진의 세계로 들어오는 과정, 그리고 다시 성진의 세계로 들어온 후 성진의 깨달음이 어떠한 과정으로 이루어지는지를 파악하는 것이 작품 이해의 핵심이 될 것이다.[1)]

1) 현실 세계담의 의미

성진의 세계는 불도의 공간에서 미세한 욕망의 흔들림이 시작되고, 꿈 여행을 통한 깨달음의 여로가 준비되는 공간이다. 성진은 용궁을 다녀오는 길에 8선녀를 만나며 마음의 흔들림을 느낀다.[2)] 잠시 출장입상, 부귀공명, 여인을 생각했던 성진은 곧바로 마음을 다잡지만, 스승은 이를 어떻게 알고 성진을 엄히 꾸짖으며 인간세상으로 내친다.

그런데 여기서 눈여겨 볼 것이 성진의 마음에 잠시 찾아왔던 '흔들림'이 과연 성진이 수도자의 공간에서 쫓겨날 만한 죄인가 하는 문제이다. 욕망은 죄악인가? 그것도 잠시 스쳐지나간 것뿐인데 말이다. 성진의 번민은 스승이 분부한 심부름을 다녀오는 길에 겪었던 일로 말미암아 생긴 잠시의 욕망 때문이었다. 이른바 고범죄(故犯罪)는 아니라는 것이다. 그런데 스승은 행실을 닦는 세 가지, 곧 몸과 말과 뜻의 행실이 모두 무너진 것이니, 더 이상 수도자의 공간에

---

1) 이에 대해선 설성경의 『구운몽의 통시적 연구』(새문사, 2007), 243~273쪽에 심도 있는 분석이 이루어져 있다.

2) '남자가 세상에 태어나 어려서는 공맹의 글을 읽고 자라서는 요순 같은 임금을 만나 싸움터에 나가면 삼군의 총수가 되고, 조정에 들어서면 백관의 우두머리가 되어 몸에 비단 도포를 입고 허리엔 자수를 띠며, 임금에게 충성하고 백성을 이롭게 하며, 눈으로는 고운 빛을 보고 귀로는 오묘한 소리를 들어 당대에 영화를 누릴 뿐 아니라, 죽은 후에도 공명을 남겨 놓는 것이 진실로 대장부의 일인데, 슬프다! 우리 불가의 도는 다만 한 바리 밥과 한 병의 물과 수삼 권의 경문과 백팔염주뿐이구나!'(김만중 저, 정규복 · 진경환 역주, 『구운몽』, 고려대 민족문화연구소, 1996, 24쪽.)

머무를 수가 없다고 하였다. 이 문제는 스승과 제자의 관점을 대비하여 이해할 필요가 있다. 성진이 남악 형산 연화도장에서 쫓겨난 것으로 보아, 독자들의 눈에 성진의 욕망은 분명 죄악으로 인식된다. 그런데 그것은 스승의 관점에서는, "마음이 깨끗하지 않으면 비록 산중에 있을지라도 도를 이루기가 어렵다. (중략) 네가 만약 돌아오고자 한다면 내 몸소 데려올 것이니 의심치 말고 떠나거라." 한 말처럼, 분명 가르침의 한 과정일 뿐이었다. 성진은 이 말뜻을 알아채지 못했지만, 성진의 일련의 행위와 번민은 분명 심각한 문제 행위였고, 성진의 흐트러진 마음을 청정(淸淨)하게 하기 위한 과정으로 스승은 특별한 꿈 여행을 안배하였음을 알 수 있다.

꿈 여행에서 인간세상에 양소유로 환생한 성진은 온갖 부귀공명과 미색을 맛보는데, 노년에 당나라 현종의 취미궁에 머물면서 인생무상을 느낀다. 양소유가 발언한 내용은 다음과 같다.

> "북쪽을 바라보면 평평한 들판에 무너진 언덕이 있는데 석양이 마른 풀을 비추었으니, 이곳이 바로 진시황의 아방궁 터라오. 서쪽으로 바라보면 바람이 구슬피 찬 숲에 불고 저녁 구름이 빈산을 덮었으니, 이곳이 바로 한무제의 무릉이오.(중략) 이 세 임금은 천고의 영웅으로 사해를 한 집으로 만들고 억조창생을 신하로 삼았으니 호방한 마음은 백년을 오히려 짧다고 여겼는데, 지금은 어디에 있소이까? (중략) 우리들 백년 뒤에 높은 대는 이미 무너지고 굽은 연못은 이미 메워지며 노래하고 춤추던 곳은 마른 풀에다 황폐한 안개 서린 곳으로 변해 나무꾼이며 소 치는 아이들이 오르내리면서 '이곳이 양승상이 여러 낭자와 노닐던 곳이다. 승상의 부귀와 풍류며 여러 낭자의 옥 같은 모습과 꽃 같은 태깔은 지금 어디에 있는가'라고 한탄한다면 인생이 어찌 잠깐이지 않겠소이까? (중략) 내 이제 장자방이 적송자를 따르기를 바랐듯이 하려고 하오. 집을 버리고 스승을 구하려 남해를 건너 관음을 찾고 오대산에 올라 문수보살을 예방하여 나지도 않고 죽지도 않는 도를 얻어 티끌세상의 괴로움과 즐거움을 뛰어넘으려고 하오. 여러 낭자와 반평생을 함께 했는데 하루아침에 이별하려 하니 슬픈

마음이 저절로 곡조에 나타났는가 봅니다."[3] (밑줄 표시는 인용자 강조)

밑줄 표시한 부분에 나타난 것처럼, 양소유와 부인들은 현재 인생의 정상에 올라 즐기고 있으나, 그들이 죽은 후엔 아무도 자신들을 기억하지 못하고, 아무것도 남지 않으리라는 두려움, 허망함에 사로잡혀 있다. 이것이 각몽(覺夢)의 계기에 해당한다. 하지만 이는 양소유와 여인들이 자신들의 삶을 회의할 만한 충분하거나 필연적 계기는 아니다.[4] 이는 세속에서의 자신의 삶을 부정하는 차원이라기보다, 그것만으로는 충족지 못한 것을 마저 채우고자 하는 욕망의 표현[5]일 뿐이다. 결국 좀 더 영원한 것을 갈망하던 소유는 자신이 만난 호승에게 불가 귀의를 요청하면서 꿈을 깬다.

꿈 여행에서 돌아온 성진은, "이것은 필시 사부께서 한순간의 내 마음이 그릇됨을 아시고 인간 세상의 꿈을 빌어 성진에게 부귀와 번화한 일이며 남녀의 정욕이 모두 허망한 것임을 알게 하려 하심이었구나."[6]라고 깨우친다. 하지만 스승은 다시 이를 부정하고 새로운 화두를 던진다.

> "네가 흥을 타고 갔다가 흥이 다하여 돌아왔으니 내가 무슨 간여한 일이 있겠느냐? 또한 네가 '제자가 인간 세상의 윤회하는 일을 꿈으로 꾸었다.'고 하는데, 이것은 네가 꿈과 인간세상을 나누어서 둘로 보는 것이다. (중략) 지금 네가 성진을 네 몸으로 생각하고, 꿈을 네 몸이 꾼 꿈으로 생각하니 너도 또한 몸과 꿈을 하나로 생각지 않는구나. 성진과 소유가 누가 꿈이며 누가 꿈이 아니냐?"[7]

---

3) 『구운몽』, 앞의 책, 320~321쪽.
4) 이에 대해서는 김일렬이나 권순긍도 환(幻)에서 각(覺)으로 넘어가는 과정에 내면적 필연성이 충분하지 못하다고 지적하였다(김일렬, 「구운몽 신고」, 『한국고소설연구』, 이우출판사, 1983, 375~376쪽 ; 권순긍, 「문제제기를 통한 고소설 교육의 방향과 시각」, 『고소설연구』 12집, 한국고소설학회, 2007, 424쪽.)
5) 정출헌, 「구운몽의 작품세계와 그 이념적 기반」, 『고전소설사의 구도와 시각』, 소명출판사, 1999, 176쪽.
6) 『구운몽』, 앞의 책, 326쪽.
7) 위의 책, 327쪽.

스승은 제자가 인간 세상과 꿈을 분리해서 보는 것이나, 양소유와 성진을 분리해서 보는 것이 옳은지를 묻는다. 이에 깨달음을 얻은 성진은 스승에게 큰 법을 베풀어주기를 발원하고, 스승 육관은 〈금강경〉의 경문을 설법한다. 이에 성진과 여덟 비구니는 본성을 깨달아 적멸(寂滅)의 도를 얻고, 육관대사는 인도로 돌아간다.

2) 꿈속 여행담의 의미

양소유는 풍류적 영웅으로 일생을 살면서 자신이 꿈꾸던 욕망을 다 충족한다. 작가는 양소유와 여인들이 다양한 방식으로 사랑을 이뤄가는 과정을 자세하고 묘미 있게 묘사한다. 양소유의 성취는 '애정, 조화, 공명'에 핵심이 있다. 그런데 양소유의 삶은 상층 사대부의 조화롭고 이상적인 삶의 극대치를 제시한 것이지 실제로는 실현 가능한 것이 아니었다.[8] 그리고 그가 공명을 얻기 위해 노력 · 투쟁한 과정을 보자. 그는 젊은 시절, 고난과 수련, 갈등의 과정을 제대로 겪은 적이 있던가. 양소유의 인생은 영웅의 일생에서 고난과 투쟁의 시간이 미미하다. 작품에는 그의 삶을 위협하는 적대적 인물도 거의 나타나 있지 않다. 또한 자신의 능력을 키우는 수련 과정도 거의 마련되어 있지 않다. 이렇듯 고난 · 수련 · 갈등 · 치명적 적대자가 부재한 상태에서, 다만 양소유의 비범한 능력 및 성취만 부각되는 것은 그만큼 비현실적이고, 욕망의 일방적 발현으로 인식될 뿐이다.

그런데 역으로 바로 이 점이 독자들에게 강렬한 인상을 남기는 요인이 된다. 양소유는 궁녀, 낙양 명기, 귀족의 딸, 귀족녀의 몸종, 하북 명기, 황제의 누이, 적국의 자객, 용왕의 딸 등 다양한 여인들과 만나 사랑하고, 진한 육체 관계를 맺는다. 작품은 이 만남과 애정 실현의 장면을 길고 자세하게 묘사, 서술한다. 그런데 그들의 사랑에는 삶의 절실한 국면이 사상되어 있다. 다만

8) 권순긍, 앞의 논문, 424쪽.

인연이 있어 만나고, 그 뒤에는 '속임수-응징'의 과정이 이어지며 유희적 측면이 부각된다.[9] 예컨대, 양소유가 정경패를 얻어 보기 위해 여장을 하고 정사도의 집에 들어가 탄금(彈琴)하는 사건이나, 정경패가 양소유에게 복수하기 위해 몸종 가춘운을 여귀(女鬼)로 만들어 양소유를 속인 일, 양소유가 거짓 병든 것으로 위장해 이소화와 정경패 등을 속인 일 등이 그러하다. 그리고 재상의 딸 정경패, 황제의 누이동생 이소화와의 만남은 우아함이 유지되지만, 두 여인의 몸종 가춘운과 진채봉, 기생 출신인 계섬월과 적경홍, 변방 출신인 백릉파와 심요연과의 만남에서는 강한 성적 욕망이 노출되고, 마지막엔 강렬한 사랑의 잔상이 남는다.

다시쓰기를 할 때에도 이렇듯 원작에 그려졌던 애정 실현의 욕망과 사랑의 유희적 측면을 얼마만큼 절실하고 묘미 있게 재현하는가가 관건이 될 것이다.

(2) 인물의 성격과 욕망

성진과 양소유는 구도자의 양면적 속성을 보여주는 인물상이다. 하나이면서 둘인 인물인 것이다. 8선녀와 양소유의 2처6첩 또한 그러하다. 따라서 독자들은 두 인물의 성격 및 지향점을 대비하면서 양면적 속성이 어떠한 방식으로 결합되고 분화되는지를 잘 이해할 필요가 있다. 〈구운몽〉을 '욕망의 서사'로 읽을 때, 주인공들에 내재된 '욕망'은 좀 더 다양하게 인식할 수 있을 것이다. 가령, 김석회는 서포소설이 가문극대화의 열망 속에서 애정의 쟁취-완성에 대한 욕망을 내장하고 있다고 하였다. 특히 성적 욕망의 지정(至情)이 참된 애정의 완성을 위한 뿌리이자 열매로서 강조되고 있다고 보았다.[10] 이주영은 〈구운몽〉이 욕망의 실체에 주목한 소설로서, 작품을 통해 드러나는 욕망 자체를 하나의 과정으

9) 신재홍은 〈구운몽〉의 서사적 추동력이 속임수와 유머에 있다고 판단하고, 이것이 어떤 이념적 기반에서 체현될 수 있었는지를 서술하였다(신재홍, 「〈구운몽〉 서술 원리와 이념성」, 『한국몽유소설연구』, 계명문화사, 1994, 341~375쪽).

10) 김석회, 「서포소설의 주제 시론」, 『선청어문』 18집, 서울대 국어교육과, 1989, 235~246쪽.

로 이해하고, 그 형상화 방식에 주목하여 작품에 나타난 욕망의 노출 국면을 구체적으로 고찰하였다.[11]

용궁세계를 다녀온 뒤 성진이 잠시 빠졌던 욕망의 실체는 양소유의 행적을 통해서 구체화되는데, 그 핵심은 '애정 욕구'이다.[12] 양소유는 17~8세의 나이에 다양한 여인들을 만나며 이들을 2처6첩으로 거의 동시에 맞아들인다. 두 명의 처는 재상의 딸 정경패와 황제의 누이동생인 난양공주 이소화이니, 당대의 가장 고귀하고 정숙하며 절세의 미인을 얻은 셈이다. 여섯 명의 첩은 가춘운, 계섬월, 적경홍, 진채봉, 심요연, 백능파이니, 그들의 신분은 절세미인인 기생부터 착하고 순종적인 두 부인의 시녀, 적국의 자객, 용왕의 딸 등 다양하다. 양소유는 이 여인들을 만나면서 주위의 시선이나 윤리 규범은 거의 의식하지 않는다. 마음에 드는 여인을 만나면 한순간도 참지 못해 당장 정을 통하려고 드는 성급함을 보여준다. 계섬월과 적경홍은 기생이기에 만난 그날 밤에 주저하지 않고 동침한다. 군중(軍中)에서 적국의 자객으로 침입한 심요연을 만났을 때에는 그날 밤에 동침하였을 뿐만 아니라, 3일 동안이나 군막을 나오지 않고 부하 장수들도 만나지 않을 정도로 여인과의 즐거움에 빠졌다. 군율로만 따진다면, 이런 자가 어찌 일국의 대장군이라 할 수 있겠는가 싶을 정도이다. 동정용녀 백능파를 만났을 때, 그녀는 아직 완전한 인간의 모습으로 변하지 않은 상태였기 때문에 몸에 비늘이 남아 있었다. 백능파가 그런 몸으로 남자를 대할 수 없다고 거절했음에도 불구하고, 양소유는 상관하지 않고 곧장 정을 통했다. 또 정경패의 시녀 가춘운은 귀신으로 변장하고 양소유를 만났는데, 양소유는 그녀와 정을 통하고 뒤에 그녀가 귀신인 것을 알았음에도 불구하고 그녀를 잊지 못했다. 이처럼 양소유는 여인들과의 관계에서 윤리나 정신적인 교호(交互)보다 육체적인 쾌락을 먼저 추구했다. 이것이 성진이 잠시 꿈꾸었던 '출장입상(出將入相)'이라는 욕망의 실체인 것이다. 양소유에게 주어진 화려한 벼슬과 수많

11) 이주영, 「구운몽에 나타난 욕망의 문제」, 『고소설연구』 13집, 한국고소설학회, 2002.
12) 송성욱, 「구운몽을 읽는 재미」, 송성욱 역주, 『구운몽』, 민음사, 2003, 244쪽.

은 재산과 높은 명예는 사실 덤에 불과한 것이다. 그것은 힘들여 얻은 것이 아니라, 여덟 명의 여인과 만나 연애하는 과정에서 생긴 부산물이다. 또는 양소유의 애정 성취를 이루기 위한 배경에 불과한 것이다.[13]

한편 〈구운몽〉에 등장하는 여덟 명의 여인들은 하나같이 절세미인이며, 각기 다른 처지와 성향, 분위기를 지니고 있다. 그럼에도 불구하고 그녀들은 한결같이 솔직하고 당당한 성격을 보여준다. 굳이 윤리에 얽매여 자신의 속마음을 억압하며 살아가는 여성이 아니라는 말이다.[14] 진채봉은 진어사의 딸로서 봄잠에 들었다가 양소유가 시를 읊는 소리에 깨어 일어나 창밖으로 아주 잠깐 양소유를 보았을 뿐인데, 그를 잊지 못하고 바로 유모를 시켜 양소유를 찾아 자기의 마음을 전하였다. 그리고 아버지의 허락도 얻기 전에 이미 그날 밤에 양소유와 결혼할 마음을 먹었다. 계섬월은 기생으로서 양소유를 처음 만났음에도 불구하고, 양소유의 시재(詩才)에 반하여 자신을 허락하였고, 양소유가 떠나자 기생일을 다시는 하지 않고 산속 암자에 은거하여 양소유가 돌아오기를 기다렸다. 적경홍은 천하 영웅을 만나기 위해 여러 남자를 두루 만날 수 있는 기생의 길을 스스로 선택했고, 천하의 남자 양소유를 만나자 주저없이 양소유를 따라나섰다. 또한 이 여인들은 신분의 고하를 의식하거나 시기하지 않고, 형제요 평생의 동지같이 지냈다. 좁은 규방에서 평생 밖을 나가지도 못하고, 부모가 정해준 남자와 결혼한 뒤에는 다른 남자는 물론이고, 다른 여인들과도 교류하기 힘들었던 조선 여인들의 처지를 생각할 때, 이들 여덟 명의 여인들은 자신들의 애정 성취 및 자아실현에 대한 욕망을 적극적으로 나타낸 것이다.

13) 위의 책, 246쪽.
14) 위의 책, 248쪽.

2. 다시쓰기 출판물의 개성

〈구운몽〉은 초기에는 주로 단행본 형태의 번역본·주석본으로 출간되었으나, 1965년도 희망출판사의 『한국고전문학전집』 발간 이후로는 전집으로 출간된 다시쓰기 출판물이 대세를 이루고 있다. 필자는 1990년대 이래 출간된 고전소설(고전문학)의 다시쓰기 출판물 중에서 〈구운몽〉이 수록된 전집·시리즈 목록을 조사하였다. 조사 대상은 일반 교양독자들을 대상으로 한 대중출판물이면서 시리즈·전집으로 간행된 것으로 한정하였다. 목록은 다음과 같다.

번호	시리즈 이름	출판사	출판년도	독자층
1	한국고전문학전집	고려대학교 민족문화연구원	1993~2006	대학생·성인
2	새롭게 읽는 좋은 우리고전 시리즈(20선)	청솔	1994	아동
3	우리나라 고전 시리즈(30권)	가정교육사	1994	아동
4	한국고전문학	명문당	1994	대학생·성인
5	한국고전문학(12권)	홍신문화사	1995	대학생·성인
6	책동네 고전동화 모음	책동네	1996	아동
7	우리 고전문학	지경사	1996	아동
8	혜원 월드베스트(전88권)	혜원출판사	1997~2006	대학생·성인
9	초등권장 우리 고전 시리즈	예림당	1999~	아동
10	만화고전	지경사	1999	아동
11	우리가 정말 알아야 할 우리 고전 시리즈	현암사	2000~	청소년
12	국어시간에 고전 읽기 시리즈	나라말	2002~	청소년
13	우리고전 다시읽기 시리즈(50권)	신원	2002~2005	대학생·성인
14	세계문학전집(236권)	민음사	2003~	대학생·성인
15	베스트셀러 고전문학선(10권)	소담출판사	2003~2004	대학생·성인
16	이야기 고전 시리즈(30권)	지경사	2003~2006	아동
17	책세상문고-세계문학(41권)	책세상	2003~2005	대학생·성인

번호	시리즈 이름	출판사	출판년도	독자층
18	한겨레 옛이야기 시리즈(전30편)	한겨레아이들	2004~2007	아동
19	찾아 읽는 우리 옛이야기 시리즈	대교출판	2005~2008	아동
20	우리가 읽어야 할 고전 시리즈(20)	푸른생각	2005~2008	대학생 · 성인
21	푸른담쟁이 우리문학(40권)	웅진씽크빅	2005	아동
22	초등학생이 꼭 읽어야 할 논술 대비 한국고전문학 대표작(20권)	홍진미디어	2005	아동
23	중학생이 되기 전에 꼭 읽어야 할 우리고전 시리즈	영림카디널	2006~2010	아동
24	참좋은 우리고전 시리즈	두산동아	2006	아동
25	논술세대를 위한 우리고전문학 강의 시리즈(20권)	계림	2007	아동
26	교과서에서 쏙쏙 뽑은 우리고전	생각의 나무	2008	아동
27	국어과 선생님이 뽑은 한국고전 읽기 시리즈	북앤북	2008	청소년
28	우리 겨레 좋은 고전	꿈소담이	2008~2009	아동

모두 28종으로, 독자층을 기준으로 한다면 대학생 이상의 성인층을 대상으로 한 출판물이 9종, 초등학생 아동층을 대상으로 한 출판물이 16종, 중 · 고등학생 청소년층을 대상으로 한 출판물이 3종이다. 성인층을 대상으로 한 〈구운몽〉의 다시쓰기 출판물들은 주로 한국고전문학전집, 또는 세계문학전집 중에 수록되어 유통되었다. 그러다가 1990년대 들어 출판사들이 초등학교 아동들을 대상으로 하여 가벼운 우리고전 시리즈를 기획하면서 아동문학가들이 집필에 참여하기 시작하였다. 이들은 〈구운몽〉 원작을 축약하거나 풀어쓰는 방식으로 어린이들의 눈높이에 맞추었고, 아동들에게 〈구운몽〉을 재미있고 흥미있는 읽을거리로 인식시키고 보급하는 역할을 하였다. 그리고 단순한 삽화 형태이지만 일러스트 작업도 이때 처음으로 시도되었다. 하지만 아동문학가들이 중심이 된 다시쓰기 작가들은 원작에 대한 깊이 있는 해석이 부족하거나, 원작을 자의적으로 변개하는 등의 문제점을 드러내었다.

2000년 이후의 출판물에서 새롭게 등장한 것은 중·고등학교의 청소년층을 독자층으로 겨냥한 출판물이다. 현암사, 나라말, 북앤북 출판사 등이 이 작업에 참여하였다. 이 출판사들에서는 1990년대에 아동층을 대상으로 한 〈구운몽〉 출판물들이 원전에 대한 고찰 없이 무원칙하게 편집·개작한 것을 반성하고, 원전을 최대한 살리면서도 가독성을 높이는 데 주안점을 두었다. 청소년용 출판물은 무엇보다, 그 이전에 간행된 성인층용 고전문학전집보다 편집·그림 작업이 화려하고 고급스러워졌고, 아동용 출판물보다 원전에 충실하고 정보·학습적 요소가 강화된 대중출판물의 양상을 보여주었다.

그러나 2000년대 이후의 대세는 역시 초등학교 아동들을 대상으로 한 아동도서 시리즈인데, 출판사마다 기획의 방향이나 질적인 면에서는 적지 않은 차이를 보였다. 중·고등학생 독자나 성인 독자를 대상으로 한 〈구운몽〉 출판물들은 원작에 가깝게 하는 것을 최우선시하여 문장 표현을 다듬는 선에서 다시쓰기 작업을 시도하였기 때문에 각 책마다 본문 내용은 큰 차이가 없는 편이었다. 이에 비해서, 초등학생을 대상으로 한 책들은 아동들의 눈높이에 맞춘다는 컨셉 아래 원작의 내용을 대폭 생략하기도 하고, 원작에서 소략했던 특정 내용을 부연하고, 새롭게 사건을 만들어 첨가하기도 하면서 적지않은 변이를 보여주었다. 이 점 때문에 아동용 〈구운몽〉 다시쓰기 작업이 흥미롭고, 또 주목할 필요가 있다. 다양하고 개성 있는 변이 현상에 대해 비평이 필요하기 때문이다.

2000년대 이후에도 〈구운몽〉은 신원, 소담, 민음사, 책세상 등에서 간행한 대학생, 일반대중들을 대상으로 한 시리즈 목록에 포함되어 출간되었다. 청소년층을 대상으로 한 학습서 성격이 강한 출판물, 아동들을 대상으로 한 흥미로운 이야깃거리로서의 출판물이 쏟아져 나오는 상황에서, 〈구운몽〉이 대학생·성인 독자들을 대상으로 한 교양 독서물로 꾸준하게 출판되는 것은 〈구운몽〉의 위상이 그만큼 높다는 것을 입증한다.

지금까지 30종에 가까운 〈구운몽〉의 다시쓰기 출판물이 간행되었고, 이러한 출판물은 앞으로도 지속적으로 간행될 것이다. 어떤 작가는 원작과의 거리를 최소화하면서 문장 표현을 다듬는 정도를 목표로 삼는가 하면, 어떤 작가는 원작을 좀 더 과감하게 고치면서 개성을 발휘할 수도 있을 것이다. 그렇다면 쏟아져 나오는 다시쓰기 출판물의 성취도와 개성은 어떠한 기준으로 평가할 수 있을까?

현암사, 나라말, 민음사, 지경사, 한겨레아이들, 웅진씽크빅, 푸른생각, 두산동아, 생각의 나무 등 주요 출판사들이 간행한 〈구운몽〉 텍스트와 서문, 일러두기, 기획 및 편집 원칙들, 그리고 본문의 내용을 검토하면서 이 문제에 대해 필자가 마련한 비평의 기준은 다음과 같다.

첫째, 무엇보다 대상 연령대에 맞는 어휘 및 문장 표현의 난이도를 조절하는 일이 관건이다. 〈구운몽〉에는 어려운 고사성어나 예스런 지명, 관직명이 많이 돌출되어 있다. 또한 한시(漢詩)가 적지 않게 포함되어 있는데, 이것들의 처리가 다시쓰기 작업의 핵심이 될 것이다. 초등학생층을 독자층으로 설정했다면 그 대상에 어울리는 평이한 어휘와 문장 표현을 선택하고 구사해야 할 것이다. 중 · 고등학생층을 독자층으로 설정한 다시쓰기 출판물이라면, 또한 그 대상에 어울리는 어휘와 문장 표현을 선택하되 원작의 표현을 가급적 많이 살리는 방식을 고민해야 할 것이다. 대학생, 성인 독자층을 독자층으로 설정하였다면 좀 더 원작에 가깝게 어휘와 문장 표현을 살리는 것이 유용할 것이다. 결국 이 문제는 단순히 표현의 난이도를 조절하는 것에 그치지 않고, 원작에서 이루었던 문장 표현의 개성과 미학을 어떻게 살릴지까지 생각하지 않으면 안된다. 이 점은 다시쓰기 작가만이 아니라, 출판사의 기획, 편집부가 함께 고심해야 하는 문제일 것이다.

둘째, 서사의 디테일한 부분을 어떻게 재현하고 변형하는가의 문제이다. 서사의 디테일한 면이나 전체 분량도 대상 연령대에 맞게 조절할 필요가 있기 때문이다. 〈구운몽〉은 장편소설로서 절대 분량 자체가 많은 편이며, 또한 성인 독자들이 아니면 제대로 이해하거나 즐기기 힘든 남녀 애정 서사 및 관념적 대목의 비중이 크다. 대상 연령대에 맞게 이런 부분의 재현 방식 및 변형 · 생략 · 축소

여부를 결정해야 할 텐데, 특히 초등학교 아동들을 대상으로 한 출판물에서 애정 묘사 장면을 어떻게 재현할지 고심하지 않을 수 없다. 무턱대고 해당 부분을 생략·축소하며 분량을 줄인다면, 작품의 성격 및 주제적 이해가 크게 달라지게 되기 때문이다. 구체적으로 작품 초반부에 펼쳐진 남악 형산에 대한 자세한 공간 묘사, 성진의 일탈과 육관대사의 꾸지람, 양소유가 여인들과 동침하고 유희를 하는 장면, 양소유의 출세와 노년에 불가에 귀의하는 과정, 각몽 후 성진이 깨달음을 얻는 과정 등이 충분히 형상화되었는가를 점검, 평가해야 할 것이다.

셋째, 주제 구현의 충실성 문제이다. 〈구운몽〉은 크게 보면 '깨달음'의 서사와 '욕망'의 서사가 교묘히 교직(交織)되어 있는 바, 주인공의 욕망과 번민, 깨달음의 문제들이 다시쓰기를 하면서 어떻게 해석, 실현되었는지를 점검해야 할 것이다. 깨달음의 서사 부분에서는 특히 갈등이 발생하는 작품의 시작 부분 및 각몽(覺夢) 이후의 반전 부분을 어떻게 옮기는지가 관건이다. 이 부분을 섬세하게 의미화해야 〈구운몽〉의 범상치 않은 지성이 빛을 발할 것이다. 욕망의 서사 부분에서는 양소유와 여덟 여인 간의 동침 장면, 양소유에게서 간단(間斷) 없이 발현되는 성적 욕망을 어떻게 살리는지가 관건이다. 양소유의 성적 욕망이 얼마나 적나라한지를 제대로 보여줄 수 없다면 성진의 깨달음은 매우 관념적인 것으로 인식되고 만다. 이 점은 인물의 성격화 문제와도 연관되어 있다. 원작에 형상화된 성진, 8선녀, 육관대사, 양소유와 2처6첩 등의 인물의 지향점과 내적 갈등과 욕망, 성격을 다시쓰기 작가가 잘 이해하고 개성 있게 표현해야 작품의 주제가 충실히 재현될 수 있을 것이다.

넷째, 다시쓰기 책에 부가되어 있는 작품 해설 및 정보의 문제이다. 다시쓰기 작가가 본문의 다시쓰기 작업 이외에 작품 해설란을 집필하였다면 거기에서 무엇을 말하였는지, 또 사진, 지도, 학습 정보, 논술 문제 등의 부가 서비스가 제공되었다면 그것들이 작품 이해 및 현재적 소통에 어떻게 기여하는지를 적극적으로 평가할 필요가 있다.

다섯째, 다시쓰기 책에서 나타나는 편집 상의 특징 및 개성, 편집의 원칙 등을 분석, 평가해야 할 것이다.

여섯째, 다시쓰기 출판물에서 그림의 문제이다. 그림의 성격 및 비중은 어떠한지, 이야기와 그림이 잘 조화되었는지 등의 문제를 평가, 분석해야 할 것이다.

(1) 중·고등학교 학생을 대상으로 한 출판물

중·고등학교 학생을 대상으로 한 다시쓰기 출판물은 현암사, 나라말 등에서 출판되었다.

1) 김선아, 〈구운몽〉(현암사, 2000)

이 책은 국문학자 김선아가 글을 쓰고, 김광배가 그림을 그렸다. 그림을 포함하여 213쪽 분량이며, 2000년에 현암사에서 간행되었고, 2011년 3월 현재 22쇄가 간행되었다. 중·고등학생을 대상으로 한 책으로는 가장 일찍 출판된 책이다.

김선아는 작품 해설을 통해서 "인생무상을 문학적으로 형상화한 귀족소설"이라고 하였다. 좀더 구체적으로는, 한바탕 꿈을 꾼 성진이 그 꿈이 자신의 번뇌에 대하여 "인간 부귀와 남녀 정욕이 다 허사인 줄 알게" 한 스승의 가르침이었음을 알게 된 깨달음을 통하여, 인생 일장춘몽이라는 전통적인 동양 정신을 문학적으로 형상화한 것이라고 하였다.15)

김선아는 서울대학교 도서관 소장본인 4권 4책으로 된 한글 필사본을 저본 삼아, 정병욱 · 이승훈 교주본(1972)과 이가원 교주본(1955)을 참고하여 현대역을 하였다고 했다. 그리고 다시쓰기의 원칙으로서, 원작의 비문이나 번역투의 매끄럽지 못한 문장을 우리말 맞춤법에 맞추어 고쳐 쓰고, 또 오탈자 등의 부분을 바로잡고 보충하여 현대인이 편하고 쉽게 이해할 수 있도록 문장을 가다듬었다고 하였다. 다시쓰기 출판물은 충실한 교주본 및 전문 연구자의 연구 성과를 바탕으로 간행된다는 사실을 확인할 수 있는 대목이다.

김선아는 원작과 같이 본문을 16장으로 구성하였으며, 전체적으로 원작의 화소를 가감 없이 옮겼다. 이 책의 특징은 주석을 적게 사용하면서도 평이한 단어와 문장 표현을 사용하여 어렵지 않게 읽을 수 있다는 점이다. 문장의 종결어투는, 대화는 "--하나이다" "---하오이다" "--해 주오"와 같은 옛말투를 사용하였으나, 지문은 "--하였다"의 현대 종결어투를 사용하였다. 원작의 한시는 한글 번역과 함께 한시 원문을 실었다. 옛 인물과 지명, 사건, 특정 명사에 대하여 주석을 양쪽 측면에 붙였다. 전체적으로, '원작에 충실하되 문장 표현은 평이하게 고쳐쓴 텍스트'라는 평이 어울릴 것이다. 다만 글자 포인트가 좀 작아 학생들이 읽기에 부담감을 줄 수 있다는 생각이 든다.

본문 및 본문 앞에 붙인 작품 해설란을 제외하면 특별히 부가한 형식은 없어, 편집의 주안점을 원작의 충실한 재현과 감상에 두었다는 점을 알 수 있다. 그림은 신문, 잡지, 교과서 등에 삽화를 그려 왔던 김광배 화백이 맡았는데, 흑백 삽화 16컷을 그려넣었다.

---

15) 김선아, 『구운몽』, 현암사, 2000, 11쪽.

2) 이상일, 〈무엇이 꿈이고 무엇이 꿈이 아니더냐〉(나라말, 2007)

이 책은 젊은 국문학 연구자 이상일이 글을 쓰고, 전문 일러스트레이터 정은희가 그림을 그렸다. 본문, 그림, 정보란, 작품 해설 등을 포함하여 330쪽 분량으로, 2007년 나라말에서 출간되었으며, 2009년 8월 현재 4쇄를 발행하였다.

이 책 역시 전체를 16장으로 구성하였으며, 전체적인 내용, 원작의 화소를 가감 없이 옮겼다. 주석은 현암사본보다 적어졌으며, 본문 글자 포인트는 커졌다. 문장의 종결어투는, 대화나 지문이나 모두 현대 종결어투를 사용하여 현대문학 작품 같은 느낌을 준다. 한시를 옮길 때 번역문만 제시하고, 한시의 원문은 생략하였다.

이 책의 특징은 본문은 본문대로 원작의 내용을 잘 살리되 쉽게 읽을 수 있는 형식으로 좀 더 문장을 다듬었다는 점과 함께 학습 부교재로서 사용할 수 있을 정도로 다양한 학습적 요소를 가미했다는 점이다. 본문 사이로 '환생', '김만중 대 양소유', '옛 악기', '신선의 세계', '인물 탐구-팔선녀', '영화로 만나는 꿈 이야기' 등의 제목으로 여섯 항목의 정보란을 삽입하여, 다른 고전소설 정보, 악기,

신선, 〈매트릭스〉 등의 영화 등의 정보를 제시하며 작품의 이해를 도왔다. 이러한 정보란은 나라말 시리즈의 가장 큰 특징이다.

서문에서 작가는 '꿈속 여행담'으로서의 〈구운몽〉을 강조하였다. 본문 뒤로는 '〈구운몽〉 깊이 읽기' 페이지를 두어 작품에 대한 깊이 있는 해설을 시도하였다. 〈구운몽〉의 문학사적 위상을 말하고, 작가 김만중의 생애와 작중 양소유의 일생을 비교하며 연관성을 제시하였으며, 〈구운몽〉의 의미를 풀어내는 열쇠를 '꿈'이라고 하였다. 〈구운몽〉은 꿈과 두 세계의 대비를 통하여 '인생무상'이라는 메시지를 전달한다고 하였다. 그러면서도 보는 시각에 따라 성장소설, 또는 연애소설 등으로 다양하게 읽힐 수 있다고 하였다. 맨뒤의 '나도 이야기꾼!' 항목에서는 다양한 형식의 논술 문항을 첨부하여 감상과 토론거리로 삼게 하였다.

그림을 그린 정은희는 중대 미대 동양화과를 졸업하고 일러스트를 공부하고 각종 아동 독서물의 일러스트를 그리고 있는 전문 일러스트레이터이다. 정은희의 그림은 전문적인 그림책을 연상할 정도로 화려하고 대담하며 창의적이다. 그리고 글의 정서적 감화력을 높이는 데 기여하였다.

(2) 초등학교 학생을 대상으로 한 출판물

초등학생들을 대상으로 한 다시쓰기 출판물은 가정교육사, 청솔, 지경사, 한겨레아이들, 대교출판, 예림당, 꿈소담이, 웅진씽크빅, 생각의 나무 등에서 출판되었다. 이 중에서 몇 가지를 보고자 한다.

1) 고향란, 〈구운몽〉(청솔, 1994)

이 책은 아동책 작가 고향란이 글을 쓰고, 김담이 그림을 그렸다. 모두 203쪽의 분량으로, 1994년에 처음 책이 나왔는데, 2003년에 표지를 갈아 초판을 새로 찍어 2008년 8월 현재 6쇄를 간행하였다. 초등학생 3~4학년을 주 독자층으로 삼고 책을 기획한다고 하였다.

본문은 13장으로 구성하였으며, 원작의 내용과 정보를 대폭 생략 · 간략화하고, 문장 표현도 초등학생들이 어렵지 않게 읽을 수 있는 정도로 쉽게 옮겼다. 가령 작품의 첫부분에서 육관대사가 형산에 자리잡으면서 절을 짓는 과정을 보면 다음과 같다. 원작에 충실한 현암사 본에서는,

> 교화가 크게 행하여지자 사람들은 모두 산부처가 세상에 났다고 하면서 부유한 사람은 재물을 내고 가난한 사람은 힘을 들여 큰 절을 지어 '절문은 동정호 뜰에 열리고, 법당 기둥은 적사호에 박히며, 오월의 찬 바람은 부처의 뼈에 차고 하루

여섯 때 하늘의 음악은 향로에 조회하니 연화봉 도장이 거룩하게 남방의 으뜸이 되었다.

와 같이 서술하였다. 이에 비해 청솔 본에서는,

"여보게들, 이제야 진짜 스님을 만난 것 같지 않은가?" "훌륭한 스님을 만났으니 큰 법당을 짓는 게 좋겠네." 사람들은 힘을 모아 큰 법당을 지었습니다.

와 같이 원작의 정보를 과감하게 생략하고, 아주 쉽고 간략한 문장으로 바꾸어 버렸다. 이러한 문장 표현이 아니면 초등학교 3~4학년 학생들은 〈구운몽〉을 읽을 수 없다고 판단한 까닭이다. 하지만 이러한 글쓰기가 사족 같은 이야기를 만들어내며 전체적으로 분위기를 늘어지게 하고 원작의 함축미를 해치는 점이 있음을 유의하지 않으면 안된다.

전체 내용에서 빠진 화소는 거의 없다. 〈구운몽〉은 양소유가 여덟 명의 여인과 만나고 사랑을 나누는 내용이 작품 본문의 대부분을 차지하는데, 이 부분도 내용은 간략히 하였지만 빠짐없이 살렸다. 한시 또한 대부분 생략하지 않고 실었다. 하지만 각몽 이후에 성진이 큰 깨달음을 얻는 부분은 충분히 재현되지 않았다. 아무래도 이런 추상적인 부분의 재현에서는 아동용 책이 난점이 있는 듯하다.

본문 뒤로는 작품 해설과 작가 소개를 간략히 하였다. 그림을 그린 김담은 추계예대, 중앙대에서 회화를 전공하고, 아동 · 청소년책의 그림을 전문적으로 그리고 있는 일러스트레이터인데, 크고 작은 삽화를 많이 그려넣으며 글의 내용을 장면화하였다.

2) 이규희, 〈구운몽〉(지경사, 2003)

이 책은 중견 아동문학 작가 이규희가 글을 맡았고, 서숙희가 그림을 그렸다. 본문까지 203쪽으로 구성되어 있으며, 2003년 출간되었다. 이규희는 전체를 20장으로 재구성하였는데, 전체적으로 부분적으로 서사를 변개하고, 각 장면들에서는 원작의 내용 및 표현들을 재해석하여 쉬운 표현들로 고쳐썼다. 어려운 단어나 고사성어들도 거의 쓰지 않고, 한자 또한 노출시키지 않았다. 주석을 달지 않았으며, 한시는 살려 쓰되 전체를 제시하지 않고 중간이나 뒷부분을 대부분 생략하였다.

대신에 어려운 정보가 많이 들어 있는 서술식 문장을 없애고, 원작에 없던 대화를 많이 삽입하여 문장이 쉽게 읽히도록 고쳐쓴 점이 특징이다. 또 원작의 내용이 충분치 않다고 여겨지는 부분은 문장을 상술 · 부연한 점도 특징이다. 가령, 작품의 앞부분인 3장에서 용궁에서 돌아온 성진이 자기 방에서 회의하는 부분을 다음과 같이 묘사하였다.

그런데 참 이상한 일이었다. 방으로 들어온 성진이 아무리 머리를 흔들며 생각하지 않으려 해도 자꾸만 여덟 선녀의 모습이 떠올랐다. 코 끝에 스미던 은은한 꽃향기며, 이슬처럼 빛나던 눈, 하얀 얼굴 그리고 구슬을 받고는 어린아이처럼 좋아하던 천진난만한 모습……. 마치 그림책을 보듯 하나도 빠짐없이 차례차례 떠올랐다. '도대체 내가 왜 이러지? 안 되겠다. 딴 생각이 나지 않도록 불경을 외어야겠다.' 성진은 책상 앞에 앉아 불경을 꺼내서는 천천히 읽기 시작했다. 그러나 이를 어쩌면 좋은가! 불경을 아무리 열심히 읽어 보아도 무슨 뜻인지는 단 한 줄로 머리에 들어오지 않고 자꾸 여덟 선녀들의 모습만 눈앞에 아른거렸다. 성진은 다시 큰 소리로 불경을 읽었다. 하지만 모든 게 허사였다. 불경 속으로 방실방실 웃는 선녀들의 모습이 보이더니 낭랑한 목소리마저 들리는 듯했다. '아휴, 정말 왜 이러지…….' 아무리 읽어도 머릿속엔 한 자도 들어오지 않자 성진은 불경을 소리나게 탁 덮곤 비스듬히 벽에 기대어 앉았다.

'사나이로 태어나 이 세상에서 살아간다는 건 뭘까? 나처럼 이렇게 매일매일 불경을 읽고 도를 닦으며 사는 일만이 보람된 일일까? 그것보다는 차라리 열심히 글공부를 해 과거에 급제하고 벼슬을 얻어 임금을 섬기면서 어여쁜 여자와 결혼도 하고 귀여운 자식을 낳아 키우며 오순도순 사는 일이 어쩌면 더 행복한 일이 아닐까? 내가 이렇게 가시밭길을 헤쳐나가듯 힘들게 백팔염주를 목에 걸고 부처님의 말씀을 배우고, 높은 깨달음을 얻어 우리 스승님 같은 대사가 된다 한들 그 누가 '성진'이라는 사람이 이 세상에 태어났던 것을 알 수 있으리요. 그러니 내가 지금 하고 있는 일은 다 헛된 게 아닐는지…….'

성진은 밤이 늦도록 이런저런 생각을 하며 벽에 기대어 앉아 있었다. 자리에 누워도 자꾸만 낮에 만났던 선녀들의 얼굴이 떠올라서 잠을 이룰 수가 없었다.[16]

이 부분을 원작(서울대 규장각 소장본)의 현대역본과 해당 부분을 대비해보면 지경사본의 특징이 분명하게 파악된다.

성진이 여덟 선녀를 본 후에 정신이 자못 황홀하여 마음에 생각하되,

'남아가 세상에 나 어려서 공맹의 글을 읽고, 자라 요순 같은 임금을 만나, 나면

16) 이규희, 『구운몽』, 지경사, 2003, 29~30쪽.

장수 되고 들면 정승이 되어 비단 옷을 입고 옥대를 띠고 옥궐에 조회하고, 눈에 고운 빛을 보고 귀에 좋은 소리를 듣고 은택이 백성에게 미치고 공명이 후세에 드리움이 또한 대장부의 일이라. 우리 부처의 법문은 한 바리 밥과 한 병 물과 두어 권 경문과 일백 여덟 낱 염주뿐이라. 도덕이 비록 높고 아름다우나 적막하기 심하도다.'

생각을 이리하고 저리하여 밤이 이미 깊었더니 문득 눈앞에 팔선녀가 섰거늘 놀라 고쳐 보니 이미 간 곳이 없었다.[17]

일단 분량이 원작보다 2.5배 이상 확대되었다. 부분적으로 보면, 번민을 하기 전 성진의 모습을 서술한 "성진이 여덟 선녀를 본 후에 정신이 자못 황홀하여 마음에 생각하되"의 한 문장이 "그런데 참 이상한 일이었다 …(중략)… 성진은 불경을 소리나게 탁 덮곤 비스듬히 벽에 기대어 앉았다."와 같이 다양한 방식으로 묘사하여 10배 이상의 문장으로 확대되었다. 성진이 번민한 내용을 묘사한 것도 미묘한 변화를 보였는데, 원작에서는 주로 유가적 삶의 본질을 출장입상의 공명에 두었다면, 지경사본에서는 출세와 충군(忠君)보다는 결혼과 행복한 가정생활 쪽에 무게를 둔 '행복'에서 찾았다. 원작의 정보를 잘못 전달한 것까지는 아니지만, 풀어쓰기와 바꿔쓰기의 방식을 통해 달라진 독자층에게 좀더 감각적으로 전달하려는 의도를 나타내었다. 이런 방식으로 원작의 정보를 나름대로 좀 더 쉽고 재미있게 전달할 수는 있었다. 하지만, 지경사본에서 원작의 표현 및 문체를 거의 파악할 수 없을 정도로 해체한 것은 심각한 문제가 아닐 수 없다.

좀 더 심각하게 보아야 할 것은 서사의 변개 부분이다. 가령, 진채봉과의 만남 및 이별 부분에서, 원작에서는 밤 사이에 난리를 만난 양소유가 남전산으로 피난하였다가 도인을 만나 그곳에서 몇 개월을 머물면서 앞날을 알게 되고, 거문고와 퉁소를 배우게 된다. 그리고 산에서 내려온 뒤에야 난리가 평정된 소식과 진소저가 노비로 끌려간 일을 알게 된다.

---

17) 김병국 교주·역, 『구운몽』 서울대학교 출판문화원, 2007, 23쪽.

그런데 지경사본에서는 난리를 만난 양소유가 서울에 도착하여 과거 시험이 연기되었다는 소식을 듣게 되고, 다시 진소저가 살던 마을(이 책에서는 지명을 구체적으로 밝히지 않고 '한 마을'로만 묘사하였다.)에 도착해서야 채봉의 소식을 알게 되고, 고향으로 돌아오는 길에 거문고를 맨 도인을 만나 음악을 배우는 것으로 서술되었다. 남전사에서 도인 만나는 장면의 서사화 및 그 의미가 완전히 변개된 것이다.

또 작품에서 중요한 부분인 양소유와 여인들과의 동침 장면도 "밤이 늦도록 두 사람은 마치 오래 된 친구처럼 다정하게 이런저런 이야기를 나누었다."(계섬월과의 첫날밤), "이렇게 하여 소유는 뜻하지 않게 섬월과 경홍, 두 사람의 시중을 받으며 즐거운 시간을 보내게 되었다.(중략) 소유는 오랜만에 흠뻑 취하여 즐겁게 노래하고 시를 읊으며 밤을 지새웠다."(적경홍과의 첫날밤)와 같이 변개하면서 사랑의 질을 바꿔놓았다.

이러한 방식의 변개는 원작의 감흥을 전하는 데 방해가 된다. 원칙 없는 다시쓰기의 기준, 불필요한 변개, 의미의 왜곡이 원작의 재현을 실패로 이끌고 가고 말았다. 서문과 맨뒤의 작품 해설에서도 다만 "구운몽은 인간 세상의 모든 부귀영화는 덧없다는 주제를 담고 있습니다."라고 하여, 다시쓰기 작가로서 원작에 대한 충분한 이해 및 재해석이 부족함을 드러내었다.

책에서는 그림 작가인 서숙희의 약력에 대해선 정보를 소개하지 않았는데, 책에서도 그림의 비중이 매우 약하고, 그림의 성격도 유아적이어서 작품의 감상에 별다른 도움이 되지 못한 것으로 판단된다. 2003년도에 출판된 책 치고는 그림의 역할이 약한 책이다.

3) 신동흔, 〈구운몽〉(한겨레아이들, 2007)

이 책은 구비문학자 신동흔이 글을 쓰고, 일러스트레이터 김종민이 그림을 맡았다. 본문까지 123쪽 분량이며, 2007년 초판을 찍어, 2009년 12월 현재 2쇄가 발행되었다.

전체를 13장으로 구성하였으며, 본문 뒤에는 작품 해설을 첨부하였다. 이 책의 특징은 전체적으로 그림의 비중이 매우 높은, 그림책 못지 않은 성격을 지닌다는 점이다. 글의 내용도 매우 적어졌으며, 글의 내용과 문장 표현의 난이도도 초등학교 3-4학년이면 능히 읽을 수 있는 수준으로 다시쓰기를 하였다. 불필요한 바꿔쓰기나 부연은 거의 나타나지 않으며, 전체적으로 생략 · 축소를 하며 여운을 남기는 방식으로 다시쓰기를 하였다.

가령 성진이 석교 위에서 8선녀를 떠나보낸 뒤의 모습을 묘사한 것을 보면 다음과 같다.

> 성진은 돌다리에 서서 푸른 하늘을 하염없이 바라보았어요. 바람이 사라지고 구름이 다 흩어질 때까지 꿈쩍 않고 그린 듯 서 있었지요. 마치 온몸에서 넋이

다 나가 버린 사람 같았습니다.[18]

원작에서 이 부분을 보면, "성진이 석교 위에 오래 있어 선녀의 가는 곳을 바라보더니 구름 그림자 사라지고 향기로운 바람이 진정하거늘…."(김병국 교주 · 역, 23쪽)와 같이 간략한데, 다시쓰기 작가는 원작의 표현을 크게 바꾸지는 않으면서도 "마치 온몸에서 넋이 다 나가 버린 사람"과 같다면서 묘사의 기능을 강화하였다.

또 계섬월과의 첫날밤 장면을 보면,

그렇게 술잔을 기울이며 이런저런 이야기를 나누다 보니 긴긴 밤이 지나고 먼동이 터 왔어요. 소유가 집을 나서려 하자 섬월이 소유의 손을 잡고 말했습니다. "언제까지나 낭군을 기다릴게요. 부디 잊지 말아 주세요." 그렇게 말하는 섬월의 눈에 눈물이 맺혔어요. 소유는 말없이 섬월의 손을 꼭 잡아 주었습니다.[19]

와 같이 육체적인 사랑 장면을 묘사하지는 않았지만, 연인 간의 애틋한 사랑과 이별의 감정을 섬세하게 묘사한 편이다. 작품의 결말 부분에서도 꿈을 깬 이후에 성진과 8선녀들이 깨달음을 얻는 장면의 핵심을 잘 살려 서술하였다. 작품 해설란에서는 〈구운몽〉을 이해하는 관점에 대해서 소개하면서, 양소유가 깨달음을 얻어 영원한 삶으로 나갈 수 있었던 것은 "마음을 맞는 사람을 만나 열심히 사랑을 하고, 나라와 세상을 위해 열심히 일을 했"기 때문이라고, 열심히 세상을 살았기 때문이라고 하였다. 만약 할 일을 다하지 못하고 방황했다면 영원한 삶으로 나아가지 못했을 거라며, 지금은 꿈을 꾸어야 할 때라고 하였다. 초등학생들의 눈높이에 맞춰 작품을 해석하면서도 원작의 표현과 미학을 살려 다시쓰기를 한 사례라고 본다.

---

18) 신동흔 글, 『구운몽』, 한겨레아이들, 2007, 17쪽.
19) 위의 책, 49쪽.

4) 김원석, 〈구운몽〉(대교출판, 2007)

이 책은 아동문학 작가 김원석이 글을 쓰고, 일러스트레이터 윤종태가 그림을 맡았다. 전체 198쪽의 분량으로, 2007년도에 간행되었다. 김원석은 이 책을 총 12장으로 구성하였으며, 원작의 표현을 살리려고 하면서 가능한 한 압축적으로 표현하려고 하였다. 원작의 고유명사나 한문 표현을 살리면서 주석을 달아 단어의 뜻을 풀이하였다. 일련 번호를 붙인 주석이 90개이니 적지는 않은 편이다.

무엇보다 다른 책들과 차이지는 부분은 원작에 있던 한시의 내용을 소개하지 않고, 서술로 그 부분의 의미를 채웠다는 점이다. 서사적 전개가 좀 더 간명해지는 효과는 있을 수 있겠지만, 〈금오신화〉나 〈구운몽〉 같은 작품들은 시와 노래가 작품의 서정성을 높이는 데 분명한 역할을 하고 있으므로, 작품의 미감이 좀 바뀐 느낌이 난다.

하지만 전체적으로 원작의 내용이나 표현을 잘 살렸다는 평가를 할 수 있으며, 작품의 분량이나 단어, 문장 표현의 난이도로 볼 때 초등학교 고학년은 되어야 이 책을 어렵지 않게 읽을 수 있을 것이다. 작가는 본문 앞의 서문에서 〈구운몽〉을 짧게 해설하며, “부귀영화와 공명은 일장춘몽, 그러니까 재산이 많고 지위가 높으며 귀하게 되어 온갖 영광을 누리고, 공을 세워서 자기 이름을 널리 드러냄은 헛되고 덧없는 일이라는 것을 잘 나타낸 소설”이라고 평가하였다. 그 외에 다른 학습란이나 정보란은 두지 않았다.

글 작가 김원석은 아동문학 작가로서, 동시와 동화, 소년소설 작가로 활약하고 있는 중견작가이다. 그림 작가 윤종태는 서양화를 전공하고 프리랜서 일러스트레이터로서 오페라, 뮤지컬의 포스터를 그리고 책이나 축제의 일러스트도 그리는 등의 활동을 하고 있다. 윤종태는 인물을 섬세하게 그려내고 짙고 화려하면서도 약간 어두운 컬러로 장면을 묘사함으로써 서정적 분위기를 살려내고자 하였다.

5) 박지웅, 〈모두가 꿈이로다〉(생각의 나무, 2009)

이 책은 시인 박지웅이 글을 쓰고, 일러스트레이터 최정원이 그림을 그렸다. 본문은 87쪽 분량. 9장으로 구성되었으며, 2009년 2월에 간행되었다. 부제가 ‘한국고전번역원과 함께하는 구운몽’이다.

박지웅은 원작에 담긴 많은 정보와 고전적 문장 표현을 간략하고 평이한 서술문으로 옮겨 표현하였다. 서사 전개에 필요한 화소를 빠트리지는 않았지만, 원작에서 주요한 기능을 하였던 한시는 거의 생략하였다. 초등학교 5~6학년이면 이해할 만한 어휘와 표현을 사용하였고, 옛 전고와 지명, 인명, 관직 등은 주석을 달아 뜻을 풀이하였다.

본문 외에도 이 책은 다양한 정보란, 학습란을 두어 편집에 변화를 주었는데, 초등학생들이 〈구운몽〉 감상을 통하여 창의성과 비판적 이해력을 얻는 것을 의도하였음을 알 수 있다.[20] 본문 앞에서는 '작가의 말'을 두어 〈구운몽〉은 "세상을 바라보는 참된 지혜를 주는 이야기"라고 하였다.

'원전에 대하여 종알종알'이라는 항목에서는 작가 김만중이 어떤 인물인지 소개하였고, '작품에 대하여 미주알고주알' 항목에서는 〈구운몽〉의 주제가 '인간의 부귀영화란 한낱 꿈에 지나지 않는다'는 불교 사상에 유가적인 이상세계 또한 담고 있다고 하였다.

또 각 장마다 끝에 '생각거리'라는 항을 두어서 작품의 내용을 가지고 질문거리를 만들어 독서자들의 생각을 유도하였다.

본문 뒤에는 이야기 뒤집어 읽기, 17세기 후반의 조선과 세계의 시대적 상황, 고등학교 교과서의 연관된 작품 내용, 이야기 속 고사성어, 더 읽어보면 좋은 책들 등의 항목을 두어 다양한 학습 내용을 첨부하였다. 그만큼 이 책의 출판에 글 작가뿐 아니라, 기획진행부와 편집부 팀원들의 역할이 컸음을 알 수 있다. 이러한 작품 외적 항목들이 보는 이에 따라서는 독서에 방해가 될 수도 있겠지만, 어린 학생들에게 다양한 독서와 토론을 유도할 수 있는 소재인 만큼 긍정적으로 평가할 수 있다고 생각한다.

---

20) "주인공 성진과 함께 9개의 꿈속을 여행하는 가벼운 마음으로 읽어보길 바랍니다. 그리고 성진이 바라는 삶과 여러분이 꿈꾸는 삶에 대해 친구들과 이야기해 보세요. 여러분이 어떤 삶을 살아가야 할지 이야기하며, 자신과 자기 주위에 있는 여러 삶을 살아가야 할지 이야기하며, 자신과 자기 주위에 있는 여러 삶들을 어떻게 바라보고, 참다운 세상과 헛된 세상을 판단하는 지혜를 갖는 시간이 되기를 바"란다고 하였다.(박지웅, 『구운몽』, 2009. 7쪽)

이 책의 그림 작가 최정원은 대학에서 서양화를 전공한 뒤 일러스트를 배운 젊은 화가로서, 몇몇 책에서 일러스트 작업을 해왔다. 최정원은 이 책에서 연필 뎃생화를 기본으로 하면서, 일부는 색연필로 컬러를 표현하였다. 좌우 두 쪽을 꽉 채우는 과감한 구도와 개성 있는 표현이 작품 세계를 돋보이게 하였다.

(3) 대학생 및 일반인들을 대상으로 한 출판물

대학생 및 일반인들을 대상으로 한 다시쓰기 출판물은 은하출판사, 서문당, 명문당, 혜원출판사, 민음사, 책세상, 신원 등에 10여 개 출판사에서 간행되었는데, 이 중에서 민음사와 책세상의 출판물을 분석할 것이다.

① 송성욱, 〈구운몽〉(민음사, 2003)

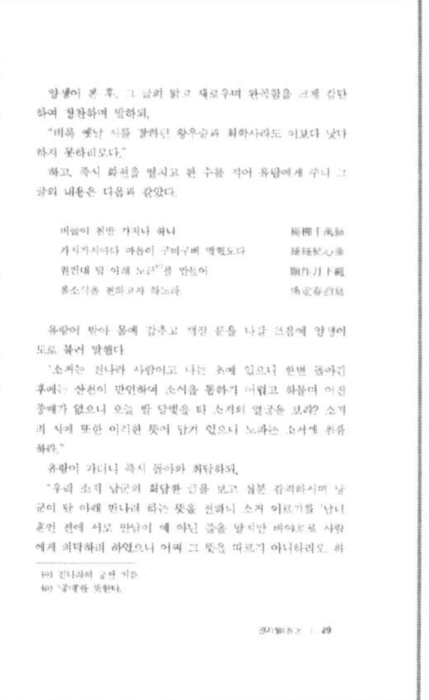
양생이 본 후, 그 글의 밝고 새로우며 완곡함을 크게 감탄하여 칭찬하며 말하되,

"비록 옛날 시를 잘하던 왕우승과 최학사라도 이보다 낫다 하지 못하리로다."

하고, 즉시 화전을 펼치고 한 수를 적어 유랑에게 주니 그 글의 내용은 다음과 같았다.

버들이 천만 가지나 하니 楊柳千萬絲
가지가지마다 마음이 구비구비 맺혔도다 絲絲結心曲
원컨대 달 아래 노끈[40]을 만들어 願作月下繩
봄소식을 전하고자 하노라 好結春消息

유랑이 받아 몸에 감추고 객점 문을 나갈 즈음에 양생이 도로 불러 말했다.

"소저는 진나라 사람이고 나는 초에 있으니 한번 흩어진 후에는 산천이 만연하여 소식을 통하기 어렵고 하물며 이런 중매가 없으니 오늘 밤 달빛을 타 소저의 얼굴을 보랴? 소저의 시에 또한 이러한 뜻이 담겨 있으니 노파는 소저께 취품하라."

유랑이 가더니 즉시 돌아와 회답하되,

"우리 소저 낭군의 화답한 글을 보고 심히 감격하시며 낭군이 달 아래 만나려 하는 뜻을 전하니 소저 이르기를 '남녀 혼인 전에 서로 만남이 예 아닌 줄을 알지만 바야흐로 사람에게 의탁하려 하였으니 어찌 그 뜻을 따르지 아니하리오. 하

39) 진나라와 초의 거리.
40) '중매'를 뜻한다.

구운몽(九雲夢) | 29

글 작가는 송성욱으로 가톨릭대 국문과 교수이다. 그림은 없다. 본문 233쪽이며, 2003년에 세계문학전집 제72권으로 발간되어, 2011년 11월 현재 35쇄를

간행하였다. 민음사에서 간행한 세계문학전집 가운데 한국고전소설은 네 권인데, 〈구운몽〉이 그 중에서 가장 먼저 간행된 책이고, 〈춘향전〉과 함께 대학생, 성인 독자들이 가장 많이 독자들이 찾았다는 점에서 의미있다.

이 책은 서울대 규장각 소장 4권4책본을 원 텍스트로 삼아, 원작을 잘 살리면서도 현대어로 쉽고 재미있게 다시쓰기하였다. 원작과 같이 4권 16장으로 구성하였고, 한시는 번역문과 함께 한문 원문을 제시하였다. 한자는 꼭 필요한 명사어에 한하여 괄호 안에 병기하였고, 각주는 192개를 사용하였다.

본문 뒤에는 작품 해설과 작가 연보를 첨부하였다. 「구운몽을 읽는 재미」라는 제목으로 붙인 작품 해설은 매우 상세하다. 〈구운몽〉의 이본과 서지사항, 주제를 해석하는 다양한 시각을 소개하였는데, 그 중에서도 양소유의 욕구가 애정 욕구에 본질이 있음을 지적하고, 또 여덟 여성들의 우정과 삶에 대한 적극적인 의지를 주목하여 언급하였다.

② 설성경, 〈구운몽〉(책세상, 2003)

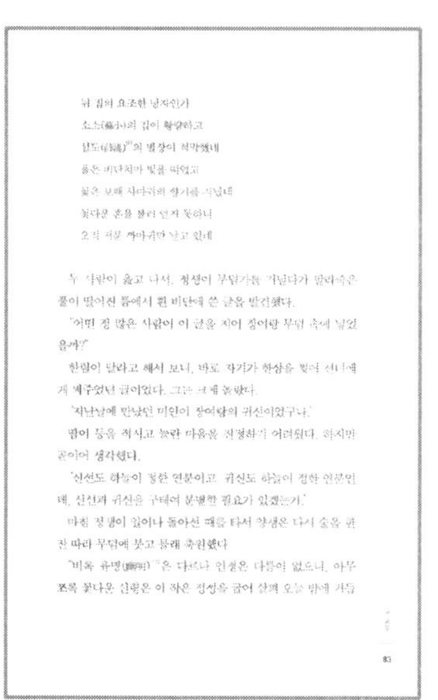
뉘 집의 요조한 낭자인가
[illegible]
[illegible]
[illegible]
[illegible]
[illegible]
[illegible]

두 사람이 울고 나서, 정생이 무덤가를 거닐다가 [illegible] 풀이 떨어진 틈에서 흰 비단에 쓴 글을 발견했다.

"어떤 정 많은 사람이 이 글을 지어 장여랑 무덤 속에 넣었을까?"

한림이 달라고 해서 보니, 바로 자기가 한삼을 찢어 선녀에게 써주었던 글이었다. 그는 크게 놀랐다.

'지난날에 만났던 미인이 장여랑의 귀신이었구나.'

땀이 등을 적시고 놀란 마음을 진정하기 어려웠다. 하지만 곧이어 생각했다.

'신선도 하늘이 정한 연분이고, 귀신도 하늘이 정한 연분인데, 신선과 귀신을 구태여 분별할 필요가 있겠는가.'

마침 정생이 일어나 돌아선 때를 타서 양생은 다시 술을 한 잔 따라 무덤에 붓고 몰래 축원했다.

"비록 유명(幽明)은 다르나 인정은 다름이 없으니, 아무쪼록 꽃다운 신령은 이 작은 정성을 굽어 살펴 오늘 밤에 거듭

83

글 작가는 연세대 국문과 설성경 교수이며, 그림은 없다. 본문은 265쪽으로 구성되어 있으며, 본문 뒤로 작가 인터뷰와 작가 연보가 첨부되었다. 주석은 후주(後註) 형식으로 처리되었다. 2003년도 2월에 초판 1쇄를 간행하여 2010년 4월 현재 개정판 3쇄를 간행하였다.

이 책은 이가원 소장본과 정규복 재구본을 저본으로 삼았다. 전체 16장 구성이며, 원작의 구성과 내용, 문장 표현 등을 잘 살리면서도 읽기 쉽게 번역하였다. 한자를 거의 병기하지 않았으며, 한시는 번역문만 제시하고 한문 원문은 생략하였다. 주석은 미주(尾註) 형식으로 107개를 사용하였다.

「흐린 것 뒤에 감춰진 맑음을 보기 위하여」라는 제목으로 붙인 가상 작가 인터뷰의 형식이 특이하다. 대학에서 고전소설을 배우고 있는 1학년 학생이 작가인 서포를 만나 궁금한 것을 묻고 작가가 답하는 형식으로 이루어진 이 장에서는 〈구운몽〉 창작의 배경과 동기, 작품의 주제와 표기 문제, 사상성 등에 대해서 연구자의 견해를 풀어썼는데, 양소유와 여덟 여인의 사랑에 대해서는 서로 질투도 갈등도 없는 가장 이상적인 사랑을 하였으며, 표기 문제에 있어서는 〈구운몽〉을 창작할 당시 한글판과 한문판으로 동시에 내놓았다는 주장을 하였다.

(4) 문장 표현의 대비

〈구운몽〉은 작가와 텍스트가 분명한 작품이라 서사단락 상에서는 다시쓰기의 변이가 별달리 나타나지 않는다. 대부분의 출판물들이 원작의 화소와 서사 전개를 거의 그대로 유지하는 편이다. 특히 성인용 출판물은 번역(현대역)과 다시쓰기 작업 간의 거리가 그리 명확하지 않다. 다만 성인용 출판물의 다시쓰기 작업에서도 문장 단위에서 원작의 표현을 어떻게 고치고 다듬느냐에 따라 글맛이 달라지므로 이에 대한 세부적인 검토가 필요하다.

문장 표현 단위로 살펴보면 청소년용 출판물과 아동용 출판물에서는 생략과 축약, 표현의 대체 등 흥미로운 변이 양상이 나타난다. 몇몇 부분에서 다시쓰기 출판물의 양상을 대조하면서 각 작업의 개성이 어떻게 나타나는지 검토해보고자 한다.

1) 육관 대사의 연화봉 도장과 성진 소개 장면

① 서울대 규장각본

당 시절에 서역 중이 천축국으로부터 중국에 들어와 형산의 빼어난 것을 사랑하여 연화봉 아래 초암을 짓고 대승법을 강론하여 사람을 가르치고 귀신을 제도하니, 교화가 크게 행하여 모두 이르되 '산 부처가 세상에 낫다'하여 부유한 사람은 재물을 내고 가난한 사람은 힘을 드려 큰 절을 지으니,

절문은 동정 뜰에 열어 잇고
법당 기둥은 적사호에 박혔고
오월의 찬바람에 부처의 뼈가 냉하고
여섯 때 하늘 풍류는 향로에 조회하니

연화봉 도량이 거룩하니 남북에 으뜸이 되었더라. 이 화상이 항상 금강경 한 권을 가졌으니 모두 부르기를 육여화상이라고도 하고 육관대사라고도 하더라.

대사의 문하에 제자가 수백 인인데 계행이 높고 신통을 얻은 자가 삼백고 정신이 추수 같고 나이 이십 세에 삼장 경문을 통치 못할 것이 없고 총명과 지혜 무리 중에 초출하니, 대사가 크게 중히 여겨 항상 전도할 그릇으로 기대하더라.

(김병국 교주 · 역, 7~11쪽)

② 민음사

당나라 시절에 서역의 중이 천축국(天竺國)에서 중국으로 들어와 형산의 빼어남을 사랑하여 연화봉 아래에 초암(草庵)을 짓고 대승법을 강론하여 사람을 가르치고 귀신을 제도하였으니 교화가 크게 일어났다. 세상 사람들이 모두 이를 두고 "산부처 세상에 나왔다."하고, 부유한 사람은 재물을 내놓고 가난한 사람은 노력

봉사하여 큰 절을 지었다. 이 절의 웅장함이 남북에서 으뜸이니 두보(杜甫)의 시에 표현한 모습과 같다.

절문은 동정호 뜰을 향해 열었고
법당의 기둥은 적사호(赤沙湖)에 박히었다.
오월의 찬 바람은 부처의 뼈를 시리게 하고
여섯 시각 하늘 풍류는 향로에서 피어나는구나.

이 화상은 항상 금강경 한 권만을 지니고 있으니 그를 두고 육여화상(六如和尙)이라고도 하고 혹은 육관대사(六觀大師)라고도 하였다. 대사의 문하에는 제자 수백 명이 있었는데 계행(戒行)이 높고 신통함을 얻은 사람은 삼백여 명이었다. 그중에 성진(性眞)이라는 젊은 제자가 있었으니 얼굴이 백설(白雪)같이 희고 정신이 추수(秋水)같이 맑아서 나이 스무 살에 삼장경문(三藏經文)을 통하지 못할 것이 없었다. 총명과 지혜가 무리 중에 단연 빼어나니 대사가 크게 소중히 여겨 도를 전수할 그릇으로 기대하였다. (10~11쪽)

③ 책세상

당나라 시절에 한 노승이 서역 천축국에서 형산 연화봉의 경치에 탄복해 제자 5, 6백 명을 거느리고 와서 큰 법당을 짓고 늘 〈금강경〉* 한 권을 외우고 있었다. 노승의 당호는 육여화상(六如和尙) 또는 육관대사(六觀大師)인데, 사람들은 중생을 가르치고 귀신을 제어하는 그를 두고, 생불이 내려왔다고 했다. 대사 문하의 수백 제자 가운데 불법에 신통한 자가 3백여 명인데 그 중에 성진이라는 특히 젊은 제자가 있었다. 얼굴은 백설 같고 정신은 가을물 같고 겨우 스무 살밖에 되지 않았지만 삼장경문에 능통하고 총명하고 지혜가 빼어나서 대사가 특별히 애지중지하여 장차 의발(衣鉢)*을 전하고자 했다.

(* 표시는 원 책에 각주가 있다는 표시임)(8쪽)

④ 현암사

당나라 때에 서역(西域)의 한 중이 천축국(인도印度)에서 중국으로 들어와 빼어난 형산을 사랑하여 연화봉 아래에 풀로 작은 암자를 짓고 대승*의 불법을 강론하여 사람들을 가르치고 귀신을 제압하였다. 교화가 크게 행하여지자 사람들은 모두 산부처가 세상에 났다고 하면서 부유한 사람은 재물을 내고 가난한 사람은 힘을 들여 큰 절을 지어 '절문은 동정호 뜰에 열리고, 법당 기둥은 적사호*에 박히며 오월의 찬 바람은 부처의 뼈에 차고 하루 여섯 때* 하늘의 음악은 향로에 조회하니* 연화봉 도장(道場)이 거룩하게 남방의 으뜸이 되었다.

이 절의 대사는 언제나 〈금강경〉* 한 권을 지니고 있어서 모두 '육여화사', 혹은 '육관대사'*라고 불렀다. 대사의 문하에는 수백 명의 제자가 있는데 그 가운데 계율을 지키는 수행(계행戒行)이 훌륭하고 신통함을 얻은 사람이 삼십여 명이었다. 특히 성진(性眞)이라는 젊은 제자는 눈같이 하얀 얼굴과 가을 물같이 밝은 정신으로 나이 이십에 삼장경문*에 통달하였다. 게다가 총명함과 지혜로움이 무리 가운데 아주 뛰어나 대사가 매우 소중히 여기며 언제나 불도를 전할 큰 그릇으로 기대하였다.

(* 표시는 원 책에 각주가 있다는 표시임)(15~16쪽)

⑤ 나라말

한편 당나라 시절에 고승 한 분이 서역 천축국으로부터 형산으로 들어왔다. 그 고승이 형산의 아름다움과 연화봉의 경치를 사랑하여 그곳에 암자를 짓고는 중생들에게 불법을 가르치기 시작하니, 세상에서는 그를 가리켜 "부처님께서 환생하였다."라고 하였다. 그리하여 부자들은 재물을 내놓고 가난한 사람들은 일을 해서, 끊어진 골짜기에 다리를 놓고 큰 절을 지었다. 사람들은 모두 형산의 산세와 어우러진 대법당의 웅장함이 남녘 땅에서 으뜸이라고 칭송하였다.

그 고승의 이름은 육여 화상 혹은 육관 대사라고 하였는데, 〈금강경〉 한 권만을 지니고 있었다. 육관 대사에게는 제자가 오륙백 명 정도 있었으나, 불법을 깨달은 사람은 겨우 삼십여 명뿐이었다. 그중 성진(性眞)이라는 이름의 제자가 얼굴이 눈처럼 희고 영혼은 가을 계곡물처럼 맑아서 여러 제자들 중에서 가장 뛰어났다. 그는 겨우 나이 이십 세에 모든 불경들을 다 익혀서 모르는 것이 없었다. 대사는 성진을 가장 사랑하여 나중에 그에게 의발을 전하려고 마음먹고 있었다.

(19~20쪽)

⑥ 청솔

당나라 때 인도에서 한 스님이 많은 제자들과 함께 중국으로 들어왔는데, 형산의 아름다움에 반해 연화봉 위에 암자*를 짓고 부처님 말씀을 가르치면서 살았습니다. 사람들은 마치 살아 있는 부처를 만난 듯이 크게 기뻐했으며, 그 스님을 '육관 대사'라고 불렀답니다.

"이보게들, 이제야 진짜 스님을 만난 것 같지 않은가?"

"훌륭한 스님을 만났으니 큰 법당을 짓는 게 좋겠네."

사람들은 힘을 모아 큰 법당을 지었습니다. 그 뒤로 육관 대사의 제자가 되려고 많은 사람들이 몰려들었지만 부처님의 깨우침을 제대로 얻은 제자는 그리 많지 않았습니다. 그런데 유난히 눈에 띄는 성진이란 제자가 있었답니다. 샘물처럼 맑은 두 눈에 영리한 빛이 가득한 젊은이였습니다.

(* 표시는 원 책에 있는 각주 표시임)(9쪽)

⑦ 한겨레아이들

연화봉 기슭에는 한 스님이 살고 있었습니다. 머나먼 천축국에서 온 육관대사였어요. 스님은 자그마한 초가집을 암자*로 삼아 부처님의 가르침을 전했지요. 가르치는 뜻이 깊어서 듣는 사람들마다 끄덕이며 감탄했습니다.

육관대사에 대한 소문이 퍼지자 제자들이 하나 둘씩 모이기 시작했어요. 그렇게 모인 제자가 육백 명이 넘었지요. 성진도 그 가운데 하나였습니다. 나이가 스물인데, 백옥처럼 수려한 용모에 마음이 티 없이 맑았지요. 머리도 영리해서 스승의 가르침을 잘 알아들었습니다. 육관대사는 은근히 성진을 자기 후계자로 점찍어 놓고 있었어요. (10~11쪽)

⑧ 생각의 나무

오랜 세월이 흘러 당나라 때에 서쪽의 천축국*에서 들어온 한 스님이 연화봉에 절을 세웠다. 그 스님이 잡귀가 날뛰는 것을 막고 부처님의 자비를 세상에 전하자, 사람들이 모두 그를 '육관대사'라 부르며 존경하였다.

대사에게는 5백 명의 제자가 있었는데, 그 가운데 성진은 얼굴이 잘생기고 나이 스물에 불경을 다 익혀, 제자들 가운데에서 가장 뛰어났다. (15~18쪽)

이 장면은 주인공 성진과 그가 수도하던 연화봉 도량(道場)을 소개하는 장면인데, 특별한 인물이 거주하는 특별한 공간을 묘사하는 서포 특유의 방식이 묘미 있다. ①의 원작을 보면 주인공을 말하기 위해 멀리서부터 공간을 묘사하고 주변 인물을 묘사하고, 마침내 주인공에까지 멀리서 렌즈의 초점을 좁혀 들어오는 방식이 독특하다. 당 시절, 천축국에서 들어온 중이 신통한 설법을 강론하면서 교화가 크게 이루어지고, 절이 지어지고, 그 인물이 육여화상이며, 그 스승의 제자가 성진이라는 데까지 조근조근 서술과 묘사가 이뤄졌다. 여기에 찬시(讚詩)가 붙어 공간의 분위기는 한층 신령해지고, 문장은 운치를 더한다.

②의 민음사본은 원작의 정보를 그대로 살리면서도, 원작보다 명확한 문장으로 분위기와 인물의 형상을 더욱 또렷하게 묘사한다. 특히 한시가 두보의 시에서 빌어온 것임을 해설하면서 표현 효과를 높였다. ③의 책세상본은 저본이 다르기 때문에 다른 책들과 본문 내용이 다르다. 다만 문장에서 원작의 예스런 표현들을 다소 간추려서 간결하게 서술하는 다시쓰기의 방향을 엿볼 수 있다. ④의 현암사본 역시 원작의 내용에 충실한 편이며, ⑤의 나라말본은 ④보다는 조금 쉬운 문장과 단어들을 사용한 점이 눈에 띈다. 한시도 따로 살리지 않고 간략한 묘사로 풀어버렸다.

⑥의 청솔본, ⑦의 한겨레아이들본, ⑧의 생각의 나무본은 모두 아동용 텍스트로서 원작보다 정보의 양을 대폭 줄였으며, 쉽고 간략한 표현으로 대체하였다는 점에서 공통적이다. 〈청솔〉은 묘사 장면을 '대화'체로 바꾸어 다소 어색한 듯하지만 새로운 표현 방식을 선보였다. 〈한겨레〉는 초등학교 3~4학년생도 알아듣기 좋은 '쉬운' 서사를 특색으로 한다. 〈생각〉은 원작의 내용을 가장 간추리고 압축한 글이다. 성진을 묘사한 것을 보면 "얼굴이 잘 생기고" 머리가 총명하다고 하였다. 원작의 서사 정보는 살아 있지만, 비유를 통해 표현되었던 멋지고 신령한 분위기는 너무 많이 잃은 것이 아닌가 한다.

2) 성진의 번민 장면

① 서울대 규장각본

성진이 여덟 선녀를 본 후에 정신이 자못 황홀하여 마음에 생각하되,

'남아가 세상에 나 어려서 공맹의 글을 읽고, 자라 요순 같은 임금을 만나, 나면 장수 되고 들면 정승이 되어 비단 옷을 입고 옥대를 띠고 옥궐에 조회하고, 눈에 고운 빛을 보고 귀에 좋은 소리를 듣고 은택이 백성에게 미치고 공명이 후세에 드리움이 또한 대장부의 일이라. 우리 부처의 법문은 한 바리 밥과 한 병 물과 두어 권 경문과 일백 여덟 낱 염주뿐이라. 도덕이 비록 높고 아름다우나 적막하기 심하도다.'

생각을 이리하고 저리하여 밤이 이미 깊었더니 문득 눈앞에 팔선녀가 섰거늘 놀라 고쳐 보니 이미 간 곳이 없더라. 성진이 마음에 뉘우쳐 생각하되,

'부처 공부에서 특히 뜻을 바르게 함이 으뜸 행실이라. 내 출가한 지 십 년에 일찍 반점 어기고 구차한 마음을 먹지 않았더니, 이제 이렇듯이 염려를 그릇하면 어찌 나의 전정에 해롭지 아니하리오?' (23, 25쪽)

② 민음사

성진이 여덟 선녀를 본 후로는 정신이 자못 황홀하여 마음으로 생각하되,

'남자가 세상에 나서 어려서는 공맹(孔孟)의 글을 읽고 자라서는 요순(堯舜) 같은 임금을 만나, 나면 장수 되고 들면 정승이 되어 비단옷을 입고 옥대를 두르고 궁궐에 조회하고 눈으로 고운 색을 보고 귀로 좋은 소리를 듣고 은택(恩澤)이 백성에게 미치고 공명(功名)을 후세에 전함이 또한 대장부의 일이라. 우리 부처의 법문은 한 바리 밥과 한 병 물과 두어 권 경문과 일백여덟 개 염주뿐이라. 도가 비록 높고 아름다우나 적막하기 심하도다.'

이런저런 생각을 하는 사이에 밤이 이미 깊었더니 문득 눈앞에 여덟 선녀 서 있거늘 다시 보니 이미 간 곳이 없더라. 성진이 뉘우쳐 생각하되,

'부처의 가르침*에는 뜻을 바르게 함이 으뜸 행실이라. 내 출가한 지 십 년에 일찍이 조금도 이를 어기고 구차한 마음을 먹지 않았는데 이제 이렇게 생각을 잘못하면 어찌 나의 앞날에 해롭지 아니하리오.' (15~16쪽)

③ 책세상

빈 방에 홀로 앉아 있으려니 팔선녀의 옥음이 귀에 쟁쟁하고 화용이 눈에 암암하여, 앞에 앉아 있는 것처럼 마음이 황홀해 진정이 되지 않아 번뇌 망상에 잠을 이루지 못했다.

'세상에 남자로 태어났으면, 어릴 때는 공맹의 글을 읽고 자라서는 성주를 섬기고, 나가면 삼군의 장수가 되고 돌아오면 백관의 어른이 되어, 몸엔 금의를 입고 허리엔 옥대(玉帶)를 두르고 궁궐에 조회하고, 눈으로 고운 빛을 보고 귀로는 묘한 소리를 들어 미색의 애련과 공명의 자취를 후세에 전하는 것이 대장부의 떳떳한 일이지 않은가. 슬프다! 우리 불가의 도는 모두 한 그릇 밥과 한 잔 정화수에 담겨 있어 내가 앞으로 할 수 있는 일은 경문을 여러 권 읽고 백팔염주를 목에 걸고 설법하는 일뿐이다. 그 도가 비록 높고 깊다 할지라도 적막함이 극심하며, 가령 가장 높은 법을 깨달아 대사의 도를 전해 연화대 위에 앉았다 한들, 삼혼구백(三魂九魄)이 한번 불꽃 속에 흩어지면 누가 성진이 세상에 났었다는 것을 알아주겠는가.'

이렇듯 성진은 마음이 혼란스러워 잠들지 못하다가 밤이 깊어 눈을 감지만, 팔선녀가 앞에서 어른거리고, 눈을 뜨면 흔적 없이 사라졌다.

'불가의 법에서 가장 큰 공부는 마음을 청정히 하는 것으로, 내가 중이 된 지 10년이 되도록 한 점 허물도 없었는데, 사사로운 망념이 이렇게 드니 어찌 내 앞길에 해롭지 않겠는가'라며 참회했다. (13~14쪽)

④ 현암사

팔선녀를 본 후로 성진은 정신이 자못 황홀하여 생각하였다.

'남자가 세상에 태어나면 어려서는 공자 · 맹자의 글을 읽고 자라서는 문무(文武)를 아울러 갖추어 요순 같은 임금을 만나 나가서는 장수가 되고, 조정에 들어와서는 정승이 되어 비단 옷을 입고 옥띠(옥대玉帶)를 두르고 궁궐에 들어가 임금을 뵙고, 눈으로는 고운 빛을 보고 귀로는 좋은 소리를 들으며 은혜가 백성에게 미치고 공명(功名)이 후세에까지 드리우는 것이 마땅하도다. 이것이 진정한 대장부의 일이라. 그런데 우리 불가와 같은 오직 밥 한 그릇(바리)에 물 한 병, 그리고 경문(經文) 두어 권과 염주 일백여덟 개뿐이니 도덕이 높고 아름답기는 하나 몹시 적막하도다.'

밤이 깊도록 이리저리 생각하는데 눈앞에 문득 팔선녀가 보이더니 놀라 다시 보자 이내 사라져 버렸다. 성진이 속으로 뉘우쳐 '부처의 공부는 뜻을 바르게 하는 것이 으뜸이라. 내가 출가한 지 십 년에 일찍이 반 점이나마 계율을 어기거나 구차한 마음을 먹은 적이 없는데 이제 이렇듯 생각을 잘못한다면 나의 앞길에 해롭지 아니하리오.' (21~22쪽)

⑤ 나라말

성진은 팔선녀를 본 후로 정신이 황홀하여 머릿속에서 팔선녀 생각이 떠나질 않았다.

'세상에 남자로 태어나 어려서는 공자와 맹자의 글을 읽고, 자라서는 요순 같은 어진 임금을 섬기며, 밖에서는 장군이 되고 들어가서는 정승이 되어 비단 옷에 옥대를 차고 궁궐에 들어가 임금을 뵙고, 눈으로는 고운 경치를 보고 귀로는 좋은 소리를 들어서 그 은택이 백성에게 미치고 그 공명이 후세에 드리우는 것이 진정한 대장부의 길이리라. 그러나 우리 부처님의 가르침은 한 바리 밥과 한 병 물, 경문 두어 권과 일백 여덟 낱의 염주뿐이라. 비록 그 가르침이 높고 아름답지만 너무나 쓸쓸하구나.'

이런저런 생각에 뒤척이다가 어느새 밤이 깊어 가는데, 문득 눈앞에 팔선녀의 모습이 보이는 것이었다. 성진이 깜짝 놀라 다시 보니 이미 간 곳이 없는지라. 마음으로 크게 뉘우치며 생각하였다.

'부처님의 가르침은 생각을 바르게 하는 것이 으뜸이다. 내가 출가한 지 십 년 동안 한 번도 다른 마음을 품지 않았는데, 지금 와서 이렇게 여인 생각을 하면 도를 깨닫는 데 이롭지 않을 것이다.' (28~29쪽)

⑥ 청솔

그날 밤, 성진은 잠이 오지 않았습니다. 낮에 만났던 선녀들의 얼굴이 하나하나 떠올랐기 때문입니다.

'내 어찌하여 몹쓸 생각에 사로잡혀 있는 걸까? 불경 공부나 하면서 마음을 가라앉혀야겠다.'

성진은 밤 늦도록 불경을 소리 내어 읽었습니다. 하지만 마음이 가라앉기는커녕

선녀들의 얼굴이 눈앞을 떠나지 않았습니다. 그날따라 쓸데없는 생각이 성진의 머릿속을 괴롭혔습니다.

'남자로 태어났으면 공자와 맹자의 글을 읽고 과거에 합격해서 벼슬을 해야 하지 않을까? 그래서 훌륭한 임금을 모시고 나라를 위해 큰 공을 세우고 비단옷을 입고 폼 나게 사는 건 어떨까? 물론 예쁜 여자를 아내로 맞이해서 자식을 낳아 오순도순 살아가는 것도 행복하겠지. 한 그릇의 공양 밥과 한 잔의 물에 의지해서 큰스님이 된다 한들 무슨 소용이 있을까? 아! 정말 답답하구나.'

성진은 갑자기 자신의 처지가 슬퍼졌습니다. 그러나 자신의 생각이 잘못되었음을 깨닫는 순간 정신이 번쩍 들었습니다.

'내가 왜 쓸데없는 생각에서 빠져나오지 못하지? 10년 동안을 열심히 노력해 왔는데 이제 와서 포기할 수는 없어.' (19~20쪽)

⑦ 한겨레아이들

성진은 그날 있었던 일들이 꿈만 같았습니다. 돌다리 위에서 여덟 선녀를 만난 일을 생각하면 자기도 모르게 가슴이 부풀어 올랐지요. 붉은 입술을 살짝 벌리며 낭랑하게 웃던 선녀들의 모습이 눈앞에 아른아른했습니다. 생각하지 않으려 해도 자꾸만 생각났지요. 가슴이 방망이질하듯 쿵쿵 뛰는가 하면, 마음이 온통 텅빈 것처럼 허전하기도 했습니다. 성진은 길게 한숨을 내쉬고 저도 모르게 한탄했어요.

"아, 내가 살아가는 모습은 참 쓸쓸하기도 해. 남자로 태어났으면 글공부를 하고 넓은 세상에 나가 크게 이름을 떨쳐야 하는 법인데, 이 깊은 산속에 틀어박혀 살아야 하다니, 평생 동안 사랑도 못하고 결혼도 못한다는 건 참 가슴 아픈 일이야. 이렇게 쓸쓸히 살다가 깨달음을 얻은들 누가 알아주겠어? 또 알아준들 무슨 소용이 있겠어?"

그렇게 한참 푸념을 하던 성진은 머리를 세차게 흔들었어요.

"아니야. 내가 지금 무슨 생각을 하고 있는 거지? 십년 동안 깨끗한 마음으로 수행을 해 왔는데 이렇게 나쁜 마음을 먹다니! 이래선 안 돼. 정신을 똑바로 차려야 해." (19쪽)

⑧ 생각의 나무

절로 돌아온 성진은 사람의 마음을 녹일 듯한 선녀들의 웃음소리와 고운 모습이 눈앞에 아른거려 잠을 이룰 수가 없었다. (20쪽)

위 장면은 성진이 용궁에서 돌아오는 길에 팔선녀를 만난 후 번민하는 모습을 묘사한 것인데, 유가적 출세를 꿈꾸며 잠시 수도생활의 적막함을 한탄하다가 곧바로 뉘우친다는 내용이다. 성인용, 청소년용 출판물인 민음사, 현암사, 나라말본은 원작인 서울대 규장각본의 내용 및 문장 표현을 거의 그대로 옮겨썼는데, 그 중에서도 나라말본은 좀 더 쉽고 평이한 단어 및 문장표현을 선택한다. 책세상본은 원작이 다르기 때문에 문장의 양상이 다소 다른데, 빈 방에 홀로 앉은 성진이 좀 더 흔들리는 모습으로 묘사된다. 그리고 번뇌의 내용도 "미색의 애련"이 부가되는 등 더욱 구체화되었다.

그런데 아동용 출판물인 〈청솔〉, 〈한겨레〉, 〈생각〉 등은 이와는 양상이 다르다. 〈청솔〉과 〈한겨레〉의 가장 큰 특징은 '각색과 부연', '단순·평이화' 서술이 일어났다는 점이다. 성진이 여덟 선녀를 본 후 황홀해하고 상념에 빠지기 전의 상태에 대한 서술 부분을 대비해보면, 〈청솔〉, 〈한겨레〉에서는 선녀들과 만난 뒤의 설렘과 상념을 감각적으로 묘사하며 각각 장황하게 각색하고 부연하였다. 원작에는 없던 부분이다. 그 뒤에 상념에 빠지고 다시 생각을 고쳐먹은 부분에 대한 서술에서는 원작의 내용을 단순·평이하게 서술하였다. 〈생각〉은 더욱 개성이 뚜렷하여, 성진의 상념과 번민을 단 한 줄의 '묘사'로 '간략화'하였다. 그런데 이러한 간략한 서술에서는 내면의 흔들림을 충분히 표현하기 힘들다. 이 점에서 성진의 번뇌와 망상이 표면적으로밖에 전달되기 힘든 난점을 있음을 발견할 수 있다.

3) 계섬월과의 사랑 장면

① 서울대 규장각본

양생이 성남 주점에 가 행리를 옮겨 승석하여 섬월의 집을 찾아가니, 섬월이 이미 돌아와 당상에 등촉을 밝히고 양생을 기다리다가 두 사람이 서로 만나매 기쁜 뜻을 가히 알겠더라. 섬월이 옥배를 가득 붓고 금루의란 노래를 불러 술을 권하니 아리따운 태도와 부드러운 정이 사람의 간장을 끊을러라. 서로 이끌어 침석에 나아가니 비록 무산의 꿈과 낙수의 만남도 이에 지나지 못할러라. (93쪽)

② 민음사

양생이 성 남쪽 주점에 들렀다가 발걸음을 옮겨 저녁을 틈타 섬월의 집을 찾아가니 섬월이 돌아와 당상에 등불을 밝히고 양생을 기다리다가 두 사람이 서로 만나게 되니 그 기쁜 뜻을 이루 말할 수가 없었다.

섬월이 옥술잔에 술을 가득 붓고 금루의(金縷衣)란 곡조를 노래 부르며 술을 권하니 아름다운 태도와 부드러운 정이 사람의 간장을 끊을 듯하였다. 서로 이끌어 잠자리에 나아가니 무산(巫山)의 꿈과 낙수(洛水)의 만남도 이보다 낫지 못할러라. (43쪽)

③ 책세상

그때 양생은 여관으로 돌아가 머물다가 날이 저물자 섬월의 집으로 찾아갔다. 섬월은 벌써 중당을 쓸고 등촉을 밝힌 채 기다리고 있었다. 양생이 나귀를 앵두나무에 매고 문을 두드리니, 섬월이 신도 신지 못한 채 달려 내려와 맞으며 말했다.

"상공께서 먼저 떠나셨는데 왜 이제야 오십니까?"

양생이 대답했다.

"일부러 뒤에 오려고 한 게 아니라, 말이 나아가지 않는다 하는 옛말이 있지 않은가."

서로 껴안고 들어가며 두 사람은 기쁨을 이기지 못했다. 섬월이 옥잔에 술을 가득 부어 금루의(金縷衣)* 한 곡조를 부르며 권하니, 화용월태(花容月態)와 고운 소리가 사람의 영혼을 희미하게 하고 현혹했다. 양생이 춘정을 억제하지 못해

옥수를 이끌고 금침에 누우니 무산(巫山)의 꿈*과 낙수(洛水)의 인연*도 그 즐거움에 비할 수 없었다. (44쪽)

④ 현암사

소유는 남문밖 주점으로 돌아가 행장을 차려놓고 어두워지기만을 기다려 섬월의 집을 찾아갔다. 섬월은 벌써 돌아와 대청마루에 등불을 밝히고 소유를 기다리고 있었다. 마침내 둘이 만나게 되었으니 그 기쁜 마음을 알 수 있으리라. 섬월이 옥잔에 술을 가득 부어 금루의(金縷衣)라는 노래를 부르며 술을 권하니 그 아리따운 태도와 부드러운 목소리가 사람의 간장을 끊어내었다. 이윽고 그들이 정을 이기지 못하고 서로 이끌어 잠자리에 나아가니 신녀(神女)를 만나 고운 인연을 맺은 초 회왕의 '무산의 꿈'*과, 죽어 낙수의 신녀가 된 연인을 만난 위나라 조식의 '낙수의 만남'*이라도 이보다 더하지는 못할 것이었다. (48~49쪽)

⑤ 나라말

한편 양소유는 객사로 돌아와 쉬다가 날이 저물자 섬월의 집으로 찾아갔다. 섬월은 이미 집에 돌아와 집 안을 깨끗이 청소하고 등불을 밝힌 채 양소유를 기다리고 있었다. 양소유가 도착하자 섬월은 신발도 신지 않고 달려 나오며 반갑게 맞이하였다.

"상공께서 소녀보다 먼저 떠나셨는데, 왜 이제야 오십니까?"

"일부러 늦게 온 것이 아니라, 말의 걸음이 느린 탓*이라는 옛말이 있지 않은가?"

두 사람은 서로 손을 붙잡고 집 안으로 들어갔다. 방으로 들어가 얼굴을 마주 보고 앉으니 그 기쁨을 형용하기 어려웠다. 섬월이 고운 술잔에 술을 가득 따라 양소유에게 올리며 권주가를 부르는데, 섬월의 화용월태*와 고운 노랫소리가 양소유의 마음을 홀리기에 부족함이 없었다. 양소유가 춘정을 억누르지 못하고 섬월의 보드라운 손을 이끌어 금침에 함께 누우니, 무산의 꿈*과 낙수의 만남*도 이와 견주지 못하리라. (70~71쪽)

⑥ 청솔

소유도 계섬월에게 마음이 있었던 터라 고개를 끄덕였습니다. 그리고 날이 저물기를 기다렸다가 섬월의 집으로 갔습니다. 두 사람은 이런저런 이야기를 나누며 함께 잠자리에 들었습니다. (52쪽)

⑦ 한겨레아이들

소유는 말없이 눈길만 주고서 나귀에 올랐어요. 그러고는 경치를 감상하면서 천천히 나귀를 몰아 여관으로 들어갔지요. 날이 저물자 소유는 앵두꽃 활짝 핀 집으로 섬월을 찾아갔어요. 섬월은 소유를 반갑게 맞이했지요. 방에는 조촐한 술상이 준비되어 있었어요. (46쪽)

이 책에서는 이렇게 술상을 놓고 양소유와 계섬월이 날이 새도록 이야기를 나누는 것으로 이이야기가 이어진다.

⑧ 생각의 나무

그뒤 두 사람은 하얀 앵두꽃이 흐드러진 곳에서 다시 만났고, 두 사람의 얼굴에는 기쁨이 넘쳤다. 그날 밤 두 사람은 한 이불을 덮고 정을 나누었다. (35쪽)

이 부분은 양소유가 선비들과의 시회(詩會)에서 우승한 뒤, 낙양 명기 계섬월과 동침하는 장면이다. 규장각 본에서는 두 사람의 동침 장면을 은근한 분위기와 함께 전고(典故)로써 묘사하였다. 이 장면의 묘미는 그야말로 '은근하고 애뜻한' 분위기이다. ②민음사, ④현암사 본이 대체로 이러한 분위기와 서술을 따랐다면, ③책세상, ⑤나라말 본에서는 오히려 두 사람의 애뜻한 관계를 구체적으로 그려 분위기를 뜨겁고 극진하게 묘사하였다. 이에 비해 아동용 텍스트인 청솔, 한겨레아이들, 생각의 나무 본에서는 역시 아동용답게 두 사람을 정다운 사이로 묘사하고 끝내었다. 아무래도 그 자리의 '은근하고 애뜻한' 분위기는 반감될 수밖에 없다.

4) 심요연과의 사랑 장면

① 서울대 규장각본

이 밤에 원수가 요연으로 더불어 장중에서 침석을 같이 하니, 창검 빛으로 화촉을 대신하고 조두 소리로 금슬을 삼아 복파영 가운데 달빛이 두렷하고 옥문관 밖에 춘광이 가득하였으니, 한 조각 각별한 정흥이 깊은 밤 비단 금장보다 나을 듯하더라

(283, 285쪽)

② 민음사

이날 밤에 원수가 장중에서 요연과 잠자리를 함께 하니 창과 칼의 빛으로 화촉(華燭)을 대신하고 조두(刁斗)* 소리를 금슬(琴瑟)로 삼으니, 군영 가운데 달빛이 밝고 관문 밖에 봄빛이 가득하였으니 깊은 밤 비단 장막에 한 조각 각별한 정과 흥이 넘치더라. 상서가 새로운 즐거움에 빠져서 사흘 동안 나오지 않고 장수들을 만나지 않았다. (123쪽)

③ 책세상

두 사람이 동침하니 창검의 빛이 화촉을 대신하고 칼 소리가 거문고를 대신하여, 군막 속에 음탕한 정이 산 같고 바다 같았다. 이후로 원수가 요연에게 빠져들어 사흘 동안 장군과 병사들을 돌보지 않았다. (133~134쪽)

④ 현암사

이날밤, 소유가 군영 장막 안에서 창검 빛으로 화촉을 대신하고 야경하는 징소리를 금슬*소리로 삼아 요연과 잠자리를 함께하니 복파영* 가운데 달빛이 뚜렷하고 옥문관* 밖에 봄빛이 가득하여 각별한 정이 깊은 방 비단 휘장 안보다 더한 듯하였다. 소유가 밤낮으로 요연에게 깊이 빠져 삼 일 동안이나 밖으로 나가지 않아 장병들을 돌보지 않으니 요연이 말하였다. (114쪽)

⑤ 나라말

그리하여 이날 밤 요연과 잠자리를 함께하는데, 창검의 빛으로 화촉*을 대신하고 군중의 종소리로 금슬*을 대신하였다. 마침 군막에 밝은 달빛이 비추어 각별한 정을 더해 주었다. 이후로 양소유가 신혼의 단꿈에 취하여 삼 일 동안을 군막에서 나가지 않고 장졸들도 돌보지 않자, 요연이 아뢰었다. (178쪽)

⑥ 청솔

그날부터 두 사람은 싸움터에서 즐거운 시간을 보냈습니다. (129쪽)

⑦ 한겨레아이들

양소유는 이 또한 신기한 인연이라고 생각하며 요연의 손을 따뜻하게 잡아 주었습니다. (85쪽)

⑧ 생각의 나무

양상서가 이 말을 듣고 크게 기뻐하며 심요연을 품에 안았다. 다음 날 새벽 심요연이 일어나 떠나려 하자, 양상서가 이길 수 있는 방법을 물었다. (71쪽)

이 부분은 양소유가 자신을 암살하러 온 적국의 자객 심요연과 사랑에 빠져 군막에서 3일이나 나오지 않고 심요연을 육체적으로 탐닉한다는 장면이다. 표현이 직접적이지 않아서 그렇지, 작가는 적전(敵前) 군막 안에서 성적 감흥을 은근하면서도 실감나게 묘사하였다. 청소년용, 성인용 출판물인 민음사, 책세상, 현암사, 나라말본은 원작인 서울대 규장각본의 내용 및 문장 표현을 대부분 따르면서 표현을 가미하였다. 양소유가 가춘운, 계섬월, 심요연, 백능파 등 미녀의 육체를 탐닉하는 장면은 양소유의 욕망의 실체가 무엇인지를 잘 보여주는 장면이자, 독자들이 〈구운몽〉에서 기대하는 중요한 쾌감의 요소이다.

이 장면을 아동용 출판물인 〈청솔〉, 〈한겨레〉, 〈생각〉은 전혀 살리지 못하였다. "즐거운 시간을 보냈습니다"는 표현은 아무런 흥취를 자아내지 못하는 추상적인 서술이며, "요연의 손을 따뜻하게 잡아 주었습니다"라는 표현은 남녀상열지사(男女相悅之詞)의 느낌을 전혀 주지 못한다. 오히려 "심요연을 품에 안았다"는 묘사가 더 은근하게 느껴질 정도이다. 바로 이 부분이 〈구운몽〉이 아동용으로 각색할 때 생기는 어려움이다.

양소유의 애정 욕구 및 성적 욕망의 분출 장면을 제대로 묘사하지 못하였는데, 성진의 번뇌와 양소유의 쾌락, 그리고 이후에 이어지는 깨달음의 과정을 얼마나 적실하게 그려낼 수 있을지 의문이다. 이 점에서 〈구운몽〉은 아동용 텍스트로 전화(轉化)되기 힘든, 성인 서사로서의 성격이 파악된다.

5) 각몽 후 깨달음을 얻는 부분

① 서울대 규장각본

"성진아, 인간 부귀를 지내니 과연 어떠하더뇨?"

성진이 고두하며 눈물을 흘려 가로되,

"성진이 이미 깨달았나이다. 제자가 불초하여 염려를 그릇 먹어 죄를 지으니 마땅히 인세에 윤회할 것이거늘, 사부가 자비하사 하룻밤 꿈으로 제자의 마음을 깨닫게 하시니 사부의 은혜를 천만겁이라도 갚기 어렵도소이다."

대사가 가로되.

"네 승흥하여 갔다가 흥진하여 돌아왔으니 내 무슨 간여함이 있으리오? 네 또 이르되 '인세에 윤회할 것을 꿈을 꾸었다' 하니 이는 인세와 꿈을 다르다 함이니 네 오히려 꿈을 채 깨지 못하였도다. '장주가 꿈에 나비 되었다가 나비 장주가 되니', 어느 것이 거짓 것이요 어느 것이 참된 것인 줄 분변치 못하나니, 이제 성진과 소유가 어느 것은 정말 꿈이요 어느 것은 꿈이 아니뇨?"

성진이 가로되,

"제자가 아득하여 꿈과 참된 것을 알지 못하니 사부는 설법하사 제자를 위하여 자비하사 깨닫게 하소서."

대사가 가로되,

"이제 금강경 큰 법을 일러 너의 마음을 깨닫게 하려니와, 당당히 새로 오는

제자가 있을 것이니 잠깐 기다릴 것이라."(중략)

"제자 등이 비록 위부인을 모셨으나 실로 배운 일이 없어 세속 정욕을 잊지 못하더니, 대사의 자비하심을 입어 하룻밤 꿈에 크게 깨달았으니 제자 등이 이미 위부인께 하직하고 불문에 돌아왔으니 사부는 끝내 가르침을 바라나이다."(중략)

드디어 법좌에 올라 경문을 강론하니 백호 빛이 세계에 쏘이고 하늘 꽃이 비같이 내리더라. 설법함을 장차 마치매 네 구 진언을 송하여 가로되,

일체유위법(一切有爲法) 여몽환포영(如夢幻泡影)
여로역여전(旅路亦如電) 응작여시관(應作如是觀)

이리 이르니 성진과 여덟 이고가 일시에 깨달아 불생불멸할 정과를 얻으니 대사가 성진의 계행이 높고 순숙함을 보고 이제 대중을 모으고 가로되,

"내 본디 전도함을 위하여 중국에 들어왔더니 이제 정법을 전할 곳이 있으니 나는 돌아가노라."

이 부분은 〈구운몽〉에서 가장 핵심이 되면서도 이해하기 어려운 내용이다. 꿈에서 깨어난 성진은 자신이 욕망하였던 것을 스승의 안배로 말미암아 꿈을 통하여 모두 실현한 뒤 그것이 헛되다는 것을 깨달았다며 스승에게 감사하나, 육관 대사는 이를 부정하며 장주(莊周)의 호접몽(胡蝶夢) 비유를 든다. 이에 성진은 더 큰 깨달음을 발원(發源)하게 되고, 육관은 8선녀와 함께 성진에게 〈금강경〉의 진언을 설법한다. 그리하여 성진과 8선녀는 불생불멸(不生不滅)의 깨달음을 얻게 된다.

하지만 이 부분에서 서포는 그다지 친절하지 않다. 모든 현상을 지혜와 깨끗한 마음의 눈으로 바라볼 것을 의미하는 〈금강경〉의 네 구 진언만으로는 독자들은 어떻게 성진과 8선녀가 더 큰 깨달음의 경지로 옮아갈 수 있었는지, 그 깨달음의 세계가 어떤 것인지 충분히 이해할 수 없다. 원작의 내용도 어렵거니와, 다시쓰기 출판물에서는 이를 현대어로 잘 풀어쓰면서 원작의 의도를 좀 더 해석하는 것도 필요하지 않을까 생각한다.

② 민음사본 ~ ⑤ 나라말본

②민음사본, ③책세상본, ④현암사본, ⑤나라말본은 ①과 유사한 내용으로 다시쓰기를 하였다. 다만 육관의 진언 네 구의 번역은 책마다 조금씩 다르다. 이 부분을 인용하면 다음과 같다.

> "인위적인 일체의 법은
> 꿈과 환상 같고, 거품과 그림자 같으며
> 이슬과 같고 또한 번개와 같으니
> 응당 이와 같이 볼지어다." (민음사본)

> '세속의 모든 현상은 꿈 같고, 환상 같고, 거품 같고, 그림자 같다. 또 이슬 같고, 번개와 같다. 이와 같이 모든 상(相)을 보아라.' (책세상본)

> "모든 유위의 법은 꿈 같고 물방울 같고 그림자 같으며 이슬 같고 번개 같으니 마땅히 이와 같이 볼지니라" (현암사본)

> "인간 세상의 모든 현상은
> 꿈 같고 환각 같고 물방울 같고 그림자 같으며
> 이슬 같고 번개 같으니
> 마땅히 이와 같이 볼지니라." (나라말본)

'일체유위법(一切有爲法)'을 "인위적인 일체의 법"·"모든 유위의 법"으로 번역한 것이 있고, "세속의 모든 현상"·"인간 세상의 모든 현상"으로 번역한 것이 있다. 이중에서 후자의 번역이 좀 더 분명하게 풀어쓴 내용으로 보인다. 곧 인간 세상의 모든 현상이 이슬 같고 번개같이 찰나적인 것임을 말한 것으로 책세상본과 나라말본의 번역이 좀 더 명확한 표현이라고 생각한다.

나머지 부분들은 원작과 크게 차이가 없으며, 분량 상으로도 너무 많아 따로 인용은 하지 않는다.

⑥ 청솔본

"성진아, 세상 속에서 재미는 많이 보았느냐?"

"스승님, 이제야 조금 깨달은 것 같습니다. 저의 부족함을 용서해 주십시오. 큰 벌을 받아 마땅한 제게 이렇게 하룻밤의 꿈으로 깨달음을 주시니 이 은혜를 어찌 갚겠습니까?"

성진은 소리 내어 울면서 용서를 빌었습니다.

"꿈을 꾸고 나더니 제법 어른스러워졌구나. 앞으로 금강경*의 큰 법을 가르쳐서 네 마음을 다스릴 것이다. 그럼 새 식구들을 소개할 테니 인사를 나누어라."(중략)

"저희들은 위부인 밑에서 쓸데없는 생각과 욕심만 키웠습니다. 하룻밤의 꿈으로 저희들을 깨닫게 해 주셨으니 앞으로도 큰 가르침을 주십시오."

그러고는 화장을 지우고 머리를 잘라 버리더니 다시 육관 대사 앞으로 나왔습니다.

"내 너희에게 크게 감동을 했노라. 성진을 비롯하여 너희들도 세상의 부귀와 영화가 모두 허무함을 깨달았으니 다시는 쓸데없는 생각일랑 말거라." 그날부터 그들은 열심히 불법을 공부했습니다. 그리고 육관 대사의 설법을 통해 많은 깨달음을 얻게 되었습니다. (197~198쪽)

고향관은 원작의 진언을 따로 서술하지 않고 "쓸대없는 생각"이란 말로 일축하였다. 육관대사가 말하는 "쓸데없는 생각"이란 무엇일까? 그것은 욕망하는 것일 것이다. 고향란은 결말에서 성진과 8선녀가 스승의 훈계를 듣고 열심히 불법을 닦고, 설법을 듣고 깨달음을 얻었다고 했다. 하지만 이러한 방식으로는 그들이 무엇을 깨달았는지는 알 수 없다. 이로 말미암아 원작의 다시쓰기가 여전히 추상적이고 관념적인 양상을 벗어나지 못한 채 마무리되었다.

⑦ 한겨레아이들 본

"제가 비로소 크게 깨달았습니다. 인간의 한평생이 부질없는 하룻밤 꿈에 지나지 않는다는 것을요. 이제 마음을 깨끗이 하고 부처님 도를 닦겠습니다."

그러자 육관대사가 말했습니다.

"네 말이 그르다. 어찌 인간의 한평생이 꿈이라 하느냐? 장자가 꿈에 나비가 되고 또 나비가 장자가 되었다 하니 장자가 나비가 된 것이냐, 나비가 장자가 된 것이냐? 어떤 일이 꿈이고 어떤 일이 꿈이 아닐까. 꿈과 현실이 따로 있는 게 아니다. 모든 게 꿈이고 모든 게 현실인 법이야."

성진이 다시 머리를 조아렸습니다.

"제가 어리석어 꿈속의 일이 진짜인지 이곳의 일이 꿈인지 알지 못하겠습니다. 부디 깨우쳐 주십시오."(중략)

"대사님, 저희가 그릇된 마음을 가져 남녀 간의 허튼 정을 좇았습니다. 이제 한바탕 꿈을 통해 그것이 덧없다는 사실을 깨달았습니다. 부처님의 제자가 되고자 하니 저희들을 밝은 길로 이끌어 주세요."(중략)

육관대사는 높은 단 위에 올라 부처님 말씀을 하나하나 풀어내기 시작했습니다. 인간 세상의 온갖 일을 겪은 성진과 여덟 선녀에게는 그 말씀이 마음속 깊이 와 닿았지요. 흐리던 마음이 맑게 개는 것 같았습니다. 마음 깊은 곳에서 기쁨이 샘솟는 느낌이었지요. 세월이 흘렀습니다. 성진과 여덟 선녀는 어느 한 명 빠짐없이 부처님의 가르침을 받아들여 깊은 깨달음을 얻었습니다. 세상살이의 기쁨과 슬픔, 두려움과 고통을 넘어설 수 있게 되었지요. 그들은 다 함께 마음의 손을 잡고 저 멀고 텅 빈 곳으로, 그들이 생겨난 영원한 그곳으로 돌아갔습니다. 사람들이 극락이라 부르는 그 곳으로요. 오늘도 저 높은 곳에는 흰 구름이 생겨났다 사라지는데, 구름 사라진 하늘은 참 넓고 푸르기도 합니다. 끝. (126~128쪽)

신동흔은 각몽 후의 부분을 새롭게 풀어쓰면서 깨달음의 과정을 구체화하였다. 육관 대사가 설법한 〈금강경〉의 내용은 제시하지 않았지만, 그것을 받아들여 "세상살이의 기쁨과 슬픔, 두려움과 고통을 넘어설 수 있게 되었"다고 깨달은 것이 무엇인지 제시하였다. 원작에서 제시하였던 선적인 깨달음을 초등학생 독자들이 이해할 수 있는 언어로 조금 풀어쓴 내용이다. 이전의 양상에서 진일보한, 재미있는 다시쓰기의 양상이라고 생각한다.

⑧ 생각의 나무 본

"그것이 모두 꿈임을 이제 알겠나이다. 스승님께서 꿈으로써 성진을 깨닫게 하셨으니 그 은혜를 어찌 다 갚으오리까."

"꿈도 세상도 모두 꿈이니 성진은 아직도 꿈속에 있지 않은가?"(중략)

"대사께서 저희를 성진의 꿈에 보내고 또 성진을 저희 꿈에 보내어 가르치시어 크게 깨달았습니다. 원하옵건대 저희를 제자로 받아주시길 바라옵나이다."

대사가 크게 웃으며 이를 허락하고 큰 설법으로 가르치니, 성진과 여덟 선녀는 인간세계의 부귀와 영화가 모두 헛된 꿈임을 알게 되었다. 끝. (102쪽)

박지웅은 원작을 축약하는 것으로 〈구운몽〉의 끝을 맺었다. 그런데 원작의 결말도 함축적이고 어려운데, 이렇게 "설법으로 가르치니" "인간세계의 부귀와 영화가 모두 헛된 꿈임을 알게 되었다"고 해서 깨달음의 과정과 질을 과연 초등학생들이 제대로 이해할 수 있을지 의문이다. 이 부분의 의미를 숙고하여 서술하지 않으면 안된다고 생각한다.

〈구운몽〉의 대중출판물들은 대체로 원전을 어떻게 하면 잘 전달하는가의 문제에 초점을 둔 다시쓰기 결과물이라 할 수 있다. 〈구운몽〉처럼 원전이 확실하고 권위 있는 번역·주석본들이 이미 출판되어 있는 상황에서, 원전의 번역에 가까운 성인용 출판물이나 문장 표현을 다듬은 정도의 청소년용 출판물에서는 논란의 소지가 크지 않다. 다만 원작의 깊이, 저자의 문제의식을 잘 해석해야 풀어쓰는 문장의 의미가 좀 더 명확해질 것이다. 이 점에서 민음사본과 책세상본은 좀 더 그러한 깊이를 보여주고 있다.

하지만 초등학생들을 대상으로 한 아동용 출판물에서는 애정 화소의 취사선택부터 문장의 첨가 및 부연, 생략 및 축소, 단어 및 문장 표현의 치환 등 많은 변화가 발생하므로 다시쓰기 작업의 방향에 대한 좀 더 치밀한 검토 및 다시쓰기 결과에 대한 적극적인 비평 작업이 필요하다. 더불어 작품 해설란과 부가정보, 현재와 연관되는 질문 설정 등을 통하여 서포의 세계관 및 작품 해석의 방향에 대해 심도 있게 서술할 필요가 있다.

한편 좀 더 적극적 의미의 다시쓰기의 방향성을 제시하였던 신선희는, 〈구운몽〉이 내포하고 있는 종교적 차원의 깨달음뿐만 아니라 삶을 선택하는 방식,

그리고 그 선택에 결부된 운명의 문제는 무엇인가, 사람과의 인연을 어떻게 맺고 지속해갔는가, 한 세계를 회의하고 다른 세계를 긍정했다면 그 회의와 긍정의 이유는 무엇이었는가에 대한 다양한 답 찾기 과정을 제시하는 것이 바로 다시쓰기의 방향이라고 하였다.[21] 패러디나 고전을 모티브로 한 창작 작업에서 뿐 아니라, 다시쓰기 대중출판물 작업에서도 이러한 다양한 문제에 대한 답 찾기로서의 글쓰기 및 질문 던지기가 〈구운몽〉의 현재적 소통에 기여하리라 생각한다.

3. 미학적 원천으로서의 〈구운몽〉

〈구운몽〉은 꽤 오래 전부터 '민족 고전'의 지위를 누려온 작품이다. 그리고 1960년대 이래 고전문학전집 발간 및 대중적 보급 작업이 꾸준하게 이뤄지면서, 〈구운몽〉을 비롯한 고전소설의 독자는 중·고등학생과 초등학생에 이르기까지 꾸준하게 넓어지고 있다. 그런데 1990년대까지 '민족 고전'으로 인식되었던 고전소설은 현재 '학습용 고전 콘텐츠'로 무게중심이 이동하고 있다.[22]

1990년대 이래 시리즈·전집 형태의 대중출판물로 간행된 〈구운몽〉은 약 30종인데, 이를 대상 독자층의 연령대별로 구분하여 보면, 아동용 16종, 성인용 9종, 청소년용 3종 순으로 파악된다. 2000년대 이후에는 청소년층을 대상으로 한 출판물이 새롭게 등장하였으며, 아동층을 대상으로 한 출판물이 가장 큰 비중을 차지하고 있다.

〈구운몽〉의 주제라고 흔히 일컬어지는 문장이 있다. "인생의 부귀영화가 한낱 꿈이다."라는 문장이 바로 그것이다. 과연 이 말이 의미하는 바는 무엇일까?

---

21) 신선희, 『우리고전 다시쓰기-고전 서사의 현대적 계승과 장르적 변용』, 삼영사, 2005, 245쪽.
22) 권혁래, 「고전소설의 다시쓰기 출판물 연구 시론」, 『고소설연구』 30집, 한국고소설학회, 2010, 30~31쪽.

인간이 추구하는 모든 성공과 명예가 허망하니 욕심을 버리고 소박하게 살라는 메세지일까? 작품은 양소유와 여덟 여인의 일생을 통하여 아름다운 여인 또는 멋진 남자와 쾌락을 즐기는 것이 인생의 지극한 즐거움이라고 말하였는데, 어떤 계기로 인해 이것이 허망하다고 한다. 그리고 그 이상의 영원한 것이 있을 것이며, 이것을 추구하는 인생이 가치 있지 않느냐며 한 방향을 제시하고 있다. 모든 사람이, 그리고 현대인들이 작품에서 제시한 불가적 수행과 득도 방식에 동의하지는 않을 것이다. 다만 인생이 추구하는 지극한 쾌락이 무엇일까, 인간의 근원적 욕망은 무엇일까 고민하게 된다.

이 점에서 〈구운몽〉은 '욕망의 서사'요, '깨달음의 서사'이다. 유광수의 말처럼, 〈구운몽〉은 '깨달음에 관한 텍스트'일 뿐만 아니라, 깨달음을 주는 '깨달음의 텍스트'인데, 독자에게 깨달음을 주기 위해 작가가 의도적으로 꿈꾼다는 사실을 숨기고, 윤회하지 않아도 될 성진을 굳이 윤회하도록 만들었던 것이다.[23] 그리고 성진이 다시 양소유가 되는 과정을 통해 욕망을 성취한 정점에서 깨달은 '무상함'의 의미를 '느끼고', 진정한 깨달음이 무엇인가에 대해 다시 한번 묵상을 하게 된다.[24] 〈구운몽〉을 읽다 보면 독자들은 작가가 제시한 깨달음의 방식에 동의하든, 동의하지 않든 욕망을 채우는 것 이상으로 인생에서 가치 있는 것이 무엇인지 고민하게 될 것이다. 이러한 과정을 충실히 보여주고 독자들이 이를 감상하는 것이 〈구운몽〉의 고전적 가치를 증명하는 전제가 될 것이다.

23) 유광수, 「〈구운몽〉: '자기망각'과 '자기 기억'의 서사-'성진이 양소유 되기'」, 『고전문학연구』 29집, 한국고전문학회, 2006, 377~408쪽.

24) 유광수, 「〈구운몽〉: 두 욕망의 순환과 진정한 깨달음의 서사」, 『열상고전연구』 26집, 열상고전연구회, 2007, 307~312쪽.

제7장

<홍길동전>과 다시쓰기 출판물

1. 원작의 성격

〈홍길동전〉은 오랫동안 최초의 한글 소설이라는 영예를 누려온 작품이다. 이 작품은 선조 · 광해군 시대에 살았던 허균(許筠: 1569~1618)이 지었다. 이에 대해서는 몇 가지 다른 주장이 있지만, 허균이 지었다는 것을 번복할 한 결정적인 자료는 없다. 하지만 현전하는 〈홍길동전〉의 어떤 이본들도 허균의 원작과는 차이가 있는, 19세기 후반기 이후에 지어진 작품이라도 점도 분명한 사실이다. 허균은 조선조 전기에서 후기로 넘어가는 사회적 · 사상적 격동기에 활동했던 정치가이며 문인이다. 그는 대대로 높은 벼슬을 지낸 명문가에서 태어나 서류 시인 이달에게 글을 배웠다. 그는 뛰어난 재주로 일찍 과거에 급제해 순조롭게 관직 생활을 하였다. 그러나 경박하고 과격한 행동으로 인해 여러 차례 파직을 당하고 유배생활을 하는 등 험난한 생애가 그 이면에 있다. 후에 그는 서자들을 모아 나라를 뒤집어엎으려는 모의를 했다는 죄목으로 처형되었다. 시대를 앞질러 살면서 제도와 인습에 거침없이 도전하고 사상과 행동의 자유를 너무 과도히 누리려 했기 때문에 그는 오늘날까지도 문제적 인물로 부각되어 있다. 하지만 허균은 그만큼 시대를 앞질러 살았던 선구적이고 혁신적인 사상가였고, 그러한 내면을 문학 작품을 통해 보여주었다.

서포 김만중의 〈구운몽〉이 관념적이고 지성적(知性的)인 작품이라면, 〈홍길동전〉은 야성적(野性的)인 사회소설이요 영웅소설로서의 성격이 강하다.[1] 〈홍길동전〉은 웅대한 포부와 영웅적인 능력을 지닌 주인공을 통해 조선왕조 사회의 체제 모순과 지배층의 무능을 폭로하고 새로운 사회의 가능성을 전망한 소설이다. 절대 왕권이 지배하던 조선 사회에서 이렇듯 기존의 사회 질서에 반기를 들고 정면으로 도전하는 인물을 주인공으로 삼아 영웅적으로 그려낸 소설은 〈홍길동전〉이 처음이다. 이 점은 오늘날 독자들에게 〈홍길동전〉의 공감대를 넓히는 요소가 되었다. 이 점에서 〈홍길동전〉은 다시쓰기 출판물 시장에서 매우 인지도와 상품성이 높은 작품이라고 할 수 있다.

(1) 〈홍길동전〉의 이본과 계통

고전소설의 다시쓰기 작업은 시작 단계에서 어떤 텍스트를 모본(母本)으로 하는가가 쟁점이 된다. 그런데 〈홍길동전〉은 아직까지 원본을 알 수 없으며, 세부적인 내용과 표현에서 성격의 차이가 적지 않은 후대의 이본이 많이 전해오고 있다. 현재까지 29종의 이본이 조사되어 있는데, 이 이본들은 경판 계열, 완판 계열, 필사본 계열로 분류할 수 있다.[2] 〈홍길동전〉의 이본에 대해서는 이윤석 교수가 이미 세밀한 분석 작업의 결과를 보고한 바 있으므로 이에 바탕하여 서술하고자 한다.

경판 계열 이본의 가장 선행하는 본은 1890년에 간행된 30장본이다. 이 계열의 이본은 경판 30장본의 내용을 축약한 판각본과 이 판각본을 그대로 필사한 본, 그리고 필사과정에서 변이가 생긴 필사본들이다. 여기에는 경판 30장본,

1) 설성경은 〈구운몽〉과 〈홍길동전〉에서 각각 지성미(知性美)와 야성미(野性美)를 변별하여 개념지었다.
2) 이윤석, 『홍길동전 연구-서지와 해석-』, 계명대 출판부, 1997, 30~42쪽.

경판 24장본, 경판 23장본, 경판 21장본, 안성판 19장본, 동양문고본 등 14종이 해당된다. 이 경판 계열 이본들의 줄거리나 자구는 대체로 일치한다. 경판 24장본은 20장까지는 경판 30장본의 내용과 거의 일치하지만, 제21장부터 끝까지는 축약된 본이다. 경판 21장본은 경판 23장본을 바탕으로 조금씩 축약된 본이다. 동양문고본은 율도국 대목이 전체의 30%나 되도록 확장되어 있다. 경판 계열은 완판 계열과 이야기 진행이 비슷한데, 경판 계열 중에만 있는 특징은, 첫째, 길동이 조선왕에게 쌀을 빌리는 대목 바로 전에 먼저 남경을 갔다 오는 내용이며, 다른 하나는 길동이 율도국 왕이 된 이후에 사신을 조선왕에게 보내는 내용이다. 경판본의 결말은 율도국 왕이 된 길동이 병을 얻어 72세에 죽고 태자가 대를 잇는다는 내용이라는 점에서 완판 계열과 큰 차이가 있다. 경판 30장본은 프랑스 파리 동양어학교에 소장되어 있으며, 김동욱 편, 『영인고소설판각본전집』 5집에 영인되어 있다.

완판 계열은 완판 36장본과 같은 내용의 이본들이다 완판 계열은 완판 36장본이 대표적인 본이며, 이외에도 김동욱 28장본, 한중연 68장본 등 7종이 있다. 이들 완판 계열 이본은 완판 36장본과 대체로 자구가 일치한다. 완판 계열의 특징은 불교를 비판하는 내용이 강조되어 있으며, 가장 명확한 현실 인식을 보여준다는 점이다. 또한 해외에서 제국을 건설하며 투쟁하는 과정이 다른 판본에 비해 길고 자세하다. 그리고 결말 부분에서 율도국 왕인 길동이 아들에게 양위한 다음 선도(仙道)를 닦아 백일승천(白日昇天)한다는 점이 큰 특징이다. 완판 계열은 〈홍길동전〉의 세 계열 가운데 가장 후기에 이루어졌다. 완판 36장본은 국립중앙도서관 등 여러 곳에 소장되어 있으며, 김동욱 편, 『영인고소설판각본전집』 3집 등 여러 곳에 영인되어 실려 있고, 교주본도 다수 간행되어 있다.

필사본 계열은 완판 계열이나 경판 계열과는 다른 내용으로, 이들 두 계열에 포함시킬 수 없는 이본들을 하나의 계열로 묶은 것이다. 김동욱 89장본, 조종업본, 정우곽본, 정명기 77장본 등 8종이 이 계열에 해당된다. 이 계열은 경판과 완판 계열의 선행 대본이라는 데 큰 의미가 있다. 또한 대체로 필사본 계열은 판각본에 비해 풍부한 내용과 다양한 서술을 갖추고 있다. 그러나 이것이 판각본으로 넘어가면서 내용은 조잡해지고, 서술은 간략해졌다. 필사본 중에서는 김동욱 89장본이 가장 선행하는 것으로 밝혀졌다. 이 본은 단국대 율곡기념도서관에 소장되어 있으며, 『한국전통문화연구』 7집(효성여대) 및 이윤석의 『홍길동전 연구』에 활자로 옮긴 것이 실려 있다.

〈홍길동전〉의 각 이본 사이에서 가장 큰 내용의 차이를 드러내는 부분은 율도국 대목이다. 율도국 대목의 분량은 이본에 따라 전체의 3%에서 30%까지 다양하다.

그런데 허균이 창작한 작품이라고는 하나 현재 전해지는 텍스트는 원작 그대로가 아니고, 모두 후대에 개작된, 좀 더 정확하게 말하자면 19세기 후반기 이후에 지어진 작품이다. 그 증거는 몇 가지가 있는데, 그 중 가장 명확한 증거는 작품의 초두에 나오는 인물 '장길산(張吉山)'에 대한 언급이다. 길동은 그 어머니에게 자신은 장길산을 본받아 영웅이 되겠다고 말한다. 〈홍길동전〉의 창작 연대는 정확하지 않지만, 허균이 처형된 1618년 이전임은 분명하다. 그런데 장길산은 17세기 말에 실재했던 실존 인물이니, 현전하는 이본들은 다 후대에 지어진 것이 확실하다.

이윤석은 이상의 여러 이본 가운데 19세기 중반 서울에서 지어진 김동욱 89장본이 가장 선행하는 텍스트이며, 창작 당시의 원본과 가장 가까운 텍스트로 추정하였다.[3]

(2) 〈홍길동전〉의 서사 구조와 문제의식

〈홍길동전〉의 내용을 약술하면 다음과 같다. 이조판서를 지낸 홍 대감의 서자로 태어난 길동은 집안의 천대를 견디지 못하고 가출하여 산속의 도둑떼를

---

3) 〈홍길동전〉의 이본들에 대한 고찰은 이윤석의 위의 책, 43~108쪽에 자세히 서술되어 있다. 이상의 내용은 위의 책 내용에 근거하여 기술하였다.

거느리고 활빈당을 조직한다. 길동은 신출귀몰하는 재주로 해인사의 재물을 탈취하는 것을 비롯하여, 전국을 다니며 탐관오리의 부정한 재물을 빼앗아 가난한 백성들을 도와주고, 죄가 큰 관리는 직접 처단하기도 한다. 조정에서는 길동을 잡으려고 온갖 방법을 쓰지만 잡지 못한다. 임금은 길동의 부친과 형제를 위협하여 길동을 잡아들이지만 곧바로 탈출하고, 결국 병조판서를 제수하고서야 임금 앞에 나선다. 길동은 다시 무리를 이끌고 나라를 떠나 제도에 자리잡았다가 이웃에 있는 율도국을 쳐서 빼앗고 70년 동안 다스리다가 태자에게 왕위를 물려주고 하늘로 올라간다.

작품은 크게 보아 첫째, 가정에서 서자로서의 차별을 겪다가 자객을 죽이고 가출하는 사건, 둘째, 나라 안에서 의적 행위를 벌이는 사건, 셋째, 해외에 나가 이상국을 건설하는 사건 등 세 개의 큰 사건으로 구성되어 있다. 사건이 진행될수록 주인공의 행동 반경은 넓어지고, 세력이 커지며, 신분이 상승되는 등 단계적으로 발전하는 모습을 보여준다. 각각의 사건 내용을 구체적으로 살펴보면 다음과 같다.

첫째, 가정 내에서의 사건에서 갈등 요인은 길동이 비범한 능력을 지녔으나 서자로 태어났다는 태생적 요인이다. 길동이 이러한 갈등을 겪는 것은 조선왕조의 서얼 차별제도 때문이다. 서얼 차별제도는 한정된 관직의 경쟁대상을 줄이고 신분적 특권을 세습적으로 향유하기 위해 서얼(庶孼) 출신들의 정치적 진출을 제한한 제도이다. 그러므로 이 작품의 갈등은 한 가정 내에서만의 문제가 아니라 조선왕조 사회의 구조적인 모순과 연관된 것이었다. 홍 승상은 하늘에서 용이 달려드는 길몽을 꾸고 어린 시비 춘섬과 관계를 맺고 길동을 낳았다. 길동은 어려서부터 비범한 면모를 보여주었으나, 서자로 태어났기 때문에 홍 승상을 아비라 부르지 못하고, 형을 형이라 부르지 못하며 종들로부터도 천대를 받았다. 길동은 자라면서 서자로서의 신분적 한계를 명확히 깨닫고 있으나, 그럼에도 불구하고 유교적 입신양명을 꿈꾸고 있다. 여기서 생기는 고뇌를 홍 승상에게 직접 호소하였지만, 홍 승상의 단호한 질책에 좌절하고 만다.

자라면서 길동은 점점 뛰어난 재주를 갖게 되고, 홍 승상의 첫 번째 첩 초랑의 질시를 받게 된다. 초랑은 관상녀와 결탁하여 길동을 없애려는 마음을 먹게 되고 자객을 보내어 길동을 죽이려고 한다. 길동은 자객을 없애고 살아남지만, 여전히 자신이 처한 현실적 위험을 벗어나기 위해 집을 떠날 수밖에 없었다. 하지만 이는 단순히 가출해서 생명을 유지하기 위한 것만은 아니었다. 가장 큰 이유는 그가 집을 떠나야 서얼차별 제도와 맞서 자신의 사회적 이상을 실현할 수 있기 때문이었다.

둘째, 나라 안에서 의적 행위를 벌이는 사건에서 갈등 요인은 불의한 권력이 가난한 민중들을 수탈하고, 갈수록 그들의 삶을 피폐하게 만든다는 점 때문이었다. 이러한 점 때문에 〈홍길동전〉은 단순히 성장소설에 그치지 않고 본격적 사회소설의 성격을 띠게 된다. 길동은 관상녀와 자객을 죽이고 집을 나온 후 사방을 떠돌다가 우연히 도적들의 적굴로 들어가게 된다. 그곳에서 도적들과 힘 겨루기를 하여 녹림의 장수가 된다. 그리고 해인사를 쳐서 재물을 탈취해옴으로써 명실상부한 활빈당의 우두머리가 된다. 길동이 도둑 무리의 이름을 활빈당이라 지은 것은 수령들이 백성의 재물을 불의하게 약탈한 것을 탈취하여 의지할 곳 없는 가난한 백성들에게 나누어주기 위함이다. 이후로 길동은 활동무대를 전국으로 확대하여, 먼저 함경 감영을 습격하여 무기와 곡식을 탈취함으로서 길동은 왕조 정부와 전면전을 펼치게 된다. 그는 자신과 똑같은 초인 여덟을 만들어 군사들을 붙여 조선 팔도에서 의적 활동을 전개한다. 이 과정에서 자신을 잡으러 온 포도대장을 농락하고, 포도대장은 자신의 능력으로는 길동을 잡을 수 없다는 사실을 실토하게 된다. 이로써 조선 팔도에 길동을 제압할 수 있는 사람은 더 이상 없다는 사실이 드러난다.

결국 길동은 왕과 정면으로 충돌하게 된다. 조정은 길동을 체포하기 위하여 길동의 부형에게 길동을 잡아오도록 묘책을 낸다. 이에 길동은 형에게 찾아가 스스로 잡혀가겠다고 말한다. 이는 효행 관념에 굴복한 것처럼 보이지만, 사실은 이 기회를 이용하여 자신의 능력을 과시하고, 또 활빈당의 정당성을 알리려는 것이었다. 길동의 형 인현은 길동을 잡아 올리나 각 도에서 모두 길동을 잡아 보내 똑같은 모습을 한 여덟 길동이 임금의 친국(親鞫)을 받게 되면서 임금을 웃음거리로 만든다. 길동은 임금에게 자신이 서자이기 때문에 천대를 받은 것이 잘못되었음을 말하고 나서, 그간의 활빈당 활동이 정당했음을 밝힌다.

활빈당을 결성한 이후 벌이는 길동의 여러 행동은 사실상 조선왕조체제를 전면적으로 부정하는 것이었다. 곧 가부장적 권위에 기초한 봉건적 인간관계를 전면적으로 부정하는 것이며, 동시에 새로운 인간관계와 정치구조를 주장하는 이념적 투쟁의 성격을 띠는데, 이러한 길동의 주장의 주장과 행동은 실제로 통치 체제 유지의 심각한 위협이 되었다.

무력함을 절실히 느끼는 임금과 조정 대신들에게 길동은 병조판서를 제수하면 스스로 잡히겠다는 제안을 내어놓는다. 이것은 일종의 타협안인데, 이는 여러 가지 의미를 갖고 있다. 이는 작가의 변혁사상이 봉건구조를 뛰어넘는 그 어떤 것을 상상해내지 못했기 때문에 일어난 일이기도 했지만, 봉건왕조로부터 항복을 받는 일종의 상징적 행위였다.[4] 이를 계기로 길동은 조선을 떠나, 해외에서 이상국가를 건설하게 된다.

셋째, 해외에 나가 이상국을 건설하는 사건은 이 소설의 배경이 조선이라는 구체적인 당대 사회에서 추상적인 사회로 옮아감을 뜻한다. 그러므로 길동이 조선을 떠난 후반부의 구성은 사실성이 결여될 수밖에 없다. 따라서 이 지점에서부터 소설은 급격히 환상적 · 낭만적 성격을 띠게 된다. 조선을 떠난 후 길동은 길동은 자신의 꿈을 실현할 수 있는 이상적 사회를 만들려고 한다. 길동이 추구한 이상국은 초자연적인 탁월한 능력을 가진 군주의 영도 아래 모든 사람이 평등한 군주국가라고 할 수 있다. 이 사회는 신분제를 부정하고 군비를 튼튼히 하며, 외국과의 활발한 무역활동을 하는 진취적이고 개방적인 사회이다. 이 후반부는 전반부에 비해 훨씬 더 비사실적이고 환상적인 내용으로 되어 있고, 또 문제의식도 별로 없다. 후반부의 망당산 요괴 퇴치, 홍 승상의 장례, 율도국

---

4) 위의 책, 176~177쪽.

정벌로 이어지는 사건은 다분히 흥미를 돋우기 위한 설정으로 볼 수 있다.

망당산 요괴 퇴치 과정에서 길동을 다시 한 번 탁월한 능력을 과시하고, 이 과정에서 결혼을 한다. 부친 홍 승상의 묘를 길동이 사는 공간인 일봉산에 쓰게 되면서 길동은 자신의 능력을 다시 한 번 보여주게 된다. 이 과정에서 길동이 서자이면서도 장남이 사는 조선이 아닌 곳에 아버지의 묘를 쓰는 것은 길동의 가정에서 적서 차별이 해소되었음을 의미한다. 뿐만 아니라 서자인 길동이 아버지의 제사를 올리게 된다는 것은 결국 홍 승상 집안의 정통성이 길동에게 돌아간 것을 의미하는 것에 다름아니다.

길동의 율도국 정벌은 길동이 새로운 국가를 건설하고 한 나라의 군주가 된다는 것에 의미가 있다. 길동이 율도국을 정벌한 뒤 안남국이라 나라 이름을 고쳐 왕이 되고 새로운 왕조를 시작하는 것은, 결국 길동의 꿈이 단순히 적서차별의 해결이 아닌, 자신이 원하는 새로운 세상을 만들려는 것에 있었음을 보여주는 것이다. 하지만 안남국 건설의 본질은 주인공의 탁월함을 드러내기 위한 고전소설의 상투적인 군담 보여주기에 있다고 본다. 조선에서의 적서차별 해결에서부터 시작된 주인공, 아니 작가의 사회적 이상은 더 이상 구체화되지 못하고, 말년에 왕위를 태자에게 전하고 선도를 배워 마침내 신선이 되어 지상을 떠나는 것으로 마무리된다. 신선은 '완성된 인간'을 의미하는 바, 이윤석은 이러한 '신선 결말'에 대해서 "길동의 자기완성을 위한 노력이라고 평가하였다.[5] 〈홍길동전〉에서 주인공인 길동이 극복하려는 것은 당대 사회를 지배하고 있는 가부장제에 기초한 봉건적 인간상과 성리학적 이념이다. 작품의 전반부에서 길동은 조선사회의 이러한 요소를 비판하고 극복하려 투쟁하였다. 하지만 후반부의 이상국가 건설이 전반부에서 비판하고 투쟁한 목표를 이루고 새로운 인간상 및 사회를 제시하였는지에 대해서는 의문이 남는다.[6]

〈홍길동전〉을 다시쓰기 출판물로 간행할 때 바로 이러한 갈등 및 문제의식을

5) 위의 책, 184쪽.
6) 이상 (2)장은 전체적으로 이윤석의 위의 책, Ⅲ장 '줄거리 해석'을 참조하여 서술하였다.

충분히 파악하고 본문을 통해서, 그리고 작품 해설을 통해서 재현하는 것이 필요하다고 생각한다.

(3) 인물의 성격

〈홍길동전〉의 등장인물은 홍길동과 활빈당, 길동의 가족과 주변 인물, 임금과 관료, 승려 등의 봉건 지배층 등으로 분류할 수 있다.

길동은 홍 승상의 서자로 출생했는데, 비범한 능력과 포부를 지닌 인물이다. 그에겐 도술을 쓰고 천 근이나 되는 돌을 들 수 있는 괴력도 있지만, 결국 그를 옭죄는 것은 서자라는 태생적 한계이다. 길동은 유교적 입신양명을 꿈꾸지만, 이러한 꿈은 서얼이라는 신분적 한계 때문에 실현이 불가능하다. 길동의 "왕후장상이 어찌 씨가 있는가"라는 탄식은 차별 대우를 거부하는 '인간선언'에 다름 아니다. 하지만 가출한 길동은 힘이 약하여 수탈 당하는 가난한 백성들을 이끄는 활빈당의 장수로 거듭나게 된다. 불교 세력을 부정적으로 여겨 해인사의 재물을 약탈하고, 지방 수령의 탐학에 맞서 활빈당 활동을 전개하고, 마침내 임금과 조정과 정면 투쟁을 불사하는 길동의 모습은 우리 고전소설에서 쉽게 찾아보기 힘든 민중적 지도자상이다. 하지만 그는 민중들과 수평적으로 연대하는 것이 아닌, 어디까지나 초인적인 능력을 통하여 민중의 요구를 대행하는 영웅의 한계를 보여준다.

길동의 가족으로는 아버지 홍 승상, 정실부인, 이복형 인현이 있고, 이들과 다른 한 편에 길동의 생모인 춘섬이 있다. 주변 인물로는 초랑, 무녀, 관상녀, 자객 등이 있다. 홍 승상은 조선 왕조의 재상이면서, 동시에 조선 왕조에 대항하는 길동의 아버지라는 두 가지 성격을 갖고 있다. 이 두 가지 입장 가운데 홍 승상은 거의 전적으로 조선 왕조의 체제를 유지하기 위해 노력하는 인물로 그려진다. 가정 내에서 그는 가부장제를 유지하려는 가문의 대표일 뿐이다. 그리하여 자신의 정기를 이어받고 태어난 길동의 비범함을 인정하기는커녕 오히려 위협적으로 인식하고, 철저히 서자로서만 대한다.

홍 승상의 장남 인현과 정실부인도 홍 승상과 마찬가지로 조선 왕조의 지배층으로서 기득권을 누리는 계층이다. 이 기득권이 가문 내에서는 가문 이기주의로 나타난다. 인현과 정실부인은 길동을 죽이려는 초랑의 계책을 용인한다. 이와 같이 가문의 이익을 위해서는 자신의 혈육이기도 한 길동을 죽이는 일까지도 동조할 수 있는 인물이 이들인 것이다.

주변인물들인 초랑과 무녀, 관상녀, 자객은 전형적인 악인으로 묘사되어 있다. 이들은 자신의 이익을 위해서는 수단 방법을 가리지 않고 모략을 꾸미고 살인도 서슴지 않는다. 길동의 생모인 춘섬은 홍 승상의 유순한 종이자 첩이다. 선한 인물이라고는 하지만, 사실은 지배층의 권력에 어떤 항거도 하지 못하는 무력한 인물이다.

길동이 적대시하는 인물들은 임금과 관료, 탐학하는 지방 수령들, 승려 등의 봉건 지배층이다. 이들은 권력을 이용하여 피지배층을 압박하고 봉건 질서를 지키며, 자신의 기득권을 지키는 인물들이다. 하지만 임금의 신하 가운데 가장 용맹이 뛰어나다는 포도대장이 길동에게 농락 당하듯이 이들은 무능하고 나약하기 짝이 없는 인물로 묘사되어 있다. 뿐만 아니라 비인간적이며 기회주의적인 인물로 묘사된다. 해인사의 승려들은 신령한 종교인이 아니라 권력자에 비호 아래 기생하는 인물로 묘사된다.

2. 다시쓰기 출판물의 개성

1970년대 초반, 〈홍길동전〉의 원작에 가장 가까운 이본은 경판 24장본으로 추정되었다.[7] 학계에서도 정규복 교수의 이러한 견해를 대체로 인정하였는데,

---

7) 정규복, 「홍길동전 이본고」(1)·(2), 『국어국문학』 48, 51호, 국어국문학회, 1970, 1971.

실제로 작품 분석을 할 때에는 완판 36장본을 대본으로 하는 학자들이 적지 않았다. 특히 사회성, 사회비판 의식을 부각시키려는 의도가 있을 때 그러하였다. 허균의 원작이 경판 24장본에 가깝다면, 굳이 가장 늦게 출현한 것으로 알려진 완판본을 사용하는 것은 모순이다. 1990년대에 이윤석 교수의 이본 연구 결과가 나오면서 경판 24장본은 경판 30장본의 후대본이자 축약본이라는 점, 또 경판 계열은 필사본 계열을 모본으로 하였다는 점이 밝혀졌다. 또 여러 이본 가운데 19세기 중반 서울에서 지어진 김동욱 89장본이 가장 선행하는 텍스트이며, 칭작 당시의 원본과 가장 가까운 텍스트라는 점도 밝혀졌다.[8)]

고전문학의 대중적 보급 작업의 수준은 대체로 연구자들의 연구 수준을 넘어서기 힘들다. 고전소설 〈홍길동전〉의 다시쓰기 또한 전문 연구자들의 연구 내용 및 경향에 따라 좌우되어 왔다. 1990년대, 또는 2000년대 이전에 간행된 다시쓰기 출판물들은 대체로 경판 24장본을 저본으로 하였다. 초록글연구회에서 펴낸 『홍길동전』(청솔, 2002), 이효성이 쓴 『홍길동전』(꿈소담이, 2008) 등은 21세기에 간행된 것이지만, 모두 1990년대 초반 출판물을 그대로 재출판한 것이다. 경판 24장본의 교주본이 일찍 보급되었고, 또 그것이 허균의 원작에 가깝다는 연구 결과를 토대로 텍스트를 선택한 것이라 보인다. 경판 계열은 완판 계열과 대체로 이야기 진행이 비슷하지만, 몇몇 화소가 달라진다. 특히 율도국 정벌 장면이 소략한 편이며, 결말 장면에서 홍길동이 천수를 누리고 72세로 병사한다는 점이 완판 및 필사본 계열과 다르다.

2000년대에 간행된 현암사본(2000), 나라말본(2003), 생각의 나무본2008) 등은 모두 완판 36장본을 저본으로 한 것이다. 완판 계열의 특징은 불교를 비판하는 내용이 강조되어 있으며, 가장 명확한 현실 비판 인식을 보여준다는 점이다. 또한 해외에서 제국을 건설하며 투쟁하는 과정이 다른 판본에 비해 길고 자세하여 군담소설, 영웅소설적 면이 강화되어 있다. 홍길동이 율도국을 정벌할 때에

8) 이윤석, 앞의 책, 43~108쪽. 이상에서 언급된 이본들은 대부분 이윤석의 『홍길동전 연구』에 활자화되어 수록되어 있다.

는 전쟁에 패한 율도 왕과 세자가 자결하며, 길동이 세자에게 왕위를 양도한 뒤 백일승천(白日昇天)하는 등 도선적(道仙的) 분위기가 강화되어 있다. 다시쓰기 작가들은 이러한 개성을 중시하여 완판 36장본을 새롭게 저본으로 선택한 것이다.

창비(2003)에서 책을 낸 정종목은 가장 초기본으로 여겨지는 김동욱 89장본을 저본으로 하였다. 연구자들의 연구 내용을 반영하여 다시쓰기 텍스트를 선정하고 해석의 방향을 잡은 경우이다. 책세상(2004)에서 책을 낸 허경진은 일본 동양문고에 소장된 사직동 세책을 저본으로 하였다. 동양문고본은 경판 계열의 작품이지만, 율도국을 정벌하는 군담이 매우 이채롭고 긴 것이 특징인데, 이러한 특징을 포착하여 〈홍길동전〉의 새로운 면모를 소개한 것이라 보인다. 웅진씽크빅(2005)에서 책을 낸 소설가 방현석은 필사본 계열의 정우락본을 저본으로 하였다. 정우락본은 김동욱 89장본과 유사한 내용으로, 초기 텍스트로 평가된다.

이처럼 창비, 책세상, 웅진씽크빅 등에서 간행된 책들은 좀 더 개성 있는 텍스트, 그리고 원작에 가까운 텍스트를 발굴하여 좀 더 다시쓰기 작가의 해석의 힘을 발휘하려 하였다는 점에서 특징을 보인다. '해석'이라고 한 것에는 이들이 한 텍스트를 그대로 옮기는 것에 그치지 않고, 여러 텍스트들의 내용과 의식을 선택하여 '**교합본' 형식의 텍스트를 재구**하였다는 점을 지적한 것이다. 한 이본이 어떤 작품의 원본도, 최선본(最善本)도 아닌 상태라면, 가능한 한 가장 앞선 텍스트를 선별하여 그 내용과 문제의식을 바탕으로 하면서도, 다른 이본에서 보이는 비범한 요소를 잡아내어 서사와 문학적 의미를 좀 더 풍부하고 심오하게 살리는 것이 필요하다고 생각한다. 21세기의 다시쓰기 출판물 작가에게는 이러한 학습과 안목이 미덕이 되지 않을까 한다.

1960년대 이래의 고전문학전집류에 수록된 것을 제외한다면, 〈홍길동전〉 다시쓰기 출판물들은 1990년대에 들어서야 출간되기 시작하였고, 이때의 출판물들은 주로 초등학생 독자들을 대상으로 한, 흥미 본위의 '아동물'로 편집된 책이었다. 다시쓰기의 모본으로는 그때까지 학계나 시중에 널리 알려진 경판 24장본을 거의 대부분 사용하였으나, 원작에 대한 존중의식은 약하였으며, 작가들이 임의로 원작의 내용과 문장을 삭제, 축소, 부가하는 방식이 빈번하게 있었다. 2000년대에 들어서는 이와는 다른 스타일의 다시쓰기 시리즈가 출간되기 시작하였다. 이는 중·고등학생을 중심 독자로 한 '과외 독본'의 성격을 띤 출판물로서, 단어와 문장표현은 쉽게 고쳐쓰지만 원 텍스트의 내용을 충실히 살리는 것이 핵심이었다.

〈홍길동전〉의 다시쓰기 출판물을 평가하는 기준은 다음과 같은 점들이다.

첫째, 인물의 성격 문제이다. 원작에서 형상화된 홍길동과 활빈당, 홍길동의 부친과 정실부인, 이복 형제, 생모 춘섬, 초랑과 자객 등의 적대적 인물들, 임금과 관료, 해인사 승려, 괴물 등의 구체적인 성격과 지향점이 잘 표현되었는지를 분석, 평가한다. 또한 인물 간의 갈등, 주변 인물의 생동성을 잘 포착하였는지도 평가한다.

둘째, 서사의 변형 여부이다. 홍길동의 고난, 길동의 가출 과정과 활빈당 활동, 율도국의 설정과 정벌 사건 등이 제대로 형상화되었는지를 점검, 평가할 것이다.

셋째, 주제 구현의 충실성 문제이다. 서자 홍길동의 서얼차별 제도 타파에 대한 의지, 활빈당 활동의 성격, 이상국 건설의 의미가 어떻게 해석, 실현되었는지를 점검할 것이다.

넷째, 작품의 미학적 성격을 살리는 문제이다. 작품의 사회적 성격과 낭만적 성격, 홍길동의 영웅성 등을 제대로 묘사, 해석하였는지를 평가할 것이다.

다섯째, 문장 표현의 개성을 어떻게 구현하였는가 하는 점이다.

여섯째, 다시쓰기 책에서 나타나는 편집 상의 특징 및 개성, 편집의 원칙 등을 분석, 평가할 것이다.

일곱째, 다시쓰기 출판물에서 그림의 문제이다. 그림의 성격 및 비중은 어떠한지, 이야기와 그림이 잘 조화되었는지 등의 문제를 평가, 분석할 것이다.

(1) 중·고등학교 학생을 대상으로 한 출판물

1) 김성재, 〈홍길동전〉(현암사, 2000)

이 책은 김성재가 글을 쓰고, 김광배가 그림을 그렸다. 그림을 포함하여 87쪽의 분량이며, 2000년 현암사에서 출판되어, 2011년 2월 현재 22쇄가 간행되었다. 중·고등학생을 대상으로 한 책으로는 처음 출판된 책이다. 김성재는 〈홍길동전〉의 작품 해설을 통하여, 여러 이본들 중에 가장 선명한 현실인식을 보여주고 있는 완판 36장본을 대본으로 삼았다고 하였다. 그리고 한국문학사에서 최초의 한글소설로 꼽히고 있는 〈홍길동전〉을 누구나 쉽고 편하게 읽을 수 있게 하려는 생각에서 다시쓰기 작업을 시작하였으며, 독자들이 이 작품을 한 권의 소설로 읽어주길 바란다고 밝혔다.

이 책에서는 새로이 16개의 장으로 나눠 제목을 붙여 작업을 하였다. 대체로 원작의 모든 화소를 가감없이 옮겼으며, 원작의 긴 문장은 짧게 나누었고, 평이한 단어와 문장 표현을 살려 중·고등학생들도 어렵지 않게 읽을 수 있도록 한 점이 특징이다. 고사가 있는 지명이나 인명, 옛 한자어 등에 한하여 주석을 달았다.

본문 및 본문 앞에 붙인 작품 해설란을 제외하면 특별히 부가한 형식은 없어, 편집의 주안점을 원작의 충실한 재현 및 감상에 두었다는 점을 알 수 있다.

이러한 다시쓰기 방식은 대단할 것도 없는 평범한 스타일로 보이지만, 사실은 이전에 한국고전문학전집류에 실렸던 경우를 제외하면 거의 처음 나타난 양상이라 할 수 있다.[9] 1990년대에 출간된 초등학생용 출판물들의 작가가 대중성 및 가독성을 높이기 위하여 임의적으로 생략·부가 작업을 많이 하였던 것을 생각하면, 다소 고루한 느낌을 줄 수 있지만 원작의 재현을 중점을 두었다는 것은 당시로서는 매우 새로운 기획이자 모험으로 평가되었다.

작가 김성재는 숙명여대에서 국문학을 전공하고 편집 및 기획 일을 하고 있으며, 화백 김광배는 신문, 잡지, 교과서 등에 삽화를 그려 왔는데, 이 책에서는 전통적인 흑백 삽화 열네 컷을 그려넣었다.

2) 류수열, 〈춤추는 소매 바람을 따라 휘날리니〉(나라말, 2003)

9) 하지만 현암사본은 전통적인 스타일의 흑백 삽화가 열네 컷이나 삽입되었다는 점, 단행본으로 출간되었으며, 문장이 훨씬 쉽게 쓰여졌다는 점 등에서 이전의 고전문학전집류보다 진일보한 대중성을 보여준다.

이 책은 한양대 류수열 교수가 글을 쓰고, 이승민이 그림을 그렸다. 본문, 그림, 작품해설 등을 포함하여 모두 168쪽의 분량이며, 2003년 12월 11일 초판을 발행하여, 2010년 5월에 16쇄를 간행할 만큼 독자들의 호응을 받았다.

류수열은 완판 36장본을 중심으로 내용을 구성하였으며, 경판 24장본을 비롯한 다른 이본도 참고하였다. 본문은 12개의 장으로 나누고 장 제목을 붙여 넣었다. 먼저 표지를 넘기면서 인상적인 것은 안표지에 써 있는 문구이다.

"우리는 이제 무고한 백성의 재물에는 절대 손대지 않을 것이다."

"각 읍의 수령과 감사들이 백성들로부터 착취한 재물만을 빼앗아
그것으로 불쌍한 백성들을 구제하게 될 것이다.
그런 의미에서 우리 무리의 이름을 활빈당으로 정하고자 한다."

책의 앞부분에 이러한 문장을 넣어 시작하면서 〈홍길동전〉의 이미지를 '정의감'으로 각인시킨 것인데, 청소년 독자들의 정서적 감응을 불러일으키는 데 효과적인 전략이라고 생각한다.

서문에서 작가는, "우리 민족이라면 홍길동을 모르는 사람은 없을 것입니다. 양반가의 서자로 태어나 적서 차별을 이기지 못해 가출을 한 소년, 신비한 능력으로 탐관오리의 재물을 빼앗아 가난한 백성들을 도와주던 의적, 그리고 마침내 율도국이라는 이상향을 건설하여 왕위에 오르는 인물…."로 시작한다. 그리고 〈홍길동전〉을 특별한 인간의 환상적인 활약상에 초점을 맞추기보다는, 여러 각도에서 열린 시각으로 볼 것이며, 그가 살던 시대에 왜 그 같은 영웅이 필요했는지, 또 어떻게 자신을 성장시켰는지를 보자고 하였다. 작품을 읽기 전에 〈홍길동전〉에 대한 문제의식을 적절하게 부각시킨 서문 쓰기의 방식이라 할 수 있다.

류수열은 완판 36장본의 내용을 다 살리면서도, 원작의 긴 문장을 짧게 끊어 쓰고 현대어로 매끄럽게 다듬는 방식으로 다시쓰기를 하였다. 이 책의 문장은 중·고등학생 독자들이 수월하게 읽을 만하다. 각주는 낯선 한자어나 관직 등에 한하여 달았다.

나라말 출판사에서 간행된 다른 책들과 마찬가지로, 이 책에도 본문 외에 다양한 정보란, 학습란이 활용되었다. 정보란에 첨부된 자료는 〈1〉 서얼신문 만들기-서얼 유생 상소 사건 등, 〈2〉 조선시대 민중의 삶-가난하고 세금의 횡포를 받는 백성들의 삶, 〈3〉 조선시대의 민중 운동, 〈4〉 실존 인물 홍길동, 〈5〉 이상향을 찾아서1-율도국, 이상향을 찾아서2-라다크, 꾸리찌바 도시 소개, 〈6〉 인물탐구 허균 등이다.

'나도 이야기꾼' 코너에서는,

〈1〉 길동의 처지를 한탄하던 마음을 상상해보고, 길동의 심회를 담아 시 써보기.
〈2〉 춘섬의 처지와 심정을 시로 써 보기.
〈3〉 길동, 활빈당 사건을 신문 기사로 작성해보기.
〈4〉 김지하의 오적을 찾아 읽고, 조선시대의 오적을 찾아보고, 이들을 비판하는 글이나 시 써보기
〈5〉 우리 사회의 문제점을 찾아 이야기하기
〈6〉 율도국, 이상 사회에 대해 이야기하기
〈7〉 율도국 건설 이외에 조선의 문제를 해결할 수 있는지 아이디어를 발휘하여 〈신 홍길동전〉 써보기

와 같은 논술 문제를 제시하여 청소년 독자들에게 다양한 이해와 토론을 유도하였다. 나라말본의 비범한 점은 고전소설 〈홍길동전〉을 중·고등학교 학생들의 논술·글쓰기 수업의 제재로 과감히 사용하였다는 점이다. 작품은 작품대로 쉽게 읽을 수 있도록 단어나 문장 표현의 난이도를 초중등 학생의 수준에 맞추었고, 작품 이해에 도움이 되는 학습 정보, 더 생각할 점 등을 제시하여 말하기, 읽기, 쓰기 등의 종합적인 국어교과 활동을 할 수 있도록 장치를 마련한 것은

이 책의 장점이라고 평가할 수 있다. 또한 책에 그려진 그림은 인물의 동작이나 상황을 매우 동적이면서도 서정적으로 표현한 것이 특징이다. 글과 그림이 조화를 잘 이루었다.

3) 정종목, 〈홍길동전〉(창비, 2003)

이 책은 시인 정종목이 글을 쓰고, 이광익이 그림을 그렸다. 본문까지의 분량이 모두 147쪽이며, 창비에서 2003년 출판되었으며, 2012년 1월 현재 33쇄가 간행되었다.

정종목의 작품 해설에서 특징적인 것은 학계의 연구 성과를 바탕으로, 지금까지의 허균 작가설에 대해 의문을 제기하고, 이에 대해 신중하게 접근할 필요성을 제기한 점이다. 그는 오히려 〈홍길동전〉은 구전문학이 계승된 것으로 추정하였다. 곧 민중들의 입에서 입으로 떠돌던 전설적인 도적 이야기를 후대의 사람들이 문자로 기록한 것으로 본 것이다. 그리고 현전 〈홍길동전〉 이본들이 모두 19세기 중반부터 20세기 초에 만들어졌으며, 또 이 작품이 특히 인기를 끈 것이 19세기~20세기 초라는 것을 고려할 때, 조선 왕조가 쇠퇴하고 외세의 침입이 본격화하던 그 시기에 새로운 질서나 세상을 꿈꾸는 사람들의 염원과 이상이 〈홍길동전〉의 여러 이본을 통해 거칠고 소박하게 반영된 것이라고 보았다. 아직까지 다른 어떤 다시쓰기 출판물에서도 이러한 관점이 제기된 바가 없다. 이러한 작품 해설은 청소년 독자들에게 좀 더 역사적 관점, 비판적 관점으로 작품 읽기 방식을 제시한 것이라고 할 수 있다.

정종목이 텍스트로 한 것은 김동욱 89장본이다. 이를 저본으로 하여 경판, 완판의 이본들을 다소 참고하였다고 하였는데, 이로 볼 때 창비본은 김동욱 89장본을 저본으로 한 교합본의 성격이 있음을 알 수 있다. 김동욱 89장본은 〈홍길동전〉의 현전 최고본(最古本)으로 밝혀진 텍스트로서, 이를 저본으로 삼은 다시쓰기 출판물은 창비본이 처음이다. 김동욱 89장본은 전체적으로 경판본과 유사하지만, 좀 더 내용이 풍부하고 상세하다. 결말부에서는 길동이 율도국왕이 된 후 60세에 명신산(明神山)에 은거하여 선도를 닦다가 백일승천(白日昇天)한다는 내용으로, 완판본 계열과 유사하다.

정종목은 본문을 13개의 장으로 나누고 장마다 제목을 붙였다. 각주는 전혀 사용하지 않았다. 원작의 내용 및 화소를 충실하게 살리면서도, 문장 단위에서는 짧은 현대어 문장의 방식으로 쓰고, 현대어로 매끄럽게 다듬는 방식으로 다시쓰기를 하였다. 별도의 학습정보란은 두지 않았으며, 말미의 작품 해설을 알기 쉬우면서도 심도 있게 한 것이 이 책의 특징이자 장점이라 할 수 있다.

(2) 초등학교 학생을 대상으로 한 출판물

고전소설의 다시쓰기 출판물에서 다양한 변모를 보이는 것은 역시 초등학교 학생을 대상으로 한 출판물에서이다. 글의 양을 확 줄이면서 압축적으로 글을 쓰는 것이 필요하기 때문에 원작의 생략·축소 작업이 일어나고, 상대적으로 원작에서 소략했던 부분은 맥락을 살리기 위해 첨가·부연 작업도 일어나기 때문이다. 이렇기 때문에 다시쓰기를 잘 하려면 오히려 원작에 대한 이해·연구가 더 필요하다.

1) 초록글연구회, 『홍길동전』(청솔, 2002)

이 책은 초록글연구회에서 글을 쓰고, 윤정주가 그림을 그렸다. 모두 159쪽 분량으로, 2002년에 청솔에서 간행되었다. 작가[10]는 서문에서 〈홍길동전〉이 사회소설, 낙원사상의 소설, 도술소설 등의 다양한 속성을 담고 있기 때문에 높이 평가받고 있다고 하였다. 또한 홍길동의 신기한 재주와 절묘하고 통쾌한 이야기는 요즘의 그 어떤 만화에도 뒤지지 않을 만큼 어린이들에게 만족스러운 재미를 안겨줄 것이라고 하였다. 본문은 13장으로 구성하였고, 본문 뒤에는 '허균과 홍길동전'이라는 제목으로 간략히 작품과 허균에 대해 해설을 붙였다.

작가는 경판 24장본을 대본으로 하여 다시쓰기 작업을 하였다. 다시쓰기 작업에서 이 책의 가장 큰 특징은 원작의 생략 · 축소와 첨가 · 부연 등을 통한 작가의 각색이 많아졌다는 점이다. 가령 작품의 첫부분에서 홍 판서가 청룡이 달려드는

10) 이 책의 글 저자 집단 초록글연구회는 동화작가, 어린이책 편집자, 글쓰기 지도교사들이 모인 공동 기획 · 집필 모임이라고 소개되어 있다. 편의상 '작가'라고 호칭한다.

꿈을 꾸고 길동을 낳게 되는 장면을 보면, 원작의 내용과는 달리 이미 처음부터 춘섬이 홍 판서의 첩이 되어 있어 금침(衾枕)을 함께 하고 있으며, 그것도 매우 금슬이 좋은 것으로 되어 있다. 그리하여 홍 판서가 용꿈을 꾼 다음 곧바로 춘섬과 동침하는 것으로 그려진다. 홍 판서가 정실인 유씨 부인에게 갔다가 거절 당하는 장면은 생략되어 있다. 그리고 춘섬이 길동을 낳은 뒤에는 홍 판서가 산모를 걱정하며 안부를 묻는 장면도 새롭게 설정되었다. 이 장면의 서술은 주로 대화를 통하여 진행되고 있다. 이처럼 서사 전개 및 문장 표현에서 작가가 많은 변화를 주었다. 그런데 대화 장면이 너무 코믹한 상황으로 설정되는 경우가 많아 다시쓰기 출판물과 원작의 분위기가 서로 맞지 않는 상황이 발생하기도 한다.

이러한 다시쓰기의 방식은 원작의 사회적 배경, 서사 전개, 주제 등을 진지하게 고려하지 않고, 함부로 고쳐씀으로써 원작을 해치는 경우이다. 청솔본 〈홍길동전〉에는 이러한 무원칙한 다시쓰기가 빈번하게 나타난다. 이러한 양상은 좀 더 비판적으로 검토할 필요가 있다.

2) 이효성, 『홍길동전』(꿈소담이, 2008)

이 책은 원로 아동문학가 이효성이 글을 쓰고, 역시 원로 삽화가인 계창훈이 그림을 맡았다. 모두 66쪽 분량밖에 안 되는 간략한 텍스트로, 꿈소담이에서 2008년 초판을 간행하였다. 본문을 7장으로 구성하였으며, 책 뒤에 간략한 작품 해설을 붙였다. 다시쓰기의 저본은 경판 24장본이며, 작가는 원작의 문장 표현을 쉽고 간략한 표현으로 고쳐쓰는 방식으로 다시쓰기를 하였다. 하지만 전체적으로 원작의 내용을 거의 생략하지 않고 내용을 다 살렸으며, 인물의 성격도 잘 살린 편이다. 특별히 개성 있는 출판물은 아니지만, 오히려 크게 가감하지 않으면서도 원작을 충실히 표현한 경우라고 판단된다.

3) 박민호, 『차별에도 굴하지 않는 길동』(생각의 나무, 2008)

이 책은 아동문학가 박민호가 글을 쓰고, 일러스트레이터 정승환이 그림을 맡았다. 전체 103쪽의 분량으로, 2008년 생각의 나무에서 간행되었다. 서문에서 작가는 "어린이 여러분도 이 작품을 잘 읽고 홍길동처럼 자기의 앞을 가로막는 어떤 차별에도 정의롭게 저항해 이길 수 있는 용기와 힘을 키우기 바랍니다."라고 하여, 〈홍길동전〉의 고전적 가치를 '차별에 저항하는 정의로운 용기와 힘'에서 찾았다.

이 책의 특징은 〈홍길동전〉을 거의 새로운 소설의 수준으로 재창작하였다는 점이다. 본문은 5장으로 재구성하였다. 작가가 대본으로 한 텍스트는 완판 36장본인데, 원작의 내용을 완전히 재구성하고, 새롭게 사건을 설정하기도 하며, 문장도 서술식이 아닌 대화체로 거의 바꾸어 한편의 동화 내지 소년소설 같은 느낌을 주는 작품으로 각색을 하였다. 이러한 다시쓰기의 방향을 어떻게 평가할지는 좀 더 숙고할 필요가 있다. 〈홍길동전〉을 완전히 각색하여 한 편의 소년소설처럼 문장과 느낌을 뜯어고친 것은 초등학생 독자들에게 흥미성을 높이는데 기여할 것으로 보인다. 하지만 역으로 원작의 맛과 분위기는 상당 부분 잃은 것이 아닌지 우려가 된다.

이 책의 또하나의 특징은 역시 다양한 정보란, 학습란을 만들어 독자들에게 제공한다는 점이다. 책의 앞부분에는 '원전에 대하여 종알종알', '작품에 대하여 미주알고주알'이란 페이지를 두어 허균과 홍길동전을 해설하고, 또 홍길동이 꿈꾸던 새로운 세상이 무엇인지를 보여주었다. 그리고 각 장마다 끝에는 '생각거리'라는 항목을 붙여서 논술적 사고방식을 기르고자 하였다. 그리고 책의 뒷부분에는 작품의 시간적 배경이 어떠했는지를 정리하여 서술하였고, 또 홍길동 실존인물설에 대해서도 해명을 하였다. 그밖에도 이야기 속 고사성어를 찾아 해설하였고, 연관되는 작품까지 소개하였다.

4) 홍영우 그림책, 『홍길동』(보리, 2006)

이 책은 홍영우가 글과 그림을 모두 맡은, 36면의 그림책이다. 〈홍길동전〉이 그림책으로 출간된 것은 홍영우의 책이 처음이 아닌가 한다. 이 책은 일본에서 먼저 출간되었다. 1982년 일본 도쿄 조선청년사에서 재일교포 2세인 홍영우 씨가 재일동포 어린이들을 위해 책을 쓴 것인데, 한국에서 재출간한 것이다. 홍영우 그림책의 특징은 원작 소설을 간략하게 재구성하였다는 점이다. 내용도 핵심 사건 위주로 간추려 서술하였으며, 문장도 초등 저학년 수준으로 매우 쉬운 단어들을 사용하여 썼다. 가령 길동의 가출 사건에 관한 부분을 보자.

> 이러구러 몇 해가 지나자
> 길동이의 재주는
> 당해낼 이가 없을 만큼 됐어.
> '이제 세상을 바로잡으러

나갈 때가 됐다.'

길동이는 마음을 단단이 먹고

집을 나섰어.

들메끈을 바짝 조이고 길을 떠났어.

길고 긴 여행이 계속되었어.

세상은 넓고

보이는 건 모두 신기한 것뿐이었지

하지만 길동이의 마음은 무겁기만 했어

이상과 같이 초랑의 음모와 특재의 공격 사건 없이 길동이 자발적으로 가출하는 설정은 이제껏 한번도 본 적이 없는 과감한 '생략'과 '재구성'의 묘를 보여준다.

결말 부분에서 율도 정벌 내용이 전혀 없이 조선 국내에서 이야기를 종결하였다는 점도 특징적이다. 나름대로 소박하고 흥미로운 점이 있지만, 소설을 전래동화로 개작하려는 의도 속에서 결말이 설화적 · 상징적으로 처리된 점은 문제적이다, 다음의 인용문을 보라.

임금이 화가 나서 소리쳤지.

"이 놈, 나를 거역하고도 살기를 바라느냐? 당장 내려와 죄를 털어놓지 못할까?"

그러자 길동이 천둥 같은 소리로 말했어.

"정말로 죄를 지은 이는

가난한 백성들을 괴롭힌 양반과 벼슬아치입니다.(중략)"

"만약 임금님이 마음을 바꿔

나쁜 양반과 벼슬아치들을 벌주고

다시는 나쁜 짓을 못 하도록 한다면

나는 이제부터 나타나지 않겠습니다."

임금은 얼른 약속을 했지.

"잘 알았다. 내 약속하마."

그러자, 길동은 어디론가 사라져 버렸어.
그 뒤로 길동이는 사람들 앞에
다시는 나타나지 않았어.
사람들 사이에서는, 길동이가 (중략) 새로운 나라를 세웠다는 얘기도 들렸어.
그 나라에서는 가난한 사람, 배고픈 사람이 하나도 없이
모두가 행복하게 잘 살았대.
그 섬이 어디에 있는지는 지금까지
아무도 아는 사람이 없다고 해. (보리, 30~35면)

위 본문에서 풍문으로 이상적인 나라를 세웠다는 이야기를 전함으로써 길동을 신비화한 방식이 새롭다. 또 〈홍길동전〉 다시쓰기에서 '해외 이상국 건설' 부분을 뺄 수 있다는 것도 놀라운 발상이다. 핵심 서사가 바뀌는 것이고, 작품의 의미가 달라지는 것이어서 상상하기 힘든 생략인데, 그림책이라 가능한 시도이리라. 하지만 차분히 생각해보면, 결말의 개작에서 이렇듯 임금의 약속 한 마디로 길동이 사라지고 조선 정부와 홍길동 간에 팽팽하게 존재하던 갈등이 일시에 소멸된 듯 그리는 것은 안일하다. 원작이 지니고 있던 사회적 문제 인식을 너무 쉽게 포기해버려 그야말로 '재미있는 동화'가 되고 말았다.

(3) 대학생 및 일반인들을 대상으로 한 출판물

1) 허경진, 〈홍길동전〉(책세상, 2004)

이 책은 연세대 허경진 교수가 다시쓰기를 하였는데, 작가 연보까지 포함하여 총125쪽의 분량이다. 이 책의 저본이 된 것은 일본 동양문고에 소장된 3권3책의 사직동(社稷洞) 세책(貰冊)이다. 이는 경판본 계열에 속하는 이본으로, 2권의 제30장까지는 경판 30장본과 거의 일치하나, 2권의 제30장부터 시작하는 율도국 정벌 내용은 전혀 다르다. 율도국 대목이 전체 분량이 1/3을 차지할 정도로 군담이 긴 것이 특징이다.[11] 서울 지역에서 널리 읽히던 세책본이 다시쓰기 출판물의 저본으로 쓰이기는 이 책이 처음이다.

책의 구성은 원작과 같이 3권으로 분권하였고, 여기에 다시쓰기 작가가 다시 장을 나누고 소제목을 붙였다. 작가는 사직동 세책을 현대어로 옮기고, 문

11) 이윤석, 『홍길동전 연구』, 36-37쪽.

맥상 어색한 곳에는 글을 보완하여서 중·고등학생이라도 어려운 부분 없이 쉽게 읽을 수 있도록 하였다. 고어나 전고(典故), 관직명 등은 미주를 달아 풀이하였다.

본문은 7~73쪽까지이며, 그 뒤에는 작가 인터뷰와 작가 연보를 수록하였다. 작가 인터뷰는 작가 허경진이 꿈 속에서 허균을 만나 인터뷰한, 일종의 몽유록의 형식을 취하였다. 여기에는 허균이 〈홍길동전〉을 쓰게 된 동기, 자신의 작품이 세책으로 개작된 것에 대한 의견, 자신이 한글로 작품을 지었다는 것 등의 내용이 담겨 있다.

2) 김탁환, 『홍길동전』(민음사, 2009)

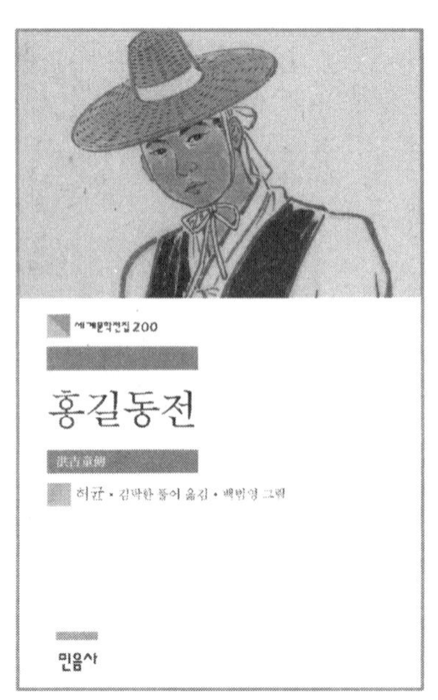

소설가이자 카이스트 교수인 김탁환이 글을 맡았고, 용인대 회화과 교수 백범영이 그림을 맡았다. 2009년 1월에 초판을 간행하여, 2011년 5월 현재 6쇄를 간행하였다. 이 책의 1부는 완판본 36장본을, 2부는 경판본 24장본을 대본으로 하였는데, 1부는 97쪽, 2부는 47쪽의 분량이다. 그 뒤에는 국립중앙도서관 소장인 완판 36장본을 영인하여 첨부하였다.

김탁환은 다시쓰기를 하면서, 첫째, 독자들이 소설 내용을 더 잘 이해하도록 원본에는 없는 소제목을 붙였다. 둘째, 지명이나 관직명에 대해서는 구체적인 주석을 달지 않았다. 단 고사가 있는 지명이나 인명의 경우는 주석을 넣어 문맥 파악에 도움이 되도록 하였다. 셋째, 한자어를 현대 어휘로 옮길 때는 그 의미를 훼손하지 않고 전체 문맥을 고려하였다. 넷째 한시나 포고문 등은 행을 바꾸어 인용 처리하였다. 전체적으로 원작에 바탕하여, 짧고 평이한 문장으로 다시쓰기를 한 것이 특징이다. 대학생 · 성인들을 독자로 한 출판물이라 하였지만, 문장 표현은 그보다 훨씬 간명하면서도 세련되다. 원작의 표현에서 핵심적인 내용을 과감하게 추려내었고, 이를 명료하게 현대어로 옮긴 것이 비결로 보인다.

(4) 서사단락 및 문장 표현의 대비

〈홍길동전〉은 대중적인 국문소설이기 때문에 어려운 고사성어나 문장 표현도 많지 않다. 따라서 현대어로 옮기는 작업이 그렇게 난해한 일이 아니다. 다만 저본의 차이나 다시쓰기 작가의 개성에 따라 몇몇 출판물에서는 서사 전개나 문장 표현에서 적지 않은 변이가 발생하기도 한다. 〈홍길동전〉의 다시쓰기 출판물들에서 저본으로 삼은 텍스트는 완판본 계열이 네 종(현암사, 나라말, 생각의 나무, 민음사), 경판 본 계열이 네 종(청솔, 꿈소담이, 민음사, 책세상), 그리고 필사본 계열이 두 종(창비, 웅진)이다.

성인 독서물과 청소년용 출판물은 문장 표현을 가다듬는 정도에서 다시쓰기가 진행되지만, 아동용 출판물에서는 적지 않은 변이가 일어난다. 아동용 출판물에서는 출판사의 기획 방향이나 작가들의 개성에 따라 서사가 변형되기도 하고, 문장 표현 단위에서는 생략 · 축소뿐 아니라 첨가 · 부연도 이루어진다. 성인 독서물에서도 원작을 어떻게 다듬느냐에 따라 글맛이 달라진다. 주요 서사

단위에서 다시쓰기 출판물의 양상을 대조하면서 각각의 개성이 어떻게 나타나는지 검토해보고자 한다.

1) 홍 대감이 용꿈을 꾸고 춘섬과 동침하는 장면

이 장면은 작품의 첫부분인데, 서사 전개 면에서 경판본과 완판본은 대체로 유사한 양상을 보인다. 하지만, 홍판서가 용꿈을 꾸는 부분에서는 완판본의 묘사가 훨씬 자세하고 구체적이다. 그 분량도 경판의 "문득 뇌정벽력(雷霆霹靂)이 진동하며 청룡이 수염을 거꾸로 하고 공을 향하여 달려들기에, 놀라 깨달으니 일장춘몽(一場春夢)이라."는 문장보다 열 배는 많다. 지면 관계도 있고 해서, 경판본 계열의 텍스트를 저본으로 한 책들을 중심으로 원작과 대비하여 보기로 한다.

> ① 그 앞서, 공이 길동을 낳을 때에 일몽(一夢)을 얻으니, 문득 뇌정벽력(雷霆霹靂)이 진동하며 청룡이 수염을 거꾸로 하고 공을 향하여 달려들기에, 놀라 깨달으니 일장춘몽(一場春夢)이라. 심중(心中)에 대희(大喜)하여 생각하되, 내 이제 용몽(龍夢)을 얻었으니 반드시 귀한 자식을 낳으리라.' 하고 즉시 내당으로 들어가니, 부인 유씨가 일어나 맞거늘, 공은 흔연(欣然)히 그 옥수(玉手)를 이끌어 친압(親狎)고져 하거늘, 부인이 정색 왈,
>
> "상공이 체위 존중하시거늘 연소경박자(年少輕薄子)의 비루(鄙陋)함을 행코저 하시니, 첩은 봉행(奉行)치 아니하리로소이다."(중략)
>
> 마침 시비 춘섬이 차를 올리거늘, 그 고요함을 인하여 춘섬을 이끌고 협실(夾室)에 들어가 정이 친압하니, 이때 춘섬의 나이 십팔이라.
>
> (경판 24장본, 철자법은 필자가 현대어로 고쳤음)

> ② 예전에 공이 길동을 낳을 때 한 꿈을 얻었다. 천둥과 벼락이 치고 청룡이 수염을 거스르며 공을 향해 달려들었는데, 놀라 깨보니 한바탕 봄날의 꿈이었다. 공이 마음속으로 크게 기뻐하며 생각했다.

"내 이제 용꿈을 얻었으니 반드시 귀한 자식을 낳으리라."

즉시 안방으로 들어가자, 부인 유씨가 일어나 맞이했다. 공이 즐겁게 그 고운 손을 이끌고 사랑을 나누려 하자 부인이 얼굴빛을 바꾸며 말했다.

"상공께서는 지위가 높으심에도 불구하고 나이 어리고 경박한 자들같이 천박하게 행하시니, 저는 상공의 뜻을 받들 수가 없습니다."

유씨가 말을 마치고 손을 뿌리치며 나가자 공은 몹시 무색해졌다. 분한 마음을 참지 못하고 바로 바깥채로 나가며, 부인의 눈치 없음을 탄식해 마지않았다. 마침 춘섬이 차를 올리려 방에 들어오자, 공은 고요한 틈을 타서 춘섬을 이끌고 옆방에 들어가 사랑을 나누었다. (책세상, 7-8쪽)

③ 길동을 낳기 전에 공은 꿈을 꾸었는데, 갑자기 천둥번개가 치고 푸른 용이 수염을 날리며 공에게 달려들었던 것이다. 꿈을 꾼 공은 매우 기뻐하며 생각했다.

'용꿈을 꾸었으니, 꼭 귀한 자식을 얻게 되겠구나!'

공이 안채에 들어가니 유씨 부인이 맞았다. 공은 마음이 흐뭇하여 부인의 손을 잡았더니, 부인이 뿌리치며 말했다. "지위가 높으신 분이 고상하지 못하게 이게 무슨 짓입니까?"

부인이 나가 버리자, 공은 몹시 부끄럽고 서운한 마음을 참지 못하여 바깥채로 나와 한탄했다. 그때 몸종인 춘섬이 차를 올렸다. 공은 얌전한 춘섬을 이끌고 옆방으로 들어갔는데, 춘섬의 나이 열여덟 살이었다. (꿈소담이, 11-12쪽)

④ 홍 판서는 길동을 가질 무렵 이상한 꿈을 꾸었습니다. 검은 구름이 자욱하고 천둥번개가 요란한 밤길을 혼자서 걸어가고 있었습니다. 그런데 어디선가 난데없이 푸르스름한 구름이 몰려오더니 그 사이로 푸른 수염에 푸른색 비늘을 가진 어마어마하게 커다란 용이 나타났습니다. 용이 움직일 때마다 우르릉거리는 소리가 들렸고 푸른 비늘이 달빛을 받아 번쩍였습니다. 그 푸른 수염의 용은 금빛 여의주를 물고 홍 판서에게 달려들었습니다. 홍 판서는 너무 놀라 잠에서 깨었지요.

"아니, 무슨 일이십니까?"

잠에서 깬 홍 판서를 바라보며 춘섬이 걱정스레 물었습니다.

"휴우-, 이상한 꿈을 꾸었지 뭐요."

이렇게 말한 홍 판서는 잠시 생각에 빠졌습니다.

"어떤 꿈이기에 그리 생각하십니까?"

궁금했던 춘섬이 다시 물었습니다.

"푸른 수염과 푸른 비늘을 가진 용이 달려드는 꿈이었소. 그 기운이 대단했소. 이건 아무래도…… 아무래도 귀한 아이가 태어나지 않을까 싶소."

"네? 아기라구요?"

홍 판서의 말을 들은 춘섬은 쑥스러우면서도 한편으로는 뛸 듯이 기뻤습니다. 아무래도 시비의 신분인 자신에게서 대감의 아이가 태어난다는 사실도 기뻤지만, 사실 태어나는 아이가 천한 신분인 자신보다는 좀더 나은 삶을 살 수 있을 거라고 생각했기 때문입니다. (청솔, 9-11쪽)

⑤ 봄이 가고 여름이 시작될 무렵, 한 선비가 경치 좋은 곳을 유람하고 있었다. 높고 푸른 산에는 온갖 꽃들이 활짝 피어 향내를 뽐내고 있었다. 깊은 계곡을 흐르는 물은 맑고 깨끗했다. "아, 좋다." 선비의 입에서 감탄사가 툭 튀어 나왔다. 그런데 선비가 어느 폭포 앞을 지날 때였다.

"크아앙!" 폭포수를 거슬러 공중으로 올라가던 청룡이 크게 부르짖었다. 그 소리에 온 산과 계곡이 흔들리는 것 같았다. 순간 허공에서 공중제비를 한 청룡이 선비에게 달려들었다. 깜짝 놀란 선비가 입을 쩍 벌리자 청룡이 선비의 입속으로 쑥 들어갔다. "헉!" 선비는 숨이 턱 막혔다. 아무 소리도 낼 수가 없었다.

눈을 번쩍 뜬 선비가 고개를 두리번거렸다. 자기 집 후원에 있는 정자였다. 솔바람이 솔솔 부는데 점심을 먹고 정자에 올랐다가 난간에 기대어 깜빡 잠이 들었던 것이다. "으음, 용꿈을 꾸다니…."(중략)

용꿈을 꾼 홍 대감은 안방으로 부리나케 달려갔다. 시중들던 종들을 물린 홍 대감이 부인의 고운 손을 잡고 말했다. "여보, 부인 내가 신비한 용꿈을 꾸었소. 지금 나와 함께 자리에 들면 틀림없이 훌륭한 아들을 얻을 태몽이란 말이오. 그 아이는 장차 영웅호걸이 되어 세상을 호령할 것이오."

"대감, 이미 우리에겐 아들 길현이가 있습니다. 그러니 체통을 지키세요. 하늘 같은 임금님을 모시는 대감께서 밝은 대낮에 어찌 잠자리를 하자십니까? 아랫것들에게 창피하지도 않으세요?"(중략)

곁에서 시중을 드는 계집종인 춘섬이 문을 열고 방으로 들어왔다. 홍 대감이 차를 따르는 춘섬을 지긋하게 바라보았다. 오늘따라 무척 아름다웠다. 춘섬을 건넛방으로 데리고 간 홍 대감은 잠자리를 함께 했다. 그때 춘섬의 나이는 18세였다.

(생각의 나무, 15-18쪽)

①의 경판본 원작에서는 용꿈을 간략히 묘사하고 홍 대감이 용꿈을 꾼 뒤 유씨 부인에게 갔다가 동침을 거절 당하고, 마침 차를 가져온 시비 춘섬을 보고 강제로 동침하는 이야기를 서술하였다.

②의 책세상본에서는 원작의 고어와 낯선 한자어를 쉬운 우리말로 고치고, 문장 표현도 자연스럽게 다듬었다. 마지막 문장인 "공은 고요한 틈을 타서 춘섬을 이끌고 옆방에 들어가 사랑을 나누었다."와 같은 표현은 정감 있는 현대식 표현이다.

③의 꿈소담이본에서는 원작의 고답스런 표현을 쉬운 현대어로 간략히 표현한 것이 특징이다.

④의 청솔본에서는 작가가 마치 한편의 동화를 구연하듯, 길고 자세하게 용꿈을 묘사하였다. 특정 장면에서 작가가 원작의 한 부분을 어떻게 확대 부연하는지를 알 수 있는 부분이다. 작가는 문장 표현에서 큰 변화를 주었을 뿐 아니라, 서사 전개에서도 적지 않은 개작을 하였다. 춘섬은 길동을 낳기 전부터 홍 판서의 첩이 되어 있고, 홍 판서가 용꿈을 꾼 날도 홍 판서와 금침(衾枕)을 함께하고 있는 것으로 설정되어 있다. 두 사람은 다정하게 대화를 주고받을 정도로 금슬이 매우 좋다. 원작에서 홍 판서가 어리고 힘없는 시비 춘섬을 강제로 범하여 임신시킨 것과는 매우 다른 양상이다. 청솔본은 작가는 아마도 초등학생들이 읽는 책이라서 두 사람의 사이를 자연스럽고 친근한 사이로 개작해 놓았는지도 모른다. 하지만 이러한 개작은 원작에 그려진 시비 춘섬의 처지와 서사 전개 및 작품의 주제적 성격을 심각히 왜곡시키는 결과를 초래한 것이다.

⑤는 완판 36장본을 저본으로 한 생각의 나무본인데, 앞서 언급하였듯이 용꿈 부분은 원작의 영향으로 경판을 저본으로 한 책들보다 확장되어 있다. 하지만

그 구체적인 내용은 원작과는 사뭇 다른 문장 표현으로 이루어져 있다. 산과 계곡에 대한 묘사, 폭포수를 거스르며 솟구치다가 선비에게 달려드는 청룡의 모습을 작가는 마치 영화의 한 장면을 묘사하듯, 이른바 '공감각적(共感覺的)'으로 표현하였다.

그리고 홍 대감이 부인에게 동침을 요구할 때 태몽을 꾸었음을 이야기하는데, 이 장면은 원작의 맥락을 잃었다는 점에서 잘못되었다. 원작에서 "승상이 생각하니 (부인의) 말씀은 당연하나 대몽(大夢)을 허송(虛送)할까 하여 몽사(夢事)를 이르지 아니하시고 연하여 간청하시니…" 한 것처럼, 승상은 태몽을 이야기해버리면 허사가 되어버리므로 부인에게 끝내 몽사를 말하지 못한 것이 아닌가. 게다가 "대감, 이미 우리에겐 아들 길현이가 있습니다." 하며 동침을 거부하는 부인의 대답도, 조금만 생각해보면 설득력이 없다는 것을 알 수 있다. 아들은 많을수록 좋아했던 조선 시대에, 아들 하나가 있다고 해서 영웅호걸이 될 아들 얻을 기회를 거절한다는 것이 말이 되겠는가. 고전의 다시쓰기, 또는 개작을 할 때 무엇보다 원작을 세밀하게 읽고 이해하는 일이 중요하지 않을까 생각한다.

2) 호부호형(呼父呼兄)하지 못하는 길동의 자탄(自嘆) 부분

① 상하 다 아니 칭찬할 이 없고 대감도 사랑하시나, 길동은 가슴의 원한이 부친을 부친이라 못하고 형을 형이라 부르지 못하여 스스로 천생(賤生)됨을 자탄(自嘆)하더니…
(완판 36장본)

② 길동의 가슴에는 한 가지 깊은 한이 맺혀 있다. 아버지를 아버지라 부르지 못하고 형을 형이라 부르지 못하므로 스스로 천하게 태어남을 한탄하였다.
(현암사, 20쪽)

③ 길동은 열 살이 넘도록 아버지를 아버지라 부르지 못하고 형을 형이라 하지 못하는 처지였다. 그러니 집안의 종들마저 손가락질하며 수군거리기 일쑤였다.
(창비, 16쪽)

④ 그러나 길동의 가슴에는 늘 원한이 맺혀 있었다. 출생이 천한 탓에 아버지를 아버지라 부르지 못하고 형을 형이라고 부르지 못하기 때문이었다. 그는 자신의 천한 신분을 한탄하고 또 한탄하였다. (나라말, 23쪽)

⑤ 정실 부인이 아닌 첩의 아들이었던 길동은, 언제나 아버지를 아버지라 부르지 못하고 정실 부인에게서 태어난 형도 형이라 부르지 못했습니다. 그 당시에는 아버지를 '대감', 형을 '도련님'이라 불렀으며 벼슬에도 나갈 수 없었지요.

(청솔, 12-13쪽)

⑥ 그렇지만, 천한 몸에서 태어났으므로 길동이 아버지를 '아버지', 형을 '형'이라고 부르면 꾸짖고 못 부르게 하였다. 또 종들조차 천대하여 뼈에 사무치도록 원통해하였다. (꿈소담이, 12쪽)

⑦ 길동은 사랑채에서 어머니 춘섬이 있는 방으로 가려고 후원을 지나고 있었다. 먼발치에 길현이 보였다.

'어라, 저기 형님이 나와 계시네. 과거 공부하다가 머리를 식히러 나오셨나보네.'

이렇게 생각한 길동이 이복형인 길현에게 반갑게 다가갔다. 길동은 공손히 허리를 굽혀 인사했다.

"형님, 산책하십니까?"

그 소리에 고개를 돌려 길동을 본 길현의 표정이 순간 일그러졌다.

"뭐라, 형니임? 이 건방진 녀석, 너같이 천한 게 감히 누구한테 형이라 하는 게냐, 엉?"

"아, 도련니임, 죄, 죄송합니다아…."

"무례한 놈 같으니, 썩 물러나거라."

길동은 갑자기 서러움이 울컥 올라와서 울음이 쏟아질 것 같았다. 길동은 울음을 꾹 참고 묵묵히 그 자리에서 물러났다. 춘섬의 방으로 뛰어들어가서야 무릎을 꿇고 앉아 흐느끼며 말했다.

"어머니, 아버지를 아버지라 부르면 왜 안 됩니까? 또한 아버님이 같은데 형을 형이라 부르면 왜 안 됩니까?"

'그래, 이제 말할 때가 되었구나….'

고개를 끄덕인 춘섬이 차근차근 말했다…. (생각의 나무, 22-23쪽)

경판본이나 완판본 모두 길동이 호부호형하지 못하는 자신의 처지를 자탄하는 부분은 짧게 한 문장으로 서술되어 있다. ①부터 ⑥까지의 다시쓰기 출판물들도 조금씩의 차이는 있지만, 대체로 비슷한 양상이다. 길동의 한(恨)을 각각의 방식으로 절실하게 표현하였다. 그런데, 이 부분에서 가장 현저한 변이를 보여주는 것은 ⑦의 생각의 나무 본이다. 이 부분은 어린 길동이 이복형 길현에게 형이라 불렀다가 천출(賤出)이라며 길현에게 심한 질책을 받고 상처를 입는 장면이다. 원작에서는 이른바 '호부호형(呼父呼兄)' 못하는 서러움을 간략히 서술한 것인데, 박민호 작가는 그 서러움이 어떠한 것인지를 보여주기 위해 구체적으로 새로운 사건을 만들어내어 한 페이지에 걸쳐 절실하게 묘사하였다. 새롭게 화소를 첨가한 방식이다. 그런데 이 화소에서 열 살이 되도록 길동이 이토록 물정을 몰랐다는 설정이 개연성이 있을까 하는 의문이 한편에서 든다. 이는 순전히 박민호 작가의 창작인데, 생각의 나무본에는 이러한 '각색' 수준의 변이가 곳곳에서 발견된다.

이러한 다시쓰기는 길동의 서러움을 '서사화'했다는 점에서 정서적 공감대를 키우는 효과가 있다. 다만 풀어쓰기와 상술(詳述)이 지나치면 원작의 간결성을 해칠 수 있다는 점도 유의해야 되지 않을까 생각한다.

3) 율도국 건설과 결말 양상

〈홍길동전〉의 결말 부분은 길동의 율도국 정벌, 모친의 장례, 태자로 왕위 양도 등의 에피소드로 채워진다.

① 원작

각설 길동이 제전(祭奠)을 극진히 받들어 삼상(三喪)을 마치매 모든 영웅을 모아 무예를 익히며 농업을 힘쓰니 병정약족(兵精糧足)한지라. 남쪽에 율도국이라는 나라가 있으니, 옥야(沃野) 수천 리에 진짓 천부지국(天府之國)이라. 길동이 매양 유의하던 바라, 제인을 불러 왈, "내 이제 율도국을 치고자 하는데, 그대등은 진심(盡心)하라." (중략)

(율도왕이) 제신을 거느려 항복하니, 길동이 성중에 들어가 백성을 안무하고 왕위에 즉한 후, 율도왕으로 의령군을 봉하고 마숙 최철로 좌우상을 삼고 기여(其餘) 제장은 다 각각 봉작(封爵)한 후, 만조백관이 천세를 불러 하례하더라. 왕이 치국 삼년에 산무도적(山無盜賊)하고 도불습유(道不拾遺)하니 가위(可謂) 태평세계러라. (중략)

차설 율도왕이 삼상을 마치매 대비 이어 기세(棄世)하매, 선릉에 안장한 후 삼상을 마치매 왕이 삼자이녀를 생하니, 장자 차자는 백씨 소생이묘, 삼자와 차녀는 조씨 소생이라. 장자 현으로 세자를 봉하고, 기여(其餘)는 다 봉군(封君)하니라. 왕이 치국(治國) 삼십년에 홀연 득병하여 붕(崩)하니, 나이 72세라. 왕비 이어 붕하매 선능에 안장한 후, 세자가 즉위하여

대대로 계계승승하여 태평으로 누리더라. (끝) (경판본)

원작의 내용을 간략히 보면, 길동은 부친의 삼년상을 치른 후 군사를 기르고 군량미를 모은 뒤 율도국을 정벌하고자 한다. 그 다음으로 속전속결 율도국 왕의 항복을 받고 길동이 왕위에 올라 선정을 베풀어 태평세계를 건설한 이야기가 약술되어 있다. 마지막 부분에는 길동이 치국 30년에 병을 얻어 72세로 죽고, 태자가 왕위를 이었음을 기술하였다.

② 청솔본

청솔본은 원작 경판본의 내용을 평이한 현대어로 풀어쓰면서도 몇몇 부분은 각색하여 결말 부분을 서술하였다. 홍 승상의 삼년상을 치른 후, 길동이 선정을 하자 주변 섬 사람들이 몰려들어 섬이 좁아지자 길동은 율도국을 정벌하기로

한다. 하지만 율도국 정벌 사건은 아주 간략히 서술되고, 길동의 서신을 받은 율도국의 왕이 바로 항복함으로써 종결된다. 길동이 새 왕으로 추대되는 과정을 작가는 다음과 같이 대화체의 문장을 만들어 묘사하였다.

> 좌우의 대신들은 홍길동 대장을 칭송하며 율도국의 새 왕이 되어줄 것을 간곡히 부탁하였습니다.
> "바른 사람이 새 왕이 되어야 합니다. 저희는 홍 장군이 왕이 되어 이 나라를 다스려 주시기를 바랍니다."
> "좋습니다. 내가 한번 율도국의 왕이 되어 좋은 나라를 만들도록 노력해 보겠습니다."
> 길동은 마침내 율도국의 왕이 되었습니다. 길동의 머릿속에는 서자 출신으로 천대받던 어린 시절부터 지금에 이르기까지의 여러 가지 일들이 스쳐 지나갔습니다.(중략) (152쪽)

작가는 이러한 서술을 통하여, 길동이 대신들의 추대를 받아 왕으로 즉위한 과정을 부각하였고, 그 사실이 서자의 설움을 안고 살아 왔던 길동의 인생에서 얼마나 극적인가를 드러내었다. 그 뒤로 이어지는, "길동이 왕이 되어 나라를 다스린 지 삼 년이 지나자 율도국은 도둑이 없고 풍년이 들어 온 나라가 태평성대였습니다… 백성들의 생활은 풍요롭고 평화로왔습니다."는 문장은 율도국의 태평성대가 거둔 이상이 무엇인가를 묘사한 것인데, 백성들의 소산 및 생활이 풍요롭고 백성들의 마음이 순화되었음을 언급하였다. 원작의 이 부분은 "왕이 치국(治國) 삼년에 산무도적(山無盜賊)하고 도불습유(道不拾遺)하니 가히 태평세계(太平世界)러라"(경판본)와 같은데, 약간의 내용을 추가하면서 쉬운 문장으로 풀어쓴 것이다. 마지막 문장은 다음과 같다.

> 길동은 삼십년을 다스린 후에 세상을 떠났는데 그때의 나이가 칠십 세였습니다. 왕비가 이어 세상을 떠나자 부모의 무덤이 있는 곳에 무덤을 만들었습니다. 그후 세자가 즉위하여 대대손손 태평성대를 누렸습니다. (청솔, 156쪽)

이 역시 원작의 내용에 바탕하여 다시쓰기를 한 것이다.

③ 꿈소담이본

꿈소담이본은 원작의 내용을 요약 서술하는 것이 다시쓰기의 핵심인데, 작가는 경판본의 결말 부분과 같이, 홍 승상의 장례 후, 길동이 율도국을 정복한 사건을 간략히 줄거리 위주로 서술하였다. 길동이 새로이 왕국을 건설하자, "길동이 왕이 되어 나라를 다스린 지 삼 년이 되었는데, 산에는 도적이 없어지고 길거리에 귀한 물건이 떨어져도 주워 갖지 않으니 태평한 세월이 되었다."(63쪽)고 하여 경판본의 내용을 그대로 옮겨썼다. 이어서 인형과 유씨 부인의 율도국 방문, 유씨 부인 및 길동 모친의 장례, 그리고 길동이 왕이 되어 아들 셋과 딸 둘을 낳은 것 등으로 서술된다. 작품의 마지막 부분은 다음과 같다.

> 왕은 나라를 다스린 지 삼십 년 만에 병을 얻어 세상을 떠나니, 나이가 칠십 살이었다. 이어, 왕비도 세상을 떠났다. 그 뒤, 세자가 왕이 되어 대를 이어 내려가며 태평한 세월을 누렸다. (꿈소담이, 66쪽)

위에 인용한 것은 작품의 마지막 문장인데, 길동과 부인의 죽음, 그리고 대대로 왕국이 태평하게 통치되었다는 사실로 끝을 맺었다. 원작의 내용을 대체로 평이한 문장을 옮긴 것인데, 청솔본의 문장과도 유사하다.

④ 생각의 나무본

> 길동이 율도국을 다스린 지 삼 년이 되자 관리들 중에는 탐관오리가 없고 산에는 도적이 없었다. 율도국을 잘 다스려 모두가 평안한 세상을 이루자 길동은 홍 대감의 부인과 어머니 춘섬을 모시고 와 함께 살았다. 그러다가 부인과 춘섬이 세상을 떠나자 홍 대감의 묘 옆에 잘 묻어 주었다. 그 후 길동은 아들인 세자 현에게 임금의 자리를 물어주고 세상을 떠났다. 그때 홍길동의 나이 72세였다. (생각의 나무, 91쪽)

생각의 나무본 역시 경판본을 저본으로 한 것인데, 결말 부분을 위와 같이 간략히 서술하였다. 하지만 새로운 왕국에 "탐관오리가 없고, 도적이 없었다"는 서술은 원작과는 약간 맥락이 다른 내용이다.

⑤ 현암사본, 나라말본, 창비본, 책세상본

청솔본, 꿈소담이본, 생각의 나무본 등은 원작 경판본과 같이 간략히 결말을 짓는다. 이에 비해 완판본 계열, 필사본 계열을 제본으로 한 현암사본, 나라말본, 창비본, 책세상본 등은 율도국을 정벌하는 과정에서 군담이 대폭 확장되었고, 노년에 길동이 왕위를 태자에게 전하고 월영산에 들어가 선도를 닦다가 신선이 되어 하늘로 올라간다는 점이 특징이다. 완판 36장본에서 길동이 군사를 일으키는 대목을 보면 다음과 같다.

> 근처에 한 나라가 있으니 이름은 율도국이라. 중국을 섬기지 아니하고 수십 대를 전자전손(傳子傳孫)하여 덕화유행(德化流行)하며 나라가 태평하고 백성이 넉넉하거늘. 길동이 제군과 의논 왈, "우리 어찌 이 도중(島中)만 지키어 세월을 보내리오. 이제 율도국을 치고자 하나니 각각 소견이 어떠하뇨?"
>
> (완판 36장본)

이와 같이 완판본에는 율도국이 덕으로 다스려지고 태평하며 백성들의 삶도 넉넉하다고 하였다. 길동이 군사를 일으키는 명분은 특별한 것이 없고, 다만 자신의 섬이 좁아 영토를 넓히기 위함이라고 하였다.

나라말, 창비, 책세상본에서는 길동이 군사를 일으킬 때 명분이 강화되었다. 몇몇 책의 내용을 보면,

> 이때 이웃나라 율도국의 왕이 나랏일에는 힘쓰지 않고 주색에 빠져 지내고 있었다. 자연히 조정에는 간신들이 들끓었으며, 율도국 백성들이 도탄에 빠져 아우성치는 소리가 하늘을 찔렀다. 일찍이 율도국을 눈여겨보았던 길동은 이곳을 쳐 무고

한 백성들을 구해 내기고 마음먹었다. (나라말, 127)

이때 제도 남쪽의 율도국은 넓고 풍요로운 나라였다. 그러나 오랫동안 전쟁이 없고 평화롭자 왕도 그만 사치에 빠져 백성과 나라를 돌보지 않게 되었다.

(창비, 129)

이때 율도 왕은 술과 여색에 빠져들어 정치를 돌아보지 않고, 후원에 잔치를 베풀어 날마다 즐겼다. 간신이 틈을 타서 일어나고 조정이 어지러워 백성들이 서로 죽이니, 지식 있는 사람은 깊은 산속에 들어가 숨어 살며 난을 피하고 있었다.

(책세상, 49)

위와 같이 홍길동은 율도국 왕이 주색에 빠져 신하들의 충언을 듣지 않고 무죄한 백성을 살해하였기에, 그 나라의 백성들을 구하기 위해 의병을 일으킨 것이라고 하였다.

위 책들에서 길동과 군사들이 율도국의 왕과 장수들과 맞서 싸우는 과정 및 군담은 청솔, 꿈소담이, 생각의 나무본들보다 3~배 이상 길다. 그중에서도 책세상본이 가장 확장되어 있다.

율도국 정벌과정에서 홍길동의 군대에 포위당한 율도국 왕과 왕자들은 스스로 목숨을 끊었다. 왕위에 오른 길동은 '안남국'이라 국명을 칭했다.

마지막 결말 부분에서 길동의 형이 유씨 부인과 함께 안남국에 도착하였고, 유씨 부인 및 길동 모가 세상을 떠나자 이들의 장례 후, 길동은 태자에게 왕위를 물려주고 부인들과 함께 월령산에 들어가 약초를 캐며 지냈다. 그리고 어느날 길동 부부는 신선이 되어 승천하고, 새 왕이 나라를 잘 다스렸다. 이러한 결말 부분도 경판본을 저본으로 한 책들과 확연히 대별된다.

결론적으로, 경판본보다는 완판본과 필사본 계열의 결말이 군담 부분이 풍부하며, 신비스럽고, 여운이 있다. 반면 불필요하다고 여길 수 있는 부분이 확대되어 있어 이 점이 단점으로 느껴질 수도 있다. 경판은 간략함이 장점으로 작용할 수도 있다. 이 점을 생각한다면, 고전소설의 다시쓰기 작업은 작가의 개성 및 필력이 중요하지만, 그것보다도 선본(善本)을 고르는 것에서부터 방향이 좌우된다. 〈홍길동전〉의 다시쓰기 작업은 위에서 본 것처럼 경판에 비해서 완판본 계열의 텍스트가 작품의 맥락을 살리는 데에는 유리하지 않은가 생각한다. 또 기존의 경판이나 완판 외에도 또 세책본인 동양문고본, 김동욱89장본 등 개성 있는 텍스트를 발굴하여 저본으로 활용하는 것도 〈홍길동전〉의 다시쓰기 작업을 다양하고 풍부하게 하는 데 일조한다고 생각한다.

3. 미학적 원천으로서의 〈홍길동전〉

고전소설 〈홍길동전〉의 매력은 작품에서 우러나오는 '인간선언'과 '정의실현'에서 강하게 우러나온다. 적서차별이라는 부당한 현실에 좌절하지 않고 당당한 인간으로 성장해나가는 홍길동, 그리고 부정한 권력을 풍자, 조롱하고 가난한 민중들의 편에 서는 정의감, 도술을 통해 엄청난 힘을 지닌 왕과 정부를 무력화해 나가는 군담의 재미가 어우러져 어린 초등학생부터, 청소년, 성인들에까지 독자들은 〈홍길동전〉에 반응한다.

그런데 홍길동이라는 캐릭터는 여전히 명확하게 이해되지 않는 점들이 많다. 좀 더 해석되어야 할 여지가 많다는 것이다. 이문규 교수는 천출(賤出)인 길동이 "목표 달성을 위해 부단히 투쟁하는 운명 개척적 행동인으로의 특성을 지니며…점차 행동 반경을 넓혀감으로써", "고뇌하면서도 운명에 좌절하지 않고 주어진 문제를 능동적으로 개척해 나가는, 우수에 찬 행동인"이라는 이미지를 지니게 해준다고 하였다.[12] 길동의 인물형상에 대해 잘 정리한 표현 · 개념이다. 길동은 '천출(賤出) 서자'에서 '활빈당 대장'으로, 다시 '병조판서'로, '제도(諸島)

12) 이문규, 「홍길동의 인물형상으로 본 〈홍길동전〉의 의미」, 『선청어문』 33, 선청어문학회, 2005, 208쪽.

통치자'로, 마침내 '율도국 왕'으로, 텍스트에 따라서는 '백일승천하는 신선'으로까지 성장하는 인물형이다. 어릴 때 적서차별에 한을 품었던 한 소년이 신선으로까지 성장해가는 과정에서 다시쓰기 작가는 각 인물마다의 성격 · 내면의식을 충분히 표현하고, 성장과정의 필연성을 제시할 수 있어야 한다. 원작에는 그러한 점이 분명하지 않더라도 다시쓰기 작가는 이러한 점을 의식하고 해석하려고 애써야 한다.

길동에게 있어서 병조판서 제수의 의미는 무엇인가? 길동은 왜 율도국을 정벌하는가? 율도국 왕으로서 길동의 정체성은 무엇인가? 이러한 질문에 대해 다시쓰기 작가는 자신이 충분히 연구하고 성찰하고 해석한 결과를 문장으로 서술해야 한다.

율도국은 우리 고전소설에서 흔치 않게 그려지는 유토피아 공간 중의 하나로, 상당히 구체화된 현실적 이상국가의 상을 보여준다. 박지원의 〈허생〉에서 허생이 찾아간 무인도도 이러한 성격을 띠고 있지만, 율도국의 구체성과 공간적 넓이에는 미치지 못한다. 율도국을 1500년 경의 실제 공간으로 파악한 연구도 있어 흥미롭다. 설성경은 홍길동을 성종 · 연산군 조의 재상 홍상직의 서자임을 고증하고, 1500년 경 의금부에 잡혔던 길동이 종적을 감추고 유구(琉球), 현재 일본의 오키나와로 탈출하여 새로운 나라를 세웠다고 주장하였다. 그리고 홍길동으로 추정되는 '홍가와라'라는 인물의 영웅적인 활동이 역사서와 구비전승을 통해 전해지고 있음을 밝혔다.[13] 마지막에 홍길동이 신선이 되어 승천하였다는 완판 계열과 필사본 계열의 결말은 현실세계에 대한 치열함과는 다른, 신비하고 영원한 것에 대한 관심을 보여준다. 초등학생, 중 · 고등학생들이 〈홍길동전〉의 다시쓰기 출판물들을 감상하고 위 질문들에 대해 심도 있는 해석과 질문, 토론을 하게 된다면, 오늘날 〈홍길동전〉은 미학적 원천으로서 자기 역할을 충분히 다하고 있는 것이 아닐까.

13) 설성경, 『홍길동의 삶과 홍길동전』, 연세대 출판부, 2002, 74~84, 274~314쪽.
설성경, 『홍길동전의 비밀』, 서울대 출판부, 2004, 270~285쪽.

고전소설의 다시쓰기는 이러한 '문장 풀어쓰기'가 실제 작업의 대부분을 차지하는데, 여기서 문장을 풀어쓰는 일은 작가마다의 전략과 감각, 능력에 따라 다양하게 나타난다. 원작의 예스런 표현이나 한자성어, 전거 등을 풀어쓸 것인가, 한자를 달아줄 것인가, 주석을 달아 좀 더 원문 표현의 형태와 의미를 살릴 것인가 등에 대해서도 독자 수준에 맞춰 편집자와 작가가 고심하여 판단해야 할 것이다.

한 가지 언급하고 가야 할 것은 고전소설의 아동용 출판물, 청소년용 출판물에서는 본문 쓰기 외에 정보란, 학습란, 질문 제시, 해설 글쓰기의 비중이 점점 커지고 있다는 점이다. 그림 작업의 의미와 비중도 점점 더 커지고 있다. 이러한 점들을 하찮게 여길 수도 있겠지만, 필자는 이러한 작업들이 고전소설의 현재적 소통을 위해서 기여하는 바가 크다고 적극적으로 평가하고 싶다. 나라말이나 생각의 나무 등의 출판사에서 보여준 방식은 초, 중·고등 학생들에게 고전소설 〈홍길동전〉을 제재로 하여 비판적 사고, 창의적 사고를 활성화할 수 있는 한 방식이 아닐까 한다. 또한 해설이 좀 더 깊이 있는 '해석'으로 심화되는 것은 다시쓰기 작가의 문제의식과 안목을 전달하기 위해서라도 필요하다고 생각한다. 물론 다시쓰기 출판물의 본령이 잘 정리된 '문예미 있는 문장'에 있음은 두말 할 나위 없다.

제8장

맺음말

필자는 이 책에서 21세기 사회에서 고전소설의 의미에 대해 문제 제기를 하였다. 오늘날 한국 고전소설은 어떤 의미가 있는가? 고전소설은 왜 읽어야 하며, 연구의 가치는 무엇인가? 필자는 이에 대해서 문화상품으로서의 고전소설, 학습용 문화콘텐츠로서의 고전소설의 의미를 말하였다. 이를 위해서 '고전소설의 대중출판물로의 다시쓰기'라는 개념을 주제로 삼아 해방 이후부터 21세기에 이르기까지 각각 고전소설이 대중출판물로 출판되어 양상을 고찰하고, 다시쓰기의 의미, 작가와 독자, 문학적 본령의 해석 등의 문제를 논의하였다.

대중출판물 간행을 통한 고전소설의 보급 작업에서 핵심은 '다시쓰기' 작업이다. 필자는 이른바 '고전소설의 다시쓰기(rewriting) 작업'이란 고전소설 원문을 독서대중들의 연령 및 지적 수준에 따라 쉽게 읽을 수 있도록 문장을 다듬는 작업으로 정의하였다. 이를 좀 달리 표현한다면, 다시쓰기란 원작의 정신, 주제, 플롯, 인물 설정 및 성격 등을 대부분 그대로 따르면서 문장 및 문맥 차원에서 고르고 다듬는다는 개념, 또는 시대에 맞는 해석을 담으면서도 원작의 문학적 품위를 훼손하지 않고 능란하게 다시 쓰는 과정이라 할 수 있다. '고전소설의 다시쓰기 출판물'이란 그러한 다시쓰기 작업을 하여 독서대중들이 손쉽게 읽을 수 있도록 한 대중출판물을 의미한다. 다시쓰기 작업의 범주에는 독자를 고려한 첨가 및 부연(끼워넣고 늘여 쓰기), 생략 · 축소(빼고 줄이기), 단어 및 문장 표현의 치환(바꿔넣기) 등이 있다. 그리고 대중출판물을 간행하는 과정에서 일어나는 해설, 그림 · 사진 · 정보 등의 부가 · 편집 작업도 다시쓰기 출판물 작업의 한 과정으로 파악하였다. 이러한 다시쓰기 및 대중출판물 작업은 오늘날 고전소설의 보급과 현재적 소통에 크게 기여하였다.

2장 '고전소설 저본으로서의 한국고전문학전집의 간행'에서 필자는 한국 고전문학전집의 간행 양상과 성격, 각 전집의 편찬의식과 구성, 수록 작품의 특색, 교양 충동의 충족 문제에 대해 고찰해보았다. 여기서 분석한 작업을 요약하여 정리하면 다음과 같다.

첫째, 1961년 민중서관에서 간행된 『한국고전문학대계』를 시작으로, 2000년대까지 발간된 20여 종의 한국고전문학전집은 서민대중들이 친근함을 가지고 읽는 '재미있는 교양 도서'와 민족 고전에 특별한 관심이 있는 (엘리트) 독자들이 읽는 '학술기초 자료집'의 성격이 동시에 존재하는 편폭이 넓은 책이다. 이에 따라 대상 독자층도 불특정 '서민대중'에서 전공 대학생층, 그리고 전문 연구자층에 이르기까지 넓게 존재하지만, 무게 중심은 후자쪽에 있는 것으로 보았다. 수록 작품은 소설 장르가 중심이 되었고, 시가, 구비문학, 한문학 장르가 부차적이다.

둘째, 9종의 주요 한국 고전문학전집을 대상으로, 편찬의식과 구성을 분석해보았는데, 초기(1965)에는 대중적인 소설 작품 위주로 소개함으로써 고전문학의 존재를 서민대중들에게 알리고 친근함을 심어주는 방향에서 기획되었다. 하지만 성음사본(1970), 서영출판사본(1978) 등으로 갈수록 문학사적인 관심에서 다양한 장르의 작품들을 많이 채택하였고, 원문도 수록하고 주석 작업을 보강하는 등 학술기초 자료집의 성격이 강화되었다. 민족문화연구원본(1993~2007)에서는 원전과 현대역을 동시에 수록하여 서로 다른 독자들의 요구를 수용하고자 하였다. 특이 현상은 같은 내용의 중판(重版) 출간이 빈번하게 일어났다는 점이다.

셋째, 새로운 한국고전문학전집 전집 발간 및 정전 구성 작업을 위해서 유의할 점에 대해 살펴보았는데, 먼저 현재까지 간행된 작품들이 '민족 고전'으로서 적절한 자격을 갖추었는지 점검할 필요가 있다. 그리고 이후 작업에서 대중들의 교양 충동을 충족시킬 수 있는 새로운 기획 · 선집 작업이 필요하며, 또한 독자층의 분화에 따른 다양한 연령대별 출판물이 필요하다는 점을 제시하였다. 앞으로의 작업에서 장르 구성의 비율 및 구체적 작품 구성에 대해서는 고전문학 연구자들간에 좀 더 긴밀한 협의 과정이 필요할 것이다.

3장 '1990년대 이후 고전소설의 다시쓰기 출판물 현황'에서는 1990년을 전후로 해서 활성화되기 시작한 고전소설의 다시쓰기 출판 양상을 2010년대까지 살펴보았다. 출판물의 양상을 크게 초등학생을 대상으로 한 출판물, 중 · 고등학생을 대상으로 한 출판물, 대학생 · 성인 독자를 대상으로 한 출판물로 대별하여 살폈다.

1960~90년대까지 '민족 고전'으로 인식되던 고전소설은 21세기 이후의 시점에서는 '고전 콘텐츠'라는 개념으로 인식되고 있다. 특히 고전소설의 다시쓰기 출판물은 철저하게 중 · 고등 학교 교육 및 수능 출제에 의해 좌우되고 있음을 확인할 수 있었다.

이것은 양면적인 측면이 있다. 첫째, 출판 독서 시장에서 고전소설 텍스트 발간은 철저하게 학교 교육 및 대입 수능에 의해 좌우된다는 점, 둘째, 그럼에도 불구하고 역설적으로 이것이 전 국민을 대상으로 고전소설 독서 및 교육을 활성화할 수 있는 적극적인 기회라는 점이다. 단편소설이 아닌 대부분의 중편 이상의 작품들은 교과서에는 작품의 일부만이 수록되어 있다. 따라서 고전소설의 올바른 독서 및 이해를 위해서는 작품 전문을 완독하고, 효율적인 독서 이해 수업이 필요하다. 이러한 수업이 청소년들의 바람직한 '국민교양' 형성과 창의력 향상에 기여할 수 있기를 기대해본다. 이를 위해 고전소설의 다시쓰기 출판물을 텍스트로 하여 텍스트의 서지사항, 문학사적 위치와 쟁점, 문학적 본령, 또는 감동의 원천이 무엇인지, 또 학생과 교사 간에 무엇을, 어떻게 가르치고 배우고 토의할 것인가를 심도 있게 논의할 필요가 있다.

4장 '생산과 수용의 측면에서 본 고전소설의 다시쓰기 출판물'에서는 고전소설의 현재적 독자층과 수요, 글 작가와 그림 작가, 출간 작품들의 주요 목록, 다시쓰기의 방식에 대해 서술하였다. 또한 기존에 출간된 다시쓰기 출판물에 대한 비평을 할 때 몇 가지 기준을 제시하였다. 약술하면, ①인물 성격의 재현, ②서사의 변형 여부, ③주제 구현의 충실성, ④원작의 미학에 대한 이해, ⑤문장 표현의 개성, ⑥다시쓰기 출판물의 편집 상의 특성, ⑦다시쓰기 출판물에서 그림의 성격 등이다.

5장부터 7장까지는 다시쓰기 출판물에서 대표적으로 〈춘향전〉, 〈구운몽〉, 〈홍길동전〉을 대상으로 원작의 성격과 다시쓰기 출판물의 양상 및 개성을 살피고 분석하였다.

5장 '춘향전과 다시쓰기 출판물'에서는 먼저 〈춘향전〉 원작을 대상으로 이본과 계통, 서사구조와 애정의 성격, 인물의 성격, 미학 및 표현에 대해 고찰하였다. 그리고 다시쓰기 출판물에 대해서는 연령대별로 출판물의 양상과 개성을 살피고, 서사단락 및 문장 표현을 대비하며 실제 다시쓰기의 양상을 구체적으로 고찰하였다.

초등학교 교과서에 실린 〈심청전〉, 〈흥부전〉, 〈토끼전〉 등 고전소설들은 대부분 환타지적인 성격이 강하다. 이에 비해 〈춘향전〉은 구체적이고 높은 사회적 성격을 띠고 있으면서도 믿음과 인내로 고난을 견디어 아름다운 사랑을 성취한다는 낭만적인 내용을 아우르고 있다. 이 점은 초등학교 아동 및 중·고등 학생들에게 고전소설의 새로운 독서체험 및 교육적 효과를 줄 수 있을 것이다. 또한 〈춘향전〉은 다양한 노래와 시, 속담 및 언어유희를 통하여 해학과 풍자의 미학을 구현하고 있다. 이 점에서도 〈춘향전〉은 독특한 개성을 보여준다.

그리고 다시쓰기의 원천으로서 〈춘향전〉의 많은 이본 가운데, 완판 84장본 외에도 〈남원고사〉, 이해조의 〈옥중화〉 등을 주목할 만하다. 〈남원고사〉는 기생으로서의 정체성을 지닌 춘향의 모습을 그리고, 한시, 잡가, 민요, 판소리, 시조, 가곡 등의 시가를 가장 풍부하게 보여주며, 기방(妓房)을 중심으로 한 19세기 중후반의 서민들의 현실세태를 잘 반영하여 〈열녀춘향수절가〉와는 또 다른 발랄함과 유흥적 분위기를 보여준다는 점에서 특징이 있다. 1912년 출판된 이해조의 〈옥중화〉는 완판 84장본을 긍정적으로 계승하여 20세기의 근대적 텍스트로 만들었다는 점, 춘향의 출생이 앞부분에 있고 춘향이 이도령의 부름에 쫓아오지 않고 집으로 찾아오도록 암시를 주는 점 등의 구성, 삽입가요 및 부연된 묘사가 적다는 점에서 개성과 장점이 있다.

〈춘향전〉 다시쓰기 출판물들은 각 작품마다 공히 신분의 차이를 뛰어넘는 고귀한 사랑을 형상화하는 데 기본적인 방향이 맞춰져 있다. 여기에 부수적으로 변학도의 탐학과 폭력성, 이에 맞서는 춘향의 인내와 정절, 구원자로서의 이도령의 영웅성 등이 나타난다. 이러한 부분들을 구체적이고 사실적으로 묘사해야 작품의 사회적 성격과 현실성이 드러날 것이다.

고귀한 사랑의 성취를 형상화함에도 성애적 사랑의 묘사에서 대별되는 차이가 있었다. 간단한 혼례식을 치른 뒤 바로 이별로 이어지는 작품이 있는가 하면, 사랑가와 사랑 놀음 등이 구체적으로 묘사, 서술되는 작품도 있었다. 이 부분은 〈춘향전〉의 다시쓰기에서 가장 미묘한 부분이 아닌가 한다.

일반적으로 초등학교 어린이들이 독서물을 통해 얻게 되는 익숙한 사랑 이야기 구조는 남녀 주인공들이 온갖 어려운 과정을 이겨내고 낭만적이고 정신적인 사랑을 이루기까지의 과정이다. 그 이후의 과정은 사실상 어린 독자들의 인식과 상상력 밖에 거하는 문제이다. 따라서 뜨거운 성애(性愛)를 나누며 사랑을 심화시켜나가는 〈춘향전〉의 전반부를 어린이 독자들에게 원작 그대로 노출시키기에는 곤란한 점이 있다. 그렇다고 일부 아동용 다시쓰기 출판물과 같이 사랑의 과정을 모두 생략해버리고, 백년가약을 맺자마자 이별로 이어지도록 구성한 방식은 너무 단절적이어서 서사 전개상 무리가 따른다. 이 부분은 적절하게 윤색을 하되, 〈춘향전〉의 성격상 나름대로 사랑의 현실성을 보여주는 과정도 필요하지 않을까 생각한다. 물론 청소년용 독서물이나 일반인 독자를 대상으로 한 책에서는 가능한 대로 원작 그대로 장면을 옮기고 표현을 전달하는 것이 원작 〈춘향전〉을 제대로 감상할 수 있는 방법이 될 것이다.

한편 이러한 춘향과 이도령의 사랑에 초점을 맞춘 주제적 의미와 다른 축으로 방자와 월매의 민중적 성격, 남원 민중들의 생동하는 민중성과 해학, 풍자, 흥한의 정서가 작품마다 큰 차이를 보인다.

사랑의 성취에만 초점을 맞춰 서사전개를 급박히 하는 경우에는 이야기가 명료하게 전달되지만 판소리계 문학으로서의 해학과 풍자, 민중적 정서가 제대로 전달되지 못하는 단점이 있다. 한편 원작의 해학과 풍자, 민중적 정서를 살리려고 각종 고사와 이도령의 책읽는 대목, 사랑가, 농부가 등을 부연할 경우 이야기가 길게 늘어지면서 어린이들이 소화하기 힘든 경우가 발생한다. 이 부분이 〈춘향전〉을 아동 및 청소년 독자를 대상으로 한 다시쓰기에서 가장 난제로 떠오르며, 이를 잘 해결하는 능력이 다시쓰기 작가에게 필요하다.

6장 '〈구운몽〉과 다시쓰기 출판물'에서는 먼저 〈구운몽〉의 원작에 대해서 서사 구조와 인물의 성격, 욕망에 대해 살피고, 두 번째로 다시쓰기 출판물에 대해서는 연령대별로 출판물의 양상과 개성을 살피고, 각 출판물에 실현된 문장 표현을 대비하면서 실제 다시쓰기의 양상을 구체적으로 고찰하였다.

〈구운몽〉은 꽤 오래 전부터 '민족 고전'의 지위를 누려온 작품이다. 그리고 1960년대 이래 고전문학전집 발간 및 대중적 보급 작업이 꾸준하게 이뤄지면서, 〈구운몽〉을 비롯한 고전소설의 독자는 중·고등학생과 초등학생에 이르기까지 꾸준하게 넓어지고 있다. 그런데 1990년대까지 '민족 고전'으로 인식되었던 고전소설은 현재 '학습용 고전 콘텐츠'로 무게중심이 이동하고 있다.

1990년대 이래 시리즈 · 전집 형태의 대중출판물로 간행된 〈구운몽〉은 약 30종인데, 이를 대상 독자층의 연령대별로 구분하여 보면, 아동용 16종, 성인용 9종, 청소년용 3종 순으로 파악된다. 2000년대 이후에는 청소년층을 대상으로 한 출판물이 새롭게 등장하였으며, 아동층을 대상으로 한 출판물이 가장 큰 비중을 차지하고 있다.

〈구운몽〉의 주제라고 흔히 일컬어지는 문장이 있다. "인생의 부귀영화는 한날 꿈이다."라는 문장이 바로 그것이다. 과연 이 말이 의미하는 바는 무엇일까? 인간이 추구하는 모든 성공과 명예가 허망하니 욕심을 버리고 소박하게 살라는 메세지일까? 작가는 양소유와 여덟 여인의 일생을 통하여 아름다운 여인 또는 멋진 남자와 쾌락을 즐기는 것이 인생의 지극한 즐거움이라고 말하였는데, 어떤 계기로 인해 이것이 허망하다고 하였다. 그리고 그 이상의 영원한 것이 있을 것이며, 이것을 추구하는 인생이 가치 있지 않느냐며 한 방향을 제시하고 있다. 모든 사람이, 그리고 현대인들이 작품에서 제시한 불가적 수행과 득도 방식에 동의하지는 않을 것이다. 다만 인생이 추구하는 지극한 쾌락이 무엇일까, 인간의 근원적 욕망은 무엇일까 고민하게 된다.

이 점에서 〈구운몽〉은 '욕망의 서사'요, '깨달음의 서사'이다. 〈구운몽〉은 '깨달음에 관한 텍스트'일 뿐만 아니라, 깨달음을 주는 '깨달음의 텍스트'인데, 독자에게 깨달음을 주기 위해 작가가 의도적으로 꿈꾼다는 사실을 숨기고 윤회하지 않아도 될 성진을 굳이 윤회하도록 만들었던 것이다. 그리고 성진이 다시 양소유가 되는 과정을 통해 욕망을 성취한 정점에서 깨달은 '무상함'의 의미를 '느끼고', 진정한 깨달음이 무엇인가에 대해 다시 한번 묵상을 하게 된다. 독자들은 작품에서 제시한 깨달음의 방식에 동의하든, 동의하지 않든 욕망을 채우는 것 이상으로 인생에서 가치 있는 것은 무엇인지 고민하게 될 것이다. 이러한 과정을 충실히 보여주고 독자들이 이를 감상하는 것이 〈구운몽〉의 고전적 가치를 증명하는 전제가 될 것이다.

7장 '〈홍길동전〉과 다시쓰기 출판물'에서는 먼저 〈홍길동전〉의 원작에 대해서 이본과 계통, 서사 구조와 문제의식, 인물의 성격망에 대해 살폈다. 두 번째로 다시쓰기 출판물에 대해서는 연령대별로 출판물의 양상과 개성을 살피고, 각 출판물에 구체화된 서사단락 및 문장 표현을 대비하면서 실제 다시쓰기의 양상을 구체적으로 고찰하였다.

고전소설 〈홍길동전〉의 매력은 작품에서 우러나오는 '인간선언'과 '정의실현'에서 강하게 우러나온다. 적서차별이라는 부당한 현실에 좌절하지 않고 당당한 인간으로 성장해나가는 홍길동, 그리고 부정한 권력을 풍자, 조롱하고 가난한 민중들의 편에 서는 정의감, 도술을 통해 엄청난 힘을 지닌 왕과 정부를 무력화해 나가는 군담의 재미가 어우러져 어린 초등학생부터, 청소년, 성인들에까지 독자들은 〈홍길동전〉에 반응한다.

그런데 홍길동이라는 캐릭터는 여전히 명확하게 이해되지 않는 점들이 많다. 좀 더 해석되어야 할 여지가 많다는 것이다. 길동은 '천출(賤出) 서자'에서 '활빈당 대장'으로, 다시 '병조판서'로, '제도(諸島) 통치자'로, 마침내 '율도국 왕'으로, 텍스트에 따라서는 '백일승천하는 신선'으로까지 성장하는 인물형이다. 어릴 때 적서차별에 한을 품었던 한 소년이 신선으로까지 성장해가는 과정에서 다시쓰기 작가는 각 인물마다의 성격 · 내면의식을 충분히 표현하고, 성장과정의 필연성을 제시할 수 있어야 한다. 원작에는 그러한 점이 분명하지 않더라도 다시쓰기 작가는 이러한 점을 의식하고 해석하려고 애써야 한다.

길동에게 있어서 병조판서 제수의 의미는 무엇인가? 길동은 왜 율도국을 정벌하는가? 율도국 왕으로서 길동의 정체성은 무엇인가? 이러한 질문에 대해 다시쓰기 작가는 자신이 충분히 연구하고 성찰하고 해석한 결과를 문장으로 서술해야 한다.

율도국은 우리 고전소설에서 흔치 않게 그려지는 유토피아 공간 중의 하나로, 상당히 구체화된 현실적 이상국가의 상을 보여준다. 박지원의 〈허생〉에서 허생이 찾아간 무인도도 이러한 성격을 띠고 있지만, 율도국의 구체성과 공간적

넓이에는 미치지 못한다. 마지막에 홍길동이 신선이 되어 승천하였다는 완판 계열과 필사본 계열의 결말은 현실세계에 대한 치열함과는 다른, 신비하고 영원한 것에 대한 관심을 보여준다. 초등학생, 중·고등학생들이 〈홍길동전〉의 다시쓰기 출판물들을 감상하고 위 질문들에 대해 심도 있는 해석과 질문, 토론을 하게 된다면, 오늘날 〈홍길동전〉은 미학적 원천으로서 자기 역할을 충분히 다하고 있는 것이 아닐까.

고전소설의 다시쓰기는 이러한 '문장 풀어쓰기'가 실제 작업의 대부분을 차지하는데, 여기서 문장을 풀어쓰는 일은 작가마다의 전략과 감각, 능력에 따라 다양하게 나타난다. 원작의 예스런 표현이나 한자성어, 전거 등을 풀어쓸 것인가, 한자를 달아줄 것인가, 주석을 달아 좀 더 원문 표현의 형태와 의미를 살릴 것인가 등에 대해서도 독자 수준에 맞춰 편집자와 작가가 고심하여 판단해야 할 것이다.

이 책은 '고전소설의 다시쓰기'라는 테마를 가지고 여러 해 동안 고민한 것의 결과물이다. 이 책은 새로운 테마로 새로운 자료들을 찾고 분석하고 정리한 것에 공이 있다고 자평하고 싶다. 아무도 찾지 않아 대학 도서관 보존 서고에서 곰팡이 슬고 있는 고전문학전집들을 꺼내어 독서대중들과 조우하도록 소개한 것, 출판되고 10년이면 대부분 서점이나 도서관에서 소임을 다하고 사라지는 초등학생용, 중·고등학생용 책들을 정식 비평의 무대에 올려 인사시킨 것, 그리고 그들의 내용을 분석·수치화하고 거칠게나마 다시쓰기 출판물의 비평 기준을 제시한 것에 필자는 작은 자부심을 느낀다. 이러한 작업을 통하여 다시쓰기 출판물들이 학문적으로, 문화·산업적인 면에서 좀 더 의미 있게 기억되고 평가되기를 바란다. 한 가지 고백하자면, 필자의 비평 감각은 세련되지 못하였고, '원작의 미학적 원천', '교양', '상품성'과 같은 주요 개념에 대한 생각도 일천하다. 가까운 시일 내에 새로운 연구자가 동참하여 연구 방법을 새롭게 하여 좀 더 의미있는 연구 성과들을 얻어내길 바란다.

처음에 연구를 계획할 때에는 1910년대부터 1930년대까지의 활자본 고전소설의 사례 및 외국 사례를 분석하려고 했으나 힘이 미치지 못하였다. 일제 강점기 하에서 이루어진 고전소설의 정전화 작업 및 다시쓰기 작업에 대해서는 일부 연구했으나 부분적인 성과일 뿐이어서 이 책에 담지 못하였다. 영미권에서 미국과 영국의 고전소설을 다시쓰기한 대중출판물 사례, 우리와 가까운 일본에서 자국의 모노가타리(物語)를 다시쓰기한 대중출판물 사례를 현지 조사하여 분석하여 외국의 학계 및 출판계의 경향 및 노하우를 파악하고자 하였으나 역량이 부족하여 제대로 시도하지 못하였다. 후일 약속을 지킬 수 있기를 바란다.

<참고문헌>

[한국고전문학전집]

이병기 · 이희승 · 이숭녕 · 구자균 편, 『한국고전문학대계』, 민중서관, 1961.

장덕순 · 이가원 · 김기동 · 김용제 · 김광주 편, 『한국고전문학전집』, 희망출판사, 1965.

전규태 편, 『한국고전문학대전집』, 세종출판공사, 1970.

김기동 · 박성의 · 양주동 · 이가원 · 장덕순 편, 『한국고전문학전집』, 성음사, 1970~1972.

전규태 편, 『한국고전문학대전집』, 서강출판사, 1975.

김기동 · 박성의 · 양주동 · 이가원 · 장덕순 편, 『정선 한국고전문학전집』, 세인문화사, 1975.

전규태 편, 『한국고전문학대전집』, 서강출판사, 1976.

김기동 · 박성의 · 양주동 · 이가원 · 장덕순 편, 『정선 한국고전문학전집』, 양우당, 1977.

정병욱 · 이태극 · 이응백 · 조두현 편, 『정선 한국고전문학전집』, 서영출판사, 1978.

전규태 편, 『한국고전문학대전집』, 금강출판사, 1980.

전규태 편, 『한국고전문학대전집』, 삼양출판사, 1981.

전규태 편, 『한국고전문학대전집』, 수예사, 1983.

전규태 편, 『한국고전문학대전집』, 중앙도서, 1983.

김기동 · 전규태 편, 『한국고전문학전집』, 서문당, 1984.

이병기 · 이희승 · 이숭녕 · 구자균 편, 『한국고전문학대계』, 교문사, 1984.

정재호 · 소재영 · 조동일 · 김흥규 · 이동환 외 편, 『한국고전문학전집』, 고려대학교 민족문화연구원, 1993~2006.

편집부, 『한국고전문학』, 명문당, 1995.

전영진 편, 『한국고전문학』, 홍신문화사, 1996.

심경호 · 장효현 · 정병설 · 류보선 편, 『한국고전문학전집』, 문학동네, 2010.

[다시쓰기 출판물]

〈고전 시리즈〉

『소년소녀고전문학』, 대일출판사, 1990.
『만화로 보는 우리고전』, 능인, 1992~1994.
『새롭게 읽는 좋은 우리고전 시리즈』, 청솔, 1994.
『우리나라 고전 시리즈』, 가정교육사, 1994.
『책동네 고전동화 모음』, 책동네, 1996.
『은하수문고 명작 · 고전』, 계림문고, 1994.
『우리 고전문학』, 지경사, 1996.
『초등권장 우리 고전 시리즈』, 예림당, 1999.
『만화고전』, 지경사, 1999.
『소설만화 한국고전 시리즈』, 문공사, 2000.
『웃음보따리 만화 우리고전』, 지경사, 2000.
『우리가 정말 알아야 할 우리 고전 시리즈』, 현암사, 2000~
『국어시간에 고전 읽기 시리즈』, 나라말, 2002~
『세계문학전집』, 민음사, 2003.
『재미있다 우리고전 시리즈,』 창비, 2003~2008.
『이야기 고전 시리즈』, 지경사, 2003~2006.
『책세상문고』, 책세상, 2003~2005.
『한겨레 옛이야기 시리즈』, 한겨레아이들, 2004~2007.
『푸른담쟁이 우리문학』, 웅진씽크빅, 2005.
『찾아 읽는 우리 옛이야기 시리즈』, 대교출판, 2005~2008.
『우리가 읽어야 할 고전 시리즈』, 푸른생각, 2005~2008.
『꼭 제대로 읽어야 할 우리고전』, 종문화사, 2005.
『초등학생이 꼭 읽어야 할 논술 대비 한국고전문학 대표작』, 홍진미디어, 2005.
『중학생이 되기 전에 꼭 읽어야 할 우리고전 시리즈』, 영림카디널, 2006.
『샘깊은 우리고전』, 알마, 2006.
『참좋은 우리고전 시리즈』, 두산동아, 2006.
『논술세대를 위한 우리고전문학 강의 시리즈』, 계림, 2007.

『천년의 우리소설』, 돌베개, 2007.
『나의 고전책꽂이』, 깊은책속 옹달샘, 2007~2008.
『교과서에서 쏙쏙 뽑은 우리고전』, 생각의 나무, 2008.
『국어과 선생님이 뽑은 한국고전 읽기 시리즈』, 북앤북, 2008.
『우리 겨레 좋은 고전』, 꿈소담이, 2008~2009.
『지만지 고전선집』, 지만지 출판사, 2008.

〈구운몽〉

고향란 엮음, 김담 그림, 『구운몽』, 청솔, 1994.
김선아 지음, 김광배 그림, 『구운몽』, 현암사, 2000.
설성경 옮김, 『구운몽』, 책세상, 2003.
송성욱 옮김, 『구운몽』, 민음사, 2003.
이규희 엮음, 서숙희 그림, 『구운몽』, 지경사, 2003.
이강엽 글, 유승배 그림, 『구운몽』, 웅진씽크빅, 2005.
이상일 글, 정은희 그림, 『무엇이 꿈이고 무엇이 꿈이 아니더냐』, 나라말, 2007.
김병국 교주 · 역, 『구운몽』 서울대학교 출판문화원, 2007.
신동흔 글, 김종민 그림, 『구운몽』, 한겨레아이들, 2007.
김원석 엮음, 윤종태 그림, 『구운몽』, 대교출판, 2007.
박지웅 글, 최정원 그림, 『모두가 꿈이로다』, 생각의 나무들, 2009.

〈춘향전〉

윤용성 편, 『춘향전』 외, 금성, 1991.
강추애, 『춘향전』, 사랑받는 한국고전, 윤진문화사, 1994.
김학선 글, 김경식 만화, 『춘향전』, 소설 · 만화 한국의 고전, 대교출판, 1994.
이석인 엮음, 박홍 그림, 『춘향전』, 은하수문고 80, 계림문고, 1994.
김영춘 엮음, 계창훈 그림, 『춘향전』, 고전시리즈, 꿈동산, 1994.
초록글연구회 엮음, 신영은 그림, 『심청전 · 춘향전』, 새롭게 읽는 좋은 우리 고전, 청솔, 1994.
이종억 옮김, 이행남 그림, 『춘향전 · 양반전』, 소설만화 한국고전, 지구마을, 1994.

이슬기 엮음, 박소영 그림, 『춘향전』, 우리고전 18, 지경사, 1996.
이효성 엮음, 김윤식 그림, 『임경업전 · 춘향전』, 고전동화 모음5, 책동네, 1996.
권오석 엮음, 이범기 그림, 『춘향전 · 심청전』, 교양고전 24, 대일출판사, 1999.
이종억 옮김, 이행남 그림, 『춘향전 · 양반전』, 한국고전2, 문공사, 2000.
임구순 엮음, 이행남 그림, 『춘향전』, 고전문학1, 가정교육사, 2000.
김선아 글, 현태준 그림, 『춘향전』, 현암사, 2000.
조현설 글, 이지은 그림, 『춘향전』, 나라말, 2002.
신동흔 글, 노을진 그림, 『춘향전』, 한겨레아이들, 2004.
송성욱 글, 백범영 그림, 『춘향전』, 민음사, 2004.
설성경 글, 『춘향전』, 책세상, 2005.
장철문 글, 이영경 그림, 『춘향전』, 웅진씽크빅, 2005.
정지아 글, 정성화 그림, 『춘향전』, 창비, 2005.

〈홍길동전〉

김성재 글, 김광배 그림, 『홍길동전』, 현암사, 2000.
초록글연구회 엮음, 윤정주 그림, 『홍길동전』, 2002.
류수열 글, 이승민 그림, 『춤추는 소매 바람을 따라 휘날리니』, 나라말, 2003.
정종목 글, 이광익 그림, 『홍길동전』, 창비, 2003.
허경진 옮김, 『홍길동전』, 책세상, 2004.
방현석 글, 김세현 그림, 『홍길동전』, 웅진씽크빅, 2005.
홍영우 글 · 그림 『홍길동』, 보리, 2006.
박민호 글, 정승환 그림, 『차별에도 굴하지 않는 길동』, 생각의 나무, 2008.
이효성 글, 계창훈 그림, 『홍길동전』, 꿈소담이, 2008.
김탁환 풀어 옮김, 백범영, 그림, 『홍길동전』, 민음사, 2009.

[연구 논저]

고영화, 「다시쓰기(rewriting) 활동의 비평적 성격에 대하여-전래동화 다시쓰기를 중심으로」, 『문학교육학』 3집, 한국문학교육학회, 1999.

권혁래, 「〈구운몽〉의 현재적 소통과 다시쓰기 출판물」, 『온지논총』 27호, 온지학회, 2011.

권혁래, 「고전소설의 다시쓰기 출판물 연구 시론」, 『고소설연구』 30집, 한국고소설학회, 2010.

권혁래, 「고전소설의 현재적 독자와 다시쓰기의 문제」, 『동화와 번역』 9집, 건국대 동화와번역연구소, 2005.

권혁래, 「조선후기 한문소설의 국역 및 개작 양상에 대한 연구」, 『고전문학연구』 20집, 한국고전문학회, 2001.

권혁래, 「한국고전문학전집의 간행 양상에 대한 비판적 고찰」, 고전문학연구 40집, 한국고전문학회, 2011.

김병국, 「구운몽 저작시기 변증」, 『한국학보』 51집, 일지사, 1988.

김석회, 「서포소설의 주제 시론」, 『선청어문』 18집, 서울대 국어교육과, 1989.

김영욱, 「전래동화로 다시 쓰인 〈춘향전〉」, 『한국학연구』 20집, 인하대학교 한국학연구소, 2009.

김일렬, 「구운몽 신고」, 장덕순선생화갑기념논문집 간행위원회 편, 『한국고전산문연구』, 동화문화사, 1981.

류준경, 「한문본 〈춘향전〉의 작품 세계와 문학사적 위상」, 서울대 박사학위논문, 2003.

박숙자, 「1930년대 명작선집 발간과 정전화 양상」, 『새국어교육』 83집, 한국국어교육학회, 2009.

서은주, 「1950년대 대학과 교양 독자」, 『현대문학의 연구』 40집, 한국문학연구학회, 2010.

설성경, 『구운몽의 통시적 연구』, 새문사, 2007.

설성경, 『홍길동전의 비밀』, 서울대 출판부, 2004.

설성경, 『홍길동의 삶과 홍길동전』, 연세대 출판부, 2002.

설성경, 『춘향전의 형성과 계통』, 정음사, 1986.

설성경, 『고소설의 구조와 의미』, 새문사, 1986.

설성경, 「몽(夢)의 통합적 층위와 계열상」, 신동욱 편, 『김만중연구』, 새문사, 1983.

송성욱, 「구운몽을 읽는 재미」, 송성욱 역주, 『구운몽』, 민음사, 2003.

신선희, 『우리고전 다시쓰기-고전 서사의 현대적 계승과 장르적 변용』, 삼영사, 2005.
신선희, 「〈심청전〉의 현대적 수용과 변용」, 『고소설연구』 9집, 한국고소설학회, 2000.
유광수, 「〈구운몽〉: '자기망각'과 '자기 기억'의 서사-'성진이 양소유 되기'」, 『고전문학연구』 29집, 한국고전문학회, 2006.
유광수, 「〈구운몽〉: 두욕망의 순환과 진정한 깨달음의 서사-양소유가 성진 되기」, 『열상고전연구』 26집, 열상고전연구회, 2007.
유병환, 『구운몽의 불교사상과 소설미학』, 국학자료원, 1998.
이강옥, 「문학 치료 텍스트로서의 〈구운몽〉의 가치와 가능성-우울증과 관련하여-」, 『고소설연구』 24집, 한국고소설학회, 2007.
이광주, 『교양의 탄생』, 한길사, 2009.
이문규, 「홍길동의 인물형상으로 본 〈홍길동전〉의 의미」, 『선청어문』 33, 선청어문학회, 2005.
이민희, 「심리 치료 측면에서 본 〈민옹전〉 소고」, 고전문학연구 31집, 한국고전문학회, 2007.
이민희, 「『한국고전문학전집』의 문학사적 마력」, 『민족문학사연구』 45집, 민족문학사학회, 2011.
이원수, 「〈구운몽〉의 구조와 그 중층적 의미」, 『고전소설 작품세계의 실상』, 경남대학교 출판부, 1996.
이윤석, 「문학연구자들의 〈춘향전〉 간행-1950년대까지」, 『열상고전연구』 30집, 열상고전연구회, 2009.
이윤석, 『홍길동전 연구-서지와 해석-』, 계명대 출판부, 1997.
이인경, 「〈구복여행〉 설화의 문학치료학적 해석과 교육적 활용」, 고전문학연구 32집, 한국고전문학회, 2007.
이주영, 「구운몽에 나타난 욕망의 문제」, 『고소설연구』 13집, 한국고소설학회, 2002.
이주영, 「구활자본 고전소설 목록」, 『구활자본 고전소설 연구』, 월인, 1998.
장효현, 「〈구운몽〉의 주제와 그 수용사에 관한 연구」, 정규복 외, 『김만중문학연구』, 국학자료원, 1993.
전상욱, 「방각본 춘향전의 성립과 변모에 대한 연구」, 연세대 박사학위논문, 2006.

정규복, 「홍길동전 이본고」(1)·(2), 『국어국문학』 48, 51호, 국어국문학회, 1970, 1971.

정규복, 『구운몽연구』, 고려대학교 출판부, 1974.

정운채, 「〈바리공주〉의 구조적 특성과 문학치료적 독해」, 겨레어문학 33집, 겨레어문학회, 2004.

조동일, 「〈구운몽〉과 〈금강경〉, 무엇이 문제인가?」, 신동욱 편, 『김만중연구』, 새문사, 1983.

소영일, 「세계문학전집의 구조」, 한국번역비평학회, 『세계문학전집 번역의 의의와 전망』-2010년 동계 심포지움 발표자료집, 2010.12.18.

조재룡, 「번역 정글 잔혹사, 혹은 세계문학전집 번역 유감-1998년 민음사 세계문학전집 이전 편」, 한국번역비평학회, 『세계문학전집 번역의 의의와 전망』-2010년 동계 심포지움 발표자료집, 2010.12.18.

천정환, 「한국문학전집과 정전화: 한국문학전집사(초)」, 『현대소설연구』 37집, 한국현대소설학회, 2008.

최진아, 「고전의 즐거운 재창작-어린이용 이야기 〈요재지이〉」, 『중국어문학지』 31집, 중국어문학회, 2009.

한인혜, 「쿳시의 〈포〉와 다시쓰기의 문제」, 『현대영미소설』 제13권 1호, 한국현대영미소설학회, 2006.

<찾아보기>

ㄱ

ㅂ

ㅇ

권혁래

연세대학교 국어국문학과, 동대학원 졸.

문학박사. 한국 고전문학 전공.

건국대 동화와 번역 연구소 전임연구원, 숭실대학교 베어드 학부대학 교수로 근무하였으며 2012년 숭실 펠로우십 교수에 선정되었다. 현재 용인대학교 교육대학원 교수로 재직 중이다.

조선후기 역사소설의 성격, 고전문학의 현재적 의미와 다시쓰기, 일제 강점기 옛이야기의 형성, 창의적 글쓰기 등에 관해 관심을 갖고 연구하고 있으며, 저서로는 『조선후기 역사소설의 탐구』, 『손에서 손으로 전하는 고전문학』(2007 BEST BOOK 20 선정), 『구한말 피난자의 해학적 형상, 〈서진사전〉 연구』, 『내가 왜 대학에 왔지?』(편), 『읽기와 쓰기』(공저), 『조선동화집』(역저), 『화계 박영만의 〈조선전래동화집〉』, 『최척전 김영철전』(역서) 등이 있다.

◉ E-mail: hrkwon3@hanmail.net

고전소설의 다시쓰기

초판 인쇄 2012년 2월 21일
초판 발행 2012년 2월 28일

지 은 이 권혁래
펴 낸 이 박찬익
책임편집 김민영

펴 낸 곳 도서출판 **박이정**
주 소 서울시 동대문구 용두동 129-162
전 화 02) 922-1192~3
전 송 02) 928-4683
홈페이지 www.pjbook.com
이 메 일 pijbook@naver.com
온 라 인 국민 72921-0137-159
등 록 1991년 3월 12일 제1-1182호

ISBN 978-89-6292-297-4 (93810)

* 책값은 뒤표지에 있습니다.